btb

Suffolk, 1950er Jahre: Der junge Psychiater James Richardson tritt eine Stelle in Wyldehope Hall an, einer Privatanstalt unter der Leitung des renommierten Professor Maitland. Weitgehend allein bleibt ihm die Führung der Klinik überlassen; unter anderem die Betreuung einer besonderen Station im Kellergewölbe des alten Hauses. Dort sind sechs Patientinnen in einen künstlichen Dauerschlaf versetzt – laut Maitland eine neuartige Behandlung ihrer psychischen Störung. Doch dann kommt eine junge Nachtschwester zu Tode, kurz nachdem sie in panischer Angst aus dem Keller floh. Richardson beschleichen Zweifel …

F. R. Tallis, eigentlich Frank Tallis, ist Schriftsteller und praktizierender klinischer Psychologe. Neben einer Vielzahl an wissenschaftlichen Veröffentlichungen ist er vor allem für seine Erfolgsserie um den Wiener Psychoanalytiker Max Liebermann bekannt, die mit zahlreichen Preisen ausgezeichnet wurde. Tallis lebt in London.

F. R. Tallis

Das Haus der bösen Träume

Roman

Deutsch von Kirsten Borchardt

btb

Die englische Originalausgabe erschien 2013 unter dem Titel
The Sleep Room bei Macmillan, an imprint of Pan Macmillan,
a division of Macmillan Publishers Limited.

FSC
www.fsc.org
MIX
Papier aus verantwortungsvollen Quellen
FSC® C014496

Penguin Random House Verlagsgruppe FSC® N001967

2. Auflage
Deutsche Erstveröffentlichung April 2016

Umschlaggestaltung: semper smile, München, nach einem Umschlagentwurf
von Pan Macmillan unter Verwendung eines Motivs von
© Dave Wall/Arcangel Images
Satz: Uhl + Massopust, Aalen
Druck und Bindung: GGP Media GmbH, Pößneck
MP · Herstellung: sc
Printed in Germany
ISBN 978-3-442-74467-1

www.btb-verlag.de
www.facebook.com/btbverlag

1

Ich war nervös an jenem Vormittag, an dem mein Bewerbungsgespräch anstand. Es war, wenn ich mich recht erinnere, Ende August, einer der letzten warmen Tage eines außergewöhnlich schönen Sommers. Der Himmel über dem Trafalgar Square war strahlend blau, und die Springbrunnen sahen aus, als wären sie aus geschliffenem Glas. In meiner Tasche steckte der Umschlag, der Hugh Maitlands Antwort auf meine Bewerbung enthielt, auf festem cremefarbenen Papier verfasst. »Vielleicht könnten wir uns in meinem Club treffen? Das würde mir gut passen. Ich habe dort um halb zehn eine weitere Verabredung.«

Als Student hatte ich Maitland oft im Radio gehört. Er nahm an Diskussionsrunden teil, deren Ausstrahlung regelmäßig die Bemühungen eines Streichquartetts vorausgingen, das überwiegend moderne und zukunftsweisende Werke wie zum Beispiel von Bartók spielte. Ich lag auf meinem Bett, hatte das Licht ausgeschaltet und lauschte jedem seiner Worte. Seine Stimme klang gebildet, angenehm, moduliert, ein wenig onkelhaft vielleicht, konnte aber durchaus bei Bedarf eine tiefere Tonlage annehmen, die absolute Autorität vermittelte. Wenn ich heute darauf zurückblicke, dann sehe ich ihn als typischen Vertreter einer bestimmten gesellschaftlichen Gruppierung, jener aufstrebenden, professionellen Elite, die das öffentliche Leben im England der Nachkriegsjahre zu beherrschen begann und die über ein unerschütterliches Selbstvertrauen und die tiefe Überzeugung verfügte, dass es ihre ureigenste Aufgabe sei, eine bessere Zukunft zu gestalten.

Maitland leitete die Abteilung für psychologische Medizin in der Klinik von St. Thomas, hatte es jedoch auch geschafft, sich Beraterposten in drei anderen Krankenhäusern zu sichern, im Maudsley, im Belmont und im West End Hospital für Nervenkrankheiten. Seine wissenschaftlichen Aufsätze erschienen im *British Journal Of Psychiatry*, und sein bahnbrechendes Lehrbuch (an dessen blassblauen Schutzumschlag ich mich noch gut erinnern kann) war gerade in zweiter Auflage erschienen.

Der Braxton Club befand sich auf der südlichen Straßenseite der Carlton House Terrace und blickte über den St. James's Park. Drinnen war alles so, wie ich es erwartet hatte: Eichenvertäfelung, altertümliche Drucke und ein Geruch nach Holzpolitur und Tabak. Der Pförtner bedeutete mir, mich zum Empfangsbereich zu begeben, wo ich auf einem Ledersessel Platz nahm und dem Ticken einer ausgesprochen volltönenden Standuhr lauschte. Auf einem Tischchen lagen verschiedene Tageszeitungen, sauber gefaltet und ohne einen einzigen Knick. Die Titelseiten wirkten so überaus glatt, dass mich der Verdacht beschlich, sie seien gebügelt worden. Ich war zu nervös, um eine zu berühren. Nach ungefähr fünf Minuten brachte man mich ins Obergeschoss und führte mich in eine Bibliothek.

Mir ist aufgefallen, dass manche großen Männer dazu neigen, leicht gebückt zu gehen, aber als Maitland sich aus seinem Sessel erhob, zeigte er seine ganze beträchtliche Körperlänge und stand aufgerichtet und mit leicht erhobenem Kinn da. Er trug einen Nadelstreifenanzug von so perfektem Sitz, dass man unwillkürlich an die Maßschneidereien der Savile Row denken musste. Eine Schmucknadel an seinem Schlips deutete die Zugehörigkeit zu einer akademischen Verbindung an. Er hatte braune, leicht tiefliegende Augen, und sein Haar war, wie ich fand, mit ein wenig zu viel Pomade zurückgekämmt. Die Zähne eines Kamms hatten tiefe Furchen in seiner Frisur hinterlassen. Er war vermutlich jemand, den man als gut aussehend bezeichnet hätte, auch wenn der männliche Zug seines kantigen Gesichts ein wenig dadurch verwischt wurde, dass sich unter seinem Kinn etwas Speck gesammelt hatte und einige horizontale Linien seine Stirn durchzogen.

»Dr. Richardson«, sagte Maitland und streckte die Hand aus. Ich erkannte seine Stimme sofort wieder. Sein Händedruck war kraftvoll, und ich fühlte mich genötigt, selbst fester zuzupacken. »Vielen Dank, dass Sie gekommen sind.«

Damals hatte ich eine Vertretungsstelle am Royal Free, einem Krankenhaus, in dem eine Reihe von ungewöhnlichen und bisher ungeklärten Krankheitsfällen aufgetreten war. Zu den Symptomen zählten Muskelschmerzen, Apathie und Depression. Über zweihundert Menschen waren betroffen, darunter auch viele Krankenhausangestellte. Maitland fragte, ob ich mit einigen dieser Fälle zu tun gehabt hatte, und bat mich um meine Einschätzung, was die Diagnose und die möglichen Ursachen betraf. Ich versuchte mich an einer Erklärung: »Das klinische Gesamtbild lässt an Multiple Sklerose denken – höchstwahrscheinlich ausgelöst durch eine virale Infektion, die durch direkten Kontakt übertragen wird.«

Maitland nickte zustimmend, bevor er meine Bewerbung und die Zeugnisse vor sich auf dem Tisch ausbreitete. Wir unterhielten uns ein wenig über meine Studentenzeit, vor allem über meine sportlichen Erfolge. Er kam darauf zu sprechen, dass ich ein aktiver Rugbyspieler gewesen war.

»Wieso haben Sie aufgehört?«, wollte er wissen.

»Wegen einer Beinverletzung.«

»So ein Pech.« Es klang aufrichtig. Später erfuhr ich, dass ihn eine schwere Tuberkuloseerkrankung ebenfalls dazu gezwungen hatte, eine vielversprechende Rugby-Karriere vorzeitig zu beenden.

Wir sprachen über die kurze Zeit, die ich am Saint George unter Sir Paul Mallinson gearbeitet hatte, über mein Forschungsprojekt in einem Schlaflabor in Edinburgh und meine beiden wissenschaftlichen Artikel (die ich gerade erst an das *British Medical Journal* geschickt hatte).

Maitland schob meine Papiere wieder zusammen und tippte leicht gegen die Ränder, bis alle Blätter sauber übereinanderlagen. Dann beugte er sich vor: »Erzählen Sie mir einmal, Dr. Richardson, wieso Sie sich für diese Stelle interessieren? Die Bezahlung ist angemessen für einen Mann mit Ihren Erfahrungen, aber Sie könnten anderswo sicher mehr verdienen. Sir Paul hat Ihnen ein überwältigend gutes Zeugnis ausgestellt.«

»Ich interessiere mich schon seit langem für Ihre Arbeit. Für mich würde diese Stelle eine großartige Möglichkeit darstellen.«

Maitland war gegen Schmeichelei nicht gefeit, und seine Mundwinkel reckten sich ein wenig nach oben, aber sein zufriedener Gesichtsausdruck hielt nicht lange an. Sein Lächeln verblasste und wich schnell wieder einem strengen Blick. »Haben Sie gründlich bedacht, wo sich die Klinik befindet?« Mir war nicht klar, worauf er hinauswollte, und als er das bemerkte, ergänzte er: »Wyldehope liegt etwas abseits, sehr ländlich, mitten in Suffolk.«

»Es gibt doch sicher Zugverbindungen?«

»Ja, natürlich. Und vor Ort auch Busse.«

»Dann glaube ich nicht, dass es ein Problem darstellt. Ich habe zwar kein Auto, aber wenn es Züge und Busse gibt …«

Maitland rutschte ein wenig in seinem Sessel herum, und die horizontalen Linien auf seiner Stirn vertieften sich. »Der letzte Arzt – Palmer … Ich glaube, er hatte nicht genug darüber nachgedacht. Ich hatte den Eindruck, dass er sich sehr isoliert fühlte. Zwar versuche ich, mindestens einmal die Woche selbst nach Wyldehope zu kommen, doch die meiste Zeit würden Sie auf sich allein gestellt sein.«

Ich zuckte die Achseln. »Wenn ich klare Anweisungen habe, ist das in Ordnung.«

Maitland lächelte wieder. »Verzeihen Sie. Palmers Kündigung kam ein wenig überraschend. Meine Schuld, natürlich. Ich hatte ihn falsch eingeschätzt. Lassen Sie mich ein wenig vom Krankenhaus erzählen. Es ist alles sehr aufregend.« Er zog ein dünnes Silberetui aus seiner Jackentasche und bot mir eine Zigarette an. Anschließend zündete er erst meine an, dann seine eigene, und schob einen verchromten Aschenbecher zu mir herüber. »Wyldehope war ursprünglich das Jagdschlösschen der Gathercoles. Landadelsfamilie aus East Anglia. Während des Ersten Weltkrieges stifteten sie es der Armee als Genesungsheim für Verwundete. Später wurde es ein Verwaltungsgebäude und danach ein Zentrum des Geheimdienstes. Churchill soll mindestens einmal dort übernachtet haben, als er das Testgelände von Orford Ness besuchte. Ich habe schon seit Jahren nach einem Komplex wie Wyldehope gesucht. Dann erfuhr ich, dass man das Gebäude beim Militär nicht mehr benötigte. Ich konnte ein paar Hebel in Bewegung setzen.« Maitland zog an seiner Zigarette. »Wir haben vierundzwanzig Betten. Zwei Stationen und einen Narkoseraum. Außerdem bieten wir verschiedene ambulante Behandlungen an und machen sehr selten auch Hausbesuche – dem musste ich zustimmen, damit das Gesundheitsamt mitspielt.«

»Woher kommen die Patienten?«, fragte ich.

»Aus den Londoner Lehrkrankenhäusern. Aber Neuigkeiten sprechen sich schnell herum. Ein Behandlungszentrum dieser Art ist wertvolles Kapital. Inzwischen erhalte ich auch Anfragen von weit her. Im Augenblick sind wir ein kleines Unternehmen, aber wir werden uns bald vergrößern, da bin ich sicher. Wir haben neun Schwestern. Acht von ihnen sind erprobte Krankenpflegerinnen, die schon länger für mich arbeiten, und dann ist da noch eine junge Frau aus der Nähe, die neu angelernt wird. Davon abgesehen gibt es Hartley, den Hausmeister, und seine Frau, die kocht und die Küche leitet.«

»Und wie steht es mit dem medizinischen Personal?«

»Wir haben nur einen Arzt.«

Ich zögerte, bevor ich seine letzten Worte wiederholte. »Nur einen Arzt?«

»Ja.«

»Aber ...«

»Ich weiß, was Sie denken. Keine Sorge. Es wird nicht von Ihnen erwartet, dass Sie die ganze Zeit vor Ort sind. Wir haben eine Übereinkunft mit einem Krankenhaus in Saxmundham getroffen. Ein Vertretungspsychiater hält an den meisten Wochenenden die Stellung.«

Maitland zog an einem Klingelseil und erzählte weiter

von Wyldehope. Er wollte es zu einem Forschungszentrum ausbauen und den Komplex im nächsten Frühjahr um zwei zusätzliche Stationen erweitern. Seine Haltung war inzwischen weit weniger formell, und er bestand darauf, dass ich noch eine Zigarette nahm. Er war ein scharfer Gegner der Psychotherapie, und während er sich sehr begeistert über die jüngsten Fortschritte in der medikamentösen Behandlung äußerte, drosch er hart auf jene ein, die er verächtlich »Seelenklempner« nannte.

»Die freudianischen Herangehensweisen sind hoffnungslos unwirksam. Dieses ganze Gerede. Diese verschwendete Zeit. Dreihundert Milligramm Chlorpromazin sind besser als eine monatelange Analyse! Meinen Sie nicht auch? Träume, das Unbewusste, Triebe! Die Psychiatrie ist ein Ableger der Medizin, nicht der Philosophie. Geisteskrankheiten entstehen im Gehirn, einem Körperorgan, und müssen entsprechend behandelt werden.«

Er prüfte meinen Gesichtsausdruck, suchte nach Zeichen von Unbehagen oder Widerspruch, dann sprach er engagiert weiter. Mir kam der Gedanke, dass Maitland, wenn er sich nicht für eine Karriere als Mediziner entschieden hätte, einen sehr guten Soldaten abgegeben hätte. Man konnte sich ohne weiteres vorstellen, wie er in irgendeinem entlegenen Winkel des britischen Weltreichs eine Garnison befehligte.

Es klopfte an der Tür, und ein Bediensteter trat ein, der ein Tablett mit zwei Whiskys trug. Mir erschien es ein wenig früh für alkoholische Getränke. Als wir wieder allein waren, hob Maitland ein Glas und bedeutete mir, es ihm gleichzutun. »Herzlichen Glückwunsch!«, sagte er und grinste breit.

»Verzeihung, ich verstehe nicht …«

»Sie haben die Stelle.«

Über den Sommer war ich mit einer jungen Frau namens Sheila ausgegangen, die bei der BBC als Sekretärin arbeitete. Wir hatten nicht viel gemeinsam, aber wir hatten viel Spaß zusammen, gingen tanzen oder besuchten Jazzlokale. Eigentlich waren wir für halb acht verabredet gewesen, aber sie kam wie immer zu spät (inzwischen hatte ich mich daran gewöhnt, das ohne Murren hinzunehmen). Ich saß in einem Café in Soho an einem Tisch und beobachtete die Kundschaft: Männer in Tweedjacken mit Lederflicken am Ellenbogen, Frauen mit weißen Blusen und langen Hosen. Ein Grammphon spielte eine verkratzte Schallplatte mit neapolitanischen Liedern.

Sheila erschien, und wir unterhielten uns, sprachen aber über nichts Bestimmtes. Es war eigentümlich, dass unsere langen, freundlichen Gespräche stets oberflächlich blieben. Es gab nie Bedeutungsvolles, das wir einander anvertraut hätten – nicht einmal nach dem Sex. Unser Bettgeflüster war stets steril, ein unparteiischer Meinungsaustausch, bevor geschlafen wurde. Mitten in »O sole mio« nahm ich schließlich meinen Mut zusammen und kam auf meine neuen Pläne zu sprechen.

»Ich war heute bei einem Bewerbungsgespräch.«

»Oh, tatsächlich? Hast du die Stelle bekommen?«

»Ja.«

»Wie schön!« Sie sah das Zögern in meinen Augen, die Gewissensbisse. »Was denn?«

»Leider werde ich deswegen nach Suffolk ziehen müssen.«

»Wann gehst du denn?«

»Schon sehr bald.«

Sie nahm diese Nachricht mit ihrer typischen, gut gelaunten Gleichgültigkeit hin. Wahrscheinlich, so vermute ich heute, war sie erleichtert. Auf diese Weise würden wir keine Trennung aushandeln müssen, und es gab keine Peinlichkeiten und keine Vorspiegelung falscher Tatsachen. Wir waren frei und konnten auseinandertreiben. Nachdem wir unseren Kaffee getrunken hatten, sahen wir uns im Astoria-Kino eine Filmkomödie an, und als es an der Zeit war, sich zu verabschieden, gab Sheila mir einen Kuss und sagte: »Viel Glück. Ich hoffe, es geht alles gut.« Sie nahm den nächsten Bus und winkte mir durchs Fenster zu, als sich das Fahrzeug in den Verkehr Richtung Euston einfädelte.

Ich nahm die Northern Line nach Kentish Town und ging vom Bahnhof zu Fuß zu dem Haus, in dem ich mir im dritten Stock ein Einzimmerapartment gemietet hatte. Als ich die Haustür öffnete, schlug mir der nur allzu vertraute Mief gekochten Gemüses entgegen, ein unguter Geruch, der sich nie verzog. Es war erst halb zwölf, aber meine Vermieterin, eine Witwe namens Mrs. Briggs, kam aus der guten Stube und warf mir bohrende Blicke zu. Sie trug ein Haarnetz und hatte die Arme vor der Brust verschränkt.

»Es ist sehr spät, Dr. Richardson.«

»Ja. Ein Notfall im Krankenhaus.«

»Oh, ich verstehe.«

Sie zog den Gürtel ihres Morgenrocks fester und sagte: »Dann gute Nacht.«

»Gute Nacht, Mrs. Briggs.«

»Vergessen Sie nicht, im Flur das Licht auszumachen.«

»Ich werde daran denken, Mrs. Briggs. Schlafen Sie gut.«

Ich versuchte, leise die Treppe hinaufzugehen, aber das war nicht möglich. Fast jede Stufe knarrte laut. In meinem Zimmer angekommen, stellte ich einen Stuhl ans Fenster und sah zum wolkenlosen Himmel hinauf. Der Vollmond war über den Schornsteinen aufgegangen und ließ die Schieferschindeln silbern schimmern. Ich dachte nicht einmal an Sheila. Ich dachte an Maitland.

Am Tag meiner Abreise hatte ich eigentlich einen frühen Zug nehmen wollen, aber aufgrund eines Fehlers seitens der Verwaltung musste ich unverzüglich zum Royal Free zurückkehren, weil noch einige Unterlagen zu unterschreiben waren. Mein Nachfolger, Dr. Collins, war gerade eingetroffen, und ich ließ mich dummerweise auf eine langwierige und ermüdende Dienstübergabe ein. Collins stellte mir unglaublich viele Fragen, und ich muss zu meiner Schande gestehen, dass ich am Schluss recht ungehalten wurde.

Als ich den Bahnhof Liverpool Street erreichte, war es schon später Nachmittag, und ich erwischte gerade noch den Zug um achtzehn Uhr vierunddreißig nach Ipswich. Dort angekommen, rief ich Mr. Hartley, den Hausmeister, an und berichtete ihm, dass ich später käme. Es war ausgemacht worden, dass Hartley in Wyldehope auf mich warten und mir mein Quartier zeigen würde. Die Verzögerung schien ihm nichts auszumachen, und er sagte: »Rufen Sie mich noch einmal an, wenn Sie in Darsham sind.« Mit einem Bummelzug kam ich bis nach Woodbridge, wo eine Signalstörung dazu führte, dass ich aussteigen und wieder zwei Stunden warten musste, bis eine kleine Lokomotive eintraf, die dicken Rauch ausspuckte und zwei leere Waggons hinter sich herzog. Ich nahm meinen Koffer, hob ihn in den Zug, quetschte mich durch den engen Gang und setzte mich gleich in das erste Abteil. Noch bevor ich Platz genommen hatte, ertönte schon das Pfeifsignal, und der Zug nahm langsam Fahrt auf.

Nachdem wir den Bahnhof Woodbridge verlassen hatten, sah ich aus dem Fenster und betrachtete die Landschaft – weite, sanfte Hügel und flache Ebenen. Die Nacht zog herauf, und schon bald waren die Fenster schwarz und spiegelten lediglich das Innere des Abteils. Der Zug hielt noch an weiteren Stationen, Melton und Wickham Market, aber mein Abteil blieb leer. In Saxmundham hörte ich, wie eine Tür zuschlug, und ein paar Sekunden später sah ich einen Mann auf dem Gang. Er guckte durch die Glasscheibe zu mir hinein, unsere Blicke kreuzten sich. Noch bevor ich die Augen abwenden konnte, hatte er die Tür aufgeschoben und trat über die Metallführung ins Abteil. Er nahm seinen Hut ab, nickte mir zu und nahm dann genau mir gegenüber Platz. Der Zug setzte sich in Bewegung, und der Bahnhof geriet außer Sicht.

»Fahren Sie nach Lowestoft?«, fragte der Mann.

»Nein«, antwortete ich. »Nach Darsham.«

»Darsham?«, wiederholte er, und Überraschung schwang in seiner Stimme mit.

»Genau genommen will ich nach Dunwich Heath«, ergänzte ich. »Dort gibt es ein neues Krankenhaus. Ich bin Arzt.«

»Wyldehope Hall.«

»Genau.«

Ich hatte vermutet, dass mein Mitreisender, nachdem er das einzige Abteil gewählt hatte, in dem schon jemand saß, Gesellschaft und Unterhaltung suchte, aber damit lag ich falsch. Nachdem er seine Neugier hinsichtlich meiner Identität befriedigt hatte, bestand seinerseits offenbar kein Gesprächsbedarf mehr. Er saß ganz still, die Stirn leicht gerunzelt, die Hände umschlossen fest die Kniescheiben. Ich sah zum Fenster. Ein paar Minuten später hob er wieder die Stimme. »Es wurde nicht gern gesehen.«

»Entschuldigung?«

»Das Krankenhaus. Die Leute hier aus der Gegend wollten keine Irrenanstalt vor der Haustür.«

Allmählich erschienen mir sein Verhalten und sein Benehmen ziemlich ärgerlich.

»Nun«, erwiderte ich, »das tut mir leid. Es gibt viele Personen, die an Geisteskrankheiten leiden, und es muss dafür gesorgt werden, dass sie irgendwo unterkommen. Sie müssen schließlich behandelt werden.«

Der Mann biss sich auf die Unterlippe und verfiel wieder in Schweigen. Ich spielte mit dem Gedanken, mir ein anderes Abteil zu suchen, entschied mich aber dagegen. Stattdessen lenkte ich mich damit ab, dass ich in Maitlands Lehrbuch las, und als der Zug in Darsham einlief, stieg ich schnell aus.

Ich trat auf einen Bahnsteig, über den dicker Nebel waberte. Metall kreischte auf Metall, Feuerschein leuchtete aus dem Führerhaus, und Funken formierten sich über dem Schornstein zu chaotischen Konstellationen. All das sorgte für eine recht diabolische Kulisse. Ich sah auf meine Armbanduhr und hielt kurz inne, um dem Zug nachzublicken, wie er aus dem Bahnhof fuhr. Die Räder begannen sich zu drehen, und ich stand da, reglos, seltsam gefesselt, als die Lok und die Waggons in die entfernte Düsternis hinauszogen. Dann nahm ich den Koffer und ging zum Ende des Bahnsteigs, wo eine Rampe zur Straße hinunterführte. Dort, nur ein paar Meter entfernt, entdeckte ich eine Telefonzelle. Ich öffnete die Tür, trat ein und hob den Hörer, aber als ich ihn mir ans Ohr hielt, hörte ich kein Freizeichen. Laut fluchend legte ich auf und nahm noch einmal ab. Noch immer kein Geräusch. Ich holte tief Luft, ging wieder hinaus und lehnte mich mit dem Rücken gegen die Tür.

Nebelschwaden zogen vor meinen Augen vorüber. Ich ging ein paar Schritte weiter und stellte fest, dass der Bahnhof schon völlig verschwunden war. Dennoch setzte ich meinen Weg fort und beabsichtigte zunächst, zu Fuß bis ins Dorf zu gehen. Mir fiel ein, was Maitland über Wyldehope gesagt hatte, dass es »etwas abseits« liege, und dass er den Eindruck gehabt hatte, dass mein Vorgänger Palmer sich dort »sehr isoliert« fühlte. In diesem Augenblick hörte ich das Heulen eines Geschöpfs der Dunkelheit, einen jener melancholischen Rufe, die man leicht für das Weinen eines Kindes halten kann. Zusammen mit dem undurchdringlichen Nebel war der unheimliche Schrei zu viel für meine schon recht strapazierten Nerven, und ich kehrte um.

Ich stieg die Rampe wieder hinauf und ging auf dem Bahnsteig hin und her. Die Tür zum Fahrkartenschalter war verschlossen, die Bahnhofsfenster waren allesamt dunkel, und das einzige Licht kam von einer Reihe von Laternen. Allerdings gab es einen Wartesaal, und dessen Tür stand offen. Ich ging hinein, setzte mich auf eine Bank und überdachte meine Lage. Wie es aussah, würde mir nichts anderes übrig bleiben, als darauf zu warten, dass sich der Nebel lichtete, um noch einmal den Weg zum Dorf anzutreten.

Ein paar Minuten verstrichen, in denen ich hoffnungslos durchs Fenster blickte. Dann hörte ich Schritte. Ich stand auf, lief hinaus und sah, wie ein helles Licht auf mich zukam, dessen Strahlen sich durch den Dunst bohrten. Ich hob die Hand, um meine Augen vor dem grellen Schein abzuschirmen. Jemand rief »Hallo!«, und kurz darauf stand ein Uniformierter vor mir. Es war der Bahnhofsvorsteher, der ein

Fahrrad schob. Ich war so froh, einer anderen Menschenseele zu begegnen, dass ich laut und froh auflachte. »Guten Abend!«

»Nun sehen Sie sich das an!«, sagte der Bahnhofsvorsteher und wirbelte den Nebel mit einer Handbewegung auf. »Vor ungefähr einer Stunde stieg diese Suppe aus dem Marschland hoch.«

»Wird sie sich wieder verziehen?«

»Wer weiß. Manchmal tut sie das, manchmal nicht.«

»Sagen Sie, würden Sie mir helfen? Mein Name ist Dr. Richardson. Ich werde in Wyldehope Hall erwartet, dem neuen Krankenhaus von Dunwich Heath.« Der Bahnhofsvorsteher ließ mit keiner Regung erkennen, ob er sich darunter etwas vorstellen konnte. »Die Telefonzelle ist kaputt. Dürfte ich Ihren Apparat benutzen? Sonst sitze ich hier vielleicht die ganze Nacht fest.«

Der Mann führte mich in sein Büro, und ich rief bei Mr. Hartley an, der nun schon nicht mehr so verständnisvoll klang. »Dann fahre ich wohl besser raus und hole Sie ab«, brummte er. Der Bahnhofsvorsteher ließ mich wissen, dass Dunwich Heath nur acht Kilometer entfernt sei: »Sie werden nicht lange warten müssen.«

Er schloss sein Büro ab, und wir gingen gemeinsam den Bahnsteig hinunter. Als wir am Ende angekommen waren, stieg er auf sein Fahrrad, sagte: »Gute Nacht, Sir«, und fuhr laut klingelnd die Rampe hinunter.

Ich stellte mich unter das Vordach des Bahnhofsgebäudes und blickte in die gestaltlose Weite hinaus. Die Stille war außergewöhnlich. Dicht und absolut. Ein Auto fuhr vorbei, sehr langsam, und ich sah kein weiteres, bis Mr. Hartley ungefähr eine halbe Stunde später erschien.

Mr. Hartley war ein massiger Mann mit pockennarbigem Gesicht und bauchiger Statur. Sein Haar war zu einer Seite gekämmt, und er trug eine Brille mit runden Gläsern. Er war nicht besonders gesprächig, was angesichts der Umstände allerdings auch verständlich war. Ich entschuldigte mich mehrmals für meine späte Ankunft, aber das änderte nichts an seinem Verhalten. Er machte noch immer keine Anstalten, sich mit mir zu unterhalten. Wir kamen auf dem Weg zum Krankenhaus durch nur noch eine weitere Ortschaft, die Westleton hieß, und danach begann sich der Nebel erfreulicherweise zu lichten, so dass Mr. Hartley schneller fahren konnte. Etwa eineinhalb Kilometer weiter wurde die Straße holprig, und ich musste mich am Armaturenbrett festhalten, damit ich nicht zu sehr durchgeschüttelt wurde. Zwei viereckige Säulen bildeten die Einfahrt, und ich sah vor uns eine Ansammlung schwacher Lichter.

»Wyldehope«, sagte Hartley.

Als wir näher kamen, erkannte ich, dass sich vor uns nicht nur ein Haus befand, sondern mehrere: ein Haupthaus, flankiert von mehreren Nebengebäuden. Das Auto hielt knirschend vor einer steinernen Vortreppe, und nachdem ich ausgestiegen war, machte ich ein paar Schritte rückwärts, um mein neues Zuhause besser in Augenschein nehmen zu können. Es war zu dunkel, um viele Einzelheiten zu unterscheiden, aber ich machte doch eine Reihe von Stabkreuzfenstern aus, eine rein zur Zierde gemauerte Brustwehr und einen Turm. Ein Hintergrundgeräusch drängte sich in mein Bewusstsein, und als ich ihm meine ganze Aufmerksamkeit widmete, wurde mir klar, dass ich das Meer hörte.

»Hier entlang, bitte«, sagte Mr. Hartley. Er stand mit meinem Koffer vor dem Auto.

Wir gingen zur Eingangstreppe, und der Hausmeister zog einen Schlüsselbund aus seiner Manteltasche. Er schloss die Tür auf, und wir traten in eine geräumige, aber recht sparsam beleuchtete Halle. Sie war mit einem Dekor tapeziert, das auf mich viktorianisch wirkte – düstere braune Streifen, aufgehellt von einem Blumenmuster aus verblichenem Gold. Eine Rüstung, die ganz offensichtlich schon seit Jahrhunderten nicht mehr poliert worden war, hielt neben der Treppe Wache. Ich folgte Mr. Hartley hinauf zum ersten Stock und kam auf dem Treppenabsatz an einem Hirschkopf mit glasigen schwarzen Augen vorbei. Im zweiten Stock schloss Mr. Hartley eine weitere Tür auf, knipste das Licht an und bedeutete mir, in einen breiten Flur zu treten, von dessen beiden Seiten Zimmer abgingen. Er gab mir einen Schlüssel. »Sie brauchen nur den einen, Sir. Die anderen Zimmer hier im zweiten Stock sind nicht belegt.« Er zeigte mir ein Schlafzimmer, einen Arbeitsraum, eine kleine Küche und ein Bad. Das Mobiliar war solide und funktional, abgesehen von einem antiken, eleganten und wunderschön gestalteten Sekretär. Ich stellte mir vor, wie ich dort saß und eine wissenschaftliche Abhandlung schrieb.

»Hätten Sie gern Ihr Frühstück hierher hinaufgebracht?«, fragte der Hausmeister. »Oder essen Sie lieber mit den Schwestern im Speiseraum?«

»Wenn es keine Mühe macht, dann würde ich gerne hier essen, denke ich.«

»Ich werde es Mrs. Hartley sagen. Ist Ihnen sieben Uhr recht?«

»Das wäre sehr schön.«

»Oh, ich hätte es beinahe vergessen – Dr. Maitland hat angerufen. Er kommt morgen um halb elf. Sie hatten sicher erwartet, ihn schon früher zu treffen.« Mr. Hartley schob den Schlüsselbund wieder in seine Tasche. »Nun, ich denke, das wäre alles, Sir.«

Ich hätte gern eine Tasse Tee gehabt, wagte aber nicht, darum zu bitten. »Ich danke Ihnen. Auch dafür, dass Sie mich vom Bahnhof abgeholt haben. Das war sehr nett von Ihnen.«

Der Hausmeister zeigte sich von meiner Dankbarkeit wenig beeindruckt und erwiderte recht brüsk: »Gute Nacht, Sir.«

Ich schloss die Tür zum Flur und begann, meinen Koffer auszupacken. Nachdem ich die Hemden in den Kleiderschrank gehängt hatte, füllte ich ein paar Kommodenschubladen mit den übrigen Kleidungsstücken und verteilte den Rest meiner Habe (hauptsächlich Bücher und Papiere) im Arbeitszimmer.

Als ich damit fertig war, ging ich ins Bad, wusch mir das Gesicht und putzte mir die Zähne. Das Waschbecken war tief, und über die Keramikoberfläche liefen viele kleine Sprünge. Die Wasserhähne waren mit einem runden Emaillepunkt versehen, auf dem in schwarzen Buchstaben »heiß« beziehungsweise »kalt« stand. Ich hob den Kopf und sah mein Spiegelbild an. Dann legte ich einen Finger unter ein Auge und zog die schlaffe Haut leicht nach unten, bis ich einen fleischigen blassrosa Halbmond sah.

Ein Geräusch ertönte, ein vertrautes Geräusch. Ein Seufzer. Und er schien direkt hinter mir erklungen zu sein.

Ich sah in den Spiegel und überzeugte mich davon, dass das Badezimmer leer war.

Dass jemand im Flur lauerte, hielt ich für unwahrscheinlich. Schließlich hatte ich keine nahenden Schritte gehört, sondern nur dieses seltsame gehauchte Ausatmen. Dennoch überprüfte ich unwillkürlich, ob ich auch wirklich allein war; ich sah sogar in die angrenzenden Zimmer.

Der Wasserhahn lief noch, und gerade wollte ich wieder an den Waschtisch treten, um ihn abzudrehen, als mich eine seltsame Eingebung zögern ließ. Ich musste an das abergläubische Zögern denken, das man fühlt, wenn der Weg, den man beschreitet, unter einer Leiter hindurchführt. Meine eigene Unvernunft ärgerte mich, und so schritt ich über das Linoleum, fasste an das Rad des Wasserhahns und drehte es, bis der Strahl versiegte. Erneut betrachtete ich mein Spiegelbild, vielleicht aufmerksamer als zuvor, und ich musste zugeben, dass ich nicht gerade blühend aussah: Meine Haut war grau, meine Augen blutunterlaufen. Es war ein langer Tag gewesen, und ich war ganz offensichtlich übermüdet. Ein schmerzhaftes Pochen in meinem Kopf begleitete jeden Schlag meines Herzens.

Ich ging zurück ins Schlafzimmer, zog meinen Pyjama an und legte mich ins Bett. Als ich der schlichten Musik der Wellen auf dem Kieselstrand lauschte, kam mir London sehr weit weg vor. Wieder dachte ich daran, was im Badezimmer geschehen war. Wenn der »Seufzer« eine natürliche Ursache hatte – und sich vielleicht auf verstopfte Rohre, irgendwelche akustischen Eigenheiten des Gebäudes oder dergleichen zurückführen ließ –, dann war es bemerkenswert, wie zufällige Ereignisse und Gegebenheiten eine so naturgetreue Nachbildung hatten erzeugen können: Es hatte sich wirklich so angehört, als ob jemand nach dem Einatmen die Luft langsam aus der Lunge entweichen ließ und dabei seine Tonlage senkte. Es war ein höchst beunruhigendes Phänomen gewesen.

Ich rutschte tiefer zwischen die frischen, sauberen Laken und streckte die Hand aus, um die Lampe auszuknipsen. Obwohl ich so erschöpft war, dauerte es eine Weile, bis ich die Augen schloss.

2

Nie werde ich den Moment vergessen, als ich zum ersten Mal den Schlafraum betrat. Ich stieg die Treppe hinunter, die in den Keller führte, während Maitland makellos gekleidet neben mir herging, unaufhörlich redete und mit den Händen durch die Luft fuhr, und ich weiß noch genau, wie sich die Tür öffnete und ich über die Schwelle trat – eine Schwelle, die weniger stofflich vorhanden als vielmehr psychologisch bedeutsam zu sein schien. Die Schwester saß an ihrem Schreibtisch, eingehüllt in den Lichtkegel einer einsamen Tischlampe in der Dunkelheit, die EEG-Geräte piepten, und ich stand vor den sechs belegten Betten. Die Frauen – allesamt in weißen Nachthemden – schliefen tief und fest. Einer kamen Drähte aus dem Kopf, als ob sie einen urzeitlichen Kopfschmuck trüge.

Die Dauernarkose oder auch Schlafkur war ursprünglich in den 1920er-Jahren entwickelt worden, obwohl der Dauerschlaf, wie Maitland sagte, zu den ältesten Behandlungsmethoden in der Psychiatrie zählte. Menschen, die sich erschöpft oder gestresst fühlten, nutzten beispielsweise schon seit vielen tausend Jahren Alkohol, um sich »auszuknocken«, und im 19. Jahrhundert hatten ein paar mutige Doktoren versucht, Wahnsinn mit Opium und Chloroform zu heilen, aber erst mit der Entwicklung von Barbituraten wurde die Dauernarkose weithin als Behandlungsmethode anerkannt. Maitland arbeitete an einer bahnbrechenden, neuen Behandlungsform, die den Dauerschlaf mit den neusten Medikamenten und der Elektrokrampftherapie verband.

An diesem ersten Morgen erklärte mir Maitland den Ablauf, den er entwickelt hatte. »Es wird angestrebt, die Narkose für mindestens 21 Stunden am Tag aufrechtzuerhalten. Alle sechs Stunden werden die Patientinnen geweckt, zur Toilette gebracht und gewaschen, und sie bekommen Medikamente, Nahrung und Vitamine. Einmal in der Woche wenden wir eine Elektrokrampftherapie an. Blutdruck, Temperatur, Puls und Atmung werden gründlich protokolliert, ebenso wie Flüssigkeitsaufnahme, Urinabgabe und Stuhlgang. Da die Gefahr von Darmverschluss besteht, werden regelmäßig Abführmittel verabreicht und der Bauchumfang gemessen. Falls es Grund zu der Annahme gibt, dass es zu einem Stillstand der Darmtätigkeit kommt, wird sofort ein Klistier verabreicht.«

Maitland ging von einem Bett zum anderen, las aufmerksam die Krankenblätter und machte Notizen. »Alle Patientinnen erhalten alle sechs Stunden Chlorpromazin: hundert bis vierhundert Milligramm. Man gibt eine niedrige Dosis, wenn die Patientin gut schläft, und höhere Dosen, wenn die Patientin erregt ist oder nicht schläft. Zusätzlich zum Chlorpromazin erhalten die eher unruhigen Patientinnen Sodium-Amobarbital. Da dieses Medikament stark mit Entzugserscheinungen in Verbindung gebracht wird, führen wir regelmäßig EEG-Untersuchungen durch, um eventuelle Risikopatientinnen auszumachen.« Er deutete auf die Frau, der die Drähte aus der Kopfhaut ragten.

Ich fragte Maitland nach den Diagnosen der Patientinnen, und er antwortete: »Schizophrenie sowie Schizophrenie in Kombination mit Depression.« Als ich nach weiteren

Einzelheiten fragte, vor allem, was die individuellen Fälle betraf, war er nicht besonders auskunftsfreudig. »Sie sind alle sehr krank«, sagte er in einem Ton, der anzudeuten schien, die Frauen seien psychopathologisch derartig schwer beeinträchtigt, dass sich eine Diskussion spezifischer Krankheitsverläufe erübrige. »Uns geht es in erster Linie um die Behandlung.«

Wie sich herausstellte, sollte eine der Patientinnen heute eine EKT erhalten. »Das können wir auch gleich jetzt machen«, sagte Maitland und strich mit dem Finger über das Krankenblatt. »Ich habe die normale Vorgehensweise ein wenig angepasst und ein paar praktische Änderungen vorgenommen, die Sie interessieren dürften.«

Die Patientin war wahrscheinlich noch keine zwanzig. Ihr mausbraunes Haar hatte man kurz geschnitten, und ihre Nase und Wangen waren leicht mit Sommersprossen bedeckt. Sie sah recht jungenhaft aus.

Maitland schob einen Rollwagen neben ihr Bett. Das Netzkabel, das sich über den Boden ringelte, verband eine Elektroschockmaschine mit der Steckdose. Es war ein altes Modell, älter, als ich erwartet hatte. Die äußere Verkleidung des Geräts bestand aus einem dunklen rötlichen Holz, und als der Deckel hochgeklappt wurde, entdeckte ich darunter eine Konsole aus schwarzem Plastik. Weiße Schrift bezeichnete jeden Schalter, und um zwei Knöpfe schlang sich ein Kreis aufsteigender Zahlen. Durch ein halbmondförmiges Fenster konnte man die Netzspannung beobachten. Dicke Elektroden – Bakelitgriffe mit abgerundeten Metallenden – wurden in einem Seitenfach aufbewahrt.

Ich fragte mich, wieso die Schwester nicht ihre Kolleginnen zu sich rief. Maitland sah meinen Gesichtsausdruck und erklärte: »Ich habe eine ganz einfache Vorrichtung entwickelt, durch die wir nur noch eine Schwester brauchen.« Er machte mich auf eine dicke Rolle aus Segeltuch aufmerksam, die unter dem Bett befestigt war. Dann kreuzte er die Arme der Patientin und wickelte ein großes Stück von dem Tuch ab, das er über das schlafende Mädchen zog und auf der anderen Seite so fixierte, dass keinerlei Bewegung mehr darunter möglich war. »Sie werden sehen, das erfüllt denselben Zweck wie vier Krankenschwestern!« Ich sah mir das Krankenblatt der Patientin an und las, dass sie Kathy Webb hieß. Die Schwester säuberte die Stirn der jungen Frau. »Natürlich«, fuhr Maitland fort, »liegt der große Vorteil bei der Anwendung der EKT während der Narkose darin, dass die Patienten keine Angst verspüren – und darum kann man längere und intensivere Behandlungen verordnen.« Er nahm zwei Mulltupfer, tunkte sie in eine salzhaltige Lösung und umhüllte damit die Elektroden. Er hielt sie mir hin, die Hände leicht erhoben. Seine Haltung hatte beinahe etwas Rituelles.

»Wären Sie so nett?«

»Warum nicht.«

Ich nahm die Elektroden und legte sie dem Mädchen an die Schläfen. Maitland drehte den Hauptschalter, und die Nadel im Anzeigefenster zuckte, beschrieb einen ganzen Bogen von einer Seite zur anderen. Mir fiel auf, dass die Regler für »Spannung« und »Zeit« auf die höchste Stufe gestellt worden waren. Maitland erklärte, »komplizierte Fälle« bräuchten einen »stärkeren Impuls«. Während wir sprachen, schob die Schwester der Patientin einen Gummiknebel in den Mund, damit sie sich nicht auf die Zunge biss oder sie hinunterschluckte.

»Sind Sie bereit?«, fragte Maitland seine Helferin.

Die Schwester packte das Kinn der jungen Frau und nickte. Maitland wandte sich dann an mich. »Fertig?«

»Ja«, erwiderte ich.

Er lächelte, und seine Augen lenkten meine Aufmerksamkeit zu einem besonderen Schalter auf der Konsole, der von links nach rechts gekippt werden konnte, wobei auf einer Seite »Sicherheit« und auf der anderen »Behandlung« stand. Der Schalter ließ sich leicht bewegen und gab dabei ein leises Klicken von sich. Die Nadel in der Anzeige fiel plötzlich wieder, und die Patientin zog eine Grimasse. Maitland schaltete die Maschine ab, und ich legte die Elektroden zurück in ihre Halterung.

Eine Sehne trat am Hals der jungen Frau hervor, und sie gab ein unwillkürliches Grunzen von sich. Ich sah die kleinen Täler zwischen ihren Knöcheln unter dem Segeltuch, als sie ihre Fäuste ballte. Nach etwa zehn Sekunden zeigte sich ein rhythmisches Zucken rund um ihre Augen, und sie trat mit den Füßen, die unter der Plane hervorsahen. Der Krampf dauerte mindestens eine Minute, während derer wir kein Wort sprachen. Als das Mädchen mit dem Zucken und Treten aufgehört hatte, löste Maitland die Leinenumwicklung und rollte sie wieder auf. Dann überprüfte er die Atmung und den Puls der Patientin.

»Gut.«

Die Schwester ging in ihr Zimmer zurück, und Maitland und ich schritten zur Tür. Bevor wir gingen, ließ mich etwas innehalten, und ich wandte mich um.

»Wie lange schlafen sie schon?«, fragte ich.

»Manche von ihnen seit ein paar Wochen, andere seit einigen Monaten.«

»Und wie lange wird die Behandlung dauern?«

»Mindestens drei Monate. Möglicherweise vier.« Ich hatte noch nie davon gehört, Schlaf für eine so lange Zeit künstlich zu verlängern. Meine Überraschung war mir vermutlich anzusehen, denn Maitland gab mir einen Klaps auf die Schulter und sagte: »Hier in Wyldehope stoßen wir in ganz neue Gebiete vor! Neuland!« Ein Echo ließ sein letztes Wort von den Wänden widerhallen, die sich in den Schatten verloren. Eine der Patientinnen seufzte, und die Schwester sah auf. »Jetzt«, sagte Maitland, »zeige ich Ihnen die oberen Stationen.«

Im Erdgeschoss gab es zwei Abteilungen, eine für Männer und eine für Frauen, die Patienten befanden sich in getrennten Zimmern mit großen Fenstern. Leider waren die Eisengitter in den Einfassungen sehr hässlich und unterteilten den ansonsten schönen Blick über die Heide in kleine, enge Felder. Auf beiden Stationen herrschte Ruhe, und als wir die Patientenakten durchsahen, war mir der Grund für diese unnatürliche Stille sofort offensichtlich. Maitland meinte, wenn ein Patient nicht auf die Medikamente reagierte, dann sollte die Dosis verdoppelt werden; wenn das noch immer keine Besserung brachte, dann noch ein weiteres Mal.

Ich war davon ausgegangen, dass die Stationspatienten weniger krank sein würden als jene im Schlafraum. Aber falls das der Fall war, dann waren die Unterschiede nur graduell. Bei allen hatte man chronische Psychosen und Depressionen diagnostiziert, und fast alle hatten schon einmal über Selbstmord nachgedacht oder sogar versucht, sich umzubringen. Während wir durch die Aufzeichnungen sahen, sagte Maitland: »Es lässt einen Menschen demütig werden, wenn man darüber nachdenkt, was diese armen Kranken an jedem Tag ihres Lebens durchmachen müssen, welchen Dämonen sie sich stellen, welchen Schrecken, welchen Ängsten.« Natürlich pflichtete ich ihm bei, und er fuhr fort: »Haben Sie schon einmal einen Patienten gesehen, der aufgrund eines körperlichen Leidens so große Schmerzen empfand, dass er sich selbst töten wollte, um seiner Qual zu entfliehen?« Das hatte ich nicht. »Können Sie sich das vorstellen? So große Schmerzen zu haben, dass es Ihnen als einziger Ausweg erscheint, den Kopf in den Gasofen zu stecken? Deswegen ist unsere Arbeit hier so wichtig.«

Im Laufe der Zeit sollte ich mich an derartig inbrünstige Ausbrüche gewöhnen, aber an jenem ersten Tag war ich doch etwas verblüfft. Als ob Maitland eine Maske getragen hatte, die er sich plötzlich vom Gesicht riss, um dahinter einen ganz anderen Menschen zu offenbaren: einen Menschen, der viel mehr Gefühl und Mitleid zeigte. Ich sah den »Doktor«, nicht mehr als den abgebrühten Radioexperten oder den Gesellschaftsformer, der es sich zur Aufgabe gemacht hatte, Geisteskrankheiten bis zum Ende des Jahrhunderts ausgerottet zu haben. In späteren Jahren hörte ich zynische Stimmen, die vermuteten, dass seine leidenschaftlichen Reden sorgsam kalkuliert gewesen seien und zu seiner Maskerade gehört hätten, aber das stimmt nicht. Ich denke, sie waren echt und zeigten eine Facette seiner Persönlichkeit, die er sonst unter Verschluss hielt. Er war ein komplexer Mensch – viel komplexer, als es ihm seine Nachrufschreiber zugestanden.

Nachdem wir auf den Stationen alles gesehen hatten, führte Maitland mich in die Küche und den Speiseraum. Er stellte mir Mrs. Hartley vor, eine rundliche, hektische Frau, die mit einer jungen Küchenhilfe Töpfe und Pfannen spülte. Sie trocknete sich die Hände an ihrer Schürze ab, drückte meine Finger mit ihrer rauen, rotgescheuerten Hand zusammen und fragte nach meinen kulinarischen Wünschen. Meine Vorlieben und Abneigungen schienen ihre Zustimmung zu finden, und sie erklärte mit feierlichem Stolz: »Schweinefleisch aus Suffolk ist einfach nicht zu schlagen, Herr Doktor. Etwas Besseres gibt es nicht!« Als wir uns wieder verabschiedeten, bat Maitland sie, uns ein paar Corned-Beef-Sandwiches und eine Kanne Tee zu machen. Zwar war es nicht direkt so, dass sie daraufhin die Stirn mit der Hand berührt hätte, aber sie vollführte eine Geste, die diesem alten Zeichen von Ergebenheit recht nahe kam.

Im ersten Stock zeigte mir Maitland nun einige Zimmer, die für die Behandlung von »ambulanten« Patienten hergerichtet worden waren. Wie schon in meinem Bewerbungsgespräch bemühte er sich, darauf hinzuweisen, dass wir diese Dienstleistung für die Gemeinde nur selten würden anbieten müssen. Er war sehr bestrebt, mir zu versichern, dass ich mich nicht überarbeiten würde.

Anschließend kamen wir zu einer schimmernd schwarzen Tür. »Einen kleinen Augenblick«, sagte Maitland und blieb stehen, um einen Schlüssel aus der Tasche zu ziehen. »Mein Büro.« Ich hörte, wie ein Riegel zurückglitt, dann schob Maitland die Tür auf. »Nach Ihnen«, setzte er hinzu und bedeutete mir, voranzugehen.

Ich trat in ein Zimmer, das die staubige Strenge eines Museums mit der Prachtentfaltung einer königlichen Suite verband. Es war im hochviktorianischen Stil eingerichtet: ein Kamin mit Marmoreinfassung, ausgestopfte Vögel unter Glaskuppeln und ein dunkelrotes, wuchtiges Chesterfield-Sofa; die Ölgemälde, Stehlampen und Uhren waren mit Silber- und Goldblatt verziert. Das einzige Stück, das nicht recht dazu passte, war ein langweiliger grauer Aktenschrank, auf den Maitland zwei Fotografien gestellt hatte. Bei der einen handelte es sich um ein professionelles Porträt einer attraktiven Frau Mitte oder Ende zwanzig – ein altes Foto, das schon vor dem Krieg aufgenommen worden war. Die andere zeigte Maitland mit drei Männern von ähnlichem Typ wie er selbst vor der Freiheitsstatue. Ich vermutete, es waren amerikanische Kollegen.

Wir führten unsere Unterhaltung fort, und nach etwa zehn Minuten kam das Küchenmädchen und brachte unseren Tee und die Sandwiches. Maitland reichte mir ein getipptes Manuskript. Es handelte sich um eine bisher noch unveröffentlichte theoretische Abhandlung, in der die therapeutische Wirkung des verlängerten Schlafs dargelegt wurde. »Ich wäre Ihnen dankbar, wenn Sie das einmal lesen würden«, sagte er, während er kaute. »Falls Sie zu der Auffassung kommen sollten, dass es Schwachstellen in der Argumentation gibt, dann sagen Sie es mir bitte. Es hat keine Eile. Lassen Sie sich Zeit.« Ich fühlte mich geschmeichelt. Als wir mit dem Essen fertig waren, erklärte Maitland, dass er einige Verwaltungsarbeiten erledigen müsse, bevor er um halb fünf nach London zurückführe.

Er kam vor seiner Abreise noch einmal zu mir, und ich begleitete ihn zu seinem Wagen, einem Bentley. Die Karosserie glänzte, und unser Spiegelbild auf dem Lack wurde durch die geschwungenen Kurven verzerrt. Maitland schüttelte mir die Hand und sagte: »Ich freue mich, dass Sie mit an Bord sind. Wenn es irgendwelche Probleme geben sollte, zögern Sie nicht, mich anzurufen.« Als er die Autotür öffnete, schlug mir der zarte Geruch von weichem Leder und Zigarren entgegen. Der Wagen rollte die Auffahrt hinunter und schaukelte leicht, sobald die unebene Strecke begann. Ich hob die Hand. Maitland hatte mich offenbar im Rückspiegel beobachtet, denn er antwortete mit einem Hupen. Dann verschwand der Wagen in einer Senke.

Ich war den ganzen Tag noch nicht draußen gewesen und nahm mir nun ein wenig Zeit, die Umgebung zu betrachten. Wyldehope lag inmitten einer kargen Heide, die sich bis an den Horizont erstreckte. Es gab nichts zu sehen außer Heidekraut, Ginsterbüschen und ein paar gebeugten Bäumen. Direkt zu meiner Linken senkte sich der Boden zu weitem Marschland hinab, unterbrochen von nassen Reetfeldern, die sich leicht im Wind wiegten. Eine erhöhte Uferböschung folgte der Küstenlinie, hinter der die raue, mahlende See lag. Sie war nicht blau, sondern hatte eine eigenwillige braune Färbung, wie Grabenwasser. Mir fielen einige Nebengebäude auf: Stallungen, die zu Wohnquartieren umgebaut worden waren, und ein einsames, weiß getünchtes Cottage. Im Osten reckten sich von einer tief hängenden schwarzen Wolke zarte Regenranken hinunter. Vielleicht hätte ich länger verweilt, wäre mir nicht zu Bewusstsein gekommen, dass ich nun der einzige Arzt vor Ort und direkt verantwortlich für das Wohlergehen von vierundzwanzig Patienten war. Diese plötzliche Erkenntnis führte zu einer seltsamen Mischung aus Anspannung und Stolz: Hugh Maitland, der einflussreichste Psychiater seiner Generation, hielt mich für fähig, die Geschicke von Wyldehope zu leiten. Ich drehte mich auf dem Absatz um und eilte wieder ins Haus.

Den Rest des Nachmittags verbrachte ich auf den Stationen und stellte mich den Patienten vor, jedenfalls jenen, bei denen das möglich war. Der größte Teil schlief allerdings oder ließ sich gar nicht ansprechen. Eine der Ausnahmen war ein Mann namens Michael Chapman, der in seinem Zimmer hin und her tigerte, als ich eintrat, sich mit den Händen durchs Haar fuhr und abwesend vor sich hin murmelte. Aus seiner Akte ersah ich, dass er unter Halluzinationen und Verfolgungswahn litt.

»Mr. Chapman«, sagte ich. »Bekümmert Sie etwas? Vielleicht kann ich Ihnen etwas geben, um Ihre Nerven zu beruhigen.«

Er marschierte zu einem der Fenster und packte die Gitterstäbe mit festem Griff. Während er auf die Heide hinausblickte, sagte er: »Ich will nach Hause, Herr Doktor. Ich will nach Hause.« Seine Stimme klang dünn und mitleiderregend.

»Es tut mir leid, das geht nicht, Mr. Chapman.«

»Bitte, Herr Doktor. Ich will nach Hause.«

»Aber Sie sind krank, Mr. Chapman. Sie müssen noch hierbleiben, bis es Ihnen wieder besser geht. Jetzt lassen Sie mich Ihnen etwas geben, damit Sie sich ein wenig entspannen.«

»Ich mag dieses Haus nicht.«

»Warum das denn nicht?«

Er wandte sich zu mir um, und seine Unterlippe begann zu zittern. Er glich einem ängstlichen Kind. »Ich will nach Hause«, wiederholte er.

Ich trat neben ihn und löste seine Finger von den Gitterstäben. Dann führte ich ihn zu seinem Bett. Er leistete keinen Widerstand und ergab sich meinem leichten Nachdruck ohne ein Wort des Protests.

»Bitte setzen Sie sich hin, Mr. Chapman. Sie werden sich gleich besser fühlen.«

Ich rief die Schwester, damit sie eine Spritze mit Sodium-Amobarbital vorbereitete.

»Etwas Schlimmes wird passieren«, sagte Mr. Chapman und rang die Hände.

»Etwas Schlimmes? Was meinen Sie genau?«

Er schüttelte den Kopf. »Ich kann es fühlen.«

Der arme Kerl verzog nur das Gesicht und murmelte weiter vor sich hin. Als die Schwester zurückkam, halfen wir Mr. Chapman ins Bett, und ich gab ihm die Injektion. »Sie haben dieses Medikament schon oft bekommen«, sagte ich. »Sie werden sich vielleicht ein wenig benommen fühlen.« Er stieß einen schweren Seufzer aus; das erste äußerlich erkennbare Zeichen dafür, dass das Beruhigungsmittel zu wirken begann. Ich hatte erwartet, dass sich seine Atmung vertiefen würde, aber interessanterweise geschah das nicht. Stattdessen atmete er genauso weiter wie zuvor, flach und schnell. Ich wies die Schwester an, ein Auge auf ihn zu haben und mich zu rufen, falls er wieder unruhig werden sollte.

»Natürlich, Dr. Richardson«, erwiderte sie. »Wo finde ich Sie?«

»Im Schlafraum.«

Zuvor war ich so beschäftigt gewesen, dass ich die Erscheinung der Schwester gar nicht wirklich bemerkt hatte. Sie trug eine der moderneren Uniformen: kurze Ärmel, eine Schürze mit Latz und Schulterträgern sowie ein kleines rundes Schiffchen. Die abgenähte Taille betonte ihre gute Figur. Zwar war sie recht groß, aber ihre Knöchel und Handgelenke waren attraktiv schmal. Ihre Züge waren zart, ihre Augen auffallend grün.

»Danke, Schwester …« Ich verstummte ungeschickt mitten im Satz.

Sie kam mir zu Hilfe: »Turner. Jane Turner.«

Als ich die Station verließ, wandte ich mich noch einmal um. Sie stand noch immer vor Mr. Chapmans Zimmer, und als sich unsere Blicke trafen, belohnte sie mein Interesse mit einem kleinen Lächeln.

Ich ging wieder ins Vestibül und wollte gerade die Stationstür abschließen, als das Küchenmädchen mit einem Stapel Tabletts erschien. Sie nickte mir zu und lief dann die Kellertreppe hinunter. Ich fragte mich, wie man mit den Schlafraumpatientinnen umging, wenn sie wach waren, und daher folgte ich ihr nach unten. Die Stationsschwester, Doris Jenkins, gab einer weiteren Pflegerin und einer erschreckend jung aussehenden Schwesternschülerin einige Anweisungen. Mir gegenüber war Schwester Jenkins über die Maßen ehrerbietig, und ich musste mehrmals betonen, dass ich mich nicht einmischen, sondern nur zusehen wollte, wie die tägliche Routine ablief.

Es war schwer, die Patientinnen zu wecken. Tatsächlich gelangten sie nie in einen Zustand, den ich ein klares, waches Bewusstsein genannt hätte. Sie saßen mit halb geschlossenen Augen da und waren sehr benommen, selbst beim Essen. Ihre Kiefer bewegten sich mit der langsamen Entschlossenheit, wie Kühe sie beim Wiederkäuen zeigen. Wenn sie aufgestanden waren, brauchten sie mindestens eine Schwester als Stütze, um nicht umzufallen. Ich versuchte, mich Kathy Webb vorzustellen, der jungen Frau, die heute die EKT bekommen hatte, aber sie sah mich mit leerem Blick an und sagte nichts.

Die Schwestern beeindruckten mich sehr. Ihre Zusammenarbeit war von einer maschinengleichen Effizienz geprägt. Ihre Bewegungen waren so gut koordiniert, so gut eingespielt, dass mich die ganze Szenerie an Fließbandarbeit erinnerte. Die Patientinnen wurden gefüttert, gewaschen und zur Toilette gebracht, bevor man sie wieder zu ihren Betten führte und ihnen ihre Medikamente verabreichte. In ihren langen weißen Nachthemden wirkten sie wie gefügige Geister. Als sie alle richtig schliefen, wurde ich mir eines unangenehmen Geruchs bewusst. Die Ausdünstungen der Darmentleerungen, der Einläufe und des Essens konnten nirgendwohin abziehen und hingen in der Luft.

Zwar zeigte sich Schwester Jenkins mir gegenüber unterwürfig, ging mit ihren eigenen Untergebenen allerdings recht ruppig um. Vermutlich hielt sie auf sehr strenge Disziplin. Als sie sich zum Gehen wandte, sagte sie zu der Lernschwester: »Ich komme um elf Uhr wieder. Halten Sie sich genau an die Anweisungen.« Dann verschwand sie mit der anderen Pflegerin. Die Schwesternschülerin saß hinter dem Schreibtisch und nahm eine Ausgabe eines pharmazeutischen Nachschlagewerks aus einer Schublade. Nachdem sie einige Sekunden hineingesehen hatte, legte sie das Buch beiseite und sah starr in die Dunkelheit hinaus. Ihr Gesicht nahm schnell einen leeren, gelangweilten Ausdruck an.

Ich ging um die Betten herum, prüfte die letzten Einträge auf den Krankenblättern und beschloss, ein EEG bei einer Patientin namens Sarah Blake durchzuführen, eine der drei Frauen, die zusätzlich zum Chlorpromazin noch Sodium-Amobarbital bekommen hatten. Sie war Anfang zwanzig und hatte ein interessantes Gesicht, mit Zügen, wie sie oft wenig zartfühlend als »hexenhaft« bezeichnet werden: langes schwarzes Haar, ein leicht vorspringendes Kinn und eine scharf geschnittene Nase. Dennoch konnte man sich vorstellen, dass dieselben Züge in einem bestimmten, vorteilhaften Licht auf eine gewisse teuflische Art schön wirken konnten. Bei ihr war zuletzt vor fast einer Woche eine EKT durchgeführt worden, und von daher vermutete ich, dass die Aufzeichnung einige Schlüsse zulassen würde, jedenfalls innerhalb gewisser Grenzen. EEGs, die kurz nach einer EKT gemacht werden, sind oft irreführend. Das Papier glitt unter den zuckenden Tintenköpfen dahin, die unregelmäßige Schwünge nach oben und tiefe Täler nach unten protokollierten, die großen, langsamen Wellen des Schlafes.

Eine eigenwillige Stille breitete sich aus, und ich musste an etwas denken, das ich vor vielen Jahren über die Heilungsrituale der alten Griechen gelesen hatte. Den Kranken und Siechen wurde in diesen weit zurückliegenden Zeiten von heiligen Männern oft geraten, eine Nacht in einem unterirdischen Tempel zu verbringen: Dort würden sie dann einen Traum haben, der ihnen Heilung brächte. Mir schien es, als sei der Schlafraum ein modernes Äquivalent dazu.

Schlaflabore waren mir vertraut. Ich hatte in Cambridge und Edinburgh in solchen Einrichtungen studiert und gearbeitet, und ihnen allen war eine seltsame, unwirkliche Atmosphäre eigen. Aber der Schlafraum in Wyldehope war anders. Die Atmosphäre war intensiver, beinahe religiös. Sie weckte Gefühle in mir, die ich mit bestimmten Kirchen verband – Gefühle, wie man sie empfand, wenn man in der Dämmerung ganz für sich war. In der Stille und in den Schatten, die diese sechs Betten umfingen, lagen unerwartete Anklänge und Andeutungen, die jenseits der Sinneswahrnehmung lagen. Das unterirdische Heilungsritual der alten Griechen wurde »Inkubation« genannt. Ein treffendes Wort, da es aus Elementen besteht, die wörtlich übersetzt »im Boden liegend« bedeuten.

Bevor ich den Schlafraum verließ, nahm ich die Elektroden von Sarah Blakes Kopf und überprüfte die EEG-Ergebnisse. Die rote Tinte wirkte ungewöhnlich leuchtend auf dem weißen Papier, wie dünne Blutspuren. Es gab nichts Bemerkenswertes zu entdecken: geschwungene Wellen, unterbrochen von kurzem Aufflackern intensiverer Tätigkeit der vorderen Hirnlappen. Ich schrieb ein paar Bemerkungen auf das Krankenblatt und sagte der Schwester gute Nacht.

»Gehen Sie schon, Herr Doktor?«

Irgendwie war es eine seltsame Frage aus ihrem Mund.

»Ja«, antwortete ich. »Warum? Wollten Sie mich noch etwas fragen?«

Ihr Gesicht überzog sich mit leichter Röte, und sie sagte schnell: »Nein. Es ist alles gut. Gute Nacht, Doktor Richardson.«

Ich kehrte ins Erdgeschoss zurück, um mich zu überzeugen, ob auf den Stationen alles in Ordnung war. Michael Chapman war noch wach, aber er lag im Bett, und nur seine finstere Miene zeugte von seiner früheren Verstimmung. Mag sein, dass ich auf der Männerstation ein wenig mehr Zeit verbrachte, als unbedingt notwendig gewesen wäre, weil ich mich noch mit Schwester Turner unterhielt. Sie war in Wyldehope, seit das Krankenhaus den Betrieb aufgenommen hatte. Ich fragte sie, ob sie London vermisse. »Eigentlich nicht«, sagte sie. »Allerdings fahre ich meist einmal im Monat hin, um meine Mutter zu besuchen und meine Freunde. Im Sommer war es hier draußen sehr schön.« Ich hätte sie gern mehr gefragt, vor allem, was ihre eigene Person betraf, aber ich fürchtete, unprofessionell zu erscheinen, und beendete unser Gespräch.

Als ich die Stufen hinaufging, beschäftigten mich die Ereignisse des Tages zwar noch sehr, aber ich war doch nicht so in mich gekehrt, dass ich meine Umgebung darüber vergessen hätte. Ich hörte ein Geräusch, als ob mir jemand ganz nahe folgte, und blickte über meine Schulter. Überrascht stellte ich fest, dass mich meine Sinne völlig getäuscht hatten. Es war niemand da. Das verwirrte mich. Ich ging weiter die Treppe hinauf, bis ich den Absatz im ersten Stock erreichte. Gerade wollte ich die nächsten Stufen in Angriff nehmen, als ich wieder ein Geräusch hörte, aber dieses zweite Mal war es ganz deutlich und leicht zu erkennen: Ein erster Aufprall folgte auf einen zweiten und ließ demnach vermuten, dass etwas auf den Teppich gefallen und kurz zurückgefedert war.

Als ich mich umwandte, sah ich einen Stift dort liegen. Erst glaubte ich, es sei mein Füllfederhalter, aber als ich ihn aufhob, stellte ich fest, dass es sich um einen billigen Kugelschreiber handelte. Mein versilberter Parker-Füller steckte noch in meiner Tasche. Ich konnte mich nicht daran erinnern, den Stift aus dem Schlafraum oder aus den Stationen mitgenommen zu haben, aber so musste es wohl gewesen sein.

Im Arbeitszimmer machte ich mich dann daran, meine Papiere zu ordnen. Ich sortierte die Manuskripte einiger noch unvollständiger Artikel und packte sie in den Schreibtisch, als mir ein luftdichter Behälter in der untersten Schublade auffiel. Er enthielt drei Tabletten mit Bruchkerbe. Ich las die Aufschrift: *Reserpin. Vor Licht schützen.* Das Medikament war mir nicht vertraut, aber gleichzeitig hatte ich das Gefühl, dass es mir schon irgendwo begegnet war oder dass ich zumindest einmal etwas davon gehört hatte. Ich schüttelte eine der Tabletten auf die Tischplatte. Es war nachlässig von Palmer, meinem Vorgänger, seine persönliche Arznei hier zurückzulassen, denn darum handelte es sich ja wahrscheinlich, und zu riskieren, dass ich sie entdeckte. Vor allem, da ich vermutete, dass es sich bei Reserpin um einen psychoaktiven Wirkstoff handelte. Ich musste daran denken, was Maitland mir über Palmers unerwartete Kündigung gesagt hatte. Eine vage Unruhe – wie ein Echo, das sich aus Stille erhob – ließ mich die Tablette wieder in die Schachtel zurücklegen. Es war wohl staubig im Zimmer, denn meine Nase war plötzlich verstopft, und mir fiel das Atmen schwer. Ich öffnete das Fenster und sah hinaus aufs Meer. Im Abendlicht hatte seine ungewöhnliche Farbe einen dunkleren Braunton angenommen. Ich schloss das Fenster, zog die Vorhänge zu und bereitete mich auf die Nachtruhe vor.

Dr. Angus McWhirter
Maida Vale Krankenhaus für Nervenkrankheiten
London W9

26. Februar 1955

Dr. Hugh Maitland
Psychiatrische Abteilung
St. Thomas Hospital
London SE1

Betr.: Miss Kathy Webb (geb. 3.1.1937)
Walsingham House, Lisson Grove 26, NW1

Lieber Hugh,
ich wäre Ihnen sehr dankbar, wenn Sie Miss Webb untersuchen würden, eine junge Frau, die an Schizophrenie und schweren Stimmungsschwankungen leidet. Sie wurde als jüngstes von vier Kindern in West-London geboren; bei ihrem ältesten Bruder, Charles, wurden ebenfalls psychotische Erkrankungen diagnostiziert. Ihr Vater hat einen Marktstand, und ihre Mutter, die aus Dublin stammt, ist Hausfrau. Miss Webb besuchte zunächst eine römisch-katholische Grundschule, die sie jedoch mit neun Jahren wegen Schwänzens verlassen musste. Offenbar setzten die Nonnen dort stark auf körperliche Züchtigung, und sie wurde regelmäßig geschlagen. Als Jugendliche lief Miss Webb öfters von zuhause weg, und wenig später berichtete sie zum ersten Mal, Stimmen gehört zu haben, die meist sehr kritisch waren und sie verschie-

dener Sünden bezichtigten. Ihre Mutter glaubte, ihre Tochter sei vom Teufel besessen, und brachte sie zu einem Priester, der glücklicherweise erkannte, dass das Mädchen krank war, und dafür sorgte, dass sie bei einem Psychiater im St. Mary's vorstellig wurde. In den nächsten Monaten verschlechterte sich ihre Verfassung rapide, und sie wurde in die Nervenheilanstalt Friern gebracht, wo sie über ein Jahr blieb. Die Behandlung dort war meiner Meinung nach recht konservativ und bestand aus einer Kombination aus Beruhigungsmitteln und Beschäftigungstherapie. Drei Monate nach ihrer Entlassung kehrten die Stimmen zurück. Sie fing wieder an, von zuhause wegzulaufen, und wurde aktenkundig bei der Polizei, nachdem die Beamten sie mehrmals in verwirrtem und heruntergekommenem Zustand in den frühen Morgenstunden in Notting Hill aufgegriffen hatten. Offenbar hat jemand ihre Verfassung in einer dieser Phasen ausgenutzt, denn im Juni letzten Jahres wurde festgestellt, dass sie im dritten Monat schwanger war (wobei Miss Webb selbst behauptete, sich nicht daran zu erinnern, verführt oder missbraucht worden zu sein, und ihre Schwangerschaft auf eine unbefleckte Empfängnis zurückführte). Man kam zu dem Schluss, dass es vermutlich im besten Interesse der jungen Frau sei, das Kind abzutreiben. Der Eingriff wurde von Mr. Herbert in der City Of Westminster Klinik durchgeführt. Da Mr. und Mrs. Webb mit ihrer Tochter nicht mehr zurechtkamen und auch der älteste Sohn einen Rückfall hatte, wurde Miss Webb im Herbst nach Walsingham House gebracht (ein von der katholischen Kirche geführtes Heim). Ihr Zustand verschlechterte sich wieder, und sie wurde von Dr. Simmons, der im St. Mary's arbeitet und den Sie, wie ich glaube, kennen, in meine Abteilung überwiesen. Miss Webb hört fast jeden Tag Stimmen, von denen ihr manche inzwischen sagen, sie solle »Schluss machen«; außerdem meint sie, dass verschiedene Pflegekräfte auf der Station »Teufel« seien, die sich verkleidet hätten. Ich überprüfte sofort, welche Medikamente sie bekam, und führte eine EKT durch; sie ist jedoch immer noch sehr krank und akut selbstmordgefährdet. Sie fragt nun auch öfter nach ihrem »Baby«, von dem sie glaubt, dass es ihr weggenommen worden sei. Leider haben wir hier in Maida Vale nicht die Ausstattung, um Miss Webb die Hilfe zu geben, die sie so offenkundig benötigt. Bei unserer letzten Begegnung haben Sie, wenn ich mich recht erinnere, ein neues Behandlungszentrum und Ihr neu erwachtes Interesse an der Schlafkur erwähnt, und ich habe mich gefragt, ob Miss Webb vielleicht eine geeignete Kandidatin für Sie sein könnte? Ich wäre Ihnen sehr dankbar, wenn Sie sich hinsichtlich dieser Möglichkeit einmal mit ihr beschäftigen würden. Ihre Akte stellt Ihnen meine Sekretärin auf Anfrage gern zur Verfügung. Entschuldigen Sie, lieber Hugh, dass ich mich so kurzfasse, aber ich war in der letzten Woche sehr damit beschäftigt, mich um ein paar Leute vom Gesundheitsamt zu kümmern, denen ich das Krankenhaus zeigen musste, und jetzt hat sich hier sehr viel Papierkram aufgestaut. Sie wissen ja besser als wir alle, wie lästig diese ganze Bürokratie für uns geworden ist. Ich danke Ihnen im Voraus für Ihre Einschätzung.

Herzliche Grüße
Angus
Dr. med. Angus McWhirter

3

In den nächsten zwei Wochen wurde der Tagesablauf immer mehr zur Routine. Ich überwachte die Patienten, machte Tests, führte Elektrokrampftherapien durch und achtete darauf, dass unsere Apotheke stets gut bestückt war. Da Maitland dazu neigte, Medikamente in hoher Dosierung zu verschreiben, waren die Patienten in der Regel recht anspruchslos, und ich hatte oft nichts zu tun. In solchen Augenblicken fühlte ich mich versucht, mich in mein Zimmer zurückzuziehen und die Aufzeichnungen über die letzten Experimente zu vervollständigen, die ich in Edinburgh durchgeführt hatte, aber ich hielt es für besser, Präsenz zu zeigen, vor allem, wenn Schwester Jenkins Dienst hatte. Wäre sie zu dem Schluss bekommen, dass ich mich nicht besonders engagierte, hätte sie das Maitland sicher unverzüglich wissen lassen. Das Leben in Wyldehope wurde recht bedrückend, aber ich konnte nicht viel unternehmen. Eine durchziehende Regenfront machte Ausflüge in die Natur wenig verlockend, und wenn ich durch die Fenster über die feuchte, windzerzauste Heide sah, verspürte ich keinen Wunsch, den Elementen zu trotzen.

Die meiste Zeit verbrachte ich auf den Stationen und versuchte, mich mit den Patienten vertraut zu machen. Sie waren an sich eher Einzelgänger, aber manchmal kamen zwei oder drei von ihnen aus ihren Zimmern und schlurften in offenen Bademänteln und nachschleifenden Gürteln zum

Tagesraum. Wenn sie dort saßen, spielten sie vielleicht eine lustlose Partie Schach oder Domino oder verstrickten sich in schräge Unterhaltungen, in denen bestimmte Beobachtungen oder Ausdrücke ständig wiederholt wurden. Manchmal starrten sie auch nur auf ihre Hausschuhe.

In meiner zweiten Woche – ich glaube, es war an einem Dienstag – geschah etwas recht Eigentümliches auf der Männerstation. Assistiert von Schwester Jenkins, untersuchte ich einen Patienten namens Alan Foster. Er war in den Fünfzigern, und sein vorherrschendes Krankheitssyndrom bestand in einer sehr klar formulierten Idee einer Fremdkontrolle. Er glaubte, dass seine Handlungen von einer Reptilienzivilisation gesteuert wurden, die sich auf den Ringen des Saturns entwickelt hatte. Leider hatte sich Mr. Foster wundgelegen, und die Druckstellen mussten mit einem topischen Antiseptikum behandelt werden. Ich legte die Salbe und die Tupfer wieder auf den Rollwagen, und Schwester Jenkins stand am Waschbecken und schrubbte ihre Hände. Sie drehte die Wasserhähne zu, und ich nahm halb unbewusst wahr, wie sie durch den Raum schritt. Dann hörte ich, wie offenbar etwas gesucht wurde und ein paar ungeduldige Äußerungen fielen, und als ich den Kopf hob, hatte sich Schwester Jenkins hingekniet und schaute unter das Bett. Sie kam erstaunlich behände wieder auf die Beine, stemmte die Hände in die Hüften und sagte: »Also gut, Mr. Foster – wo ist er?«

»Wo ist wer?«, gab er zurück.

»Das wissen Sie ganz genau, Mr. Foster.« Ich hüstelte, um sie auf mich aufmerksam zu machen. »Mein Ring«, sagte sie, »ich habe meinen Ring abgezogen und hier auf dem Nachttisch abgelegt, bevor ich mir drüben am Waschbecken die Hände gewaschen habe. Und jetzt ist er weg.«

»Mr. Foster«, sagte ich ernst, »bitte geben Sie Schwester Jenkins ihren Ring zurück.«

»Ich habe ihren Ring nicht angerührt!«, antwortete er und öffnete die Hände, um mir zu zeigen, dass sie leer waren.

»Er war dort!« Schwester Jenkins tippte mit ausgestrecktem Finger auf den Schrank. »Genau dort!«

»Kommen Sie, Mr. Foster«, sagte ich. »Sie müssen kooperieren.«

Er beteuerte weiterhin seine Unschuld. Ich rief Schwester Jenkins zu mir und flüsterte: »Sind Sie sich ganz sicher?«

Sie sah mich ungehalten an und erwiderte: »Ja, Dr. Richardson. Ich bin mir absolut sicher! Mr. Foster macht gern Sachen, von denen er später behauptet, dass er nichts damit zu tun gehabt hat. Das liegt dann immer ...« Sie richtete den Blick zur Zimmerdecke. »... an denen da!«

»Ah, natürlich«, seufzte ich und erinnerte mich an Mr. Fosters Krankheitsbild.

In strengem Ton sagte ich zu ihm: »Hören Sie, Mr. Foster. Wenn Sie Schwester Jenkins den Ring jetzt nicht unverzüglich zurückgeben, dann müssen wir Sie durchsuchen, fürchte ich.«

Und genau dazu kam es am Ende auch. Erst entkleideten wir Mr. Foster, dann zogen wir sein Bett ab. Aber wir fanden nichts. Schließlich sah ich noch in seinen Mund. Auch dort war nichts.

»Er hat ihn hinuntergeschluckt!«, rief Schwester Jenkins.

»Ach du meine Güte.« Ich nickte verständnisvoll. »Wahrscheinlich haben Sie recht. War es ein teurer Ring?«

»Es war mein Ehering!«

An Mr. Foster gewandt, erklärte ich: »Sie werden leider ein paar Tage lang die Toilette nicht benutzen dürfen. Wenn

Sie Stuhldrang verspüren, stellen wir Ihnen eine Bettpfanne zur Verfügung.«

»Aber warum?«, fragte er.

»Weil wir darin zu gegebener Zeit den Ring von Schwester Jenkins wiederfinden werden.«

»Aber ich habe ihren Ring nicht verschluckt!«, rief Mr. Foster ganz außer sich. Dann wich seine Überzeugung allmählich dem Zweifel. »Es sei denn …« Seine Augen fingen das Licht und schimmerten. »Es sei denn, *sie* hätten mich dazu gebracht.«

Die Gesichtszüge von Schwester Jenkins verhärteten sich. Sie holte tief Luft, und ihr üppiger Busen wogte. Es war nicht nötig, dass sie es aussprach: »Sehen Sie, ich habe es Ihnen doch gesagt!«

»Vielleicht müssen wir seine Medikamentendosis erhöhen«, sagte ich trocken.

»Das würde Dr. Maitland sicherlich begrüßen«, bemerkte Schwester Jenkins, die Mr. Foster böse ansah.

Beim Mittagessen, das im Speiseraum serviert wurde, lernte ich auch die anderen Schwestern kennen. Jane Turner saß normalerweise mit Lillian Gray zusammen, einer Kollegin, mit der sie am St. Thomas zusammen ihre Ausbildung gemacht hatte. Sie waren alte Freundinnen und hatten die Angewohnheit, sich verschwörerische Seitenblicke zuzuwerfen. Diese Tendenz, andere auszuschließen, hätte mich durchaus ärgern können, hätten nicht ihre Mienen – mädchenhaft und schelmisch – in mir ein gewisses, fragwürdiges Gefühl des Vergnügens ausgelöst.

Unsere Gespräche blieben recht oberflächlich. Wir sprachen über Filme, die wir gesehen hatten – *Mord ohne Mörder, Doktor Ahoi!, Voller Wunder ist das Leben* –, über beliebte Comedy-Sendungen im Radio oder darüber, wo man in London gut tanzen gehen konnte. Ich war verblüfft, dass Jane und Lillian schon in den meisten Jazzclubs von Soho gewesen waren. Im Gegensatz zu meinem Vorgänger hatten sie offenbar nicht die geringsten Schwierigkeiten gehabt, sich an das Leben in Wyldehope zu gewöhnen, und ich erwähnte einmal nebenbei, was Maitland über Palmer gesagt hatte. Lillian zuckte die Achseln und meinte: »Er war sehr ernst. Sie kennen diese Sorte Mann bestimmt. Er trug immer ziemlich schäbige Anzüge und rauchte Pfeife.« Sie führte die Hand zum Mund und tat so, als würde sie etwas Gerundetes festhalten. Dann machte sie ein paar paffende Geräusche und ein angespanntes, leicht verwirrtes Gesicht. Ihre Parodie war zwar gemein, aber auch lustig, und brachte Jane und mich zum Lachen. »Und er ging selten raus. Selbst an den Wochenenden, wenn die Sonne schien, blieb er in seinen Räumen unter Verschluss.« Sie zuckte wieder die Achseln. »Wir hatten viel Spaß im Sommer.«

»Was haben Sie unternommen?«, fragte ich.

»Wir waren Fahrrad fahren«, antwortete Jane. »Hier beim Krankenhaus gibt es drei Fahrräder. Wenn Sie eins benutzen wollen, fragen Sie einfach Mr. Hartley, er sagt immer Ja. Die Landschaft ist hier sehr flach, da können Sie kilometerweit fahren, ohne müde zu werden.«

Lilian jagte mit einer Gabel ein paar Erbsen auf ihrem Teller. »Und wir waren in Southwold.«

»Southwold?«

»Das ist ein kleiner Badeort«, sagte Jane. »An dem Strand dort kann man gut schwimmen, oder zumindest ein bisschen planschen, die Nordsee ist ja immer ziemlich kalt. Es gibt dort auch eine Promenade, Geschäfte und eine Seebrücke. Obwohl man nicht weit darauf hinausgehen kann, weil sie teilweise eingebrochen ist.«

»Und es gibt ein paar malerische Pubs«, fügte Lillian hinzu.

»Wie weit ist es?«, erkundigte ich mich.

»Nicht weit«, sagte Jane. »Man fährt allerdings am besten mit dem Bus dorthin.«

Schwester Jenkins kam in den Speiseraum und ließ die Augen über die Tische wandern. Jane warf einen Blick auf ihre Uhr und sagte: »Oh, wir sollten besser wieder an die Arbeit.« Die beiden Freundinnen standen gemeinsam auf und marschierten davon. Ihr im Gleichklang schwingender Gang, der abgestimmte Schwung ihrer Hüften und der Anblick ihrer wohlgeformten Waden fingen meine Aufmerksamkeit und beschäftigten mich viel zu lange. Es war mir peinlich, und ich sah mich um, ob jemand meinen aufdringlichen Blick bemerkt hatte. Zum Glück war Schwester Jenkins ganz und gar von ihren eigenen Angelegenheiten in Anspruch genommen.

Maitland hielt Wort. Er kam mindestens einmal die Woche nach Wyldehope, und gelegentlich telefonierten wir zwischendurch. Dabei hatte ich nicht den Eindruck, dass er mich kontrollierte – ganz im Gegenteil, ich hatte eher das Gefühl, dass er mich nur anrief, um zu schauen, ob ich mich gut einlebte und keinen Grund zu Klagen hatte. Am zweiten Freitag nach meiner Ankunft fand ich morgens eine Nachricht auf dem Fußboden. Der Zettel war unter der Tür durchgeschoben worden, die meine Zimmer vom Flur trennte. Ich erkannte das cremefarbene, gerippte Papier und die markante Handschrift: »Ich bin im Büro. Kommen Sie hinunter, wenn Sie fertig sind. Hugh.« Er musste in aller Herrgottsfrühe in London losgefahren sein. Ich betrat eines der leeren Zimmer auf der anderen Seite des Flurs und schaute aus dem Fenster. Der Bentley parkte vor dem Haus, teilweise von Nebelbänken verhüllt. Es sah ein wenig surreal aus, wie ein exotisches Objekt in einer Umgebung, in die es nicht hineingehörte.

Ich verzichtete auf das Frühstück und ging direkt in Maitlands Büro. Er schien sich zu freuen, mich zu sehen, und wir setzten uns auf das Chesterfield-Sofa und sprachen über medizinische Belange wie zwei Kollegen, die sich nicht erst seit Wochen, sondern schon seit Jahren kannten. Maitland schenkte mir eine Tasse Tee ein und fragte, ob ich sein Manuskript gelesen hätte. Das hatte ich, sogar sehr gründlich.

Zwar gab es in seiner Arbeit keine Erläuterungen zu den inneren Abläufen, die dazu führen sollten, dass eine Dauernarkose sich positiv auf den Krankheitsverlauf auswirkte, aber Maitland stellte die These auf, dass verlängerter Schlaf zu einer Auflösung der Persönlichkeit führen könnte, um so zu einer späteren Zeit einen gesunden Wiederaufbau derselben zu ermöglichen. Er verglich den Prozess mit dem Brechen und Schienen eines Beines. Die EKT befürwortete er als zusätzliche Behandlungsmaßnahme, weil er vermutete, dass sie eine schnellere Gesundung begünstigen würde, indem sie unangenehme Erinnerungen auslöschte.

Wie er so dasaß, die Arme über die Sofalehne ausgestreckt, schien Maitland körperlich mehr Platz zu beanspruchen, als es seiner eigentlichen Statur entsprochen hätte. »Es gibt natürlich Leute, die sagen, man solle die EKT verbieten, weil sie mit Gedächtnisverlust in Verbindung gebracht wird und man davon ausgeht, dass sie starke Gehirnschädigungen verursacht. Aber wenn es sich um schmerzvolle Erinnerungen handelt? Wenn diese Erinnerungen belastend oder traumatisch sind? Dann kann es doch nur gut sein, sie loszuwerden. Wer wäre denn lieber beständig Qualen ausgesetzt, als innere Ruhe zu verspüren, und wer würde lieber leiden, als noch einmal ganz von vorn anzufangen?«

Ich nannte Maitland zögernd ein paar Kritikpunkte, die er wohlmeinend aufnahm. Jedes meiner Argumente stellte er mit einem Gegenargument auf den Prüfstand, und ich war froh, dass die Atmosphäre dabei freundlich blieb. Als es nichts mehr zu diskutieren gab, sagte er: »Ich danke Ihnen sehr für Ihre Kommentare.« Soweit ich das feststellen konnte, meinte er das durchaus ehrlich.

Den übrigen Vormittag verbrachten wir auf den Stationen, und nach dem Mittagessen machten wir uns auf den Weg zum Schlafraum. Inzwischen konnte ich alle sechs Patientinnen benennen: Sarah Blake, Elizabeth Mason, Marian Powell, Kathy Webb, Isobelle Stevens und Celia Jones. Abgesehen von ihren Namen, Geburtsdaten und Diagnosen wusste ich jedoch nichts über sie. In ihren Krankenakten fanden sich seitenweise Daten zu Blutdruck, Puls und Medikamentendosis, aber keine biografischen Notizen. Ich wollte mehr über diese Frauen wissen, mehr über ihre Persönlichkeit und ihr menschliches Wesen. Im Grunde wollte ich wissen, wer sie waren, aber wenn ich Maitland nach weiteren Informationen fragte, wich er mir aus. Ein leicht gereizter Ton schlich sich dann in seine Stimme, und ich hielt es für besser, die Sache nicht weiter zu verfolgen. Maitland war ganz offensichtlich der Meinung, dass Fallhistorien nicht die geringste Rolle spielten. Das einzig Entscheidende sei die Behandlung.

In den Jahren nach dem Krieg wollten Männer wie Maitland sich von der Vergangenheit abgrenzen: sowohl von der persönlichen als auch von der historischen. Sie wollten nicht im Unbewussten herumtasten und dabei irgendwelche Schrecken aufspüren. Davon hatten sie bereits genug gesehen.

Eine der Frauen, Elizabeth Mason, hatte im Schlaf gesprochen, und die Nachtschwester hatte ein paar Sätze notiert: *Ich will es nicht ausziehen. Nein, das mache ich nicht. Er ist auf dem Weg.* Keiner dieser Äußerungen war ein Sinn zuzuordnen. Dennoch fragte ich mich unwillkürlich, ob derartig zusammenhanglose Fragmente nicht besser verständlich wären, wenn man mehr über ihren Fall wüsste. Maitland schrieb »Sodium-Amobarbital, 400 mg« auf das Krankenblatt und deutete dann auf Elizabeth Masons Gesicht. »Sehen Sie«, sagte er, »leichte Risse in der Haut, ausgehend von den Mundwinkeln. Mundwinkelrhagaden. Eine häufig auftretende Komplikation bei Dauernarkose, aber leicht mit einer zusätzlichen Gabe von Vitamin B zu bekämpfen.« Bevor er den Saal verließ, verharrte er an der Tür und stieß einen leisen Seufzer aus, wie nach einem besonders leckeren Essen. Er wandte sich an mich und fragte: »Zigarette?«

»Gern, warum nicht?«

»Gehen wir nach draußen.« Der Gestank des Schlafraums war hartnäckig: Er klammerte sich an die Kleidung, hing in der Nase und ließ den Gedanken an einen reinigenden Stoß frischer Luft höchst willkommen erscheinen.

Wir stellten uns neben den Bentley, rauchten und bewunderten die öde Landschaft. In einiger Entfernung erschien ein einsames Reh inmitten abgestorbenen Farnkrauts. Es stand ganz still und versuchte wohl zu überlegen, ob wir eine

Bedrohung seiner Sicherheit darstellten, dann sprang es die Senke hinunter, die sich zur Marsch hin öffnete.

»Ich wollte Sie etwas fragen«, sagte Maitland. »Würden Sie wohl eine Beurteilung übernehmen wollen?«

»Sicher, gern.«

»Es wird noch eine Weile dauern. Ich gebe Ihnen dann Bescheid. Der einzige Haken dabei ist, dass Sie ein Wochenende opfern müssten. Im Dorf dort drüben«, er deutete in Richtung Dunwich, »lebt Hilda Wright, eine Frau mit kataтoner Schizophrenie. Sie hat seit Jahren weder das Bett verlassen noch auch nur ein Wort gesagt. Bis Juli wurde sie in einem privaten Pflegeheim versorgt, aber ihre Familie kann sich die Unterbringung nun nicht mehr leisten. Jetzt kümmert sich ihre Schwester um sie, unterstützt von einer Krankenpflegerin.« Maitland blies ein wenig Rauch in die Luft und machte ein nachdenkliches Gesicht. »Es gab viele kritische Stimmen, als bekannt wurde, dass Wyldehope zu einer Nervenklinik umgebaut werden sollte. Wenn wir – je nach dem Ergebnis Ihrer Untersuchung – diese Patientin bei uns aufnehmen würden, wäre das für unseren Ruf sicher vorteilhaft.«

Ich erinnerte mich an den Mann, der während meiner Anreise in mein Abteil gekommen war und der von den Leuten gesprochen hatte, die »keine Irrenanstalt vor der Haustür« haben wollten.

»Es hört sich so an, als würde die Patientin … gut hierherpassen.«

Maitland ließ die Zigarette fallen und trat sie mit dem Absatz aus. »Ich dachte mir schon, dass Sie die Bedeutung guter Beziehungen zur Nachbarschaft richtig einzuschätzen wüssten.«

Auf der Männerstation waren alle recht ruhig, abgesehen von Michael Chapman, der gerade eine seiner Erregungsphasen durchmachte. Alle psychisch Kranken haben traurige Geschichten, aber Chapmans war, zumindest nach meiner Einschätzung, besonders erschütternd. Obwohl er aus kleinen Verhältnissen stammte, hatte er früh ein besonderes Talent für mathematische Berechnungen gezeigt. Er erhielt ein Stipendium und ging nach Cambridge, wo er während der Vorbereitung auf seine Abschlussprüfung den ersten von mehreren »Nervenzusammenbrüchen« erlitt. Er wurde von dunklen Gedanken überwältigt und glaubte, dass einer seiner Tutoren, ein bekannter Logiker, seine Ideen stahl. Der Arzt seines Colleges diagnostizierte Monomanie, und Chapman wurde nach Hause geschickt, wo er in einem Krankenhaus vor Ort ambulant behandelt wurde. Er erholte sich nur langsam, und auch später blieb ein starker Konzentrationsmangel von dieser Erkrankung zurück. Eine Rückkehr nach Cambridge kam nicht mehr infrage, und er trat stattdessen eine Stelle als Buchhalter bei einem Steuerberater an. Es verging kein Jahr, bis er sich wieder seltsam benahm und daher entlassen wurde: Man fand ein Notizbuch, in dem er minutiös aufgelistet hatte, was seine Arbeitskollegen taten und wohin sie gingen. Anschließend hatte der arme Kerl es nie länger als ein paar Wochen auf einer Stelle ausgehalten, weil er stets überzeugt war, dass seine Kollegen sich gegen ihn verschworen, und seitdem verbrachte er sein Leben in Krankenhäusern oder Pflegeeinrichtungen.

Gerade weil Chapman in seiner Jugend so vielversprechende Anlagen gezeigt hatte, berührte mich sein Abstieg in den Wahnsinn besonders stark. Es war reines Glück, dass ich mit einer ausgewogenen Anordnung der chemischen

Botenstoffe in meinem Gehirn geboren worden war, sonst hätte meine eigene Cambridge-Karriere ebenso tragisch enden können. Menschen wie Chapman zeigten nur zu deutlich, dass das Schicksal unbeeinflusst von jeglicher Moral zuschlug. In Wahrheit entschieden biologische Gegebenheiten über Erfolg und Misserfolg, nicht Genialität oder Disziplin.

Ich hätte Chapman mehr Sodium-Amobarbital geben können, aber er hatte in letzter Zeit so viel bekommen, dass ich mich dagegen entschied. Stattdessen versuchte ich, ihn mit einer Mischung aus gesundem Menschenverstand und guter Laune zu beruhigen, zwei praktische Hilfsmittel, auf die alle Krankenhausärzte von Zeit zu Zeit zurückgreifen.

Chapman atmete schwer, und Schweiß stand auf seiner Stirn. »Werde ich bestraft?«, fragte er.

»Nein«, sagte ich. »Was bringt Sie zu dieser Vermutung?«

Er ignorierte meine Frage, rang die Hände und wiederholte den Satz immer wieder, bis es nur noch ein Flüstern war: »Was habe ich getan? Oh, was habe ich getan?«

»Sicher nichts, weswegen Sie bestraft werden sollten«, sagte ich so leichthin wie möglich. Er kaute nun an seinen Nägeln. »Worüber sind Sie denn so besorgt?«

Chapman fuhr auf dem Absatz herum, lief mit zwei langen Schritten zum Fenster und drückte die Stirn gegen die Eisenstäbe. »Ich mag es hier nicht.«

»Vielleicht könnten wir eine Runde Schach spielen? Spielen Sie Schach, Mr. Chapman?«

Er seufzte und stieß dabei so viel Atem aus, dass er zu schrumpfen schien wie ein Ballon, aus dem die Luft herausgelassen wird. »Früher einmal, ja.«

»Kommen Sie, wir gehen in den Tagesraum.«

»Ich weiß nicht.«

»Wir können ja mit einem Spiel beginnen und schauen dann mal, und wenn Sie müde werden, hören wir auf.«

Sein Kopf fuhr herum, und er sah mich misstrauisch an. »Wieso sind Sie so scharf darauf, Schach zu spielen?«

»Das bin ich nicht, Mr. Chapman. Ich denke nur, dass Sie sich Sorgen machen und dass eine Runde Schach für Sie eine Ablenkung bedeuten würde, die Sie brauchen.«

Er sah mich weiterhin an und fragte nach einer langen Pause: »Was halten Sie von Botwinnik?«

»Von wem?«

»Michail Botwinnik.«

»Es tut mir leid, Mr. Chapman, aber ich habe nicht die geringste Ahnung, wen Sie meinen.«

»Das ist der amtierende Schachweltmeister.« Chapman kniff die Augen zusammen, und sein Gesichtsausdruck ließ vermuten, dass er einen Kommentar erwartete. Als ich nicht reagierte, trat er vom Fenster weg, achtete aber darauf, stets den Rücken zur Wand zu haben. Das Manöver wirkte ungelenk, und er wäre beinahe gestolpert. Als er sich gefangen hatte, sagte er: »Botwinniks Spiel ist wegen seiner strategischen Tiefe so bemerkenswert. Es gibt Leute, die behaupten, das Repertoire seiner Eröffnungen sei begrenzt, aber seine Schlussphasen sind stets außergewöhnlich. Vor allem die Eröffnung mit dem Bauern vor der Dame und die französische Verteidigung beherrscht er so gut wie kein anderer.«

»Mr. Chapman«, sagte ich und machte eine beruhigende Geste. »Ich fürchte, Sie haben meine Kenntnis dieses Spiels überschätzt. Ich spiele nur gelegentlich und aus reinem Spaß an der Freude, mehr nicht.«

»Das behaupten Sie.«

»Das behaupte ich? Was meinen Sie damit?«

Er presste die Lippen fest zusammen und blickte mich trotzig an.

»Mr. Chapman?«

»Hat *er* Sie geschickt?«

»Wer?«

»Botwinnik natürlich.«

»Ich fürchte, Sie befinden sich in einem großen Irrtum, wenn Sie glauben, dass ich den Schachweltmeister persönlich kenne.«

»Richten Sie ihm aus, dass ich weiß, was er vorhat.«

»Ich werde ihm nichts dergleichen sagen, Mr. Chapman, weil wir uns – wie ich Ihnen eben schon klar gesagt habe – gar nicht kennen.«

Sein Gesichtsausdruck wechselte unversehens von Zorn zu Verwirrung. »Sie kennen ihn nicht?«

»Nein. Ich kenne ihn nicht.«

»Sind Sie sich da ganz sicher?«

»Ganz sicher.«

»Er hat Sie nicht gebeten ...« Der Satz verebbte, und Chapman wirkte orientierungslos. Er kratzte sich am Kopf und blinzelte zur Decke.

»Was?«, hakte ich nach.

Chapman schüttelte den Kopf, wobei das mehr wie ein unwillkürliches Zittern als wie eine kontrollierte Bewegung wirkte. »Es spielt keine Rolle«, murmelte er vor sich hin, »ein Missverständnis, das liegt hier vor. Ein Missverständnis.«

Ich hob die Hand, um ihn an meine Anwesenheit zu erinnern. »Wollen wir dann also spielen?«

»Na gut – aber Sie dürfen sich währenddessen keine Notizen machen.«

»Ich gebe Ihnen mein Wort, Mr. Chapman. Ich werde nichts mitschreiben.«

Gemeinsam gingen wir den Flur zum leeren Gemeinschaftsraum entlang. Unterhalb der trennenden Zierleiste war die Prägetapete dunkelbraun gestrichen worden, darüber flaschengrün. Die Wirkung war trist und freudlos. Eine Vase mit verdorrten Blumen stand in der Mitte eines runden Tischchens, und eine übrig gebliebene Schmeißfliege flog immer wieder gegen die Fensterscheiben. Ich rückte Chapman einen Stuhl zurecht, und er setzte sich, aber er war noch immer erregt und schwitzte.

Das Schachspiel wurde in einem Schrank aufbewahrt, in dem sich auch andere Spiele wie Monopoly, Mühle oder Dame befanden. Nach kurzem Blick über die Regalbretter fand ich eine Holzschachtel mit den Figuren und ein abgestoßenes Brett und kehrte damit zum Tisch zurück. Wir stellten die Figuren auf, und mit einem Münzwurf entschieden wir, dass ich anfangen sollte. Ich schob einen meiner Bauern nach vorn, was Chapman mit einer Konzentration betrachtete, die dieser simplen Aktion gar nicht zukam; er rieb sich das stopplige Kinn und stieß leise ein andauerndes Summen aus. Es verging einige Zeit, bevor er die Hand ausstreckte und schließlich genau den gleichen Zug machte.

Nach seinen Bemerkungen über Botwinnik hatte ich erwartet, dass Chapman ein ausgefuchster Schachspieler sein würde, aber wie ich feststellte, spielte er eher schlecht. Es machte mich traurig, mit ansehen zu müssen, wie ein Mann, der früher einmal die abstrusesten mathematischen Probleme lösen konnte, nur noch mit Mühe in der Lage war, mein mittelmäßiges Spiel zu durchschauen. Ich ließ zu, dass er mir einen Läufer und dann einen Springer nahm, und war milde amüsiert, als er mich daraufhin mit einem überlegenen Grinsen bedachte, als habe er mich gerade durch einen besonders cleveren Gedankengang mächtig in die Enge getrieben.

Das Spiel langweilte mich, und ich begann, mich im Raum umzusehen. An einer Wand befand sich ein prächtiger Kamin, dessen steinerne Einfassung mit herausgemeißelten Schriftrollen und Blumenornamenten dekoriert war. Eine Musiktruhe aus Teakholz stand an einer anderen Wand, daneben lehnte ein Stapel selten benutzter Langspielplatten. Im Teppich klafften wie kleine Krater die Brandlöcher von Zigaretten.

Als ich mich wieder dem Brett zuwandte, hatte Chapman seinen König hinter einem Springer in Sicherheit gebracht. Damit eröffnete er mir die Möglichkeit, einen ungedeckten Turm zu schlagen, aber das mochte ich nicht tun. Stattdessen zog ich meine Dame diagonal über das Brett, ohne damit einen echten Plan zu verfolgen.

»Dr. Richardson?« Chapman starrte mich mit weit aufgerissenen Augen an.

»Ja?«

»Wieso schieben Sie nachts mein Bett durchs Zimmer?«

»Das tue ich nicht.«

»Dann sind es die Schwestern. Wieso tun sie das?«

»Das tun sie nicht, Mr. Chapman.«

»Ich sage ihnen immer wieder, dass sie damit aufhören sollen, aber sie hören nicht.«

»Vielleicht ist es ein Traum, Mr. Chapman. Sie würden doch nicht Ihr Bett herumschieben, während Sie schlafen.«

»Ich wache aber immer auf, weil sich das Bett bewegt.«

Ich machte eine Handbewegung über dem Schachbrett. »Sie sind dran, Mr. Chapman.«

Er studierte die Figuren volle zwei Minuten lang und schob dann seinen Turm aus der Gefahrenzone. Die Muskeln rund um seinen Mund zuckten wiederholt, bis sich ein nervöses Lächeln Bahn brach. Es war nicht von Dauer, und einen Augenblick später hatte sein Gesicht wieder den vertrauten ängstlichen und unglücklichen Ausdruck angenommen.

4

Am Samstagmorgen wurde ich von Stewart Osborne abgelöst, einem der Ärzte aus Saxmundham. Kenneth Price, den anderen Mediziner der dortigen Klinik, hatte ich am Samstag zuvor kennen gelernt.

Osborne war ein paar Jahre älter als ich und orientierte sich äußerlich ein wenig an Clark Gable in seiner Rolle als Rhett Butler in *Vom Winde verweht*. Zwar besaß er ähnlich welliges schwarzes Haar und einen dünnen Schnurrbart, doch die Wirkung, die er damit vermutlich zu erzielen hoffte, wurde durch einen recht weichen, schwachen Mund zunichte gemacht. Wir gaben uns die Hand und tauschten ein paar Nettigkeiten aus. Er hatte ebenfalls im Royal Free Hospital gearbeitet, allerdings vor meiner Zeit. Osborne gratulierte mir zu meiner Stellung, und wir sprachen über einige Patienten, die Zeichen von Unruhe erkennen ließen, aber während des Gesprächs ärgerte ich mich zunehmend über seine Art. Er machte beständig den Eindruck, noch dazu wenig erfolgreich, als wollte er ein abschätziges Grinsen unterdrücken. Auch seine Stimme hatte einen spöttischen Klang. Mir wurde schnell klar, dass er zu jenen Menschen zählte, die gelernt haben, sich jeglicher Zensur zu entziehen, indem sie jede unangemessene Bemerkung wie einen bloß harmlosen Witz verkaufen. Auf der Frauenstation stellte er mein Urteil in Gegenwart einer Schwester infrage, und als ich zu einer Entgegnung ansetzte, lachte er und sagte: »Entschuldigung, alter Junge, das war nur ein Scherz. Bitte nehmen Sie das nicht übel.« Ich war froh, dass ich nicht allzu lange mit ihm zu tun hatte.

Zwar hätte das Wetter besser sein können, aber ich beschloss trotzdem, einen Spaziergang zu machen. Hinter dem Krankenhaus hatte ich einen Pfad entdeckt, der zum Strand hinunterführte. Er war steil, und ich wäre beinahe ausgerutscht. Wie immer war die See recht rau, und die Wellen brachen sich laut auf den Kieseln. Ich hob ein Steinchen hoch und warf es dann so weit ich konnte übers Wasser. Wieder fiel mir die ungewöhnliche Farbe des Meeres auf – ein tristes, nervtötendes Braun. Trotz der vielen Gischt und der hohen Brandung lag kein Hauch von Salz in der Luft. Es ging enttäuschend wenig Wind, und es fehlte der medizinische Geruch, den man so stark mit Gesundheit und Genesung assoziiert. Ich stieg auf die erhöhte Böschung, die den Strand von den Weiden des Marschlands trennte, und ging in südlicher Richtung weiter. Man konnte kilometerweit sehen. Große Wolkengebilde trieben auseinander und ließen einige kräftige Sonnenstrahlen wie Finger die Erde berühren. Es war ein großartiger, aber aufgrund des ruhelosen, sich stetig verändernden Himmels auch leider nur recht flüchtiger Anblick. Als sich die Lücken am Himmel wieder schlossen, wurden die leuchtenden Finger schwächer und geisterhaft.

Ich musste mich nun entscheiden, ob ich der Böschung und der Küstenlinie Richtung Aldeburgh folgen oder nach rechts abbiegen wollte, wo ein erhöhter Damm durch die Marsch führte. Ich entschied mich für Letzteres.

Es war eine triste Gegend, völlig flach und baumlos. Ich kam an einer Schleusenvorrichtung vorbei, die aus verrosteten Eisenrädern und langen, geraden Entwässerungskanälen bestand. Ein Ruderboot, das jahrelang nicht mehr bewegt worden war, lag schon fast völlig verrottet über Kopf da. In einiger Entfernung sah ich räudige Ponys auf einem überfluteten Feld, später auch eine kleine Herde Kühe. Irgendwo stieß ein Vogel einen einsamen, nachdenklichen Ruf aus. Ich setzte meinen Weg fort, und weiter inländig kam ich zu einem hölzernen Steg. Die Planken waren durchnässt und knarrten laut, als ich sie betrat. Doch ich ließ mich nicht beirren und schritt über die wacklige Konstruktion, bis ich zu einer gefluteten Senke kam, an deren schlammigen Rändern Watvögel mit langen Schnäbeln patrouillierten. Etwas weiter weg konnte ich das Dach, die Schornsteine und das Türmchen von Wyldehope sehen. Ich hatte mich weiter entfernt, als ich eigentlich beabsichtigt hatte. Es wurde kalt, und ich beschloss umzudrehen.

Das restliche Wochenende verbrachte ich größtenteils in meinem Zimmer. Mrs. Hartleys Küchenmädchen brachte mir das Essen, und ich war es völlig zufrieden, zu lesen, zu schreiben und Radio zu hören. Ich hatte zwei anstrengende Wochen hinter mir, vielleicht sogar anstrengender, als mir zunächst bewusst geworden war. Erst als ich richtig zur Ruhe kam, wurde mir klar, wie angespannt und gestresst ich gewesen war. Ich hatte oft Kopfschmerzen gehabt.

Sonntagabend war ich wieder richtig im Dienst. Kurz sprach ich noch mit Osborne, der mich wissen ließ, das Wochenende sei »ereignislos« verlaufen. Während der etwa zwanzig Minuten, die wir miteinander verbrachten, hinterließ er denselben Eindruck wie bei unserem ersten Treffen. Er war ein durch und durch unangenehmer Zeitgenosse. Als Jane Turner zufällig in der Nähe vorüberging, stupste er mich mit dem Ellenbogen an: »Es ist doch immer ein Vergnügen, mit Schwester Turner zu arbeiten.« Er erwartete von mir, dass ich auf diese Bemerkung etwas Ähnliches erwiderte und vielleicht irgendeinen ungehobelten Kommentar über ihr hübsches Äußeres oder ihre Figur machte, aber ich ignorierte ihn. Als er sich zum Gehen wandte, rief er noch: »Richardson, spielen Sie Golf?«

»Nein«, antwortete ich.

»Schade.« Er schwang ein imaginäres Fünfereisen. »Ich hätte Sie in meinen Club einführen können, ich sitze im Mitgliederausschuss. Sie wollen doch nicht so enden wie Palmer, so als Typ ohne Interessen, der immer nur arbeitet und furchtbar langweilig daherkommt.« Bevor mir eine angemessene Retourkutsche einfiel, kicherte er laut hörbar. »Bis in ein paar Wochen.« Ich war froh, ihn von hinten zu sehen.

Jane Turner erledigte ihre Aufgaben auf der Station. Ich nahm mir die Freiheit, mich auf ihren Stuhl zu setzen und so zu tun, als ob mich Alan Fosters Krankenakte fesselte.

»Ist Dr. Osborne gegangen?«, fragte sie.

»Ja«, erwiderte ich. »Wieso?«

»Oh, nicht weiter wichtig.«

Ich hob den Kopf. »Er ist sehr …« Auf der Suche nach einem passenden Euphemismus hielt ich inne. »Selbstbewusst, finden Sie nicht?« Dabei legte ich genug Verachtung in das gewählte Adjektiv, um die Bedeutung meiner Worte unmissverständlich zu unterstreichen.

Sie sah sich um, als wollte sie sichergehen, dass uns niemand belauschte. »Lillian hält ihn für recht weltgewandt.«

»Weltgewandt!« Ich wiederholte das Wort viel lauter als beabsichtigt.

Jane setzte sich auf den Rand des Schreibtischs und überschlug die Beine. »Nun, ich kann schon verstehen, weswegen Lilly das glaubt. Manchmal trägt er eine Krawatte.«

»Und was denken Sie?«

»Über Dr. Osborne? Ich halte ihn für ziemlich eingebildet.«

»Da würde ich Ihnen zustimmen.«

»Er kann trotzdem manchmal ganz witzig sein, und er ist eine nettere Gesellschaft als dieser andere Arzt aus Saxmundham.«

»Kenneth Price? Der kam mir eigentlich wie ein ganz anständiger Kerl vor.«

»Ja, aber er ist ein bisschen …« Ihre Gesichtsmuskeln zuckten.

»Langweilig?«

»Entweder das, oder aber sehr schüchtern.« Sie warf einen Blick über den Rand der Mappe, um zu sehen, welche Akte ich las. »Alan Foster?«

»Ja. Ich sehe hier keine Notiz bezüglich Schwester Jenkins' Ring.«

»Das liegt daran, dass er noch nicht aufgetaucht ist. Schwester Jenkins hat ihm erst gestern noch ein Abführmittel verabreicht.«

»Tatsächlich?«

»Allerdings ohne Erfolg.«

»Tja, manche Dinge lassen sich eben nicht beschleunigen.«

Sie lachte – sie hatte ein recht melodisches Lachen – und kam mit einem kleinen Ruck wieder vom Schreibtisch herunter. Ich stand auf und bedeutete ihr, auf dem freien Stuhl Platz zu nehmen.

»Hatten Sie ein schönes Wochenende?«, fragte sie.

»Es war ganz nett. Ich habe mich endlich einmal zu einem Spaziergang aufgerafft, am Strand entlang und über die Marschwiesen.«

»Das klingt ja nicht so fürchterlich aufregend.«

»Vielleicht nicht, nein.«

Sie schob sich eine widerspenstige Locke hinter ihr makelloses Ohr. »Im Sommer ist es hier schöner.«

Wir unterhielten uns weiter recht locker, und gelegentlich schlich sich ein leicht flirtender Unterton in unseren Wortwechsel. Um kurz nach neun riss ich mich dann aber wieder los, da ich doch zumindest einen Anschein von Anstand wahren wollte.

Bevor ich mich zurückzog, fühlte ich mich allerdings verpflichtet, noch einmal nachzusehen, ob im Schlafraum alles in Ordnung war. Die Schwesternschülerin (die, wie ich inzwischen herausgefunden hatte, Mary Williams hieß) hatte Dienst. Beim Eintreten fiel mir auf, dass Mary starr in meine Richtung blickte, als ob sie mich längst erwartet hätte. Sie sah besorgt aus, vielleicht sogar ängstlich, und das blieb so, bis ihr Blick mir zeigte, dass sie mich erkannt hatte. Auf die sichtbare Erleichterung folgte ein breites Lächeln. Ich empfand ein wenig Mitleid mit ihr, denn vermutlich hatte sie mit der gefürchteten Schwester Jenkins gerechnet. Als ich näher kam, erhob sie sich respektvoll und zupfte ihre Schürze ein wenig zurecht.

»Guten Abend, Mary.«

»Guten Abend, Dr. Richardson.«

»Sind Sie schon lange im Dienst?«

»Seit dem Mittagessen.«

»Irgendwelche Probleme?«

»Isobelle Stevens war vorhin ein bisschen unruhig, aber das scheint wieder vorbei zu sein.«

»Haben Sie das im Krankenblatt vermerkt?«

»Ja. Natürlich.« Sie klang ein wenig ungehalten. Einen Augenblick später brannten ihre Wangen vor Scham.

Ich berührte sie leicht am Arm und sagte: »Schon in Ordnung, Mary, wirklich. Sie müssen müde sein.«

Eine der Patientinnen sprach im Schlaf: »Nicht! Nicht! Bitte … nein.«

Mary und ich sahen einander an, kommentierten das aber nicht.

Ich ging meine übliche Runde zwischen den Betten, las die Krankenblätter, registrierte die jeweilige Dosierung der Medikamente und überlegte mir schon einmal, wer morgen eine EKT bekommen sollte: Celia Jones, eine Frau mittleren Alters mit kurzem, lockigem Haar und rundem Gesicht. Ihre Augen glitten unter den geschlossenen Lidern sichtbar hin und her – ein verlässliches Indiz dafür, dass sie träumte. Als ich mich gerade verabschieden wollte, erschien eine der anderen Schwestern, um Mary Williams abzulösen. So verließen die Lernschwester und ich den Schlafraum gemeinsam.

Obwohl ich Mary bedeutet hatte, sie möge vorgehen, hielt sie sich wohl aufgrund ihrer ehrerbietigen Natur trotzdem hinter mir. Wir waren die Treppe zur Hälfte emporgegangen, da hörte ich, wie sie hart die Luft einzog. Ich blieb stehen und wandte mich um. Mary sah die Treppe hinunter, den rechten Arm erhoben, die Hand auf dem Nacken.

»Mary?«, fragte ich.

Als unsere Blicke sich trafen, stellte ich fest, dass ihr Schiffchen leicht verrutscht war.

»Entschuldigen Sie, Dr. Richardson.« Sie schaute wieder zum Schlafraum hinunter und stammelte ein paar Worte, die ich nicht richtig verstand. Selbst in dem schwachen Licht, das von der Eingangshalle zu uns hinunterdrang, konnte ich sehen, dass sie ganz durcheinander war.

»Mary«, drängte ich, »was ist denn los?«

Ihr Mund bewegte sich lautlos, öffnete und schloss sich, ohne Worte zu formen, bis sie endlich hervorstieß: »Mein Knöchel. Ich habe mir den Knöchel vertreten.« Sie beugte sich vor und massierte das Gelenk.

»Hier«, sagte ich und bot ihr meinen Arm, »kann ich Sie ein wenig stützen?«

Sie ignorierte mein Angebot und probierte stattdessen demonstrativ, ob sie ihren Fuß mit ihrem Gewicht belasten konnte. »Es ist in Ordnung – glaube ich. Ja. Ja. Es ist alles gut.«

»Vielleicht sollte ich mir das kurz ansehen?«

»Nein. Wirklich, es ist nichts.« Sie versuchte zu lächeln. »Ich war dumm …«

»Nun gut«, sagte ich. »Wenn Sie sich ganz sicher sind?«

»Ja, das bin ich«, sagte sie fest. »Ganz sicher.«

Wir legten die restlichen Stufen zurück, und kaum, dass wir die Halle erreicht hatten, sagte Mary: »Gute Nacht.« Sie verließ das Haus durch die Vordertür und schloss hinter sich ab. Zwar stammte sie aus der Umgebung, aber dennoch hatte man ihr (wie den anderen Schwestern) ein Zimmer in den umgebauten Stallungen zugewiesen. Das war vermutlich ihr Ziel, dachte ich, weil sie sich nicht die Mühe gemacht hatte, sich einen Mantel überzuziehen. Ich lauschte ihren Schritten, die sich in der Nacht verloren. Sie verrieten keine Unregelmäßigkeit, wie man sie bei einem »vertretenen Knöchel« hätte erwarten können. Das rhythmische Geräusch verhallte, bis alles still war, eine Stille, die gähnte und klaffte und sich so tief anfühlte, bis sie ein ähnliches Schwindelgefühl hervorrief wie Höhenangst. Ja, ich lauschte weiter. Ich weiß nicht, worauf ich lauschte, aber ich hielt die Ohren gespitzt.

5

In der Woche darauf hatte ich viel mit Jane Turner zu tun, und in dieser Zeit verstärkten sich die Gefühle, die ich für sie empfand. Wenn sie nicht da war, spürte ich schnell eine dumpfe Sehnsucht. Zudem gaben mir ein paar Zeichen Anlass zu der Hoffnung, dass es ihr vielleicht ähnlich ging. Sie war in meiner Gegenwart stets gut gelaunt und kam mir oft so nahe, dass ich ihr Parfüm riechen konnte. Trotz allem hatte ich meine Zweifel, ob es weise war, mich mit einer Kollegin einzulassen. Falls es nicht klappen würde oder, schlimmer noch, falls es zwischen uns zu Problemen kam, konnte das Leben hier sehr kompliziert werden.

Als ich mit Jane und Lillian im Speiseraum saß, erwähnten die beiden, dass sie am Wochenende nach Southwold fahren wollten. »Der Wetterbericht klingt sehr gut«, sagte Jane. »Vielleicht ist es die letzte Möglichkeit, ein bisschen Sonne zu genießen, bevor der Herbst kommt.«

Lillian sah von ihrem Kartoffelbrei auf und wandte sich an mich: »Was machen Sie an diesem Wochenende?«

»Oh, nichts Besonderes«, sagte ich kleinlaut.

»Warum kommen Sie nicht mit uns?«

Meine üblichen Zweifel und Bedenken regten sich, aber sie verzogen sich schnell, als ich zu Jane hinüberschaute. Sie sah mich voller Erwartung und fast schon begierig an, und hätte ich das Angebot abgelehnt, hätte das sicher zögerlich oder sogar feige gewirkt.

»Tja«, sagte ich also, »wenn Sie nichts dagegen hätten?«

»Natürlich nicht«, antwortete Lillian. »Wir fahren mit dem Rad nach Westleton und nehmen dort den Bus.«

Der Gedanke daran, einen ganzen Tag mit Jane zu verbringen, stellte eine große Ablenkung dar. Die restliche Woche war ich leicht nervös, und abends, wenn ich versuchte, den Bericht über meine letzten Experimente in Edinburgh zu Papier zu bringen, konnte ich mich nicht konzentrieren. Statt zu arbeiten, rauchte ich eine Zigarette nach der anderen und tigerte den Flur auf und ab, bis es Zeit zum Schlafen war. Samstagmorgen holten Jane, Lillian und ich drei Fahrräder bei Mr. Hartley und machten uns auf den Weg quer über die Heide. Zwar war es bewölkter, als wir erwartet hatten, aber das Wetter war dennoch mild für die Jahreszeit. Wir brauchten nicht lange bis Westleton, wo ein Pubbesitzer, den Jane und Lillian bereits kannten, uns erlaubte, die Fahrräder in seinem Schuppen unterzustellen. Glücklicherweise kam der Bus pünktlich, und als wir losfuhren, hatten die Wolken sich aufgelöst, und die Sonne brannte.

Southwold war ein hübsches Küstenstädtchen, verströmte einen schläfrigen, provinziellen Charme und wurde kaum durch die billigen Amüsierbetriebe verunstaltet, die sonst vielfach die englischen Badeorte prägten. In den abgelegeneren Gässchen standen malerische, kleine Cottages, und der große, ungleichmäßig zugeschnittene Dorfanger wurde von herrschaftlicheren Gebäuden eingefasst, die teilweise schmiedeeiserne Balkone und hohe, elegante Fenster hatten. Es gab zwei auffällige Orientierungspunkte im Ort: eine sehr große, mittelalterliche Feldsteinkirche und den Leuchtturm, der noch in Betrieb war. Auf einem niedrigen Rasenbuckel nahe dem Strand waren sechs Achtzehnpfünder-Kanonen aufgestellt, deren Mündungen zum Meer zeigten und dieser Stelle den etwas einfallslosen Namen Gun Hill eingetragen hatten.

Wir aßen in einem Hotel zu Mittag und tranken viel zu viel. Als wir fertig waren, stand Lillian auf und erklärte, sie wolle ein wenig über die Hauptstraße bummeln und einkaufen. »Wir können uns ja so ungefähr in einer Stunde an der Seebrücke treffen«, setzte sie gut gelaunt hinzu. Nachdem sie sich verabschiedet hatte, gingen Jane und ich wieder zum Gun Hill und setzten uns dort auf eine Bank. Sie hatte eine Sonnenbrille aufgesetzt, mit der sie sehr glamourös wirkte, wie eine junge Frau vom Kontinent.

Ich nutzte die Gelegenheit, um ihr ein paar persönliche Fragen zu stellen, und sie hatte zunehmend Spaß daran, mir ihre Lebensgeschichte zu erzählen. Ihre Mutter war Lehrerin und lebte in Nord-London. Ihr Vater, ein Apotheker, war gestorben, als Jane erst dreizehn war. Sie erwähnte diese Tatsache in einem ganz unsentimentalen Ton. Trotz seines frühen Todes hatte seine Familie keine finanziellen Schwierigkeiten erfahren. Ein wohlhabender Onkel hatte dafür gesorgt, dass es Mutter und Tochter an nichts fehlte. Jane erzählte auch von ihrer Ausbildung im St. Thomas, wie sie Lillian kennen gelernt hatte, von einem Urlaub in Wales, wo sie mit ihrer Cousine Vanessa und ihrem Cousin Neville gewesen war, und dass sie demnächst Fahrstunden nehmen wolle. Ihre Enthüllungen und Vertraulichkeiten sprudelten aus ihr heraus.

Allmählich erschien mir meine Umgebung seltsam surreal. Der Kontrast zwischen dem braunen Meer und dem blauen Himmel war auffällig und unwirklich. Eine britische Flagge zuckte in der frischen Brise, und eine Schar langhalsiger Vögel flog in perfekter V-Formation über den Himmel. Mir war bewusst, dass sich etwas verändert hatte, aber ich brauchte ein paar Sekunden, bis ich sagen konnte, was es war. Jane hatte aufgehört zu reden. Ich wandte mich ihr zu, und sie tat im gleichen Augenblick dasselbe. Ich sah mich selbst in ihren Brillengläsern, verkleinert und in die Länge gezogen, und betrachtete fasziniert, wie sich die blassen Spiegelbilder meines Gesichts weiter ausdehnten. Und dann, ganz plötzlich, küssten wir uns.

Als wir uns wieder trennten, nahm sie ihre Sonnenbrille ab. Das leuchtende Grün ihrer Augen hatte die durchscheinende Tiefe von fleckigem Glas.

Normalerweise hatte ich altmodische Vorstellungen vom Verhaltenskodex eines Gentlemans, nach denen jetzt eine Entschuldigung fällig war sowie die Behauptung, dass ich die Situation nicht hatte ausnutzen wollen – schon allein, damit sie Gelegenheit bekam, einen Rückzug zu machen, falls sie das wollte. Aber das hatte wenig Sinn. Wir hatten diese Situation so offensichtlich herbeigeführt, dass es eine Beleidigung gewesen wäre, etwas anderes vorzugeben. Wir küssten uns wieder und machten damit so lange weiter, bis Jane auf ihre Armbanduhr blickte und seufzend sagte: »Lillian.«

Wir schlenderten über die Promenade, vorbei an den leuchtend bunten Badehütten, Hand in Hand. Erst, als wir der verfallenen Seebrücke nahe genug waren, um die Beschädigungen deutlich zu erkennen, drang wieder ein wenig von der Welt in unsere gegenseitige Versunkenheit. Ein kleines Mädchen mit blondem Haar lief an uns vorüber und hielt einen Liebesapfel in der Hand, der von innen heraus wie ein Edelstein zu glühen schien. Am Horizont konnte ich zwei große Öltanker sehen.

»Da ist Lillian«, sagte Jane.

Sie wandte uns den Rücken zu.

»Meinst du, es wäre vielleicht …« Mehr musste ich nicht sagen.

»Ja, natürlich«, antwortete Jane und ließ meine Finger los.

Montagabend rief Maitland an.

»James? Hier ist Hugh.« Ich weiß nicht mehr, wann das geschehen war, aber irgendwann hatten wir begonnen, uns mit Vornamen anzusprechen. »Ist alles in Ordnung?«

»Ja.«

»Keine Probleme.«

»Überhaupt nicht.«

»Gut. Passen Sie auf. Ich komme morgen früh vorbei. Walter Rosenberg ist diese Woche in London, und er möchte Wyldehope sehen.«

»Walter Rosenberg?«

»Ein alter Freund.«

Der Name klang vertraut. »Hat er nicht mit Kalinowsky gearbeitet?« Kalinowsky hatte sich sehr für den Einsatz der EKT in den USA stark gemacht.

»Die beiden haben gemeinsam eine Reihe wichtiger Aufsätze veröffentlicht.« Maitland hielt inne, und ich hörte, wie er sich eine Zigarette anzündete. »Ich würde mich freuen, wenn Sie dabei wären, wenn ich ihm das Haus zeige.«

Wir sprachen kurz über Rosenberg, der eine riesige Nervenklinik auf Long Island führte. »Fünfzehntausend Betten!«, rief Maitland und gestattete sich ein kurzes Auflachen. »In Amerika machen sie alles ein bisschen anders. Ich fürchte, die britische Psychiatrie wird irgendwann ins Hintertreffen geraten, wenn die Behörden nicht bereit sind, sich etwas vom amerikanischen Beispiel abzugucken.« Dann fügte er in eher aufgeräumtem Ton hinzu: »Ach du lieber Gott! Schon so spät? Ich sollte heute in meinem Club zu Abend essen. Wir sehen uns dann morgen.«

Als ich am nächsten Morgen aufstand, ging ich über den Flur und sah aus einem der Fenster, die nach Westen gingen. Maitlands Bentley parkte bereits auf der Auffahrt. Ich frühstückte im Speiseraum und machte einen schnellen Rundgang durch die beiden Stationen und den Schlafraum, um mich davon zu überzeugen, dass alles in Ordnung war. Um halb elf stand ein Jaguar, lang wie ein Leichenwagen, neben Maitlands Bentley. Der Chauffeur war ausgestiegen und hielt sich ein Transistorradio ans Ohr.

Wieder auf der Männerstation, ging ich die Krankenakten durch und bemerkte dabei, dass Schwester Jenkins' Ring noch immer nicht aufgetaucht war. Die Aufgabe, Alan Fosters Exkremente zu untersuchen, war verständlicherweise sehr unbeliebt, und ich fragte mich, ob die Schwesternschülerin in dem Bestreben, die unangenehme Pflicht so schnell wie möglich hinter sich zu bringen, vielleicht nicht gründlich genug gewesen war. Was bedeutete, dass Schwester Jenkins' kostbarer Ring möglicherweise im Abfluss gelandet war. Als ich über die Absurdität der Situation nachdachte, trat eine neue Schwester aus London, die gerade erst zu uns gestoßen war, zu mir und sagte: »Entschuldigung? Dr. Richardson? Dr. Maitland bittet Sie, in sein Büro zu kommen.« Ich legte die Krankenblätter hastig auf den Aktenschrank und machte mich auf den Weg nach oben.

Maitland begrüßte mich mit seinem typischen festen Händedruck. »James, kommen Sie herein.«

Ich hatte nur einen Gast erwartet, aber als ich mich umsah, saßen zwei Männer auf dem Chesterfield-Sofa. Den älteren der beiden erkannte ich sofort wieder; er war einer der drei »amerikanischen Kollegen« von dem gerahmten Foto auf Maitlands Schreibtisch – zehn Jahre älter vielleicht, aber noch immer schlank, geschniegelt und gebräunt. Der andere Mann war wesentlich jünger und von athletischer Statur, mit kantigem Kinn und so kurz geschnittenem Haar, dass es kaum mehr als ein stoppliger Schatten war. Erst wurde ich Walt Rosenberg vorgestellt, dann seinem Begleiter, Buck Stratton, von dem ich später herausfand, dass er für ein amerikanisches Pharmaunternehmen arbeitete.

Maitland und Rosenberg redeten ununterbrochen. Dennoch fühlte ich mich nicht ausgeschlossen. Ich war es zufrieden, still dazusitzen und zuzuhören. Es erschien mir vielmehr ein Privileg, beobachten zu dürfen, wie diese großen Männer der Psychiatrie sich austauschten und aneinander rieben. Einmal ging ich zu Maitlands Schreibtisch, um Rosenberg einen leeren Aschenbecher zu holen. Die unterste Schublade des grauen Aktenschranks stand offen, und ich sah, dass sie einige Aktenmappen enthielt. In dem kurzen Augenblick, bevor ich mich wieder zu den anderen umdrehte, konnte ich einen der Namen entziffern. In kühnen Großbuchstaben stand darauf: »Kathy Webb.«

Rosenberg war ein amüsanter Erzähler, der das Gespür eines Komikers für das richtige Timing besaß, und ich lachte gerade über einen seiner Witze, als mich Maitland unerwartet bat, meine Forschungsergebnisse aus Edinburgh zusammenzufassen. Ihm ging es vor allem darum, meine abschließenden Untersuchungen zu diskutieren, in denen ich dargelegt hatte, dass das Gehirn auch im Schlaf auf emotional bedeutsame Reize reagiert. Ich hatte entdeckt, dass es genügte, den Namen der Ehefrau oder des Ehemannes eines Probanden zu flüstern, um einen Ausschlag der EEG-Kurve zu provozieren, egal, wie tief die betreffende Person schlief. Stratton, der bis dahin geschwiegen hatte, richtete sich plötzlich kerzengerade auf und stellte mir eine Reihe fachlicher Fragen. Ich fand es seltsam, dass der Vertreter eines Pharmakonzerns so gut über Schlafforschung informiert war.

»Wurde diese Studie schon veröffentlicht?«, fragte Rosenberg.

»Nein«, antwortete ich, »im Augenblick schreibe ich noch daran.«

»Sir, ich würde mich sehr freuen, wenn Sie mir einen Abdruck zukommen ließen«, sagte Stratton, der in seine Jackentasche fasste und eine Visitenkarte hervorzog. Ich war es nicht gewohnt, von jemandem meines Alters derartig respektvoll angesprochen zu werden, und fühlte mich ein wenig unbehaglich. Auf der Karte standen lediglich sein Name und eine Adresse in der East 42nd Street in New York City.

»Nun, meine Herren«, sagte Maitland und klatschte in die Hände, »wollen wir loslegen?« Unter allgemein zustimmendem Gemurmel folgten wir ihm zur Tür.

Wir traten ins Treppenhaus, wo Maitland stehen blieb und über die geschnitzten Geländerstreben strich. »Diese liebenswerten Waldgeschöpfe sind angeblich die Arbeit von Robert Greenford, einem Freund von William Morris, der zu den Präraffaeliten gerechnet wird.«

Auf dem Weg nach unten begegneten wir Hartley, der das Geländer mit einer klaren öligen Flüssigkeit polierte. Er hatte sich hingekniet, erhob sich aber, als wir uns näherten, nahm beinahe Haltung an und neigte den Kopf, während wir vorübergingen. Als wir im Erdgeschoss ankamen, deutete Maitland auf die Rüstung und erklärte, sie stamme aus dem frühen fünfzehnten Jahrhundert. Wir besichtigten zunächst die Männerstation, dann die der Frauen, aber die längste Zeit verbrachten wir im Schlafraum. Tatsächlich blieben wir dort über eine Stunde.

Rosenberg stellte eine Reihe von Fragen zu unseren Medikamenten und den Vitaminpräparaten und wollte wissen, ob wir Insulin gaben, um den Appetit anzuregen. Er ging um die Betten herum, betrachtete die Gesichter der schlafenden Frauen und hörte bei einigen die Herztöne mit einem Stethoskop ab. Ich hatte das Gefühl, dass er in mein Revier eindrang, und wünschte, er würde sie in Ruhe lassen. Stratton hatte sich in den Schatten nahe einer Wand zurückgezogen, die Beine leicht gespreizt und die Hände hinter dem Rücken. Es war ein Uhr, und die Schwestern bereiteten sich darauf vor, die Patientinnen zu wecken und zu füttern. Rosenberg wollte bleiben und zusehen.

Schwester Jenkins erledigte die komplexe Choreografie des Weckens, Fütterns, der Medikamentengabe und der Darmentleerung mit ihrer üblichen Tüchtigkeit. Während die Patientinnen aßen, versuchte Rosenberg, Kathy Webbs Aufmerksamkeit auf sich zu lenken. Er stellte sich vor und bat sie, eine einfache Rechenaufgabe zu lösen, aber die junge Frau lutschte nur an ihrer Gabel und starrte ins Leere.

»Ja«, sagte Rosenberg und sah Maitland an. »Unsere verhalten sich ganz ähnlich.«

»Wie lange schläft denn Ihre Schar jetzt schon auf Long Island?«, fragte Maitland. Es war ein ungewöhnliches Wort, »Schar«.

»Fünf Monate«, erwiderte Rosenberg.

Maitland hob ruckartig den Kopf. »Fünf Monate?«

»Ja«, antwortete Rosenberg. »Obwohl einiges nicht ganz nach Plan verlief. Zwei haben wir verloren.«

»Darmprobleme?«

»Atemwegsinfektionen. Wir hatten Pech.«

Maitland nickte. »Und wie lange werden Sie sie dieses Mal der Behandlung aussetzen, was meinen Sie?«

»Solange es erforderlich ist«, gab Rosenberg zurück. »Ich lasse Sie wissen, wie es vorangeht.«

Als die Patientinnen alle in ihren Betten lagen und schliefen, lobte Maitland Schwester Jenkins. »Gut gemacht«, sagte er sanft. Wieder erinnerte er mich in seiner ganzen Art an einen Soldaten. Die Amerikaner begleiteten Maitland in sein Büro, und ich kehrte in den Schlafraum zurück. Rosenberg hatte zuvor noch meinen Arm berührt und gesagt: »Wenn Sie einmal in New York sein sollten, dann schauen Sie unbedingt bei mir vorbei.« Raue Intelligenz leuchtete aus seinen Augen.

Ich bedankte mich für die Einladung.

Der Jaguar parkte um halb vier noch immer vor der Klinik. Als ich dann zwei Stunden später wieder aus dem Fenster sah, waren beide Autos, der Jaguar und der Bentley, verschwunden.

Am Abend saß ich in meinem Büro und ergänzte meinen unvollendeten Bericht um ein paar weitere Absätze, war aber mit dem, was ich geschrieben hatte, nicht zufrieden. Die Sprache erschien mir nicht geschliffen genug, und die Sätze hatten keinen Fluss. Der Versuch, mich zu konzentrieren, verursachte mir Kopfschmerzen. Ich rauchte eine Zigarette und dachte an Jane. Wenn ich die Augen schloss, war die Erinnerung an ihren Kuss so lebendig, dass es sich anfühlte, als ob ich diese Erfahrung noch einmal durchlebte. Ich spürte den Druck ihrer Lippen auf meinen und spürte, wie sie sich langsam wieder trennten. Ich nahm sogar einen Hauch ihres Parfüms in der Luft wahr.

Seit unserem Ausflug nach Southwold hatten wir nur einmal Gelegenheit gehabt, uns privat zu unterhalten. Ich sagte ihr, dass ich sie am nächsten Wochenende gern wiedergetroffen hätte, am liebsten allein, aber sie hatte bereits Pläne für einen Besuch ihrer Mutter in London. Sie drückte meine Hand und meinte: »Keine Sorge, uns wird schon was einfallen.« Was sie dabei im Sinn haben mochte, lag jenseits meiner Vorstellungskraft.

Ein Windstoß rüttelte an der Fensterscheibe, und das laute Klappern unterbrach meine Gedanken. Ich zog ein paar diagonale Linien durch die zwei Absätze, die ich gerade geschrieben hatte. Es war einfach nicht gut genug. Dann drückte ich meine Zigarette aus, ordnete meine Notizen und legte sie in die unterste Schublade. Das Reserpin lag noch dort. Ich hatte mir nicht die Mühe gemacht, es wegzuwerfen. Nun nahm ich die kleine Dose zur Hand, sah zum Papierkorb, aber mitten in der Bewegung kam mir zu Bewusstsein, dass ich es auch jetzt nicht tun wollte. Also legte ich die Dose wieder an ihren alten Platz. Ein Blick auf die Uhr sagte mir, dass es halb zwölf war.

Ich schlurfte gähnend über den Flur zu meiner Schlafzimmertür. Dort griff ich in die Dunkelheit hinein und tastete über die Wand, bis ich den Lichtschalter fand. Ein leises »Klick« ertönte, und mit einem Mal stand der Raum vor mir: das große eiserne Bettgestell, die Kommode, der klobige Kleiderschrank. Mitten auf dem Teppich, etwa einen Meter von mir entfernt, weckte ein metallisches Schimmern meine Aufmerksamkeit. Ich beugte mich hinunter, um es mir genauer anzusehen.

»Das kann doch nicht…« Ich war mir meiner Worte bewusst, als ob jemand anderes sie ausgesprochen hätte. Sie klangen unnormal laut.

Ich nahm den Gegenstand und ließ ihn auf meine Handfläche rollen. Es war ein Ehering. Ich versuchte, ihn auf meinen Zeigefinger zu stecken, und merkte gleich, dass er zu klein war, um über das Gelenk zu gleiten. Er gehörte zweifelsohne einer Frau.

War ich Opfer eines dummen Streiches? Hartley hatte einen Ersatzschlüssel zu meinem Zimmer, aber die Vorstellung war völlig absurd, dass er und Schwester Jenkins gemeinsam irgendwelche Streiche aushecken mochten. War Hartley dann vielleicht von Schwester Jenkins dazu gebracht worden, den Ring in meinem Zimmer zu deponieren, damit sie mich des Diebstahls bezichtigen konnte? Auch diese Idee war völlig absurd. Mein Gehirn konstruierte noch eine Reihe weiterer, ebenso unbefriedigender Theorien, die ich aufgrund ihrer Unwahrscheinlichkeit sofort von der Hand wies, bis nur noch eine übrig blieb: Alan Foster musste Schwester Jenkins' Ring in die hintere Tasche meiner Hose gesteckt haben, und als ich mich morgens anzog, war er dort herausgefallen. Dass ich den Ring dort vorher nicht bemerkt hatte, war vielleicht ein Zeichen dafür, dass ich in letzter Zeit ständig andere Dinge im Kopf gehabt hatte.

Erst wollte ich Schwester Jenkins sofort anrufen und sie informieren, dass ich ihren Ring wiedergefunden hatte, aber dann überlegte ich, dass es vielleicht keine gute Idee wäre, ihr die Wahrheit zu sagen. Sie würde mich für unaufmerksam halten oder, noch schlimmer, für geistesabwesend, und ihre Eindrücke sicher Maitland mitteilen. Nachdem ich kurz darüber nachgedacht hatte, beschloss ich, eine harmlose Lüge zu erfinden, die mich von jeglicher Schuld oder Beteiligung freisprach. Ich legte den Ring auf meinen Nachttisch und schlug die Bettdecke zurück.

Als ich einschlief und dabei dem Meeresrauschen lauschte, kehrte die Erinnerung an Janes Kuss wieder. Große schwarze Wellen wogten durch den Raum und trugen mich auf einen riesigen Ozean des Vergessens hinaus.

Dr. Joseph Grayson
Abteilung für psychologische Medizin
London Hospital
Whitechapel
London E1

23. Juni 1955

Dr. Hugh Maitland
Psychiatrische Abteilung
St. Thomas Hospital
London SE1

Betr. Miss Isobelle Joyce Stevens (geb. 12.10.1929)
The Old Alms House, Rope Street 28, London E2

Sehr geehrter Herr Dr. Maitland,
vielen Dank für Ihre Bereitschaft, sich die oben genannte Patientin anzusehen, über die wir heute bereits am Telefon sprachen. Sie ist inzwischen seit fünfzehn Monaten bei mir in Behandlung, und ich würde Ihre Meinung hinsichtlich weiterführender Therapien sehr schätzen. Sie wird sechsundzwanzig Jahre alt und hat in ihrem relativ kurzen Leben schon eine Reihe von recht exotischen Diagnosen erhalten. Dazu zählen *folie circulaire*, Melancholie und Katoptrophobie. Persönlich bin ich der Meinung, dass sie an einer schweren manisch-depressiven Störung mit ausgeprägten psychotischen Anteilen leidet.

Ihr Vater kann aufgrund einer schweren Kriegsverletzung nicht mehr arbeiten, und ihre Mutter ist Näherin bei einer Bekleidungsfabrik in Bethnal Green. Sie hat eine drei Jahre jüngere Schwester, Maude. Miss Stevens war ein Frühchen und erwartungsgemäß entwicklungsverzögert. Sie fing erst sehr spät an zu sprechen und zu krabbeln, und sie verpasste einen großen Teil des frühen Schulunterrichts aufgrund einer immer wieder auftretenden Atemwegserkrankung. Dennoch gelang es ihr, zu ihren Altersgenossen aufzuschließen und nach Abschluss der Schule eine Stelle als Kellnerin in einem Café zu bekommen.

Kurz nach ihrem neunzehnten Geburtstag machte sie, wie es heißt, eine charakterliche Veränderung durch und wurde wechselweise lethargisch und impulsiv. Auch entwickelte sie eine Furcht vor Spiegeln und bestand darauf, dass ihre Eltern alle reflektierenden Flächen im Haus verdeckten. Auf die Frage, was ihr Angst bereite, gab sie unsinnige Antworten. Sie wurde vom Hausarzt der Familie behandelt, Dr. Fletcher, der Freud und der Psychoanalyse sehr offen gegenübersteht und es mit einer Gesprächstherapie versuchte, die sich jedoch, wie zu erwarten, als völlig erfolglos erwies. Miss Stevens' Verhalten wurde zunehmend unberechenbar, was wiederum dazu führte, dass sie ihre Arbeit verlor.

Nach mehreren Monaten, in denen sie kaum aus dem Bett aufstand, besserte sich Miss Stevens' Stimmung, und ihre Angst vor Spiegeln ließ nach, allerdings nur, um einer neuen Reihe von Symptomen Platz zu machen. Miss Stevens konnte nicht schlafen, sie redete viel und begann, übersteigerte Ansichten zu äußern, beispielsweise, dass sie mit dem Vertreter einer New Yorker Talentsucher-Agentur gesprochen habe und nun eine erfolgreiche Hollywood-Schauspielerin werden würde. Sie trug ausgefallene Kleidung und ging in den örtlichen Pubs ein und aus, wo eine ganze Menge Männer sie interessant fanden. Wie sich denken lässt, wurde sie schnell Gegenstand von Klatsch und Tratsch, und als ihre Eltern von ihrem Verhalten erfuhren, gab es Streit zuhause. Einige dieser Auseinandersetzungen müssen sehr hässlich gewesen sein, weil Dr. Fletcher in seinen Berichten blaue Flecken im Gesicht und einen geschwollenen, verdrehten Knöchel erwähnt. Er erkannte nun auch die Grenzen seiner Behandlungsmethode und überwies Miss Stevens an meinen Vorgänger, Dr. Meadows, der sie für zwei Monate ins Royal London einwies und mit Bromiden behandelte. Diese Therapie war insofern erfolgreich, dass sie weniger unruhig und überschwänglich war, aber sie verfiel danach in eine Depression. Dieses Muster von Stimmungsschwankungen wiederholte sich und führte in der Regel dann zu einer Einweisung, wenn sie sich in der manischen Phase ihrer Krankheit befand.

Mit dreiundzwanzig wurde Miss Stevens schwanger und konnte den Vater des Kindes nicht nennen (obwohl es wahrscheinlich ist, dass es sich um einen ihrer Trinkkumpane handelt). Für ihre Eltern war das der Tropfen, der das Fass zum Überlaufen brachte; sie warfen ihre Tochter aus dem Haus. Miss Stevens kam in einem Frauenhaus unter, und das Baby wurde drei Wochen nach der Geburt einer Pflegefamilie übergeben. Die traurige Folge dessen war eine schwere Depression, die in einem Selbstmordversuch durch

Überdosis gipfelte. Glücklicherweise wurde Miss Stevens bei dem Versuch überrascht und erhielt sofort ein Brechmittel.

Seitdem hat sich Miss Stevens' Zustand nicht verbessert. Ich muss zu meinem Bedauern sagen, dass ihre Symptome (trotz all meiner Bemühungen) eher schlimmer geworden sind. In den manischen Phasen klingen ihre Wahnvorstellungen blumiger denn je – sie spricht unaufhörlich davon, wie schön sie sei und dass sie einmal ein internationales Starlet sein werde, und in ihren depressiven Zeiten fühlt sie sich völlig nutzlos und wünscht sich, sie wäre tot.

Als ich den Fall von Dr. Meadows übernahm, setzte ich die Bromide bei ihr ab und verordnete stattdessen Lithiumkarbonat. Das erwies sich als sehr effektiv, die Stimmungsschwankungen besserten sich, doch nun traten verschiedene Nebenwirkungen auf – Übelkeit, Tinnitus, Sehstörungen und, besonders schwerwiegend, das anfallsweise Überstrecken der Arme. Ich musste die Dosis von 1200 mg auf 800 mg pro Tag senken. Die Nebenwirkungen verschwanden, aber damit leider auch die Wirksamkeit des Medikaments.

Wie gesagt, ich wäre für Ihre Unterstützung sehr dankbar. Miss Stevens ist ein interessantes Beispiel für zyklische Stimmungsschwankungen mit zeitgleich auftretenden Wahnvorstellungen, und ich würde mich sehr freuen, wenn Sie mir hinsichtlich ihrer Betreuung einen Rat geben könnten.

Hochachtungsvoll
Dr. med. Joseph Grayson

6

Im Schlafraum stieß ich auf Schwester Jenkins. Sie saß hinter dem Schreibtisch und studierte einen Dienstplan. Eine der Badezimmertüren stand offen, und ich konnte durch die Öffnung sehen, dass Mary Williams den Fliesenboden schrubbte. Es roch nach Desinfektionsmittel.

Als ich mich dem Schreibtisch näherte, veränderte Schwester Jenkins ihre Haltung und sagte: »Guten Morgen, Dr. Richardson.«

»Schwester Jenkins«, gab ich fröhlich zurück. »Ich habe etwas für Sie.«

Sie warf mir einen schiefen Blick zu. »Aha?«

Ich holte den Ring aus der Tasche und zeigte ihn ihr. Sie gönnte sich ein kleines Lächeln. »Ist er endlich rausgekommen?«

»Nein. Ich habe ihn in Alan Fosters Zimmer entdeckt.«

»Wo?«

»Unter der Heizung.«

»Seltsam. Dort hatte ich doch selbst nachgesehen.«

»Er lag hinter dem Ventil. Ganz in der Ecke.«

Ich gab ihr den Ring und war überrascht von ihrer Reaktion. Sie setzte ihn nicht sofort auf, wie ich erwartet hatte. Stattdessen streckte sie die Hand in den Lichtkegel unter dem Lampenschirm und drehte den Ring hin und her, erst in die eine, dann in die andere Richtung. Misstrauen stand in ihren Augen, sie runzelte die Stirn. Dann nahm sie den

Ring zwischen Daumen und Zeigefinger, als sei er dreckig, und legte ihn auf einen Notizblock. Ihr Gesichtsausdruck zeigte eine Mischung aus Enttäuschung und Gereiztheit.

»Stimmt etwas nicht?«, fragte ich.

»Das ist nicht mein Ring«, sagte sie unverblümt.

»Aber er muss es sein.«

»Dr. Richardson, ich weiß, wie mein Ehering aussieht.« Schwester Jenkins merkte, dass ich noch ein wenig Überzeugung brauchte. Sie griff nach dem Ring und schob ihren Ringfinger ein Stück durch das Rund. Es war deutlich zu klein. »Sehen Sie?«, fragte sie. »Er passt nicht. Mein Ring war größer, und das Gold war gelber. Dieser Ring ist viel kleiner und aus einem sehr blassen weißen Gold.«

»Wessen Ring ist es denn dann?«

Sie zuckte die Achseln. »Er gehört jedenfalls keinem der Patienten, so viel steht fest. Nur Mr. Cook und Mr. Murray sind verheiratet, und sie sind beide von stämmiger, massiger Statur. Keine meiner Pflegerinnen ist verheiratet, obwohl Sandra Perkins und Margaret Thomas verlobt sind.« Für einen kurzen Augenblick blickte sie, als sie diese letzte Überlegung hinzufügte, ungewöhnlich sehnsüchtig drein.

Ein paar Sekunden war ich sprachlos, fühlte mich aber verpflichtet, meine Scharade aufrechtzuerhalten. »Dann hat der Ring offenbar schon eine längere Zeit hinter der Heizung gelegen.«

»Was für ein seltsamer Zufall«, sagte Schwester Jenkins. »Ich meine, dass ich dann meinen Ring im gleichen Zimmer verliere.«

»Ja«, sagte ich und fühlte mich unbehaglich. Mir fiel wieder ein, dass eine Lüge unweigerlich andere nach sich zieht.

Schwester Jenkins schüttelte den Kopf. »Ich kann nicht glauben, dass ich ihn übersehen habe, und es ist doch auch seltsam, dass keine der Pflegerinnen ihn beim Saubermachen entdeckt hat, oder?«

Ich fühlte, wie mir die Schamesröte in die Wangen stieg, und verfiel in abgehackte Sätze. »Schade. Ärgerlich. Ich dachte, ich hätte das Problem gelöst. Wenn ich ehrlich bin, Schwester Jenkins, dann glaube ich nicht, dass wir *Ihren* Ring jetzt noch finden werden.« Ich sah zu Mary Williams hinüber. »Die Lernschwester hat sicher ihr Bestes getan, aber …« Schwester Jenkins nickte kurz angebunden. Ich nahm den fremden Ring und fuhr fort: »Vielleicht sollte ich die früheren Bewohner von Mr. Fosters Zimmer anschreiben, vielleicht finde ich so heraus, wem er gehört.«

»Es gab keine früheren Bewohner. Das Zimmer stand leer, bevor Mr. Foster kam.«

»Gut. Dann werde ich den Ring bei einem Juwelier veräußern und den Erlös der Klinik spenden.«

Wieder zuckte Schwester Jenkins die Achseln: ein angedeutetes »Wenn Sie möchten.«

»Wie geht es den Patientinnen?«, fragte ich, um das Thema zu wechseln.

»Keine von ihnen hat zusätzliche Medikamente benötigt. Sie alle haben friedlich geschlafen.«

»Hervorragend«, sagte ich und ließ den Ring in meine Tasche gleiten.

Nun machte ich meine Runde um die Betten und blieb an jedem Fußende stehen, um die Krankenblätter zu studieren. Es war nicht einfach, mich zu konzentrieren, weil ich weiter an den Ring dachte und rätselte, wie er auf den Fußboden meines Schlafzimmers gekommen sein mochte. Schließlich versuchte ich zu akzeptieren, dass er schon immer dort gelegen hatte, nur versteckt, und dass irgendeine seltsame Verkettung von Umständen dazu geführt hatte, dass er plötzlich in mein Blickfeld geriet. Um welche Umstände es sich dabei handeln mochte, war mir schleierhaft. Nachdem ich zu diesem vernünftigen, aber unbefriedigenden Schluss gekommen war, schob ich alle Gedanken über den Ring beiseite und fuhr mit meiner Arbeit fort.

Marian Powell war für eine EKT an der Reihe. Sie zählte zu den jüngeren Frauen und war, wie Kathy Webb, noch keine zwanzig. Etwas an ihrem Gesicht – die harten Linien, der müde Ausdruck – ließ mich große Armut und ein hartes Leben vermuten. Derartige Gesichter hatte ich schon oft gesehen, vor allem im Londoner East End. Es war ein Gesicht, das Hunger, Gewalt und große Entbehrungen kannte.

Mit Schwester Jenkins' Hilfe verabreichte ich den Elektroschock – 110 Volt, fast eine halbe Sekunde lang – und wandte dann meine Aufmerksamkeit Elizabeth Mason zu, bei der ein Routine-EEG anstand. Ich brachte die Elektroden an ihrem Kopf an und sah zu, wie die zuckenden Tintenköpfe langsame Wellenmuster aufzeichneten. Nach ungefähr einer Minute verflachten die Höhen und Tiefen zusehends. Der Übergang in eine andere Phase begann. Diese neuen, weniger stark ausschlagenden Wellen glichen denen, die man mit einem wachen Zustand in Verbindung brachte; allerdings schlief Elizabeth Mason, das stand so gut wie unbestreitbar fest. Sie hatte zu träumen begonnen, und ihre Augen bewegten sich von einer Seite zur anderen, als folge sie den Ballwechseln eines Tennismatches.

Ich bemerkte hier ein interessantes Phänomen. Allerdings achtete ich zu diesem Zeitpunkt nicht weiter darauf. Vielmehr wurde mir erst, nachdem ich mehrmals Zeuge dieses Geschehnisses geworden war, überhaupt klar, dass ich etwas Ungewöhnliches erlebte, das besondere Beachtung verdiente. Ein einziges Vorkommnis konnte reiner Zufall sein. Die Bedeutung, die es haben mochte, drängte sich mir erst durch die Häufigkeit auf, mit der es sich fortan ereignete.

Neben Elizabeth Mason schlief Celia Jones. Auch sie hatte zu träumen begonnen – genau wie Kathy Webb. Tatsächlich träumten sie alle, abgesehen von Marian Powell.

Stewart Osborne kam am Samstagmorgen und war sogar noch unangenehmer als sonst. Er hatte sich ein neues Auto gekauft und bestand darauf, dass ich mit nach draußen kam und es bestaunte. Ich folgte ihm also die Vortreppe hinunter und begriff sofort, warum er so guter Dinge war. Auf der Auffahrt parkte ein herrliches rotes Cabrio. Das Verdeck war heruntergeklappt, und die Chromlampen und Stoßstangen glänzten unnatürlich hell. »Ein TF 1500«, sagte Osborne stolz. »Der Motor ist stärker als bei den früheren Modellen, und die Kühlung wurde völlig überarbeitet. Man muss nur leicht aufs Gas tippen, und schon braust man davon.« Er streichelte und liebkoste die Kühlerhaube, als ob er eine Vollblutstute striegelte. »Dieser Kühlergrill. Stellen Sie sich hier neben den Wagen, und bücken Sie sich mal, dann sehen Sie den Neigungswinkel.« Um meine Aufmerksamkeit vollends auf diese herausragende Eigenschaft zu lenken, ließ er seine Hand diagonal durch die Luft pfeifen.

Ich muss gestehen, dass ich ausgesprochen neidisch war. Viele Jahre würden vergehen, bevor ich mir ein auch nur annähernd so aufregendes Fahrzeug würde leisten können. Woher hatte er das Geld, um sich dieses Auto zu kaufen?

Nach einer Weile kam ich zu dem Schluss, dass Osborne Geld aus privaten Quellen zur Verfügung stand. Das Gehalt eines jungen Psychologen ermöglichte die Anschaffung eines Sportwagens jedenfalls nicht.

»Sehr beeindruckend«, murmelte ich, »wirklich sehr beeindruckend.«

Osborne zwinkerte mir zu und erwiderte: »Ohne Sie beleidigen zu wollen, alter Junge, aber Sie sind es gar nicht, dem ich imponieren will.« Er nickte zum Gebäude hinüber und setzte hinzu: »Wer hat denn dieses Wochenende Dienst?« Er beugte sich vor, um sich im Seitenspiegel zu betrachten, schob ein paar verrutschte Haarsträhnen wieder zurecht und fuhr sich – zwei schnelle Bewegungen – mit der Fingerspitze über den Schnurrbart. »Schwester Gray? Schwester Turner?«

»Ich glaube, Schwester Turner ist weggefahren.«

»Tatsächlich? Wohin denn?«

»Ihre Mutter lebt wohl in London.«

Osborne schnaubte abfällig und tönte: »Wohl eher ihr Freund!«

»Kann sein. Ich weiß es wirklich nicht.«

»Interessiert Sie das gar nicht?«

»Wie bitte?«

»Sind Sie nicht neugierig?«

»Eigentlich nicht, nein.«

Osborne sah mich übertrieben ungläubig an. »Ich fürchte, das kaufe ich Ihnen nicht ab, Richardson.«

Ich schüttelte den Kopf und sagte entnervt: »Wenn Sie nun lange genug geprüft haben, ob Ihr Lippenstift auch nicht verwischt ist, dann könnten wir vielleicht mit der Übergabe anfangen?«

Osborne lachte. »Sehr komisch, Richardson! Da ist ja

noch Hoffnung für Sie! Also, was wollen Sie an diesem Wochenende anfangen? Schon Pläne?«

»Nun, ich werde wohl eine Beurteilung übernehmen, bei einer Frau hier aus der Nähe, Hilda Wright.« Maitland hatte mir nach Rosenbergs Besuch einige Unterlagen dagelassen.

»Ich dachte, Sie hätten das Wochenende frei«, sagte Osborne und rückte seine Krawatte zurecht.

»Ja«, antwortete ich, »das dachte ich auch.«

Am Vormittag radelte ich hinüber nach Dunwich, einem winzigen Küstendorf etwa eineinhalb Kilometer nördlich der Heide. Auf dem Weg lagen die Ruinen einer alten Abtei, und ich hielt an, sah mich ein wenig um. Vom ursprünglichen Gebäude war nicht mehr viel übrig, und was überlebt hatte, wirkte funktional. Das, was ich betrachtete, war vermutlich einmal das Refektorium gewesen. Dach und Obergeschoss waren eingestürzt, aber die hohen Wände standen noch. Ich trat durch eine bogenförmige Öffnung und entdeckte am anderen Ende des Feldes ein paar Pferde, die dort grasten. Es war ein romantischer Fleck – die Abtei lag auf einer kleinen Anhöhe, und nach einem kurzen Spaziergang kam das Meer ins Blickfeld. Vielleicht hätte ich dort länger verweilt, wäre der beißende Wind nicht gewesen.

Als ich im Dorf ankam, fand ich Hilda Wrights Häuschen nicht gleich und musste in einem Gasthaus nach dem Weg fragen. Der Wirt war ein mürrischer Kerl, der mir offensichtlich nicht recht traute. Erst, als ich ihm erklärte, dass ich Arzt sei und ihm meinen aufgeklappten schwarzen Koffer hinhielt, wurde er zugänglicher. Um die Zurückhaltung auszugleichen, die er zunächst an den Tag gelegt hatte, skizzierte er mir sogar eine kleine Karte auf einem Zettel und markierte mein Ziel mit einem Kreuz.

Das Radfahren hatte mich durstig gemacht, und obwohl ich eigentlich im Dienst war, bestellte ich mir ein großes Bitter-Bier. Es war mild gebraut und hatte einen angenehm malzigen Geschmack. Nachdem ich kurze Zeit in einem Zustand meditativer Leere verbracht hatte, ließ ich meinen Blick durch den Raum wandern und entdeckte an der Wand eine Reihe sepiafarbener Fotografien. Sie dokumentierten die allmähliche Zerstörung einer Kirche durch Küstenerosion. Auf dem ersten Bild stand das Gebäude stolz am Rand einer Klippe, aber die nächsten Bilder zeigten, wie erst die Klippe wegbrach und dann das Kirchenschiff ein Fenster nach dem anderen verlor, bis schließlich nur noch der Kirchturm stand. Auf dem letzten Bild war ein einzelner steinerner Finger zu sehen, der sich in einen bedrohlichen Himmel bohrte. Ich stand auf, um mir die Fotos genauer anzusehen.

Als der Gastwirt mein Interesse bemerkte, erzählte er mir, dass Dunwich einst ein florierender Seehafen und eine der größten Städte Englands gewesen war. Dann hatte sich das Meer immer weiter ins Land hineingefressen und schließlich den Hafen, die Lagerhäuser, die Kaufmannshäuser und den Marktplatz verschlungen. Es erschien mir unfassbar, dass eine solche Katastrophe – eine Katastrophe beinahe biblischen Ausmaßes – über die Menschen von Dunwich gekommen sein sollte. Der Wirt versicherte mir jedoch, dass alles, was er gesagt hatte, der Wahrheit entsprach. Dann erzählte er, dass man die Glocken der untergegangenen Kirchen (von denen es eine ganze Reihe gab) in tiefer Nacht noch schlagen hören könne. Daraufhin leerte ich mein Glas, dankte ihm für seine Unterstützung und verabschiedete mich zügig. Ich war nicht in Stimmung für Altweibergeschichten.

Mithilfe der Karte, die mir der Wirt gezeichnet hatte, war es recht einfach, Hilda Wrights Haus zu finden. Die Tür öffnete mir Mrs. Baines, die Schwester der Patientin, die mich dann eine enge Treppe hinauf und in ein Schlafzimmer mit niedriger Balkendecke führte.

»Hilda«, wandte sie sich an eine schrecklich dünne Frau, deren Kopf von einem Stapel Kissen gestützt wurde. »Das ist Dr. Richardson. Er ist gekommen, um dich zu untersuchen.« Mrs. Baines drehte sich wieder zu mir um und sagte: »Ich rede noch mit ihr. Obwohl sie nie antwortet.«

»Natürlich«, erwiderte ich. »Ich bin mir sicher, dass der Klang Ihrer Stimme für sie ein großer Trost ist.«

»Wir standen einander immer sehr nahe, müssen Sie wissen«, fuhr Mrs. Baines fort. »Daran hat sich bis heute nichts geändert – obwohl unser Verhältnis jetzt natürlich anders ist.« Ich nickte verständnisvoll. »Es ist so schrecklich, was passiert ist. Ich hoffe, Sie können etwas tun, um ihr zu helfen.«

Wie viele Katatoniker verweigerte auch Hilda Wright die Nahrungsaufnahme, und das bedeutete, dass sie zwangsernährt werden musste. Ich bat Mrs. Baines, mir zu zeigen, wie das vonstatten ging. Sie entfernte alle Kissen und sorgte dafür, dass ihre Schwester flach ausgestreckt auf der Matratze lag. Dann führte sie mit großer Sorgfalt einen Gummischlauch in Hildas Nase und schob ihn weiter und weiter, bis sie sicher war, dass er die Kehle hinuntergeglitten war und den Magen erreicht hatte. Sie goss einen Krug zäher Flüssigkeit in einen Trichter, der am oberen Ende des Schlauches saß.

»Was geben Sie ihr?«, fragte ich.

Mrs. Baines sah auf, die Stirn noch vor Konzentration

gefurcht. »Vitaminpulver, Malzpulver, drei Eier und einen Liter Milch. Schwester Pirie hat mir gesagt, wie ich das anrühren muss.«

Bei meiner Untersuchung stellte ich fest, dass sich Hilda Wright gesundheitlich nicht in guter Verfassung befand. Sie zeigte vielmehr Symptome, die auf eine tuberkulöse Bauchfellentzündung hinwiesen. Dennoch war ich zuversichtlich, dass es uns in Wyldehope gelingen würde, ihre Krankheit zu behandeln, und sagte Mrs. Baines, dass ich ihre Einweisung befürworten würde.

»Wie stehen ihre Chancen, Herr Doktor?«, fragte Mrs. Baines. »Wäre es möglich, dass eine Besserung eintritt?«

»Katatone Schizophrenie ist eine sehr ernste Erkrankung«, antwortete ich. »Allerdings hat sich Dr. Maitland ganz und gar der Entwicklung revolutionärer neuer Behandlungsmethoden verschrieben. Patienten, die zuvor als unheilbar galten, haben sich bei ihm wieder erholt. Ich kann Ihnen nichts versprechen, Mrs. Baines. Die Psychiatrie ist keine exakt berechenbare Wissenschaft. Zumindest kann ich Ihnen versichern, dass Hilda in Wyldehope die beste Betreuung erfahren wird, die medizinisch möglich ist.« Es war nicht leicht, ihren Gesichtsausdruck zu interpretieren, in dem Angst sich mit Dankbarkeit zu mischen schien. Da ich sie nicht beunruhigen wollte, verschwieg ich die Bauchfellentzündung, hielt es aber gleichzeitig für ratsam, darauf hinzuweisen, dass es nicht gut um die körperliche Gesundheit ihrer Schwester stand. »Mrs. Baines, Hilda ist sehr schwach. Sie hat leichtes Fieber, und ihr Bauch ist ein wenig geschwollen. Sollte sich ihre Einweisung nach Wyldehope verzögern, dann werde ich noch einmal wiederkommen müssen, um nach ihr zu sehen. Wäre das in Ordnung?«

Mrs. Baines dankte mir für meine Mühe, und ich machte mich auf den Rückweg zur Klinik. Dort nahm ich ein verspätetes Mittagessen ein (das mir vom Küchenmädchen in meine Unterkunft gebracht wurde) und schrieb den Bericht über Hilda Wright, in dem ich die Bauchfellentzündung dokumentierte und mich für ihre schnellstmögliche Einweisung aussprach. Da ich Maitland nicht vor dem folgenden Mittwoch zu sehen erwartete, hinterließ ich im St. Thomas eine Nachricht für ihn, in der ich erklärte, was bei dem Besuch herausgekommen war, und ihm meine Schlussfolgerungen zusammenfasste. Das restliche Wochenende schrieb ich Briefe, obwohl ich damit schließlich aufhören musste, weil mich wieder schlimme Kopfschmerzen plagten. Erst dachte ich, eine Erkältung rolle heran, aber später ging es mir besser, und ich machte einen kurzen Spaziergang über den Strand.

Am Montag war Jane wieder im Dienst, aber Schwester Jenkins umkreiste ständig den Schwesternschreibtisch, und wir hatten keine Gelegenheit, uns ungestört zu unterhalten. Dann tauchte kurz vor dem Mittagessen ganz überraschend Maitland auf. Er erklärte mir sein plötzliches Erscheinen nicht weiter, und den größten Teil des Tages musste ich als sein Privatsekretär einspringen. Schließlich gingen wir auf die Männerstation, wo Jane noch immer Dienst hatte. Fast sofort spürte ich eine gewisse Befangenheit. Die Tatsache, dass Jane und ich uns nähergekommen waren, brachte eine gewisse Spannung in eine eigentlich normale Situation. Ich merkte, dass ich mich über Maitlands Autorität ärgerte, darüber, dass ich mich all seinen Worten fügen musste und mich verpflichtet fühlte, über jeden seiner Witze zu lachen. Jane machte ebenfalls einen betretenen Eindruck und sah die meiste Zeit vor sich auf den Boden. Offenbar hatte ich einen unentschuldbaren Anfall männlichen Stolzes. Ich war nicht glücklich darüber, dass eine Frau, mit der ich »angebandelt« hatte, nun mitbekam, wie ich den Anordnungen eines anderen folgte. Warum Jane belastet wirkte, verstand ich jedoch nicht.

Ich wünschte mir so sehr eine Gelegenheit, mit ihr allein zu sein. Ein paar Minuten hätten genügt, aber alle Hoffnung darauf wurde zunichte, als Maitland erklärte, dass er erst am nächsten Tag abreisen würde. Offenbar rückte der Abgabetermin für ein Manuskript bei einem Verlag näher, und er musste ein Kapitel für ein neues Buch über die Behandlung von Suchterkrankungen fertigschreiben. Soweit mir bekannt war, hatte Maitland in Wyldehope kein Schlafzimmer, weswegen ich vermutete, dass er entweder die Nacht durcharbeiten wollte oder aber auf dem Chesterfield-Sofa in seinem Arbeitszimmer schlief. Am nächsten Morgen war er jedenfalls früh auf, sah ausgesprochen frisch aus und zeigte keinerlei Anzeichen von Müdigkeit. Ich leistete ihm beim Frühstück Gesellschaft. Er sprudelte über vor muskulöser Spannkraft und wollte mir unbedingt seine Theorien zum Einsatz von Brechmitteln bei der Aversionstherapie gegen Alkohol mitteilen – ein Gesprächsthema, das ich zu dieser frühen Stunde ein wenig anstrengend fand, um es vorsichtig auszudrücken.

Als wir unsere Eier mit Speck verzehrt hatten, gingen wir in den Schlafraum, und ich half ihm bei der Durchführung einer EKT; anschließend gingen wir ins Medikamentenlager, um eine neue Lieferung in Augenschein zu nehmen. Er machte mich auf einige Firmennamen aufmerksam, die ich nicht kannte. »Neu«, sagte er, »aus Amerika.« Er drückte mir die Broschüre eines Pharmakonzerns in die Hand, in der beschrieben wurde, wie einige dieser neuen Präparate auf das Gehirn wirkten. Erst nachmittags um zwanzig nach fünf fuhr er wieder.

Maitland war kaum gegangen, da machte ich mich auf die Suche nach Jane, konnte sie aber nirgendwo entdecken. Im Speiseraum stieß ich auf Lillian, die mir sagte, Janes Schicht sei schon zu Ende. Es war, als hätten sich die Schicksalsmächte gegen uns verschworen. Enttäuscht schrieb ich schnell einen kleinen Zettel, wie sehr sie mir fehlte, steckte ihn in einen Umschlag, klebte ihn zu und bat Lillian, ihn Jane bei nächster Gelegenheit zu geben (was wohl am Abend der Fall sein würde). Anschließend kam ich mir idiotisch vor und bereute meine Impulsivität. Schließlich wollte ich Jane gegenüber nicht den Eindruck erwecken, ich sei einsam und verzweifelt.

Am Abend las ich die Broschüre, die Maitland mir gegeben hatte, und ging früh ins Bett. Allerdings schlief ich nicht gleich, sondern hörte im dritten Programm noch eine Übertragung von Bachs Goldberg-Variationen. Die Musik war hervorragend und wurde mit großer Sensibilität auf einem Cembalo gespielt. Gerade wollte ich das Licht ausmachen, als ich ein leises Klopfen hörte. Es ertönte viermal kurz hintereinander, dann folgte eine Pause, dann klopfte es wieder viermal. Ich lag ganz still und lauschte. Das Meer rauschte natürlich, allgegenwärtig wie immer, und der Wind sang öfter in einem der Schornsteine, aber sonst war nichts zu hören. Doch es ertönte wieder. *Klopf-klopf-klopf-klopf.* Pause. *Klopf-klopf-klopf-klopf.*

Ich stand auf und zog meinen Morgenmantel an. Das Geräusch schien irgendwo aus dem Inneren des Hauses zu kommen. Leicht angespannt trat ich in den Flur und sah mich zu beiden Seiten um. Stille. Dann war es wieder da, im gleichen Rhythmus wie zuvor. Der Klang hatte sich jedoch verändert, und ich erkannte mit einiger Erleichterung, dass jemand draußen im Treppenhaus stand und an die Tür klopfte, aber so leise, dass man beinahe ein Kind dahinter vermutet hätte. Ich trat in die Schatten, nahm den Schlüssel vom Haken und öffnete die Tür. Schwaches Licht drang aus meinem Schlafzimmer, aber es genügte, um die Gestalt einer Schwester erkennen zu können. Sie hob einen Finger an die Lippen, sah die Treppe hinunter und trat mir entgegen. Es war Jane. Ich schloss die Tür hinter ihr und drehte den Schlüssel.

Einige Sekunden standen wir einfach nur da und sahen einander in die Augen, bis sie mir die Arme um den Hals schlang und meinen Mund an ihren zog.

»Ich habe dich auch vermisst«, flüsterte sie.

Auf diese erste, zarte Berührung der Lippen folgten hungrige, gierige Küsse. Unsere Leidenschaft war so intensiv, dass es sich anfühlte, als seien wir auf gegenseitige Zerstörung aus.

Jane löste sich aus meinem Griff und sagte außer Atem: »Ich habe morgen Dienst, schon früh …«

Ich nickte zum Zeichen, dass ich ihre Andeutung verstanden hatte: Sie würde die ganze Nacht bei mir bleiben und sich dann frühmorgens nach unten schleichen.

Wieder zog sie mich an sich, den Mund leicht geöffnet. Sie hob ihr Knie, und der Saum ihrer Uniform wanderte ihren Schenkel hinauf, um den gemusterten oberen Rand eines Nylonstrumpfs zu enthüllen. Ich legte meine Hand auf ihre Taille und ließ sie nach unten wandern, über die wohlgeformte Kurve ihres Pos. Sie schlang ihr Bein um meine Hüfte, und wir umschlossen einander fest. Sie legte den Kopf ein wenig in den Nacken, und ich rieb meine Wange an der straffen Haut an ihrem Hals. Ein Seufzer wärmte mein Gesicht, während sie vor Wohlbehagen erschauerte.

Ein lautes Krachen ertönte, als ob etwas Schweres zu Boden gefallen sei. Ich fühlte eine leichte Erschütterung an meinen Fußsohlen. Wir ließen voneinander ab, und Jane fragte: »Was war das?«

Diese Unterbrechung hätte zu keinem unpassenderen Augenblick kommen können.

»Ich weiß nicht«, gab ich zurück. »Ist doch egal.«

Als ich Jane bei der Hand nahm und ins Schlafzimmer führte, entdeckte ich dort sofort den Grund für den Krach: Ein Bücherstapel war umgefallen, und die Bände lagen nun vor dem Kleiderschrank verstreut auf dem Boden. Ich räumte sie schnell zusammen und wandte mich wieder Jane zu. Ihre Anwesenheit in meinem elenden Quartier war ein Wunder wie eine Engelserscheinung, und ganz kurz lähmte mich die Unwirklichkeit der Situation. Viel zu lange guckte ich sie ungläubig an, und Janes Blick wurde daraufhin besorgt und fragend. Ich entschuldigte mich: »Es tut mir leid. Ich kann gar nicht richtig glauben, dass du hier bist.«

Sie lächelte süß. »Tja, aber das bin ich.«

Dann beugte sie sich vor und knipste die Lampe aus.

Die Vorhänge waren zugezogen, überlappten sich jedoch nicht, und ein Strahl Mondlicht erleuchtete das Zimmer. Ich legte meinen Morgenmantel wieder ab und versuchte, meinen Pyjama so schnell auszuziehen, dass ich dabei beinahe ins Stolpern kam. Jane hatte es weniger eilig. Ich schlüpfte ins Bett und sah ihr zu, wie sie ihre Kleidungsstücke über eine Stuhllehne legte. Während sie sich auszog, schien sie beinahe mehr Substanz zu gewinnen, da ihre blasse Haut das Licht stärker reflektierte als ihre Unterwäsche.

Jane glitt zwischen die Laken und kletterte auf mich. Ich zog hart die Luft ein, weil mich die Intensität ihrer Leidenschaft überraschte. Sie merkte, dass bei mir nicht mehr viel fehlte, und verharrte in ihrer Bewegung. »Noch nicht«, flüsterte sie, »bitte, jetzt noch nicht.«

Nachdem wir miteinander geschlafen hatten, schien ein Gespräch überflüssig – es gab keine Liebesschwüre oder Versicherungen, Bekenntnisse oder Enthüllungen. Wir lagen einfach nur auf den zerwühlten Laken, Arme und Beine miteinander verschlungen, und streichelten uns träge. Ich inhalierte Janes Parfüm und strich über ihr Haar.

Das Raunen des Meeres reinigte meinen Kopf von allen Gedanken, und schließlich schlief ich ein.

Ich träumte von einem Leuchtturm, dessen Lichtstrahl über schwarzes Wasser glitt – träge Wellen, ölig zäh. Der Himmel war sternenlos. Jedes Mal, wenn der Lichtstrahl wieder aufflammte, erklang ein hartes, mechanisches Geräusch, ähnlich wie von einem Hochofen. Als ich erwachte, schien mir dieser Traum nachzuhängen, aber er verblasste schnell. Seltsamerweise fühlte ich mich daraufhin unglaublich traurig.

Das Zimmer war noch völlig dunkel, abgesehen von dem Mondlicht, das durch den Spalt zwischen den Vorhängen fiel. Ich sah Jane, wie sie vor dem Fenster vorbeiging, so dass sich ihre schattenhafte Form vor den hellen Schein schob. Sie war offensichtlich sehr rücksichtsvoll und versuchte, möglichst kein Geräusch zu machen. »Schatz?«, fragte ich leise. Aber sie antwortete nicht. Wieder verdeckte sie kurz das Mondlicht. »Schatz?«, fragte ich erneut und nun auch angespannt, weil ich mich fragte, ob etwas nicht in Ordnung war.

In diesem Augenblick schlang sich Janes Arm um meine Brust, und mir wurde klar, dass nicht sie es war, die dort am Fußende des Bettes stand, sondern jemand anderes.

Mein Körper wurde starr, und zuerst dachte ich, dass einer der Patienten aus der Station ausgebrochen war. Allerdings erinnerte ich mich ganz genau daran, dass ich die Tür zum Treppenhaus wieder abgeschlossen hatte. Vielleicht hatte jemand das Schloss geknackt? Aber keiner der Patienten war schon einmal straffällig geworden, und ich konnte mir keinen, weder von den Männern noch von den Frauen, vorstellen, der so etwas tun würde. Es beruhigte mich ein wenig, dass sie alle, ohne Ausnahme, unter starken Beruhigungsmitteln standen und daher nicht damit zu rechnen war, dass sie gewalttätig werden würden.

Eine Sorge wich der nächsten. Wenn wir in dieser Situation nicht extrem sensibel handelten, würde Jane sich womöglich vor Schwester Jenkins verantworten müssen. Von einem unserer Patienten konnte ich kaum Diskretion erwarten! Eine Reihe verschiedenster kompromittierender Szenarien schoss mir durch den Kopf.

Ich löste mich aus der Umklammerung von Janes Armen und Beinen und setzte mich auf.

»Wer sind Sie?«, fragte ich und schlug einen milden Ton an, um den Patienten nicht zu erschrecken. Das Mondlicht erschien wieder, aber ich konnte nicht mit Bestimmtheit sagen, ob sich die Gestalt davor nach links oder rechts bewegt hatte. »Keine Sorge«, fuhr ich fort, »ich bin nicht verärgert. Passen Sie auf, Sie bleiben einfach, wo Sie sind. Ich mache jetzt das Licht an.«

Ich fand den Schalter. Obwohl die Birne nur schwach war, musste ich die Augen zusammenkneifen und warten, bis ich mich an die Helligkeit gewöhnt hatte.

Es war niemand im Zimmer.

Ich sprang aus dem Bett, zog meinen Morgenmantel an und sah mich auf dem Flur um, schaute in meine anderen Räume und überprüfte auch die unbewohnten Zimmer auf diesem Stockwerk. Zu meiner Verblüffung waren sie alle leer, und als ich die Tür zum Treppenhaus überprüfte, war sie abgeschlossen, genau, wie ich es in Erinnerung gehabt hatte. Ich ging zur Toilette, erleichterte mich, und als ich ins Schlafzimmer zurückkehrte, rührte sich Jane ein wenig.

»Was ist denn los?«, fragte sie. Ihr Haar war höchst ansprechend zerzaust.

»Nichts«, antwortete ich. »Schlaf weiter.«

Ich machte das Licht aus, und als ich wieder ins Bett kroch, schmiegte sich Jane an mich und legte ihren Kopf auf meine Brust. Ihre Hand glitt zwischen meine Beine. Ich versuchte, das Erlebte zu begreifen und mich mit der tröstenden Sinnhaftigkeit der Wissenschaft zu beruhigen. Es gab eine rationale Erklärung: Viele Menschen berichten davon, kurz nach dem Aufwachen Erscheinungen gehabt zu haben. Das Gehirn träumt manchmal weiter, auch wenn man nicht mehr schläft, und Phantasiegespinste können plötzlich sehr echt aussehen. Dieses gründlich dokumentierte Phänomen ereignet sich vor allem nach großer Aufregung oder Gefühlsaufwallung …

Ja, versicherte ich mir. *So muss es gewesen sein.*

Mich beruhigten Janes Wärme, ihre Körperlichkeit, ihre weiche Haut und die feste Sicherheit ihrer Knochen. Die Welt erschien wieder solide, Vertrauen erweckend, verlässlich. Ich verabschiedete mich von meinen inneren Überlegungen und schlief ein.

Als ich erwachte, tastete ich nach Jane, aber meine Hand fand keinen Widerstand. Sie war verschwunden. Ich schlug die Augen auf und sah auf den Wecker. Es war halb sieben, und der Raum war erhellt vom grauen Licht eines unbestimmten Morgen. Ich stand noch nicht auf, sondern reckte mich ein wenig und rief mir die Bilder unserer Liebesnacht in Erinnerung. Das Verlangen erwachte erneut, und ich hoffte, dass es nicht zu lange dauern würde, bis Jane wieder einmal an meine Tür klopfte. Ich gab mich dieser faulen Stimmung hin, bis mir das Phantom in meinem Zimmer einfiel. Es gab keinen Grund, die Erklärung zu verwerfen, für die ich mich in der Nacht bereits entschieden hatte. Tatsächlich überlegte ich sogar, welcher Fachausdruck diese Art von Halluzinationen bezeichnete. In den Lehrbüchern war meist von Hypnagogie die Rede, und der Zustand nach dem Aufwachen wurde *hypnopomp* genannt, eine Zusammensetzung der griechischen Wörter *hypno*, Schlaf, und *pompe*, wegschicken. Dennoch beunruhigte mich etwas, eine ungelöste Frage, wie Skrupel oder nagende Zweifel.

Schließlich richtete ich mich auf und fand meine Zigaretten. Vom ersten Zug musste ich husten. Ich sah mich im Zimmer um, und mein Blick fiel auf den Bücherstapel, der umgefallen war, als Jane und ich uns im Flur geküsst hatten. Nun, da ich Zeit und Muße hatte, mich eingehender mit diesem Ereignis zu beschäftigen, fiel mir (mit einiger Verwunderung) auf, dass es sich um einen eher kleinen Stapel handelte. Das war seltsam, weil ich mich an das extrem laute Krachen erinnerte und daran, dass die Bodenbretter vibriert hatten. Ich stand auf, kniete mich neben den Stapel und untersuchte ihn genau. Die brüchigen Rücken von zwei älteren Bänden waren gebrochen. Diese Beschädigung war mir nie zuvor aufgefallen. Nach kurzer Überlegung warf ich den Stapel um. Die Bücher rutschten auf den Teppich, und das Geräusch dabei war recht gedämpft.

Mir kam der Gedanke, dass man den Lärm von gestern Abend am ehesten erzeugen könnte, wenn man die Bücher alle einsammelte und aus großer Höhe noch einmal fallen ließ. Das, und nur das, hätte ein Beben ausgelöst, das sich über die Bodenbretter übertragen hätte.

Ich setzte mich aufs Bett, starrte das Durcheinander von Büchern an, und als ich meine Zigarette aufgeraucht hatte, steckte ich mir gleich die nächste an.

Maitland hatte sich wegen Hilda Wright nicht mehr bei mir gemeldet, aber ich machte mir Sorgen um sie. Schließlich entschied ich mich, noch einmal zum Rose Cottage zu fahren, und wenn auch nur zu meiner eigenen Beruhigung. Ich schilderte die Lage Schwester Jenkins, die sehr verständnisvoll reagierte und vorschlug, Mr. Hartley zu fragen, ob er mich mit dem Auto fahren würde: Dann konnte ich Hin- und Rückweg binnen einer Stunde schaffen. Hartley entsprach meiner Bitte gern, und so stand ich schon bald wieder an Hilda Wrights Bett und untersuchte sie erneut. Glücklicherweise hatte sich ihr Zustand nicht verschlechtert, und ich konnte Mrs. Baines ein wenig Trost zusprechen. Allerdings war ich mir darüber im Klaren, dass ich erleichtert sein würde, wenn Hilda Wright auf der Frauenstation unserer Klinik untergebracht war, wo die Schwestern regelmäßig nach ihr sahen.

Am folgenden Nachmittag erhielt ich einen Anruf von Maitland, und er kam gleich zur Sache. »Leider habe ich schlechte Nachrichten. Die Patientin, die Sie Samstag untersucht haben, Hilda Wright, ist gestern Nacht gestorben. War wohl die Bauchfellentzündung.«

Ich war schockiert. »Wie schrecklich.«

»Ja, das ist wirklich schlimm.«

»Ich war erst gestern noch einmal bei ihr.«

»Tatsächlich?«

»Hartley war so freundlich, mich hinzufahren. Sie war nicht sehr kräftig, aber trotzdem …« Mein Satz verebbte, und ich lauschte dem elektrischen Knacken im Hörer.

»Tja, bei einer tuberkulösen Bauchfellentzündung muss man mit allem rechnen.« Maitlands Ton war gütig und verständnisvoll. »Ich bin sicher, Sie haben getan, was in Ihrer Macht stand.«

Als Maitland am nächsten Tag ankam, lud er mich zu Tee und Gebäck in seinem Büro ein und fragte mich, ob es mir etwas ausmachen würde, zu Hilda Wrights Beerdigung zu gehen. Zwar respektierte ich seine Bemühungen, eine gute Beziehung zu den Einwohnern der umliegenden Dörfer aufzubauen, aber ich hatte Hilda Wright nur zweimal besucht und wollte mich nicht in die private Trauer der Familie hineindrängen. Dennoch wusste ich nicht, wie ich ihm die Bitte hätte abschlagen können. »Oh, und da ist noch etwas«, fuhr Maitland fort, »vielleicht wäre es eine gute Idee, einen Gerichtsmediziner hinzuzuziehen? Ich habe schon mit jemandem gesprochen. Es gibt keinen Grund zur Sorge, das ist ein ganz vernünftiger Kerl.«

Das tat ich, und der Gerichtsmediziner entsprach tatsächlich Maitlands Beschreibung: ein praktisch veranlagter, zupackender und durch und durch vernünftiger Mann. Nach einer kurzen, aber ausführlichen Diskussion sagte er: »Wenn

Sie überzeugt sind, dass eine tuberkulöse Bauchfellentzündung zum Tod geführt hat, dann werde ich ohne eine weitere Untersuchung eine Sterbeurkunde ausstellen.«

»Ja«, antwortete ich, »davon bin ich überzeugt.«

»Dr. Richardson«, erklärte er mit vornehmer Höflichkeit, »Sie waren eine große Hilfe.«

Am Morgen der Beerdigung setzte mich Hartley vor der St.-James-Kirche in Dunwich ab und sagte, er würde in einem Gasthaus auf mich warten. Der Gottesdienst war keine große Sache, nur enge Verwandte und ein paar Dorfbewohner nahmen teil. Danach ging ich zu Mrs. Baines, um ihr mein Beileid auszusprechen, was sie mit ernster Dankbarkeit annahm. Sie lud mich sogar ein, noch auf ein paar Sandwiches ins Rose Cottage mitzukommen, aber ich entschuldigte mich, und nachdem ich ein paar Worte mit dem Pfarrer gewechselt hatte, verließ ich den Friedhof diskret. Hartleys Auto stand nahe dem Gasthaus, doch als ich eintrat, konnte ich ihn nirgendwo entdecken. Er hatte zuvor angekündigt, vielleicht noch einen kleinen Spaziergang am Strand zu machen, von daher überraschte mich seine Abwesenheit nicht. Der Wirt erkannte mich wieder, und ich bestellte ein Glas von dem Bitter-Bier, das mir bei meinem ersten Besuch so gut geschmeckt hatte.

»Waren Sie auf der Beerdigung?«, fragte er.

»Ja.«

»Wie war's denn?«

»Wie so etwas eben ist, würde ich sagen.«

»Entschuldigen Sie, wenn ich frage ...« Er hielt das Glas unter den Zapfhahn, und es füllte sich mit dunkler Flüssigkeit. »Woran ist sie denn gestorben?«

»An einer tuberkulösen Bauchfellentzündung.«

Er gab mir das Bier, und unwillkürlich fiel mir sein seltsamer Gesichtsausdruck auf. In seinem Blick lag etwas Suggestives.

Ich neigte den Kopf zur Seite und bat damit wortlos um eine Erklärung.

»Ist das so?«, fragte er nun. »Tuberkulöse Bauchfellentzündung?«

»Ja«, antwortete ich ein wenig irritiert. Ich hatte nicht erwartet, dass er meine Diagnose anzweifeln würde. »Diese Erkrankung ist gar nicht mal so selten.«

Er nickte und zündete sich eine Zigarette an.

»Wahrscheinlich wird Familie Baines dann wohl Rose Cottage bald verlassen und in was Schickeres und Größeres ziehen.«

»Was meinen Sie damit?«

»Na ja, das Geld ist dann ja nicht mehr knapp. Jetzt nicht mehr.«

Der Wirt sah mich mit hochgezogenen Augenbrauen an, als wollte er mich zu einer bestimmten Überlegung bewegen. Plötzlich begriff ich, worauf er anspielte. Er nahm meine Reaktion mit offensichtlicher Befriedigung wahr, lächelte und sagte: »Das gibt Stoff zum Nachdenken, was?«

Ich schüttelte den Kopf, gab mich unbeteiligt und erwiderte: »Ich glaube nicht.« Er wollte noch etwas sagen, aber ich wandte ihm den Rücken zu und entfernte mich von der Bar. Stattdessen setzte ich mich an einen Tisch und blickte ins Feuer. Meine kühle Reaktion entsprach nicht ganz dem, was ich fühlte, und als Mr. Hartley auftauchte, war ich tatsächlich besorgt.

Bei meinem nächsten Treffen mit Maitland sprach ich die

Sache an. »Die Symptome einer Arsenvergiftung können leicht mit denen einer tuberkulösen Bauchfellentzündung verwechselt werden, und Mrs. Baines hat die Mischung für die Schlauchmahlzeit stets selbst zubereitet.«

Maitland erhob sich und ging zum Fenster. Er legte die Hand auf einen riesigen, antiken Globus und versetzte ihn in eine Drehbewegung. »Mein Rat wäre, soweit er von Belang ist, hier keine schlafenden Hunde zu wecken.«

»Sollte ich den Gerichtsmediziner nicht noch einmal darauf ansprechen?«

»Falls es dann doch eine Untersuchung gibt, könnte es sein, dass man Ihnen einige recht problematische Fragen stellt.« Ein unangenehmes Schweigen breitete sich aus, und ich lockerte meinen Kragen ein wenig. Eigentlich erwartete ich irgendeine Form der Kritik, aber Maitland fuhr stattdessen in wesentlich lockererem Ton fort: »Dieser Wirt, von dem Sie erzählt haben, hat gar nichts Entscheidendes gesagt. Er hat ein paar vage Andeutungen gemacht, das ist alles. Sie wissen doch, wie die Leute so sind, die in solchen Dörfern leben, wie engstirnig und kleingeistig sie sein können – und wie sehr sie haltlosen Klatsch und Tratsch lieben.«

»Ja«, antwortete ich. »Das ist wohl wahr.« Trotzdem war mir, als hätte ich eine Charakterschwäche offenbart, eine gewisse Leichtgläubigkeit.

Maitland tat meine Entschuldigung mit einer Handbewegung ab. Ich fühlte mich erleichtert – oder vielleicht eher noch so, als hätte ich die Absolution erhalten. Dabei hätte ich es besser wissen sollen, hätte besser keinen Erlass angenommen, der so leichthin erteilt worden war. Ich hätte mich nicht so einfach überzeugen lassen dürfen.

Am Abend sah ich nach Michael Chapman. Er war ein wenig erregt, aber es gelang mir, ihn in ein lockeres Gespräch über Schach zu verstricken, und das schien ihn zu beruhigen. Einige Minuten lang sprach er in gemessenem Ton über Ablenkungsmanöver und Bauernopfer. Ich bat Schwester Page, ein Auge auf ihn zu haben und mir Bescheid zu geben, wenn er wieder unruhig würde. »Jawohl, Herr Doktor«, sagte sie, während sie ein Röhrchen Tabletten in einer Nierenschale auskippte.

Nachdem ich die Männerstation verlassen hatte, ging ich die Treppe zum Schlafraum hinunter. Kaum hatte ich die Tür geöffnet, da hörte ich schon, wie jemand weinte. Die diensthabende Schwester saß am Schreibtisch und wandte sofort ihr Gesicht ab, aber ich erkannte an der üppigen Figur und der Haarfarbe, dass es Mary Williams war. Zwar unternahm sie alle Anstrengungen, ihre Schluchzer zu unterdrücken, doch die Akustik der Kellerräume verstärkte jedes Luftholen und Schniefen. Ich wollte nun zwar nicht hineinplatzen und die junge Frau in Verlegenheit bringen, aber gleichzeitig wollte ich auch nicht hartherzig oder gleichgültig wirken. Nach kurzem Zögern beschloss ich, dass es falsch wäre, sie allein zu lassen, während es ihr so offensichtlich schlecht ging. Außerdem hatte ich keine Lust, ein durchsichtiges Manöver zu veranstalten und so zu tun, als hätte ich mich gerade an etwas Wichtiges erinnert, das ich anderswo erledigen musste.

Ich kam zu ihr herüber und blieb im Kegel des Halblichts stehen, das von der Schreibtischlampe ausging. Mary reagierte nicht darauf. Sie verharrte völlig ruhig, obwohl ihre Schultern, die für eine Frau ihrer Größe recht breit waren, immer wieder unregelmäßig zuckten.

»Was ist denn los?«, fragte ich. Sie antwortete nicht. »Mary?«

Ich hörte, wie sie schluckte, und dann rutschte sie auf dem Stuhl herum. »Die lassen mich nicht in Ruhe.« Es lag etwas Schrilles, Hysterisches in ihrer Stimme.

Ein atavistischer Instinkt brachte mich dazu, unbehaglich in die Dunkelheit zu spähen. »Wer lässt Sie nicht in Ruhe?«

Ich berührte ihre Schulter, und sie wandte sich um. Ihre Augen waren feucht und unfokussiert. Sie wirkte beinahe benommen, und es dauerte eine ganze Weile, bis sie meine Anwesenheit registrierte: »Dr. Richardson …« Ihre Aussprache war unmoduliert, aber bei der letzten Silbe ging die Betonung doch ein wenig in die Höhe, als wolle sie leichte Unsicherheit zu erkennen geben.

»Mary«, wiederholte ich, »wer lässt Sie nicht in Ruhe?«

Sie holte tief Luft. »Tut mir leid, Dr. Richardson. Ich dachte …« Sie unterbrach sich sehr plötzlich, und ihr verkrampfter Gesichtsausdruck verriet eine große Denkanstrengung. »Ich muss wohl eingeschlafen sein.« Ihr Blick wurde leer, und sie holte noch einmal tief Luft. »Ich hatte einen Albtraum.«

»Ich verstehe.«

Auf dem Schreibtisch lag ein abgenutztes, dickes Buch mit schwarzem Ledereinband. Mary sah meinen interessierten Blick, nahm es schnell und verstaute es in einer Schublade. Dann ordnete sie demonstrativ ein paar andere Dinge – Stifte, einen Briefbeschwerer, ein Lineal. Ihr Ablenkungsmanöver war so durchsichtig und sinnlos, dass mir das arme Mädchen unwillkürlich leidtat. Die goldene Prägung auf dem schwarzledernen Buchdeckel – zwar verblasst, aber noch verräterisch glänzend – legte die Vermutung nahe, dass Mary in einem Gebetsbuch gelesen hatte.

»Geht es Ihnen jetzt wieder besser?«, fragte ich.

»Ja«, antwortete Mary. »Es tut mir leid.«

Ich spürte, dass sie mich etwas fragen wollte – was, das war leicht zu erraten. »Machen Sie sich keine Sorgen«, sagte ich. »Ich werde Schwester Jenkins nichts sagen.« Mary atmete erleichtert auf. Ich nahm eine Formelsammlung zur Hand und tat so, als würde ich den Index studieren. »Es muss ein schlimmer Traum gewesen sein.« Ich hörte, dass Mary nervös an irgendetwas herumnestelte, bevor sie antwortete: »Ja, es war sehr schlimm.« Dann stand sie mit entschiedener Geschäftigkeit auf und marschierte zu den Betten hinüber. Ganz offensichtlich wollte sie unser Gespräch nicht weiter fortsetzen.

Marian Powell stöhnte, und Mary stand nur eine Sekunde später am Bett der Patientin. Ich beobachtete, wie sie Marians Kissen aufschüttelte und die losen Zipfel der Laken wieder unter der Matratze feststeckte.

Warum, fragte ich mich, hielt Mary es für nötig, ein Gebetsbuch mitzunehmen, wenn sie Nachtdienst im Schlafraum hatte? Sie ahnte nicht, dass ich das Buch schon bei zwei früheren Gelegenheiten bei ihr gesehen hatte. Sie war ein schlichtes Gemüt und hatte kein Talent zur Täuschung.

Dr. Peter Bevington
Oak Lodge
bei Biggleswade
Bedfordshire

30. April 1955

Dr. Hugh Maitland
Braxton Club
Carlton House Terrace
St. James's
City Of Westminster
London SW1

Lieber Hugh,
entschuldige, dass ich Dir in einer beruflichen Angelegenheit an Deine Club-Adresse schreibe, aber angesichts der Umstände erscheint mir das angemessener. Es hat sich eine knifflige Situation ergeben, und ich glaube, Du könntest helfen. Ich will Dich jetzt noch nicht mit allen Einzelheiten belästigen; aber falls Dir, nachdem Du diesen Brief gelesen hast, eine Lösung einfiele, dann wäre es großartig, wenn Du mich anrufen würdest. Elspeth und ich fahren für ein paar Tage mit Moira und Geoffrey nach Norfolk, aber ich bin am Montag, dem 16. Mai, wieder zurück in der Tretmühle.

In Oak Lodge haben wir eine Patientin, die Celia Jones genannt wird. Weshalb ich von »genannt wird« spreche, erkläre ich gleich noch. Es handelt sich um eine Frau, vermutlich Mitte fünfzig, die seit über zehn

Jahren in einem Stupor verharrt. Seit meiner Ernennung im letzten September hat sie kein einziges Wort gesagt. Sie bewegt sich kaum und zeigt gelegentlich eine wächserne Starre.

Dennoch ist sie fähig, Nahrung aufzunehmen, vor allem dann, wenn ihr Appetit durch die Gabe von Insulin angeregt wurde (5 lösliche Einheiten). Narben am Unterbauch deuten auf einen Kaiserschnitt hin. Ich habe bei dieser Frau so gut wie alles versucht: Benzedrin, Drinamyl, drei Durchgänge EKT, sogar Metrazol. Alles ohne Wirkung.

Und jetzt kommt das Problem. Wie sich herausgestellt hat, wurde eine Patientin namens Celia Jones getötet, als die Nervenheilanstalt St. Dunstan in Stepney im Januar 1941 bei einem Angriff der Luftwaffe zerstört wurde. Ich habe dort früher einmal gearbeitet und erinnere mich gern an den damaligen Leiter Dr. Wilson, einen Herrn mit buschigem Backenbart, der sich nach viktorianischer Art kleidete. Alle Mitarbeiter kamen bei dem Angriff ums Leben, darunter auch der gute alte Wilson. Wie Du Dir vorstellen kannst, herrschte in dieser Nacht ziemlich viel Chaos, und da die Überlebenden wild durch die Gegend liefen, überrascht es nicht, dass bei der späteren Erfassung der Geschehnisse Fehler passierten. Sämtliche Dokumente gingen bei dem Brand verloren. Tatsächlich habe ich Grund zu der Annahme, dass die Patientin, die ich bisher Celia Jones genannt habe, eine Unbekannte ist, die nach diesem Unglück für Celia Jones gehalten wurde. Wenn ihr Stupor anhält, dann wird ihre wahre Identität für immer ein Geheimnis bleiben – und ich kann Geheimnisse nicht ausstehen, dieses noch weniger als andere, denn vielleicht könnte schon eine winzig kleine Verbesserung ihres Zustands dazu führen, dass sie uns sagt, wer sie wirklich ist. Irgendwelche Vorschläge?

Ich hoffe, Dir und Daphne geht es gut. Elspeth lässt herzlich grüßen.

Herzlichst
Peter
Dr. Peter Bevington
Institutsleitung

PS: Letzte Nacht habe ich Dich im Radio gehört. Ich freue mich, dass Du diesen Seelenklempner dort als Schwindler entlarvt hast. Man konnte die Panik in seiner Stimme richtig hören. Personifizierungen im Unbewussten! Was für ein Blödsinn! Mir erschienen die Freudianer immer schon schlimm genug, aber diese Jungianer schießen wirklich den Vogel ab!

7

Die Dunkelheit schien mit jedem Tag, der verging, früher über die Heide zu ziehen. Vogelscharen flogen vom Grasland der Marschen auf, schufen lebende Strudel, die sich in südliche Richtung entrollten, Vorreiter schattenhafter Banner konzentrierter Aktivität. Der sanft geschwungene Horizont, dunstig und verschwommen, war rotbraun und dunkelrosa eingefärbt, als ob Farbpigmente durch das gesättigte Papier eines Aquarells hindurchschimmerten.

Während der Wechsel der Jahreszeiten herannahte, trafen Jane und ich uns weiterhin im Geheimen. Sie schlich sich mindestens zweimal die Woche in meine Räume, und einmal wagten wir es sogar, einen ganzen Sonntag gemeinsam zu verbringen.

Wir lagen im Bett, genossen die faule, selbstzufriedene Trägheit erschöpfter Liebender und tauschten kurze Wortkaskaden, bis ich auf die Patientinnen im Schlafraum zu sprechen kam und erwähnte, dass ich gern mehr über ihre Lebensgeschichten wüsste. Jane rollte sich auf den Bauch und sah mich mit ihren herrlichen grünen Augen an: Ihr war ein wenig Wimperntusche auf die Wange gefallen, was ihr ein unwiderstehlich verrufenes Aussehen verlieh.

»Interessant«, sagte sie und hielt mich weiter in ihrem Blick.

»Was denn?«

»Dass du so neugierig auf das Leben anderer Leute bist.«

»Ich bin Psychiater«, sagte ich lachend.

»Ja, aber …« Sie angelte nach ihrem Päckchen Zigaretten. Nachdem sie eine angezündet hatte, schob sie mir den Filter zwischen die geöffneten Lippen. »Du weißt eine Menge über mich, aber ich weiß gar nichts über dich.«

»Nun, da gibt es nicht viel zu erzählen.«

»Du erwähnst deine Eltern oder deine Familie nie.«

»Freundinnen?«, warf ich spielerisch ein.

Sie zog mir die Zigarette mit einem Ruck wieder aus dem Mund, inhalierte tief und blies mir den Rauch ins Gesicht. »Nicht so wichtig.«

»Na schön, was möchtest du hören?«

»Das Übliche – die Sachen eben, über die man redet, wenn man sich kennen lernt.«

»Ich glaube, wir kennen uns schon ganz gut«, neckte ich sie und kniff in ihren Po. »Du nicht?«

Sie sah zur Decke und machte ein gespielt entnervtes Gesicht. »Du weißt genau, was ich meine!«

»Und ich dachte, ich tue dir einen Gefallen.«

»Einen Gefallen?«

»Indem ich dir die Einzelheiten erspare. Es ist alles ziemlich langweilig.«

»Das ist mir egal.«

»Das sagst du nur so.«

»Nein, tue ich nicht.«

Ich seufzte. »Na gut, wenn du darauf bestehst. Aber sag nachher nicht, ich hätte dich nicht gewarnt.« Sie bot mir die Zigarette noch einmal an, und ich nahm ein paar Züge. Nachdem ich meine Gedanken geordnet hatte, sagte ich: »Anfangen, wo es anfängt.« Damit zitierte ich die erste Zeile eines Hörspiels, das ich im Radio gehört hatte. Aus irgendeinem Grund hatte sie sich mir eingeprägt. Ich wiederholte: »Anfangen, wo es anfängt.« Jane gab mir einen kleinen Stoß in die Rippen, wie man einen Plattenspieler anstupsen mochte, wenn die Nadel an einer Stelle hängengeblieben war. »Ich erinnere mich an nicht sehr vieles aus meiner Jugend, aber ich glaube, ich war ein einigermaßen glückliches Kind. Wir wohnten in Canterbury, wo mein Vater eine Arztpraxis hatte. Er war bei seinen Patienten beliebt, konnte zu Hause allerdings recht reserviert sein: nicht unbedingt kalt, aber auch nicht besonders zugewandt. Ich glaube, er war in dieser Hinsicht recht gewöhnlich. So sind die Männer seiner Generation oft. Was kann ich sonst noch über ihn sagen? Er ist ein anständiger Mann, verlässlich, fleißig – ein Mann, dessen Händen man sich gern anvertraut. Meine Mutter ist ein ganz anderer Mensch. Lebhaft, kapriziös, vielleicht ein bisschen anstrengend, und sie hat einen trockenen Humor, den mein Vater oft gar nicht versteht. Sie sind eigentlich ein ungewöhnliches Paar. Sie verließ die Schule schon mit vierzehn. Aber sie liest trotzdem viel und hat eine Schwäche für Gedichte. Sie hielt mich an, seitenweise Verse von Keats und Coleridge zu lernen: ›In Xanadu Khan Kublai ließ/Ein prächtges Lustschloss sich erbaun‹ und so weiter. Ich habe keine Zeile vergessen. Als der Krieg vorbei war, zogen meine Eltern nach Bournemouth. Mein Vater hat noch immer eine Praxis.«

»Siehst du sie oft?«

»Nicht so oft, wie ich sollte.«

»Versteht ihr euch nicht gut?«

»Sie sind absolut nett. Es ist nur …«

»Was denn?«

»Es ist so wenig Zeit.«

»Meinst du, ich würde deine Mutter mögen?«

»Ja. Sie ist wirklich amüsant. Manche würden sie vielleicht auch exzentrisch nennen. Je älter sie wird, umso exzentrischer wird sie auch.«

Ich erzählte von der Schule, von Cambridge, meinem Wehrdienst und der Arbeit in Edinburgh. Während ich sprach, wurde mir bewusst, dass mein strebsames Leben auf geradezu peinliche Weise bemerkenswerte Vorfälle vermissen ließ, und mir kam der Gedanke, dass ich meinem ernsthaften, verlässlichen Vater womöglich mehr glich, als ich mir eingestehen wollte. Frühere Freundinnen erwähnte ich nicht, und Jane drängte mich auch nicht zu irgendwelchen Bekenntnissen, was ich sehr erfrischend fand. Meine ehemaligen Geliebten waren von dem Thema besessen gewesen. Selbst Sheila hatte daran ein gewisses Interesse gezeigt, wenn auch auf eine seltsam distanzierte Art.

Am Ende verschränkte ich die Arme vor der Brust und sagte: »Da hast du es. Bist du jetzt zufrieden?«

Jane beugte sich vor und küsste mich.

Nach einer längeren Pause sagte sie: »Es fällt dir nicht leicht, über dich selbst zu sprechen, nicht wahr?«

Sie war einfühlsamer, als ich ihr zugetraut hätte.

»Ist das so schlimm«, fragte ich mit einem etwas unaufrichtigen Lächeln, »wenn man sich mehr für andere Menschen – für andere Lebensgeschichten – interessiert als für die eigene?«

»Nein«, sagte sie, »wahrscheinlich nicht.«

Bevor sie mir weitere Fragen stellen konnte, erwiderte ich ihren Kuss und fuhr mit meinen Liebkosungen fort, bis unsere beidseitige Erregung ein weiteres Gespräch unmöglich machte.

Als die Nacht heraufzog, sah ich nach, ob sich auch niemand im Treppenhaus oder in der Eingangshalle befand, und gab Jane ein Zeichen, mir zu folgen. Sie küsste mich auf die Wange und schlich sich auf Zehenspitzen zur Haustür. Einen Augenblick später war sie verschwunden.

Obwohl meine Gedanken weiterhin die meiste Zeit um Jane kreisten, dachte ich immer noch oft beklommen an die Ereignisse in jener ersten Nacht, die wir gemeinsam verbracht hatten. Die schattenhafte Gestalt, die sich vor dem schmalen Streifen Mondlicht hin und her bewegt hatte, konnte ich mir mithilfe eines medizinischen Fachbuchs erklären, aber das Geräusch von zwölf Büchern, die mit großem Krach (den wir beide gehört hatten) zu Boden gefallen waren, und zwar mit so viel Wucht, dass dabei Buchrücken brachen – über dieses Phänomen kam ich nicht so leicht hinweg. Es schien keine natürliche Erklärung dafür zu geben.

Ich wusste alles über Poltergeister und ähnliche Erscheinungen, die physische Objekte bewegen konnten. In meiner Jugendzeit hatte ich voll naiver Faszination und unkritischer Begeisterung gern von ihnen gelesen; allerdings hatte ich mir nie träumen lassen, dass ich ein derartiges Phänomen einmal selbst erleben würde.

Als ich nun zögerlich begann, Gedanken abseits wissenschaftlicher Grenzen zuzulassen, erinnerte ich mich plötzlich an eine Reihe verblüffender Ereignisse, die ich bisher ignoriert hatte oder denen ich vielmehr nicht die Aufmerksamkeit geschenkt hatte, die sie vielleicht verdient hätten: der Seufzer, den ich im Bad gehört hatte, der Kugelschreiber, der auf dem Treppenabsatz lag, Mary Williams' seltsames Verhalten und auch die zwei Eheringe – einer, der verschwunden, und ein anderer, der plötzlich aufgetaucht war. Ich dachte sogar über Michael Chapmans Behauptung, dass sich sein Bett bewegte, einmal neu nach.

Die Vorstellung, dass die Toten zurückkehrten, um die Lebenden mit kleinen Streichen zu ärgern, war mir immer ein wenig absurd vorgekommen. Aber nun musste ich von einer derart pauschalen Ablehnung abrücken, weil mir einfach keine andere plausible Erklärung einfallen wollte, die auf alle Ereignisse gepasst hätte. Zu meiner Überraschung fühlte ich sogar eine gewisse Erleichterung, nachdem ich zu diesem Schluss gekommen war. Als hätte ich mich ungewollt (oder vielleicht unbewusst) gegen eine übernatürliche Erklärung gesperrt, es aber als anstrengend empfunden, diese Überzeugung aufrechtzuerhalten. Gleichzeitig wollte ich mich nicht ganz von möglichen logischen Erklärungen abwenden. Ich hatte eine Hypothese aufgestellt, die nun nach der üblichen Praxis überprüft werden musste. Es war natürlich nicht möglich, ein entsprechendes Experiment durchzuführen, aber ich konnte zumindest Informationen zusammentragen und nach entscheidenden Zusammenhängen suchen.

Ich erinnerte mich daran, wie Maitland im Stil eines Touristenführers mit den beiden Amerikanern durch Wyldehope gegangen war, wie er Rosenberg und Stratton auf das geschnitzte Geländer im Treppenhaus aufmerksam gemacht und erklärt hatte, dass die Rüstung aus dem »15. Jahrhundert« sei. Auch hatte er in London bei meinem Bewerbungsgespräch bestens informiert von der jüngeren Geschichte des Gebäudes erzählt. Als ich Maitland das nächste Mal sah, gab ich mich daher sehr interessiert an diesen Schnitzereien und fragte ihn, wie er herausgefunden hatte, dass sie von Robert Greenford stammten. Ich hatte eigentlich beabsichtigt, das Gespräch auf Wyldehopes Geschichte zu bringen, damit weitere Fragen nach den früheren Bewohnern der Klinik nicht verdächtig erschienen. Aber so vorsichtige Kunstgriffe waren gar nicht nötig.

»Das mit Greenford habe ich in einem Buch gelesen«, sagte Maitland.

»Über die Präraffaeliten?«

»Nein. Mit denen kann ich wenig anfangen. Ihre Themenauswahl finde ich immer recht kitschig, Sie nicht auch? Ritter, Engel, Elfen!«

Er schien in eine verächtliche Versunkenheit zu gleiten, und ich musste ihn an meine ursprüngliche Frage erinnern: »Das Buch ... in dem von Greenford die Rede war. Wovon handelte es denn?«

»Von Wyldehope«, antwortete er. »Ich fand es versteckt hinter einem Stapel von Cricket-Jahrbüchern im Tagesraum auf der Männerstation.«

»Wer hat es geschrieben?«

»Ein Historiker, der während des Krieges eine Zeitlang zur Genesung hier untergebracht war. Wahrscheinlich hat er sich zu Tode gelangweilt und verzweifelt nach einer Ablenkung gesucht. Sie können sich das Buch gern einmal ausleihen, wenn Sie mögen. Es ist allerdings sehr trocken.«

Später gab mir Maitland ein schmales Büchlein in einem verblassten gelben Leineneinband. Der Titel war kaum noch zu entziffern: *Wyldehope Hall: Ein viktorianisches Jagdschlösschen*. Darunter stand der Name des Autors, Hubert Spence. Das Werk war bei George G. Harrap & Company in London erschienen.

Eine kurze Einleitung schilderte, unter welchen Umständen der Autor den Text verfasst hatte, darauf folgte eine Beschreibung des Gebäudes und seiner besonderen Kennzeichen. Es gab einen Abschnitt über »auffällige Gegenstände«, zu denen zu der Zeit, als das Werk entstand, Gemälde von Rossetti und Burne-Jones gehörten, ein chinesisches Schränkchen von gewissem Seltenheitswert und eine Schweizer Uhr aus dem 17. Jahrhundert mit einer Verkleidung aus vergoldeter Bronze, aber in der Hauptsache beschäftigte sich das Buch mit Sir Gerald Gathercole, dem Erbauer Wyldehopes, und seinem Architekten Robert Lyle. Die Geschichte der Familie Gathercole, von ihren bescheidenen Anfängen im 17. Jahrhundert bis zu ihrer Erhebung in den Adelsstand während des Krieges, wurde in einem quälend langweiligen »Anhang« beschrieben. Ich konnte jedoch nichts finden, was die ständige Wiederkehr rastloser oder rachelüsterner Geister erklärt hätte. Es gab keine Morde, keine ungeklärten Todesfälle, gebrochene Versprechen oder dubiose Vorfahren, die sich den dunklen Künsten verschrieben hatten. Stattdessen las ich die ermüdende Chronik einer bürgerlichen Industriellenfamilie, ihres geschäftlichen Erfolgs, ihrer Wohltätigkeit und der schlussendlichen Erhebung in die bessere Gesellschaft. Es war sehr enttäuschend.

Dennoch ließ ich mich nicht davon abbringen, anderen Fragen nachzugehen.

Am folgenden Freitag kam Jane wieder zu mir. Wir lagen im Bett und tratschten über die anderen Schwestern, als ich eine Bemerkung über Mary Williams machte. »Ist dir aufgefallen, wie nervös sie ist? Dass sie immer unter großer Anspannung steht?« Ich beschrieb daraufhin, wie Mary auf der Treppe zum Schlafraum herumgewirbelt war, als habe sie jemand an den Haaren gezogen. Ich hoffte, eine Schilderung dieses Ereignisses würde Jane dazu bringen, eigene relevante Erlebnisse zu schildern, aber sie sagte nur: »Das ist lieb von dir, dass du dir Gedanken um Mary machst. Ja, sie ist ein bisschen nervös. Ich werde versuchen, mehr mit ihr zu reden, freundlicher zu ihr zu sein und auf sie aufzupassen, wenn Schwester Jenkins launisch wird.«

»Hast du gewusst«, versuchte ich es wieder, »dass sie ein Gebetbuch dabeihat, wenn sie Nachtschicht im Schlafraum hat?«

»Nein«, erwiderte Jane, »das wusste ich nicht.« Sie klang ein wenig verwundert.

»Ich frage mich, warum?«

»Sie ist gläubig«, sagte Jane nun in einem Ton, in dem ein Hauch Ungeduld mitschwang. »Das ist doch wohl offensichtlich.«

Fast hätte ich Jane von dem Abend erzählt, da ich Mary weinend im Schlafraum überrascht hatte, aber das erschien mir respektlos und eine unangemessene Verletzung der Privatsphäre dieser jungen Frau.

Noch immer auf der Suche nach Antworten, begab ich mich dann wieder einmal zu Michael Chapman.

Wir hatten in letzter Zeit regelmäßig miteinander Schach gespielt, und seitdem hatte sich Chapmans Taktik entscheidend verbessert. Es war nicht länger nötig, ihn gewinnen zu lassen: Er konnte mich selbst dann ohne weiteres schlagen, wenn ich mein Bestes gab. Das nahm ich als gutes Zeichen für eine Steigerung seines Konzentrationsvermögens und den Wiederaufbau einer geordneten Gedankenstruktur. Er war immer noch ein sehr kranker Mann, aber ich neigte inzwischen eher dazu, das, was er sagte, ernst zu nehmen.

Wie üblich war der Tagesraum leer. Irgendwo auf der Station schnarchte jemand laut.

Chapman betrachtete das Spielbrett, zuckte einige Male und sagte dann: »Wenn man seinen Turm bis in die siebte Reihe bringen kann, hat man einen großen Vorteil; schafft man das mit beiden Türmen, so ist das tödlich.« Er rieb sich die Hände, als ob er mit der so erzeugten Reibung meine Niederlage beschleunigen könnte. Seine Türme waren hin und her geeilt, hatten meine Bauern erledigt und drohten nun, mich schachmatt zu setzen.

»Ja«, sagte ich. »Meine Aussichten sind nicht gut.«

Chapman lachte leise. »Dr. Richardson, Aussichten gibt es gar keine. Wollen Sie Ihre Niederlage eingestehen?«

»Nein, noch nicht.« Chapman schüttelte den Kopf. In seinem Gesicht verbanden sich Ungeduld und Entzücken. Ich versuchte, meinen König aus der Gefahrenzone zu bewegen, und Chapman schlug erneut einen Bauern. Er brauchte nur noch zwei weitere Züge für einen vernichtenden Sieg.

»Gut gemacht, Michael«, sagte ich und schüttelte ihm die Hand. »Eine beeindruckende Vorstellung.«

Er ging über meine Glückwünsche hinweg und spielte mit dem Gürtel seines Bademantels. Die tief stehende Sonne zeigte jede Einzelheit seines durchfurchten Gesichts. Ich bot ihm eine Zigarette an, die er gern annahm, und wir rauchten eine Weile in kameradschaftlichem Schweigen.

Schließlich räusperte ich mich und sagte: »Michael?« Er wandte den Kopf und sah mich an. »Vor einiger Zeit haben Sie mich gefragt, wieso die Schwestern nachts Ihr Bett verrücken.«

»Ja«, erwiderte er und zog das Wort dabei wachsam in die Länge.

»Ich habe Ihnen damals gesagt, dass Sie wohl geträumt haben. Kommt das denn nun immer noch vor?«

Sein Kopf ruckte zur Seite, bevor er wieder in die ursprüngliche Position zurückkehrte. »Ja.«

»Erzählen Sie mir davon. Sagen Sie mir, was passiert.«

»Ich wache auf… es ist dunkel… und das Bett bewegt sich.«

»Wie?«

»Hin und zurück.«

»Wenn es dunkel ist, woher wissen Sie dann, dass es eine von den Schwestern ist, die das tut?«

Er legte sich einen Finger auf die Unterlippe. »Wer sonst würde in mein Zimmer kommen und mein Bett verrücken?«

»Haben Sie jemals darüber nachgedacht, dass es auch …« Ich hielt kurz inne, bevor ich fortfuhr: »… jemand anderes sein könnte?«

»Einer der anderen Patienten?«

»Nein. Nicht direkt.«

»Aber wer denn?« Chapmans Stirn krauste sich, und ich merkte, dass ich ihn verwirrte. Diese Unterhaltung erwies sich als unvermutet schwierig.

Ich trat den Rückzug an. »Es tut mir leid. Ich wollte nur …« Wieder zögerte ich, bevor ich schloss: »Ich wollte nur sichergehen, dass Sie genug Schlaf bekommen. Das ist alles. Ich werde einmal mit den Schwestern reden.«

Chapman schien zusammenzuschrumpfen. Ein Muskel zuckte auf seiner Wange, und er warf einen Blick über seine Schulter. Ich hatte ihn ganz offensichtlich beunruhigt, und ich schämte mich dafür, dass ich meine eigenen Interessen über die eines Patienten gestellt hatte.

Am Abend, als ich in meinem Arbeitszimmer saß, fühlte

ich mich wegen Chapman noch immer schuldig. Vor allem begann ich zu bezweifeln, ob es eine gute Idee gewesen war, spontan Fragen nach paranormalen Phänomenen zu stellen. Ich hatte nichts Neues erfahren, und wenn ich mich weiterhin nach seltsamen Dingen erkundigte, stand zu befürchten, dass man mich am Schluss selbst für einen Narren halten würde. Im Licht der folgenden Ereignisse war es reine Ironie, dass ich damals, als ich ins Bett ging, den Entschluss fasste, nicht mehr über Poltergeister nachzudenken und stattdessen mehr Mühe darauf zu verwenden, meine Beziehung mit Jane aufzubauen, ein neues Forschungsprojekt zu beginnen und einfach meine Arbeit zu machen.

Ich fiel sanft in Schlaf, der an die Ränder meines Bewusstseins heranschwappte und meine Gedanken mit sich nahm, bis nur noch jene angenehme Geistesabwesenheit vorhanden war, die der Auslöschung vorausgeht.

Mit einem Ruck erwachte ich wieder. Es herrschte völliges Schweigen, aber ich war sicher, dass ich ein Geräusch gehört hatte, und zwar eines, das laut genug gewesen war, um mich zu wecken. Ein leiser Nachhall schien noch durch die Luft zu klingen. Ich knipste die Nachttischlampe an, saß kurz ganz still da und lauschte. Die Balken knarrten, und vielleicht hörte ich auch das Rascheln winziger krallenbewehrter Füße hinter der Wandverkleidung. Ich stand auf und trat in den Flur. Ein lockerer Türgriff gegenüber begann zu klappern, und ich griff danach. Als meine Finger sich auf das Metall legten, hörte das Klappern auf – aber kaum ließ ich es los, vibrierte es wieder. Das an sich war nicht weiter bemerkenswert, dieses Phänomen konnte ich auf bestimmte Luftströmungen zurückführen. Aber nun bemerkte ich, dass die

Tür zu meinem Arbeitszimmer offen stand, und das war weniger leicht zu erklären. Ich hatte sie geschlossen, bevor ich ins Bett gegangen war. Tatsächlich erinnerte ich mich noch genau, dass ich sie zugezogen und das befriedigende »Klick« gehört hatte, als der Schnapper einrastete. Wyldehope war ein zugiges altes Gebäude, aber dennoch hatte ich nie erlebt, dass eine fest geschlossene Tür sich wie von selbst geöffnet hätte. Mein Weg über den Flur schien viel zu lange zu dauern, als hätte ich die Reichweite meiner Schritte überschätzt. Ich verharrte vor der Arbeitszimmertür, doch die Dunkelheit im Zimmer gab nichts von seinen Geheimnissen preis.

»Hallo?«, fragte ich leise. »Hallo. Ist da jemand?«

Ich trat über die Schwelle und knipste das Licht an. Dann klappte mir die Kinnlade herunter, und ich stand da und glotzte wie ein Idiot. Es sah aus, als hätten kurz zuvor feiernde Betrunkene in diesem Raum gewütet. Der Stuhl vor dem Schreibpult war umgeworfen, und der Boden war mit etwas bedeckt, was mich zunächst an Konfetti denken ließ. Ich kniete mich hin, nahm eine Handvoll davon auf und erkannte sofort, dass es sich um normales Schreibpapier handelte, das in kleine quadratische Fetzen gerissen worden war. Ich erkannte winzige Bruchstücke meiner eigenen Handschrift. Vor mir auf dem Boden lag die saubere Abschrift des Textes über meine Experimente in Edinburgh.

»Guter Gott!«, sagte ich laut. »Du guter Gott!«

Mit einer Drehung der Hand ließ ich die Papierschnipsel zu Boden rieseln. Wieder hörte ich, wie sich hinter der Wandverkleidung etwas bewegte.

Meine Nasenflügel blähten sich, und ich bemerkte einen stechenden Geruch, der mir unter normalen Umständen schon viel früher aufgefallen wäre. Da brannte etwas. Nachdem ich mich erhoben hatte, suchte ich nach der Ursache. Die Zigaretten im Aschenbecher waren schon vor Stunden ausgedrückt worden. Ich steckte den Zeigefinger in die weißgrauen Tabakflöckchen und spürte beim Herumtasten keinerlei Wärme. Im Papierkorb entdeckte ich zwei benutzte Streichhölzer mit geschwärzten Spitzen, aber keiner der zusammengeknüllten Papierbälle im Korb war angesengt oder hatte sich verfärbt.

Ich wollte Antworten. Und da fiel mir ein – in einem seltenen, blitzartigen Moment der Erkenntnis –, dass es jemanden gab, der sie mir vermutlich würde geben können. Ich musste meinen Vorgänger ausfindig machen. Palmer.

8

Die Königliche medizinisch-psychologische Vereinigung war eine große Hilfe. Ich entdeckte, dass Dr. Benjamin Palmer, ehemals beschäftigt in Wyldehope Hall, nun zu einem kleinen Team gehörte, das der Wochenstation des Whittingtoner Krankenhauses angeschlossen war, ganz in der Nähe meiner alten Wohnung in Kentish Town. Ich schrieb ihm und bat um ein Treffen, und er schrieb zurück, er sei – prinzipiell – gern dazu bereit, wüsste nur gern etwas mehr über die Absicht, die ich damit verband. Seine Antwort war in höflichem, beflissenem Ton gehalten: »Ich würde sehr bedauern, wenn Sie den weiten Weg nach London machen würden, ohne dass es zu etwas führt.« Nun war es jedoch unmöglich, in einem Brief herauszufinden, ob jemand über bizarre Ereignisse würde sprechen wollen. Dazu musste ich Palmer vor mir haben, nahe genug, um seine Augen zu sehen und seine Reaktionen einschätzen zu können. Also brauchte ich einen Vorwand.

Maitland hatte sich recht kritisch über Palmer geäußert, und ich vermutete, dass sich ihre Beziehung zum Ende hin recht schwierig gestaltet hatte. Das brachte mich auf den Gedanken, Palmer in meinem zweiten Brief zu schreiben, ich sei in Wyldehope nicht besonders glücklich und mache mir Sorgen um meine Karriere. Ich war mir sicher, dass Palmer als Assistenzarzt diese Zeilen so interpretieren würde, dass ich über eine Kündigung nachdachte und nicht recht wüsste, was für ein Zeugnis ich von Maitland erwarten durfte.

Diese Finte funktionierte. Palmer schrieb mir zurück und versicherte mir seine Diskretion, und wie der Zufall es wollte, hatten wir beide den kommenden Samstag frei. Ich fuhr mit dem Fahrrad nach Darsham, nahm den Zug zum Londoner Bahnhof Liverpool Street und setzte mich dann in die U-Bahn nach Archway. Wir hatten vereinbart, uns in einem Pub am Highgate Hill zu treffen.

Ich war früh dort, holte mir ein Glas Guinness und setzte mich an einen Tisch am Fenster. Es waren zwei andere Gäste im Lokal, Stammkunden mit verquollenen Gesichtern, die gelegentlich die Pferderennen-Seiten in einer Zeitung studierten und in gedämpftem Ton miteinander sprachen. Ein Mann mit einer Schürze trat ein und verkaufte den beiden Aal in Gelee. Als der Handel abgeschlossen war, kam der Verkäufer auch auf meinen Tisch zu, aber ich bedeutete ihm mit einem Kopfschütteln, kein Interesse zu haben. Er hob einen stark tätowierten Arm, grüßte den Barmann und ging wieder, wobei er eine beliebte Ballade pfiff, die damals häufig im Radio gespielt wurde.

Als Palmer eintrat, erkannten wir einander sofort.

»Richardson?«

»Palmer.« Ich streckte ihm die Hand entgegen. »Vielen Dank, dass Sie gekommen sind.«

»Gern geschehen. Möchten Sie etwas trinken?«

Ich deutete auf mein Glas: »Ich bin schon versorgt, vielen Dank.«

Er nickte und ging an die Bar.

Als er zurückkam, legte er seinen Mantel über die Lehne seines Stuhls und stellte einen dickwandigen Glashumpen mit Grübchen, gefüllt mit einem hellen Ale, auf einen Bierdeckel. Wir redeten ein wenig über das Wetter und die Zugverbindungen im Osten Englands, und während wir uns unterhielten, holte Palmer eine Pfeife hervor. Er stopfte ein wenig Tabak in den Kopf und riss ein Streichholz an. Das erinnerte mich an Lillians leicht gemeine Nachahmung Palmers, und ich hatte Mühe, mein Lächeln zu verbergen.

Er war genau so, wie ich ihn mir vorgestellt hatte: Mitte dreißig, etwas hager und mit Bart. Sein Anzug saß nicht sehr gut, sein Haar war ein wenig zu lang, und das Braun seiner Strickjacke biss sich mit dem blauen Hemd und dem grünen Schlips. Dabei war er nicht nur schlecht angezogen, sondern trug auch noch eine übergroße Brille, die das Bild des eulenhaften Exzentrikers abrundete.

Unser Gespräch wandte sich schließlich von den allgemeinen den beruflichen Themen zu, und ich fragte ihn nach seinem jetzigen Arbeitsplatz.

»Ich hatte Glück«, berichtete er. »Gleich nach meiner Rückkehr nach London erfuhr ich von dieser freien Stelle. Es geht eigentlich um psychosomatische Medizin. Ich habe mit Müttern zu tun, die an postnataler Depression leiden, und wenn es nötig ist, spreche ich mit anderen Familienmitgliedern, den Ehemännern und manchmal den älteren Kindern.« In seiner Stimme lag viel Begeisterung, aber da war auch etwas an seiner Sprechweise, das an einen Pfarrer erinnerte, eine bestimmte Tonfolge, die an Predigten und Gemeindesäle denken ließ.

»Dann gab es also keine Probleme?«, wagte ich mich vor.

»Mit meinem Zeugnis? Nein.« Palmer nahm einen maßvollen Schluck aus seinem Glas. »Maitland ist ein schwieriger Kunde, aber er ist nicht rachsüchtig. Ich weiß genau, dass er der Meinung war, ich hätte ihn im Stich gelassen – das hat er mir beinahe wortwörtlich gesagt –, und in gewisser Weise stimmt das wohl auch. Ich *habe* ihn im Stich gelassen.«

»Jeder hat das Recht zu kündigen.«

Palmer verzog das Gesicht. »Die Lage war kompliziert. Wissen Sie, als ich am St. Thomas war ...« Er blickte kurz in eine andere Richtung und murmelte: »Wie soll ich das ausdrücken?« Dann, wieder zu mir gewandt, fuhr er fort: »Maitland entwickelte so eine Art väterliches Interesse an mir. Ich habe keine Ahnung, warum. Gut, ich bin recht gewissenhaft, aber das ist auch schon alles – ich habe nichts Herausragendes getan, das eine besondere Auszeichnung gerechtfertigt hätte. Die Stelle in Wyldehope kam ins Gespräch und wurde mir geradezu auf dem Silbertablett serviert. Sie können sich daher vorstellen, dass Maitland nicht besonders glücklich war, als ich kündigte. Wahrscheinlich erschien ihm das sehr undankbar.«

»Wie hat er denn reagiert, als Sie ihn von Ihrem Entschluss informierten?«

Palmer erschauerte leicht bei dem Gedanken daran. »Er gebärdete sich ziemlich Furcht einflößend. Und als ich sein Büro verließ, hatte ich ernste Zweifel, ob ich das Richtige getan hatte, das kann ich Ihnen flüstern.«

»Was hat er gesagt?«

»Es war gar nicht mal so sehr das, *was* er sagte, sondern *wie* er das tat.« Ich wollte noch eine Frage stellen, aber Palmer bremste mich mit einer Geste. »Richardson. Ich würde mir darüber nicht allzu viele Gedanken machen. Sie dürfen nie vergessen, dass Maitland immer etwas Wichtigeres zu tun hat. Wenn Sie aus seinem Blickfeld verschwinden, dann vergisst er Sie einfach. Er hat keine Zeit für Rachefeldzüge. Wenn tatsächlich irgendetwas Nachteiliges in meinem Zeugnis stand, dann nichts so Entscheidendes, dass es mich bei der Arbeitssuche behindert hätte.«

Er kaute auf dem Mundstück seiner Pfeife und nickte weise mit dem Kopf.

Zwei weitere Gäste traten ein, Arbeiter mit flachen Mützen, die sich auf die Hocker an der Bar schwangen und mit starkem walisischen Akzent den Barmann begrüßten.

Inzwischen hatte ich das Gefühl, dass Palmer und ich einen guten Draht zueinander gefunden hatten, und daher riskierte ich eine direktere Frage.

»Aus welchem Grund haben Sie denn eigentlich gekündigt?«

Palmer runzelte die Stirn. »Mir ging es genauso wie Ihnen jetzt. Ich war nicht glücklich. Obwohl, wenn ich jetzt darüber nachdenke, dann hätte ich nie nach Wyldehope gehen sollen.«

»Warum?«

»Schlechtes Timing. Ein halbes oder vielleicht ein ganzes Jahr später hätte ich die Klinik vielleicht gar nicht mehr so unangenehm gefunden. Ich dachte, es sei das, was ich wollte – Verantwortung, die Möglichkeit, mich ganz in meine Arbeit zu versenken, ohne Ablenkung –, aber ich hatte mich geirrt.« Er zeigte ein schiefes, schmerzerfülltes Lächeln. »Und ich bin nicht mit den Schwestern zurechtgekommen.« Offenbar dachte er darüber nach, ob er das weiter ausführen sollte. Die innere Waage verschob sich zugunsten weiterer Enthüllungen, denn er fuhr fort: »Sie haben sich über mich lustig gemacht und hinter meinem Rücken über mich gelacht. Ich meine, jetzt mal ehrlich! Wie verdammt kindisch!« Kaum, dass er sie ausgesprochen hatte, war ihm anzusehen, dass er diese letzte Bemerkung bedauerte. Bei seinen nächsten Worten klang er verschämt, geradezu besiegt: »Sie müssen mich für einen Tölpel halten. Dass mir solche Dinge etwas ausgemacht haben.«

»Nein«, sagte ich mitfühlend. »Überhaupt nicht. Solche Situationen sind oft knifflig. Wenn man sich gegen so etwas zu wehren versucht, heißt es schnell, man könne keinen Spaß vertragen.«

»Und wenn man nichts sagt…«

»Dann wird die eigene Gutmütigkeit weiter ausgenutzt.«

»Genau«, pflichtete Palmer mir bei.

Ich zündete mir eine Zigarette an und machte mich daran, mehr Gemeinsamkeiten zu betonen: »Ich kam mit ähnlich guten Vorsätzen.« Palmer runzelte die Stirn. »Ich sah mich lesen, schreiben, arbeiten. Wie Sie schon sagten, ohne Ablenkungen. Aber ich stellte fest, dass es mir sehr schwerfiel. Ich vermisse die Stadt mehr, als ich erwartet hatte. Meine Freunde, Soho. Und was die Unterkunft betrifft…«

»Im zweiten Stock?«

»Ja.« Ratlosigkeit vortäuschend, fuhr ich fort: »Die Räume sind groß genug, aber irgendwie finde ich die Atmosphäre doch ziemlich…« Ich zögerte und beobachtete, wie Palmers Gesichtsausdruck etwas eigentümlich Intensives bekam. Er wartete gespannt darauf, dass ich den Satz beendete. »… beunruhigend.« Nun warf er mir einen durchdringenden Blick zu, als wollte er meine Gedanken lesen. »Ich fühle mich dort nicht wohl.«

Einen flüchtigen Augenblick schien er kurz davor zu stehen, etwas zu sagen, was meine wahren Beweggründe berührt hätte, aber dann verließ ihn im letzten Moment der Mut, und er erklärte lediglich: »Und dann ist da ja natürlich auch noch der Schlafraum.« Er kam wieder auf seine eigenen Gründe für die Kündigung in Wyldehope zurück, indem er hinzufügte: »Unter uns gesagt, ich bin nicht sicher, dass die Schlafkur auch nur annähernd so wirkungsvoll ist, wie Maitland behauptet.« Palmer beugte sich über den Tisch und flüsterte: »Es sind schon Patienten gestorben, müssen Sie wissen.«

»Doch nicht in Wyldehope?«

Er schüttelte den Kopf. »Nein. Nicht in Wyldehope. Aber trotzdem hat mich diese Möglichkeit immer sehr beunruhigt.«

»Hat Maitland Sie jemals die Fallgeschichten lesen lassen – die der Patientinnen im Schlafraum, meine ich?«

»Ich bekam die Anweisung, bei ihnen Elektrokrampftherapien durchzuführen und ein Auge auf ihre Werte zu haben. Über bestimmte Fälle haben wir nie gesprochen.«

»Das ist doch seltsam, finden Sie nicht?«

Palmer fummelte mit seiner Pfeife herum. »Ich habe schon vor langer Zeit aufgegeben, Maitland begreifen zu wollen.«

Eine Stunde war vergangen, und ich hatte noch nichts erreicht. Andeutungen und wissende Blicke hatten Palmer nicht dazu verleitet, mich ins Vertrauen zu ziehen. Aber ich war absolut sicher, dass er mit etwas hinter dem Berg hielt. Und so beschloss ich, nicht länger um den heißen Brei herumzureden.

»Es gibt eine Lernschwester namens Mary Williams. Sie hasst es ganz offensichtlich, im Schlafraum zu arbeiten.«

»Das wundert mich nicht. Nur die Pflegerinnen scheinen gegen den Geruch dort unten immun zu sein. Der kann schon ziemlich übel werden.«

»Nein, es hat nichts mit dem Geruch zu tun. Sie hat Angst.«

»Angst?«

»Ja. Sie benimmt sich, als ob sie etwas gesehen hätte.«

»Was meinen Sie denn damit?«

»Sie wissen schon. Etwas Übernatürliches. Einen Geist.«

Eine Ader an Palmers Schläfe begann zu pochen.

»Alte Häuser …«, sagte er unverbindlich. Dann, nach einer langen Pause, wiederholte er noch einmal: »Alte Häuser.« Aber es war unübersehbar, dass er mit aller Kraft versuchte, eine heftigere Reaktion zu verbergen. Seine Pfeife war ausgegangen, und als er sie wieder anzuzünden versuchte, glaubte ich, einen leichten Tremor zu bemerken. Er stand auf und sagte: »Ich hole Ihnen noch ein Bier.« Bevor ich sein Angebot ablehnen konnte, war er schon entschiedenen Schrittes auf dem Weg zur Bar.

Als er zurückkehrte, war er unruhig, und unser Gespräch floss nicht mehr so leicht dahin. Es gab längere Pausen, in denen er einfach nur in sein Glas starrte, und vielleicht wäre es auf ewig dabei geblieben, wenn ich ihn nicht mit einem taktvollen Hüsteln an meine Anwesenheit erinnert hätte. Schließlich rutschte er auf seinem Platz herum und sagte dann etwas, das mit unserer Unterhaltung in keinem Zusammenhang stand. »Sagen Sie, Richardson … Sie sind wohl nicht zufällig auf einen Ring gestoßen?« Palmer sah, wie ich zusammenzuckte. »Oder doch?«

»Ja«, antwortete ich.

Nun umklammerte er die Tischkante. Da es in meinem Kleiderschrank nur zwei Jacken gab, trug ich heute dieselbe wie an dem Tag, als ich Schwester Jenkins von meinem Fund informiert hatte. Zwar hatte ich ihr gesagt, dass ich den Ring verkaufen und den Erlös der Klinik spenden wollte, aber ich hatte das Schmuckstück seitdem nicht mehr in die Hand genommen. Ich griff in meine Tasche und reichte Palmer den Ring.

»Wo haben Sie den gefunden?«, fragte er.

»Im Schlafzimmer.«

»Aber wo dort?«

»Auf dem Teppich.«

Er starrte den Ring an wie in Trance.

»Palmer, wem gehört er denn?«

Er zögerte, bevor er antwortete: »Meiner Frau.«

»Ich wusste gar nicht, dass Sie verheiratet sind?«

»Sie ist letztes Jahr gestorben.«

»Oh. Das tut mir sehr leid.«

Er hob den Kopf und sagte: »Leukämie.« Er sagte dieses Wort mit einer so zärtlichen Melancholie, als hätte er mir gerade ihren Namen genannt. »Deswegen war Wyldehope keine gute Idee. Ich war noch nicht so weit.« Wieder starrte er fasziniert auf den Ring. »Wie ungewöhnlich. Ich hätte nie gedacht, dass ich ihn je wiedersehen würde. Bevor der Sarg verschlossen wurde, zog ich ihr den Ring vom Finger. Ich wollte etwas haben, das ihr nahe gewesen war … um mich daran festzuhalten.«

»Palmer«, sagte ich sanft. »Wie kam es, dass Sie etwas verlieren konnten, das eine so enorm große emotionale Bedeutung für Sie hat?«

»Ich weiß es nicht. Ich habe ihn irgendwo hingelegt und …« Ein Hauch von Verärgerung lag in seiner Stimme. »Ich habe ihn einfach verloren, verstehen Sie?«

»Nein. Sie haben ihn nicht verloren, Palmer. Er verschwand. So war es wirklich.« Er bewegte den Kopf ein wenig, und seine Brillengläser spiegelten das Licht. Ich konnte seine Augen nicht sehen, aber ich spürte eine Veränderung in seiner ganzen Haltung, als ob er sich innerlich für einen Kampf wappnete. Ich fuhr fort: »Und ich vermute, dass noch andere Dinge geschehen sind – seltsame Ereignisse, die sich nur schwer erklären ließen.«

»Hören Sie zu, Richardson«, erwiderte er nun. »Wenn Sie in Wyldehope nicht glücklich sind, dann nehmen Sie Ihren Abschied. Ich habe Ihnen geholfen, soweit ich konnte – und mehr gibt es wirklich nicht zu sagen.« Er erhob sich unvermittelt und hielt mir die Hand hin. »Vielen Dank für den Ring.«

»Aber Palmer …«

»Viel Glück mit allem.« Er nahm seinen Mantel und ging ein paar Schritte auf die Tür zu. Dann drehte er sich noch einmal zu mir um. Sein Gesichtsausdruck war wieder etwas weicher. »Denken Sie daran, womit Sie Ihr Geld verdienen, Richardson. Seien Sie vorsichtig mit dem, was Sie sagen – und zu wem. Sie wollen doch nicht, dass man Sie vor einen Disziplinarausschuss der Medizinisch-psychologischen Vereinigung zitiert, in dem darüber befunden wird, ob Sie fähig sind, Ihren Beruf weiter auszuüben.«

Ich sah Palmer zu, wie er durch den Raum schritt und die Schwingtür aufstieß. Einer der beiden Flügel blieb kurz offen stehen, und ich sah eine Reihe Busse und LKWs, die sich die Anhöhe hinaufmühten. Dieselmotoren dröhnten, und ein Stoß kalter Luft wehte Abgasgestank und ein wenig Herbstlaub in den Pub. Der Barmann warf mir einen Blick zu, und ich fragte mich, ob ich so laut gesprochen hatte, dass ich seine Aufmerksamkeit geweckt hatte. Ich ignorierte seine Neugier und zündete mir noch eine Zigarette an.

Dass Palmer sich geweigert hatte, offen über das zu sprechen, was er gesehen oder gehört hatte, war äußerst frustrierend, und zuerst ärgerte ich mich über ihn und seine Vorsicht. Seine Befürchtungen, beruflich bloßgestellt zu werden, waren so übertrieben, dass sie beinahe paranoid wirkten. Aber während ich weiter auf meinem Platz saß, rauchte und nachdachte, verflog mein Zorn. Palmer kannte mich nicht – er wusste überhaupt nicht, was für eine Art von Mensch ich war –, und dass ich mich unter einem Vorwand mit ihm getroffen hatte, war nicht gerade ein großer Beweis für meine Integrität. Palmer hatte sicher schon recht früh erkannt, dass irgendetwas nicht stimmte. Davon abgesehen war es unmöglich, dem Mann kein Mitgefühl entgegenzubringen. Es musste schrecklich gewesen sein, in so jungen Jahren die Ehefrau zu verlieren. Ich sah Palmer vor meinem inneren Auge in Wyldehope, wie er an meinem Schreibpult saß, einsam, trübsinnig, von Zeit zu Zeit auch verängstigt. Wie er seine kleinen weißen Tabletten nahm, um seine Nerven zu beruhigen. Kein Wunder, dass er gekündigt hatte, und ebenso wenig verwunderlich war es, dass er keine Lust verspürte, über seine Erlebnisse zu sprechen.

Auf der Rückfahrt nach Suffolk wiegte mich das Ruckeln des Zuges in den Schlaf, und ich hatte einen verstörenden Traum. Ich war in mein Arbeitszimmer getreten, und vor mir stand eine junge Frau in einem hauchdünnen Nachthemd. Ein endloser Regen von Konfetti ging auf sie nieder. »Was haben Sie mit meinem Ehering gemacht?«, wollte sie wissen.

»Den habe ich Ihrem Mann gegeben«, antwortete ich.

»Dazu hatten Sie kein Recht!«, kreischte sie. Dann nahm

sie einen Stapel meiner Bücher und warf sie auf den Boden. Der Krach war so laut, dass ich erwachte.

»Nur ein Traum«, sagte ich mir. Dann, als ob ich selbst nicht ganz überzeugt war, wiederholte ich die Worte noch einmal entschiedener: »Nur ein Traum.«

HAWTHORNE-STIFTUNG
gegründet 1928

Dr. Margery Garrett
Hawthorne House
Tulip Crescent
East Dulwich
London SE22

11. Februar 1955

Dr. Hugh Maitland
Institut für Psychiatrie
Maudsley Hospital
Denmark Hill
London SE5

Sehr geehrter Dr. Maitland,
es hat mich gefreut, Sie und Dr. Palmer letzte Woche bei uns gehabt zu haben, und wir danken Ihnen für Ihren Vortrag. Wir wissen es sehr zu schätzen, dass Sie sich trotz Ihres zweifelsohne sehr vollen Terminkalenders die Zeit genommen haben, um uns über die jüngsten Entwicklungen hinsichtlich somatischer Therapien in der Psychiatrie auf dem Laufenden zu halten. Wir leben in aufregenden Zeiten, und die neuen Behandlungsmethoden, die Sie zur Sprache brachten, bedeuten Hoffnung für viele junge Leute, die bis vor kurzem von unserem Berufsstand nur schlecht betreut werden konnten. Ich bin ganz und gar Ihrer Meinung: Die Psychiatrie ist ein Zweig der Medizin, nicht der Philosophie. Gäbe es

mehr praktizierende Ärzte, die sich dieser schlichten Wahrheit öffnen würden, dann wäre es um die geistige Gesundheit unserer Nation besser bestellt. Ich möchte Ihnen auch sehr dafür danken, dass Sie direkte Überweisungen in Ihre Klinik in Aussicht stellten. Die Mitglieder des Stiftungsrats waren glücklich, als ich ihnen die Nachricht überbrachte. Wir haben hier in Hawthorne House schlicht nicht die nötigen Vorrichtungen, um die von Ihnen vorgeschlagenen Behandlungen durchzuführen. Der medizinische Ausschuss des Londoner Bezirksrats hat sich geweigert, uns die Erlaubnis zur Anschaffung eines Elektroschockgeräts zu erteilen, mit der Begründung, es sei noch nicht bewiesen, dass die EKT bei jungen Männern und Frauen wirksam sei. Von daher kommt Ihr freundliches Angebot gerade zur rechten Zeit.

Ich habe nun unsere Bewohner allesamt gründlich überprüft und würde Ihnen gern die Behandlung einer jungen Dame namens Marian Powell anvertrauen. Sie erinnern sich vielleicht; wir sprachen vor Ihrer Abreise kurz über sie.

Marian ist sechzehn Jahre alt und hat fast ihr ganzes Leben in Pflegefamilien zugebracht. Sie wurde in Hackney geboren. Ihre Mutter arbeitete in einer Munitionsfabrik, starb jedoch, als Marian fünf Jahre alt war. Ihr Vater, der allem Anschein nach in Musiktheatern auftrat, hatte seine Frau und die kleine Tochter bei Ausbruch des Krieges verlassen. Marians Tante mütterlicherseits, Mrs. Mildred Hurst, und ihr Ehemann, Mr. Raymond Hurst, adoptierten das Mädchen, kamen aber leider wenig später bei einem Brand ums Leben.

Die nächsten vier Lebensjahre verbrachte Marian in Nazareth House in Epping, einem Kinderheim, das inzwischen geschlossen wurde. Sie haben vielleicht Gerüchte über die skandalösen Zustände gehört, die dort herrschten. Die Kinder waren unterernährt, wurden häufig geschlagen und, wenn man den offiziellen Untersuchungen glauben darf, auch belästigt. Eine sehr üble Angelegenheit, die glücklicherweise nicht an die Öffentlichkeit gedrungen ist. Hätte sich der schreckliche Mr. Gilbert, ein ebenso gerissener wie prinzipienloser Mann, nicht bei einem Treppensturz den Hals gebrochen, dann wäre Nazareth House heute vermutlich immer noch in Betrieb. Es ist anzunehmen, dass Marian zu den vielen Kindern gehörte, die Gilberts schamloses, ungebührliches Verhalten erdulden mussten. Sie spricht niemals über ihre Zeit in Nazareth House; wenn sie dazu gedrängt wird, verfällt sie in hartnäckiges Schweigen.

Marian wurde nach der Schließung des Heimes in eine Pflegefamilie am Stadtrand von Dartford vermittelt, wo sie offenbar recht gut zurechtkam. Sie besuchte eine örtliche Schule und machte dort, wie es hieß, »gute Fortschritte«. Es gibt jedoch eine seltsame Eintragung in ihren Beurteilungen aus dieser Zeit. Einer ihrer Lehrer, ein gewisser Joshua Armstrong, war der Überzeugung, Marian besitze übersinnliche Kräfte, und ließ dies von der Gesellschaft für die Erforschung paranormaler Phänomene untersuchen. Ich habe Marian gefragt, worin diese Tests bestanden. Sie selbst hat zwar nur eine vage Erinnerung an diese Geschehnisse, konnte aber berichten, dass sie von zwei »Gentlemen« ermutigt wurde, Einfluss auf einen rollenden Würfel hinsichtlich der angezeigten Zahl zu nehmen. Es gibt keine Unterlagen darüber, ob das Experiment erfolgreich verlief. Ich erwähne dies nur, weil das Datum der Untersuchung einen gewissen Rückschluss darauf zulässt, wann ihre Krankheit sich zum ersten Mal bemerkbar machte. Der leichtgläubige Armstrong verwechselte ihre auditiven Halluzinationen höchstwahrscheinlich mit irgendeiner Art von »Geisterkommunikation«. (Es überrascht mich immer wieder, wie viele scheinbar gebildete Menschen immer noch an derartigen abstrusen Unsinn glauben.)

Bei Marian wurde erst ein ganzes Jahr später hebephrene Schizophrenie diagnostiziert, 1951, als sie dreizehn war. Ihre Symptome bestanden hauptsächlich in Motivationslosigkeit, Abgestumpftheit, Rückzug aus der Gesellschaft, ungenügender Selbstfürsorge und mangelnder sprachlicher Ausdrucksfähigkeit – ein Bild, an dem sich seit dem Ausbruch ihrer Krankheit bis zum heutigen Tag kaum etwas geändert hat. In den nächsten Jahren wurde Marian aufgrund wechselnder Zuständigkeiten und Schließungen durch verschiedene Heime in Süd-London gereicht und kam im letzten Sommer schließlich zu uns. Soweit ich das feststellen konnte, hatte man sie vor ihrer Ankunft in Hawthorne House noch nie mit Medikamenten behandelt. Die Notizen in ihren Unterlagen weisen lediglich auf Beschäftigungstherapien hin.

Generell ist ihr Verhalten unauffällig, mit Ausnahme einer wiederkehrenden Wahnvorstellung, die ihre Stoffpuppe betrifft, ein uraltes und zerlumptes Ding. Marian besteht darauf, dass sie ihre Tochter sei. Sie nennt sie »Klein-Marian«, kümmert sich liebevoll um die Puppe und spricht mit ihr, als sei sie lebendig. Ihre zärtliche Sorge ist geradezu rührend, und sie wird sehr zornig, wenn jemand versucht, ihr »Klein-Marian« wegzunehmen, bevor diese Phantasie wieder ausläuft. Zwischen den wahnhaften Phasen gibt sie jedoch gern zu, dass die Puppe nur ein Spielzeug ist.

Ich hoffe, Sie nehmen Marian in eines Ihrer Behandlungsprogramme auf. Sie hatte bisher ein elendes Dasein und hätte ein so viel besseres Leben verdient. Bei dem ausgefuchsten neuen Arsenal, das Ihnen zur Verfügung steht, bin ich zuversichtlich, dass Sie ihr werden helfen können.

Zum Schluss noch eine andere Sache: Der Stiftungsrat hat sich sehr für Ihren Vorschlag erwärmen können, eine Erweiterung für Hawthorne zu schaffen. Sir Philip Ostler war besonders angetan und wird Ihnen diesbezüglich in Kürze schreiben. Vor der nächsten Jahreshauptversammlung Ende September sollte ein entsprechendes Dokument vorbereitet sein, aber dazu ist noch viel Zeit. Sir Philip versteht es wie kein anderer, solche Projektgelder einzuwerben, und mit seiner Unterstützung stehen die Chancen für eine Erweiterung gut. Er redet schon von der Zusammenarbeit mit Architekten!

Ich hoffe sehr, dass wir Sie bald wieder einmal hier begrüßen dürfen.

Mit herzlichen Grüßen
Margery Garrett
Dr. M. Garrett
Medizinische Leitung

9

Jane wusste, dass ich in London gewesen war, aber den wahren Grund für meine Reise hatte ich ihr nicht verraten, sondern ihr eine Geschichte von einem Wiedersehen mit Collegefreunden aufgetischt. Als sie mich fragte, wie es gelaufen sei, beschrieb ich einen angenehmen Tag in Soho, an dem wir in Erinnerungen geschwelgt und bei einem billigen, aber authentischen Italiener gegessen hatten. Die ganze Zeit musste ich an Palmer denken, vor allem daran, was er über die Schwestern gesagt hatte, die sich über ihn lustig gemacht hatten. Ich hoffte, dass Jane nicht zu ihnen gehört hatte oder zumindest nicht zu herzlos gewesen war.

Gegen zwei oder drei Uhr nachts saß ich im Bett, rauchte und betrachtete Janes Rücken, bewunderte das langgezogene Rückgrat, wie es sich geschmeidig zu der kleinen Kuhle hinunter schwang, die mich stets dazu verlocken wollte, meine Hand dorthin zu legen. Da ich diesem Gefühl nicht widerstehen konnte, berührte ich schließlich ihre kühle Haut. Eine eigentümliche Art der Befriedigung überkam mich – beinahe fühlte es sich wie Erleichterung an. Jane hatte den Oberkörper auf die Ellenbogen gestützt und hielt eine dampfende Tasse Tee ein paar Zentimeter vor ihrem Kinn.

Ich bin mir nicht sicher, weshalb ich Jane nicht die Wahrheit erzählt hatte. Vielleicht fürchtete ein Teil von mir, sie würde mich für albern halten, und ich würde verspottet werden, genau wie Palmer.

Bei meiner Rückkehr nach Wyldehope hatte ich in meiner Wohnung eine Nachricht von Maitland vorgefunden. Er bat mich, mir einen Samstag im März freizuhalten. Es sei eine Wohltätigkeitsveranstaltung im Savoy Hotel geplant, zugunsten der Hawthorne-Stiftung, die sich um psychisch erkrankte Heranwachsende kümmerte. Maitland war an einem ihrer Projekte beteiligt und hatte beschlossen, dass ich dabei sein sollte, um allen Interessierten »die moderne Psychiatrie« zu erklären. »Sir Philip Ostler organisiert die Veranstaltung, von daher wird kein Mangel an großen Namen sein.« Der Name Ostler war mir vertraut, da er regelmäßig in den Gesellschaftsnachrichten von Zeitungen und Zeitschriften auftauchte.

Ich las Jane die Nachricht laut vor, und als ich fertig war, rief sie mit unverhohlenem Neid aus: »Dinner und Tanz im Savoy!«

»Ja. Es ist wirklich jammerschade, dass du nicht mitkommen kannst. Aber …«

Sie machte ein übertrieben trauriges Gesicht. »Ich weiß …«

»Da ist sicherlich Krawattenzwang, von daher werde ich mir wohl einen Abendanzug und das ganze Drumherum leihen müssen. Ich hoffe, Maitland erwartet nicht, dass ich das alles selbst bezahle.«

»Ich wüsste gern mal, wie du so mit Schlips und Kragen aussiehst.« Jane verschlang mich mit den Augen und blies über ihren heißen Tee. »Wer ist Sir Philip Ostler?«

»Ein Industriemagnat. Enorm reich. Er setzt sich sehr für das Wohlergehen von Kindern ein. Er hatte eine Tochter, die an Depressionen litt; sie hat sich mit nur fünfzehn Jahren das Leben genommen.«

»Der arme Mann.«

Ich schob Maitlands Zettel unter den Aschenbecher. »Wie kann es sein, dass Maitland so gute Beziehungen hat? Er scheint sich in exaltierten Kreisen zu bewegen. Vor ein paar Wochen sagte er mir, dass er zu einer privaten Feier eingeladen war, zu der auch Prinzessin Margaret kam.«

»Hat man sie einander vorgestellt?«

»Habe ich nicht gefragt. Und bei meinem Bewerbungsgespräch hat er etwas anderes gesagt, was mir jetzt rückblickend seltsam erscheint. Er sagte, als er erfuhr, dass Wyldehope nicht mehr vom Militär genutzt würde, habe er ein paar Hebel in Bewegung setzen können. Wieso sollte das Militär Maitland einen Gefallen tun? Ich meine, er hat sich um vieles verdient gemacht und ist eine Person des öffentlichen Lebens, aber letztlich ist er doch bloß ein Arzt.«

Jane hob die Augenbrauen. »Aber du musst doch sicher schon darauf gekommen sein?«

»Worauf?«

»Er hat früher für den britischen Geheimdienst gearbeitet.«

»Woher um alles in der Welt willst du denn das wissen?«

Es lag etwas in ihrer Stimme, als hätte sie andeuten wollen, dass ich vielleicht ein bisschen langsam oder dumm war, und das hatte genügt, damit ich überreagierte. Meine Stimme klang anklagend, nicht überrascht.

Jane errötete und wirkte nervös. Bevor ich mich entschuldigen konnte, platzte sie heraus: »Weißt du, damals im St. Thomas… Du weißt ja, wie eitel Maitland ist. Er konnte sehr indiskret sein.« Glücklicherweise hatte sie mir meinen Ausbruch nicht übel genommen. Mehr noch, es schien ihr nicht einmal aufgefallen zu sein, dass ich meine Stimme erhoben hatte. »Ich glaube, er hat einiges erzählt, um uns Frauen zu beeindrucken.«

»Was hat er erzählt?«, fragte ich ungläubig. »Dass er ein Spion war?«

»Oh nein, nicht so etwas. Ich glaube, er hatte eine Art Beraterrolle beim MI5 – oder beim MI6? Eins von beiden jedenfalls. Er redete viel über Auslandsreisen. Ich glaube, er wollte uns den Eindruck vermitteln, man hätte ihn auf besondere Missionen geschickt.« Jane stellte ihre Teetasse auf den Boden und drehte sich um. Sie verschränkte die Arme über ihren Brüsten, und durch den Druck hoben sie sich leicht. Ich fand ihr festes Schimmern ein wenig ablenkend. »Es kamen immer wieder Amerikaner in unsere Abteilung im St. Thomas. Ich glaube, sie hatten auch etwas mit dem Geheimdienst zu tun. Einer von ihnen war ein Oberst. Maitland führte ihn herum und zeigte ihm den Schlafraum der Klinik. Er sah sich unsere ganzen Abläufe an, die Essensgabe, die Darmentleerungen, die Übungen.«

Jane war müde, ihre Sätze wurden abgehackter und abschweifend. Ich zündete noch eine Zigarette an, und ein- oder zweimal schien die Welt davonzugleiten. Wir gähnten gleichzeitig und tauschten entschuldigende Blicke. Nach längerer Stille sagte Jane: »Hast du schon von Mary gehört?«

»Nein.«

»Du hattest recht. Sie ist hier unglücklich. Jetzt hat sie gekündigt. Es tut mir leid, ich hatte keine Gelegenheit, mit ihr zu sprechen, so wie ich versprochen hatte. Es tut mir wirklich sehr, sehr leid.«

»Oh, ist schon gut«, sagte ich und drückte die Zigarette aus. »Das lässt sich nicht ändern. Ich werde selbst noch einmal mit ihr reden, wenn es sich ergibt.«

Jane warf einen Blick auf meinen Wecker. »Ich sollte wirklich ein bisschen schlafen.« Ihre Augenlider wirkten schwer. »In ein paar Stunden muss ich wieder raus.«

»Ja, natürlich«, sagte ich, beugte mich zur Seite und knipste die Lampe aus. Jane legte einen Arm über meine Brust und zog mich enger an sich. Sie machte ein paar kleine, schlangenartige Bewegungen und stieß ein zufriedenes Schnurren aus, als sie schließlich die richtige Position erreicht hatte. Unsere Glieder fanden gemeinsam bequeme Stellungen, und dunkle Schwärme schienen vor meinen Augen vorbeizuschwimmen. Ich hatte nicht erwartet, dass ihre endlose Bewegung mich so schnell von meinen Gedanken befreien würde.

In dieser Nacht hatte ich einen besonders seltsamen Traum. Ich kam die Treppe in Wyldehope hinunter und hatte dabei ein paar Schallplatten im Arm. Die weiche, sentimentale Melodie einer Big-Band-Serenade wehte von unten herauf, begleitet von plappernder Unterhaltung. Ich lehnte mich über das Geländer und sah, dass man die Eingangshalle mit Wimpeln, Papiergirlanden und Union-Jack-Flaggen geschmückt hatte. Goldene Kronen aus Karton und Geschenkpapier waren über den Türen befestigt worden. Einige Patienten tanzten. Die meisten von ihnen hatten sich für den Anlass herausgeputzt, aber einige trugen noch ihre Krankenhaus-Bademäntel und Schlafanzüge. Zwar erkannte ich die Gesichter nicht, aber ich hatte trotzdem ein seltsames Gefühl der Vertrautheit. Unter einem großen gerahmten Bild der Queen stand ein Beistelltisch, auf dem sich Sandwiches, süße Brötchen und Kuchen türmten. Ich sah auch Schälchen mit Butter, Marmelade und Sahneaufstrich. Zwei Schwestern bauten neben einem Heißwasserspender für Tee ordentliche Reihen von Tassen und Untertassen auf. Eine von ihnen öffnete den Mund und stieß ein theatralisches Gelächter aus. Es war offensichtlich, dass man zur Feier der Krönung zusammenkam.

Am unteren Ende der Treppe entdeckte ich, dass mein Vater neben der alten Rüstung stand. Er beobachtete das Fest mit einem wohlwollenden Lächeln. Als er mich sah, machte er ein ernstes Gesicht und sagte: »Guter Junge.« Dann zündete er sich eine Zigarette an und blies eine duftende Rauchwolke über meinen Kopf. Ich konnte die winzige rote Schrift sehen, die sich über das Zigarettenpapier wand: »Abdulla No. 7«. Selbst der kleine Punkt war deutlich sichtbar. Mein Vater fing an zu husten, und mir fiel auf, dass er nicht besonders gesund aussah. Seine Haut war grau, und er hatte stark abgenommen. »Dann lauf mal los«, sagte er, der noch immer hinter vorgehaltener Hand hustete. »Gib die Platten deiner Mutter.« Er gab mir einen kleinen Schubs, und ich entfernte mich von ihm. Nach ein paar Schritten wäre ich beinahe gegen eine Frau in einem rosa Kleid gestoßen, deren einsamer Tanz aus schnellen Drehungen bestand, gefolgt von einem rücksichtslosen Sprung.

Meine Mutter saß neben einem Tisch, auf dem ein Plattenspieler stand. Ihr Haar war zu einer festen, glockenförmigen Frisur gekämmt und mit Haarspray fixiert worden, und eine zweireihige Perlenkette lag um ihren Hals. Ich umrundete die Tanzfläche, und als ich meine Mutter erreichte, nahm sie mir die Platten ab und sagte: »Danke, Jimmy.«

»Was für ein hilfsbereites Kind«, sagte eine gut gelaunte Stationsschwester.

Meine Mutter sah auf, nahm das Kompliment nickend an und blätterte dann die Schallplatten durch.

Zwei Patienten, die sich eng umschlungen hielten, schlurften vorbei. Der Mann war extrem groß und hatte widerspenstiges Drahthaar, das verfilzt und windzerzaust wirkte. Er trug einen dunklen Anzug und starrte mit feuchten, ängstlichen Augen ins Leere. An ihm hing eine winzige Frau, zerbrechlich wie ein Kolibri, die einen gesteppten Hausmantel trug. Ihr Lippenstift war verschmiert, und sie zeigte ein irres Grinsen.

»Sollten wir Musik hören, während wir essen?«, fragte meine Mutter. »Vielleicht etwas von Elgar?«

»Das wäre großartig«, sagte die Stationsschwester. »Haben Sie seine Märsche ›Pomp And Circumstance‹?«

»Genau daran hatte ich gedacht!«, sagte meine Mutter.

Das Gehäuse des Plattenspielers hatte einen Überzug, bei dem es sich um Krokodilleder zu handeln schien. Auf der Innenseite des geöffneten Deckels konnte ich das Markenzeichen von »His Master's Voice« erkennen, den kleinen weißen Hund mit den braunen Ohren, der in einen altmodischen Grammophon-Trichter hineinblickte. Wieder war ich mir seltsam deutlich bewusst, wie klar alles war.

»Mein Ehemann hat eine Aufnahme von *Der Traum des Gerontius*, dirigiert von Malcolm Sargent«, fuhr die Stationsschwester fort, die meiner Mutter gegenüber offenbar den Eindruck erwecken wollte, dass ihr Ehemann jemand war, der gute Musik zu schätzen wusste.

»Ah ja«, sagte meine Mutter sehnsüchtig. »Der Traum.«

Ich erwachte. Das Meeresrauschen brachte mich zu Bewusstsein, und als ich den Kopf wandte, sah ich Jane neben mir. Dennoch war mir, als ob ich noch immer einen Hauch des Parfüms meiner Mutter in der Luft wahrnehmen konnte. Unwillkürlich musste ich an das Schlafzimmer meiner Eltern denken, an den Glasflakon auf der Frisierkommode, mit den Wörtern »Chanel« und »Paris« auf dem Etikett. Erst nach dem Waschen und Ankleiden begann sich die klebrige Atmosphäre des Traums zu verflüchtigen, und ich brauchte zwei Tassen Kaffee, bis mein emotionales Gleichgewicht wiederhergestellt war.

Zunächst sah ich mir an diesem Morgen den Dienstplan für den Schlafraum an. Mary war eine Spätschicht zugeteilt worden. Der Tag verstrich ereignislos, und um zehn Uhr abends ging ich hinunter, um nach ihr zu sehen.

Als ich den Keller betrat, saß tatsächlich Mary hinter dem Schreibtisch und beugte sich eng zur Lampe hinüber, als verspreche der Lichtkegel einen gewissen Schutz. Sie blickte plötzlich auf, die Augen weit geöffnet – wachsam. Dann: Wiedererkennen, ein Seufzen, und die allmähliche Lockerung ihrer Schultern. Ich ging auf sie zu und war mir der schlafenden Patientinnen, die halb versteckt in den Schatten lagen, undeutlich bewusst. Ein leichtes Lächeln zog über die Lippen der Lernschwester.

»Dr. Richardson?«

»Mary.«

Sie klappte das Buch zu, in dem sie gelesen hatte, und verstaute es hastig in einer der Schubladen. Ich vermutete, dass es sich wieder um ihr Gebetbuch handelte.

»Ist alles in Ordnung?«, fragte ich. Sie nickte. »Gut.«

Anschließend gab ich vor, die Notizen auf den Krankenblättern zu lesen und machte ein paar belanglose Bemerkungen über Kathy Webbs Blutdruck, ging eine Runde um die Betten und kehrte zum Schreibtisch zurück.

»Mary«, begann ich. »Es tut mir leid, dass Sie uns verlassen wollen.«

Sie veränderte ihre Haltung. »Es ist wegen meinem Freund. Wissen Sie, er arbeitet in Ipswich, und ich will in seiner Nähe sein.«

»Sind Sie verlobt?«, fragte ich.

»Ja.«

»Das wusste ich nicht. Herzlichen Glückwunsch.« Sie murmelte etwas, das wie ein Dankeschön klang, und sah beiseite, unfähig, Augenkontakt zu halten. »Und das ist der einzige Grund?«

Sie wandte sich wieder mir zu. »Der einzige Grund?«

»Dafür, dass Sie gehen wollen?«

»Ja.«

Eine der Patientinnen stöhnte. Eine andere antwortete in derselben Tonlage, und die zwei Stimmen verbanden sich zu einem dissonanten, gutturalen Duett.

»Es ist nur so…« Ich hielt inne und wünschte mir, vorher weiter über meine Fragen nachgedacht zu haben. Die Sätze, die sich jetzt in meinem Kopf dafür bildeten, erschienen für meine Zwecke ungeeignet – zögerlich, unentschlossen. »Ich habe mich gefragt, ob es nicht noch etwas anderes gibt.« Sie antwortete nicht, und ich sah, dass sie die Lippen fest zusammenpresste. »Kann es sein, dass Sie hier nicht besonders glücklich waren?«

Sie schüttelte den Kopf, wies meine Vermutung zurück. »Nein. Ich *war* hier glücklich, Dr. Richardson.«

»Nehmen Sie es mir nicht übel, Mary«, sagte ich und machte eine beschwichtigende Geste, »ich will nicht aufdringlich sein, aber sind Sie wirklich sicher?«

Ihre Antwort kam mit leichter Verzögerung. »Schwester Jenkins war sehr fürsorglich.«

»Bestimmt – vielleicht ist sie manchmal ein wenig streng.

Allerdings hat sie das Herz auf dem rechten Fleck.« Ich lächelte Mary an, aber ihre Züge glätteten sich nicht, und sie streckte das Kinn weiterhin trotzig vor. »Obwohl, wenn ich ehrlich bin, dachte ich dabei nicht an Schwester Jenkins.« Ich nahm einen Bleistift zur Hand, ließ ihn zwischen meinen Fingern herumwirbeln und legte ihn dann wieder hin. »Ich dachte mehr an das Haus.« Bedeutungsvoll sah ich zu den Holzbalken hinauf, die sich unter der Decke entlangzogen. Sie waren dunkel und bedrückend. »Die Atmosphäre. Das Haus hat doch so eine gewisse Atmosphäre, finden Sie nicht?«

Mary reagierte mit einem abrupten *non sequitur*. »Ich denke, sie werden mich im Ipswich General nehmen.«

»Ja«, antwortete ich, »davon bin ich überzeugt.« Es gab einen seltsamen Bruch in unserem Gespräch, und ich erkannte, dass ich viel direkter vorgehen musste. »Mary, etwas wollte ich Sie schon seit einiger Zeit fragen. Kurz nach meiner Ankunft sind wir einmal zusammen aus dem Keller hinaufgegangen, erinnern Sie sich noch? Sie haben erschrocken die Luft eingezogen, und als ich mich zu Ihnen umwandte, hatten Sie die Hand erhoben und über Ihren Nacken gelegt. Dann sagten Sie, Sie hätten sich den Knöchel verstaucht, aber das stimmte nicht, oder? Das haben Sie nur so gesagt. In Wirklichkeit hatte Ihnen etwas auf den Kopf geschlagen oder Sie an den Haaren gezogen.« Sie sah verwirrt und ängstlich aus. »Mary. Hören Sie zu«, fuhr ich fort und versuchte dabei, nicht zu drängend zu klingen. »Ich verstehe, dass Sie nicht ohne weiteres darüber reden wollen. Wirklich. Sie denken wahrscheinlich, dass man Ihnen nicht glauben wird oder Sie für verrückt hält. Aber ich bin nicht so. Bitte. Können Sie mir berichten – ganz ehrlich –, was geschehen ist? Ich werde es niemandem weitersagen.«

Sie sah mich mit untypischer Intensität an, als verfügte sie über einen zusätzlichen Sinn, der es ihr gestattete, meine Absichten einzuschätzen und abzuwägen, ob mir zu trauen sei. Ich wollte so unbedingt, dass sie mit mir sprach, und sie schien gerade bereit, etwas preiszugeben – als die Tür aufflog und Schwester Jenkins hereinkam. Ich war dermaßen frustriert, dass mir der Kraftausdruck, der mir durch den Kopf ging, beinahe auch über die Lippen geschlüpft wäre.

»Dr. Richardson? Was machen *Sie* denn hier?« Ihre Betonung vermittelte eine schlichte Aufforderung: Meine Anwesenheit im Schlafraum zu so später Stunde verlangte nach einer Rechtfertigung.

»Ich machte mir ein wenig Sorgen über Kathy Webbs Blutdruck.«

Schwester Jenkins trat näher, und ihre Schuhe vollführten ein lebhaftes Stakkato auf dem Fliesenboden. »Tatsächlich? Mir war nicht bewusst, dass es da ein Problem gibt.«

»Er ist etwas niedrig.«

»Aber doch sicher kein Grund zur Besorgnis?«

»Nein, das nicht. Ich wollte nur ... besonders gründlich sein.«

Sie zeigte mir ihre Zustimmung mit einem Nicken.

Mir wurde ein rollendes Geräusch bewusst, auf das ein Klappern folgte. Der Bleistift, den ich auf dem Tisch hatte liegen lassen, war über die Platte gerollt und zu Boden gefallen. Schwester Jenkins bückte sich und hob ihn auf. Während sie den Stift auf den Tisch zurücklegte, warf sie Mary einen strengen Blick zu. Die Lernschwester entschuldigte sich sofort: »Tut mir leid, Schwester.« Aber sie war nicht daran schuld gewesen. Ich hatte den Stift auf meine Tischseite gelegt, außerhalb ihrer Reichweite. Ich suchte Marys Blick, aber an ihrem Gesicht war nicht abzulesen, dass gerade etwas Unnormales passiert war. Sie wirkte ruhig, und ihre Züge blieben undurchschaubar.

Ich wandte mich um und trat in die Düsternis, hörte hinter mir Schwester Jenkins in leisem, vertraulichem Ton mit Mary sprechen. Neben Marian Powells Bett blieb ich stehen und betrachtete die eingefallenen Wangen, die deutlich hervortretenden Knochen und das Vogelscheuchenhaar der Schlafenden. Sie träumte. Tatsächlich träumten sie alle: Die Augäpfel rollten unter den trockenen, papiernen Lidern hin und her, die Glieder zuckten gelegentlich. Elizabeth Mason war die Erste, die wieder damit aufhörte. Und dann war es binnen einer Minute bei ihnen allen vorbei.

Schwester Jenkins war ins Badezimmer gegangen, hatte die Tür aber offen gelassen, und ein trapezförmiger gelber Schein beleuchtete den Boden.

Ich kam zu Mary zurück.

»Wann gehen Sie denn?«, fragte ich.

»Ich bin noch drei Wochen hier.«

»Gut. Vielleicht können wir uns dann noch einmal unterhalten?«

Sie biss sich auf die Unterlippe, und nach einer langen Pause sagte sie: »Ich glaube nicht, dass es etwas zu besprechen gibt, Dr. Richardson.«

Ich nahm den Bleistift in die Hand und hielt ihn ihr vor die Nase. »Doch, da ist etwas.«

Die Badezimmertür schloss sich, und das Lichttrapez verschwand. Schwester Jenkins trat wieder auf uns zu. Ich steckte den Bleistift in die Tasche und sagte: »Gute Nacht, Mary.«

Chapman saß am Tisch im Aufenthaltsraum. Er hörte mich nicht kommen, und er war sich nicht bewusst, dass ich in der Tür stand. Sein Kopf war leicht in den Nacken gelegt, und er schien sich in das weiche Fleisch seines linken Unterarms zu kneifen. Jede Bewegung wurde von einem leisen, schmerzerfüllten Ausruf begleitet.

»Michael?«

Er guckte über seine Schulter und veränderte dann seine Haltung so, dass er mich besser sehen konnte.

»Ah, Dr. Richardson.«

»Was machen Sie denn da?«

»Nichts«, gab er zurück. »Nichts Besonderes.«

Ich trat näher und setzte mich auf den leeren Stuhl an seiner Seite. »Darf ich mir bitte Ihren Arm ansehen?«

Die Ärmel seines Bademantels und seiner Schlafanzugjacke waren aufgerollt, und seine Haut zeigte zahlreiche kleine violette Blutergüsse.

»Michael?«, fragte ich und untersuchte ihn flüchtig. »Warum tun Sie das?«

Er zuckte die Achseln und rollte sich die Ärmel wieder herunter. Ich versuchte, ihn zum Sprechen zu bewegen, aber er blieb teilnahmslos. Selbstverletzendes Verhalten wird bei depressiven Patienten oft beobachtet, und natürlich vermutete ich einen solchen Hintergrund. Ein paar Tage später jedoch hatte ich Grund zu bezweifeln, ob ich Chapmans Motive richtig interpretiert hatte. Mir wurde klar, dass Chapmans »Kneifen« vielleicht gar nichts mit Selbstverletzung zu tun haben mochte.

Wir spielten Schach und hatten beinahe eine Pattsituation erreicht. Während ich einen neuerlichen uninspirierten Zug erwog, sagte Chapman plötzlich: »Realität.« Dabei gelang es ihm, jede der vier Silben mit gesteigertem Pathos auszusprechen.

Ich hob die Augen vom Brett und fragte: »Was ist damit?«

»Als ich noch in Cambridge war, haben wir über die Eigenschaften der Realität diskutiert.«

»Und …«

»Es gab dort einen Tutor für Philosophie. Halperin – G. K. Halperin. Er war begeistert von einer chinesischen Rätselfrage. Aus dem dritten oder zweiten Jahrhundert vor Christus, wenn ich mich recht erinnere.« Chapman formte eine Raute mit den Fingern und machte ein Gelehrtengesicht. »Ein Mann träumt, er sei ein Schmetterling, und in diesem Traum weiß er nichts von seinem Leben als Mensch. Er wacht auf und stellt sich zwei Fragen: Bin ich ein Mensch, der gerade träumte, er sei ein Schmetterling, oder bin ich wirklich ein Schmetterling, der gerade träumt, er sei ein Mensch?«

»Ist das der Grund, weshalb Sie sich gekniffen haben, Michael? Um zu sehen, ob Sie sich aufwecken könnten?«

Er klappte die Raute zusammen, bog die Finger zu Fäusten und antwortete: »In letzter Zeit träume ich oft von Cambridge.«

»Ich verstehe. Sind Sie ein Patient in einem Krankenhaus, der oft davon träumt, er sei ein Student am Trinity College, oder sind Sie ein Student am Trinity, der jetzt gerade träumt, er sei ein Patient in einem Krankenhaus?«

Er stupste gegen die Tischkante, als wolle er die Stabilität des materiellen Universums prüfen. »Es gibt keine Möglichkeit, das mit Bestimmtheit sagen zu können. Das hat Halperin uns beigebracht.«

»Nun, es wird nicht zur Klärung beitragen, wenn Sie sich kneifen«, sagte ich.

»Nein«, seufzte Chapman. »Vermutlich nicht.«

In den nächsten Tagen zog er sich immer weiter in sich selbst zurück, und seine Sprache verflachte zusehends. Es war, als ob ihn ein problematischer innerer Prozess ständig ablenkte. Wir spielten eine Partie Schach, aber er konzentrierte sich nicht. Ich schlug ihn mit Leichtigkeit, und er reagierte völlig unbeteiligt. Sein Geisteszustand machte mir Sorgen, und ich tat mein Möglichstes, öfter nach ihm zu sehen. Normalerweise saß er aufgerichtet im Bett und starrte ins Leere. An einem Nachmittag dann fand ich ihn am Fenster vor, die Finger um die eisernen Gitterstäbe gelegt. Dieses Verhalten hatte ich lange nicht mehr bei ihm beobachtet. Die Aussicht war deprimierend – niedrige Hängematten grauer Wolken, gnadenloser Regen. Chapman wandte sich nicht zu mir um, während er sagte: »Ich hatte aufgehört zu schlafen. Nein, das stimmt nicht. Ich *konnte* einschlafen, aber in den frühen Morgenstunden wurde ich immer wieder wach. In meinem kleinen Studentenzimmer fühlte ich mich einsam und eingesperrt, deswegen unternahm ich lange Spaziergänge. Meistens schlug ich dabei den Pfad zu den Wiesen ein.«

Chapman ließ die Gitterstäbe los und vergrub die Hände tief in den ausgeleierten Taschen seines Morgenrocks. Er blickte weiter nach draußen über die Heide.

»Ich stieß auf ein Fahrrad, das umgekippt im Gras lag. Es war niemand zu sehen, aber ich konnte eine Frau singen hören, und dann bemerkte ich, dass im Fluss jemand schwamm. Ich hockte mich hinter einen Busch, und als diese Frau, dieses Mädchen, dieses schmale Ding ans Ufer stieg, da sah ich, dass sie ganz und gar nackt war. Sie trug kein Fitzelchen Kleidung. Am nächsten Morgen ging ich wieder hin, und am Morgen danach auch, und am folgenden Morgen ebenfalls. Ich ging immer wieder da hin, immer wieder an denselben Ort, und sie war immer da. Es war offensichtlich, dass sie hier oben nicht ganz richtig tickte.« Er hielt inne und tippte sich mit dem Finger an die Schläfe. »Geistig, meine ich. Sie war wie ein Kind. Sie pflückte Blumen und sprach mit dem Mond. Wenn die Sonne schien, winkte sie ihr zu, und wenn sie schwamm, sang sie dauernd dieses Kinderlied.« Chapman begann eine einfache Melodie zu summen. »Kennen Sie das?«

»Ja«, antwortete ich, »›Wir gleiten übers Wasser‹.«

»Genau. ›Wir gleiten übers Wasser‹.« Er hob den Arm und schwenkte ihn ein wenig wie ein Dirigent, der einen Rhythmus vorgibt. »›Wir gleiten übers Wasser, so leicht, so leicht, man glaubt es kaum. Wir gleiten übers Wasser, das Leben ist nur ein Traum.‹« Dann stieß er ein trockenes, humorloses Kichern aus und wiederholte die letzten Worte. »Das Leben ist nur ein Traum.« Chapman sah mich wieder an, und mit vor Anspannung bebender Stimme sagte er: »Nackt. Unschuldig. Und … ich …« Sein Gesicht fiel in sich zusammen, seine Brust hob sich. »Werde ich bestraft, Dr. Richardson?«

»Was ist passiert, Michael?«

»Werde ich bestraft?«

»Was ist passiert? Sagen Sie es mir.«

Chapmans Augen glitten verschlagen hin und her. »Nichts ist passiert!«, zischte er.

Ich versuchte, mehr aus ihm herauszuholen, aber er wandte mir den Rücken zu und umklammerte wieder die Gitterstäbe. Als ich später noch einmal nach ihm sah, stand er noch immer so da und summte die Melodie von »Wir gleiten übers Wasser«.

Ich erzählte Maitland von Chapmans Geständnis, doch er tat die Sache ab. »Ich glaube nicht, dass wir dem allzu viel Gewicht beimessen sollten.« Seine Reaktion erinnerte mich an das Verhalten, das er an den Tag gelegt hatte, als ich ihn nach den Fallgeschichten der Schlafraum-Patientinnen fragte: Die Überraschung über meine Naivität mischte sich mit einer deutlich hervortretenden Gereiztheit, und er bestand darauf, dass ich bei Chapman eines der neuen Antidepressiva aus Amerika einsetzte. Ich fühlte mich herabgewürdigt. Schließlich hatte ich hart daran gearbeitet, eine Beziehung zu Chapman aufzubauen. Selbst, wenn es sich bei seinem Geständnis nur um reine Erfindung handelte, war es für mich doch eine Art Durchbruch, ein Ausdruck – wenn auch ein vorsichtiger – seines Vertrauens. »Ich wäre insgesamt für weniger Gespräche«, sagte Maitland, und sein unaufrichtiges Lächeln konnte die Schärfe dieser Kritik nicht mildern.

Ich hätte Chapman genauer überwachen sollen, vor allem, nachdem ich seine Medikamente geändert hatte. Aber noch in derselben Woche wurde Wyldehope zum Mittelpunkt einer polizeilichen Untersuchung, und ich vergaß Chapman und sein Geständnis. Es war eine Nachlässigkeit, die ich in den kommenden Monaten bitter bereuen sollte.

10

Mit der Manschette meines Hemds rieb ich einen kleinen Kreis auf der beschlagenen Fläche des Küchenfensters frei und sah in die gestaltlose Leere, die draußen herrschte. Ein dichter Dunst verhüllte die Sicht. Ich machte mir eine Tasse Tee, rauchte eine Zigarette und ging dann die Treppe hinunter. Als ich den Treppenabsatz im ersten Stock erreicht hatte, sah ich Lillian Gray in der Eingangshalle hin- und herlaufen. Sie wirkte gehetzt.

»Guten Morgen!«, rief ich ihr zu.

Lillian wirbelte herum, und ohne meinen Gruß zu erwidern, fragte sie: »Sind Sie gerade erst aufgestanden?«

»Ja. Wieso?«

»Mary Williams ist weggelaufen. Schwester Jenkins spuckt Feuer.«

»Was meinen Sie damit, weggelaufen?«

»Entschuldigung, ich habe jetzt keine Zeit für Erklärungen. Fragen Sie Schwester Jenkins, sie ist unten.« Lillian schloss die Tür zur Frauenstation auf und zog sie hinter sich wieder zu.

Ich stieg weiter die Treppe hinab bis in den Schlafraum, wo Schwester Jenkins auf eine Reihe von Papieren blickte, die sie über den ganzen Schreibtisch ausgebreitet hatte.

»Was ist passiert?«, fragte ich.

»Diese dumme Gans!«, zischte sie.

»Mary Williams?«

»Um ein Uhr hat sie Schwester Aldrich abgelöst. Als Schwester Page heute Morgen um sechs kam, war sie weg. Können Sie sich das vorstellen?« Schwester Jenkins schnaubte vor Abscheu. »So eine Verantwortungslosigkeit ist mir noch nicht untergekommen. Die Schlafraum-Patientinnen unbeaufsichtigt zu lassen! Und als wäre das noch nicht schlimm genug: Sie hat nicht einmal die Haustür hinter sich abgeschlossen!«

Ich war völlig verblüfft. »Wie eigentümlich.«

»Dr. Maitland wird außer sich sein.«

»Wo ist sie jetzt?«

»Das weiß der liebe Gott!«

»Haben Sie in ihrem Zimmer nachgesehen?«

»Ja.«

»Und dort war sie nicht?«

Schwester Jenkins klang ungeduldig. »Offensichtlich nicht.«

»Aber wo steckt sie denn dann?«

»Dr. Richardson, Schwester Thomas ist in Urlaub, Schwester Perkins hat eine Darmgrippe, und jetzt kann ich dank dieses dummen Mädchens die ganzen Dienstpläne neu schreiben. Wo Mary Williams jetzt stecken mag, ist tatsächlich meine geringste Sorge.«

»Aber um sechs war es doch noch dunkel.«

Schwester Jenkins runzelte die Stirn. Sie war zu sehr mit den anstehenden Aufgaben beschäftigt, um zu erkennen, was das bedeutete. »Dunkel war es wohl«, gab sie zurück, ohne dabei aufzublicken.

»Sie kann doch da nicht über die Heide gegangen sein. Es wäre stockfinster gewesen, und heute Morgen herrscht außerdem dichter Nebel.«

Schwester Jenkins hörte auf zu schreiben. »Sie meinen, sie ist noch irgendwo hier?«

»Ich halte das für sehr wahrscheinlich. Vielleicht sollten wir nach ihr suchen.«

»Bei allem Respekt, Dr. Richardson, ich muss jetzt dringend diese Dienstpläne fertig machen. Und bevor Sie fragen, ich kann keine der Schwestern entbehren.«

»Ich werde mit Mr. Hartley sprechen.«

Der Hausmeister nahm die Nachricht von Mary Williams' Verschwinden ohne große Gefühlsregung auf. Er nickte, steckte einige Schlüssel ein, und dann begannen wir mit der Suche. Wir schauten überall nach, oder zumindest überall, wo wir glaubten, dass sich die Lernschwester vielleicht versteckt haben mochte: in den Zimmern für ambulante Patienten, den Räumen, die an die Küche grenzten, in der Waschküche. Dann gingen wir im kalten Nieselregen zu den Nebengebäuden. Keines der Fahrräder fehlte, und sie war auch nicht in Hartleys Auto. Fast hatte ich gehofft, wir würden Mary auf dem Rücksitz entdecken, zusammengerollt unter einer Decke, aber als ich durchs Rückfenster sah, erkannte ich dort nur gestepptes Leder und einen zusammengeknüllten Einkaufsbeutel.

In Marys Zimmer stellten wir fest, dass in ihrem Kleiderschrank noch ein Mantel hing. Hartley zog die Vorhänge zurück und blickte in die vom Nebel verschleierte Landschaft hinaus. Er sagte nichts; das war auch nicht nötig. Wir waren offensichtlich zu demselben beunruhigenden Schluss gekommen. Als wir unsere Runde beendet hatten, kehrte Hartley zu seinem Cottage zurück, und ich umrundete das Hauptgebäude und ging zum Strand hinunter. Die trüben braunen Wellen schlugen auf die Kiesel, und ein gehässiger

Wind fuhr mir ins Gesicht. Ich formte mit meinen Händen einen Trichter und rief: »Mary? Mary?« Ihr Name wurde von dem Rauschen sofort verschluckt.

Eine halbe Stunde später stand ich neben Schwester Jenkins, die mit Marys Mutter telefonierte. Zwar bekam ich nur die eine Hälfte des Gesprächs mit, aber das genügte. »Nicht da? Und sie hat sich auch nicht gemeldet? Könnte sie irgendwo anders hingegangen sein? Nein? Mrs. Williams, was ist mit Marys Freund? Wo wohnt *er* denn?« Bei dieser Gelegenheit erfuhren wir, dass es keinen Freund gab. Sie hatte ihn erfunden, um unbequemen Fragen auszuweichen.

»Sie hat uns angelogen«, sagte Schwester Jenkins, hob die Augenbrauen und reichte mir den Hörer. Zögernd wählte ich die Nummer vom St. Thomas und bat darum, mit der psychiatrischen Abteilung verbunden zu werden.

Maitland erkundigte sich zunächst einmal nach dem Wohl seiner Patientinnen im Schlafraum. »Es geht ihnen gut, oder? Ihnen ist während der Abwesenheit der jungen Frau nichts zugestoßen?« Um Mary schien er sich keine Sorgen zu machen. Als ich darauf hinwies, dass sie die Klinik vermutlich mitten in der Nacht verlassen hatte und dann über die dunkle Heide gelaufen sein musste, sagte er nur: »Ach du liebe Güte.«

Gegen zwei Uhr nachmittags erschien die Polizei. Inspector Cooper war ein starkknochiger Mann, der einen langen schwarzen Regenmantel und einen Filzhut trug; ihn begleitete ein Assistent, den er als Davis vorstellte. Zwar sagte ich den beiden gleich, dass sie von Schwester Jenkins weitaus mehr über Mary Williams erfahren würden als von mir, aber sie bestanden darauf, mich zu befragen, schließlich war ich laut Cooper »der Verantwortliche«. Seine Fragen waren ziemlich direkt. Wie lange hatte Miss Williams schon in Wyldehope gearbeitet? Wer hatte sie zuletzt gesehen? Hatte ich vielleicht eine Theorie, die ihr Verschwinden erklären konnte?

»Sie sind doch Psychiater, Dr. Richardson«, sagte der Inspector, »und damit besser befähigt als die meisten Leute, den Geisteszustand eines Menschen zu erkennen.« Mit einer weit ausholenden Handbewegung lud er mich ein, meine Vermutungen zu äußern.

»Sie war nicht sehr glücklich«, erklärte ich also. »Erst vor kurzem hatte sie ihre Kündigung eingereicht.«

»Warum war sie nicht glücklich? Können Sie sich einen Grund vorstellen?«

»Es ist eine anstrengende Tätigkeit, mit psychisch Kranken zu arbeiten.«

Cooper nickte mitfühlend. »Glauben Sie, dass sie selbst … nun, nicht ganz gesund gewesen sein könnte?«

»Der Gedanke ist mir nie gekommen. Nein.«

»Aber wenn man bedenkt, was sie getan hat …«

»Das verstößt gegen alle Vorschriften, sicher.«

Am Ende unseres Gesprächs merkte ich, dass Cooper nicht zufrieden, ja, vielleicht sogar ein wenig verärgert über meine knapp gehaltenen Auskünfte war. Er hatte mehr hören wollen.

Am nächsten Tag kam Cooper wieder, und hinter seiner schwarzen Limousine rollte eine ganze Flotte von Polizeiwagen auf die Auffahrt. Polizeibeamte und Hunde strömten über den Kies, fanden sich zu Grüppchen zusammen und schwärmten in die Heide aus. Ein weiterer Trupp machte sich zu den Feuchtwiesen auf.

Zwei Stunden später gab mir eine der Pflegerinnen Bescheid, dass Cooper zurückgekehrt sei. Er wartete in der Eingangshalle neben der alten Rüstung, den Hut gegen die Brust gedrückt.

»Dr. Richardson.«

»Inspector.«

»Wir haben sie gefunden.« Sein Gesicht war ernst.

»Wo?«

»Bei den Reetbänken.«

»Wie schrecklich.«

»Wir werden die Ergebnisse der Autopsie abwarten müssen, aber für mich sieht es nach Tod durch Ertrinken aus.«

»Gibt es irgendwelche Hinweise auf...«

»Fremdeinwirkung?« Er schüttelte den Kopf. »Wir haben Fetzen ihrer Uniform im Gebüsch gefunden. Ich würde sagen, sie ist die Uferböschung hinuntergeklettert, hat sich verirrt und ist direkt in die Feuchtwiesen gerannt.«

»Gerannt?«

»Sie hat ihre Schuhe verloren. Und es gibt Fußabdrücke im Schlamm, sehr weit auseinander.«

»Ich verstehe.«

Cooper hielt inne, betrachtete die Rüstung eine Weile und sagte dann: »Ihr ging es nicht gut, nicht wahr, Dr. Richardson?«

»Offenbar nicht.«

»Wie ich mir gedacht hatte.« Er sah mich auf eine Weise an, die andeuten sollte, dass ich ihm schon am Tag zuvor mehr hätte erzählen sollen.

Einige Tage darauf rief ein Reporter von einer Lokalzeitung an, aber ich weigerte mich, mit ihm zu sprechen. Als der Artikel dann veröffentlicht wurde, handelte es sich glücklicherweise um eine recht nüchterne Darstellung. Man hatte nicht versucht, die Fakten sensationslüstern aufzubauschen. Marys Eltern hatten sich schon seit einigen Monaten Sorgen um die Gesundheit ihrer Tochter gemacht. Sie sagten, sie habe sich immer mehr in sich selbst zurückgezogen und viel geweint. Ein Satz am Schluss des Artikels erregte meine Aufmerksamkeit und gab mir Stoff zum Nachdenken: Offenbar gehörte die Familie einer spirituellen Christengemeinde an, die als »Monmouth-Bruderschaft« bekannt war.

Die Beerdigung fand in kleinem Rahmen statt; es waren nur Familie und Freunde eingeladen. Ich schrieb einen Kondolenzbrief und ließ einen Kranz schicken. Maitland vermutete, dass es für uns ein unangenehmes Nachspiel geben würde: »Man wird sagen, es hätte uns auffallen müssen, dass sie krank war. Man wird sagen, wir hätten das verhindern können.« Aber es folgten keine Vorwürfe oder Forderungen, Marys Tod genauer zu untersuchen.

Einige Wochen lang herrschte in der Klinik eine niedergedrückte Atmosphäre. Alle versuchten, den Mitmenschen gegenüber ein wenig aufmerksamer zu sein, es kam verstärkt zu netten Gesten, und im Speiseraum sprachen wir in respektvollem Flüsterton. Selbst Osborne hielt sich mit seinen üblichen Witzen und Angebereien zurück. »Sie war ein netter Mensch«, sagte er ungewöhnlich gefühlvoll. »Eine echt schlimme Sache, was?«

Als das Leben wieder seinen normalen Gang ging, nahm Jane meine Hand und sagte: »Es tut mir so leid, dass ich nicht mit Mary gesprochen habe. Ich fühle mich jetzt so schuldig.«

»Du hättest nichts tun können«, antwortete ich und erwiderte den Druck. »Nicht wirklich.«

»Ich kann es immer noch nicht glauben.«

Ich strich ihr mit den Fingerknöcheln über die Wange und sagte: »Quäl dich nicht. Das hat keinen Zweck.«

Mir war es unmöglich, den Schlafraum zu betreten, ohne an Mary zu denken. Ich sah sie vor mir, wie sie nahe bei der Schreibtischlampe vorgebeugt dasaß und den Kopf hob, um zu sehen, wer durch die Tür trat. Manchmal war meine Erinnerung so lebendig, dass die Schwester, die an ihrer Stelle dort saß, wie eine schauerliche Überblendung wirkte. Erinnerung und Realität gingen ineinander über, und ich sah wieder Marys Gesicht in der Dunkelheit.

Sie war die Kellertreppe hinauf und aus dem Gebäude gerannt, ohne auch nur innezuhalten, um die Tür abzuschließen. Sie war eine steile Böschung hinuntergelaufen, hatte sich die Kleider zerrissen und ihre Schuhe verloren. In völliger Dunkelheit hatte sie dann versucht, die Reetfelder zu durchqueren, war blindlings vorangestürmt, bis sie gestolpert und in tiefes, kaltes Wasser gefallen war. Jede Nacht, wenn ich vom wachen Zustand in die Untiefen des Schlafes glitt, stellte ich mir dieselbe Frage: Wovor war Mary Williams weggelaufen?

11

Maitland reichte mir das Überweisungsschreiben, als wir sein Büro verließen. »Ob Sie wohl so nett sein würden, sich diesen Herrn einmal für mich anzusehen?« Er sagte das ganz gelassen, beinahe leichthin, aber mich konnte er nicht täuschen. Ihm ging es darum, den Schaden zu reparieren, der unserem Ruf durch die Sache mit Mary Williams entstanden sein mochte. Die Bereitstellung ambulanter Betreuung in Wyldehope war längst überfällig, und wenn wir jetzt so ein Angebot machten, würde es nicht nur unser Ansehen bei den örtlichen Ärzten verbessern, sondern auch die Gesundheitsbehörde besänftigen.

Unser neuer Patient hieß Edward Burgess. Im Krieg hatte er vier Jahre als Militärfahrer gedient, ohne sich ein einziges Mal krankzumelden. Dann war er zur Infanterie gekommen und an vorderster Front eingesetzt worden, wo er und seine Kameraden unter Beschuss gerieten. Bei einem schweren Angriff mit Gewehren und Mörsergranaten erlitt er einen heftigen psychischen Zusammenbruch, und man verlegte ihn auf eine Sanitätsstation an der normannischen Küste. Schließlich wurde er zurück nach England gebracht, wo man versuchte, ihn mit verschiedenen Behandlungsmethoden zu heilen. Zwar machte er äußerlich den Eindruck, als würde er sich erholen, aber er war dennoch ständig angespannt, Panikattacken quälten ihn. Man wies ihm einen Schreibtischjob zu, und nach seiner Entlassung aus dem Militärdienst gründete er ein Fuhrunternehmen in Lowestoft, das schon bald erfolgreich lief. Binnen relativ kurzer Zeit entwickelte er sich zu einem angesehenen Mitglied des regionalen Wirtschaftsverbands, und sein Engagement wurde belohnt, als man ihn dort schließlich zum Vorsitzenden wählte. Er litt jedoch weiterhin unter seinen traumatischen Erinnerungen, und seine Nachtruhe wurde durch höchst lebendige Albträume gestört, in denen er die Schrecken des Schlachtfelds durchlebte. Mehrmals in der Woche wachte er schreiend und völlig nassgeschwitzt auf. Phasenweise spürte er auch kein Gefühl in den Beinen. Seine nervliche Verfassung stellte eine große Belastung für seine Ehe dar, und nachdem er sich jahrelang geweigert und den entscheidenden Schritt immer wieder aufgeschoben hatte, konnte seine Frau ihn endlich überreden, mit seinem Hausarzt über seine Probleme zu sprechen.

Ich wartete in einem der Ambulanzräume im ersten Stock und ging den Arztbrief erneut durch. Eine Schwester war angewiesen worden, Mr. Burgess in der Eingangshalle zu empfangen, und ich wusste, dass er eingetroffen war, als ich den schweren eisernen Türklopfer von unten heraufschallen hörte, drei ruhige Schläge, die von der hallenden Akustik des Treppenhauses verstärkt wurden. Wenig später ertönten Schritte im Flur, und Mr. Burgess wurde ins Zimmer geführt. Ich erkannte sein Gesicht sofort – die zurückweichende Stirn, die tief liegenden Augen und die hageren Züge –, aber es dauerte einen Augenblick, bis mir klar wurde, wo ich diese finstere, gequälte Miene schon einmal gesehen hatte.

»Herr Doktor«, sagte er und streckte mir die Hand hin.

»Mr. Burgess.« Dann fiel es mir ein. »Ich glaube, wir sind uns schon einmal begegnet.«

»Ganz kurz, ja. Wir saßen im selben Zugabteil.«

Ich erinnerte mich an meine erste, endlose Fahrt nach Wyldehope, und an den Mann, der mir gegenübergesessen und seine Knie umklammert hatte. *Die Leute hier aus der Gegend wollten keine Irrenanstalt vor der Haustür.* Ich hatte ihn damals missverstanden. Mr. Burgess hatte nicht etwa seine eigenen Ansichten geäußert, sondern mich vielmehr vor der Feindseligkeit der Bevölkerung warnen wollen.

»Bitte«, sagte ich und deutete auf einen freien Stuhl.

»Ich bin mir immer noch nicht sicher, ob es richtig ist, dass ich heute hierhergekommen bin.«

»Warum nicht?«

»Es gibt andere, die Ihre Hilfe viel nötiger brauchen als ich.«

»Leid ist schwer zu bemessen, Mr. Burgess. Ich treffe keine solchen Unterscheidungen.«

Er dachte über meine Worte nach, nickte und setzte sich dann, ohne den Mantel auszuziehen.

Nach einem kurzen vorbereitenden Gespräch bat ich ihn, mir von seinen Kriegserfahrungen zu berichten, und dabei erfuhr ich, dass der Abschnitt der Front, an den man Burgess verlegt hatte, damals acht Tage lang pausenlos mit Mörsergranaten beschossen worden war. Anschließend hatte er den Befehl bekommen, einen Fluss zu durchqueren und den Feind in einem dichten Wald anzugreifen.

»Rund um mich herum fielen meine Freunde. Ich erinnere mich an den Lärm, an die Schreie und die Explosionen. Ich verlor meine Stimme, fing an zu schluchzen, und dann wollten meine Beine nicht mehr. Zwei Jungs brachten mich zu einem Sanitätsfahrzeug, aber ich war wie gelähmt und lag einfach nur sabbernd da.«

»Sie müssen sehr große Angst gehabt haben.«

»Ich bin mir nicht sicher, was ich fühlte. Irgendwie war es so, als wäre ich gar nicht dabei.« Später seufzte er und sagte: »Herr Doktor, ich habe viel darüber geredet, nachdem ich zurück in England war. Ich wurde in ein Krankenhaus in Surrey eingewiesen, und da hat man mich das, was ich erlebt habe, jeden Tag noch einmal wiederholen lassen. Das hat mir damals nicht geholfen, und ich glaube nicht, dass es mir jetzt helfen würde.«

Nach dieser Untersuchung war ich mir überhaupt nicht sicher, wie in diesem Fall weiter vorzugehen war. Mr. Burgess vertraute weder einer Gesprächstherapie noch einer medikamentösen Behandlung: Sein Hausarzt hatte ihm bereits Beruhigungsmittel verschrieben, die aber auch nicht angeschlagen hatten. Ich sprach mit Maitland über unseren neuen Patienten, der daraufhin eine »stimulierende Abreaktion« empfahl, eine Behandlung, die er während des Krieges speziell für Veteranen wie Mr. Burgess entwickelt hatte, für Männer also, die einen Nervenschock erlitten hatten. Zwar hatte ich schon von dieser Maßnahme gelesen, aber noch keine praktische Erfahrung in ihrer Anwendung gesammelt. Die Möglichkeit hatte sich nie ergeben. Maitland spürte meine Zurückhaltung und sagte: »Vielleicht sollte ich die Sitzung durchführen.« Ich war dankbar für diesen Vorschlag und wollte gern zusehen und lernen.

Mr. Burgess kam eine Woche später zum nächsten Termin. Ich stellte ihm Maitland vor, der sich daraufhin zu ihm setzte und ihm in für Laien verständlichen Worten erklärte, wie die Behandlung vor sich gehen würde.

»Ihre Symptome werden von unterdrückten Gefühlen ausgelöst. Es gibt also, wenn Sie so wollen, eine Blockade, und eine solche Blockade kann man auflösen. Um das zu erreichen, müssen wir Sie in den richtigen Geisteszustand versetzen, und das geschieht, indem Sie ein wenig Äther einatmen. Das ist völlig harmlos; Sie können ganz unbesorgt sein. Sie werden sich ein wenig schwindlig und benommen fühlen, aber der Äther wird gleichzeitig die Klarheit Ihrer Erinnerungen verstärken. Für den Erfolg der Behandlung ist es unverzichtbar, starke Gefühle zu wecken, vor allem im Hinblick auf Ihre Erlebnisse in Frankreich.« Maitland bat Burgess, seine Jacke und den Schlips abzulegen und den obersten Kragenknopf seines Hemds zu öffnen. Dann goss er ein wenig Äther auf eine Maske und half Burgess dabei, sie anzulegen. »Ganz normal einatmen«, sagte Maitland und legte dem Mann beruhigend eine Hand auf die Schulter. Der starke chemische Geruch durchdrang den Raum, und hinter meinen Augen breitete sich ein dumpfer Kopfschmerz aus. »Und jetzt möchte ich«, fuhr Maitland fort, »dass Sie mir genau berichten, was damals an der Front geschah.«

Burgess erzählte seine Geschichte noch einmal. Doch jetzt nahm er beim Sprechen immer mehr Fahrt auf, er wurde erregter. Die Worte purzelten aus seinem Mund, seine Augen huschten hin und her, und sein Zeigefinger krümmte sich um den nur in seiner Einbildung vorhandenen Abzug eines Gewehrs. Plötzlich geriet er in Panik und versuchte, sich die Maske herunterzureißen. Maitland packte sein Handgelenk und hielt es fest, sah Burgess direkt in die Augen und brüllte: »Nein!« Daraufhin schien der Veteran wieder zu sich zu kommen und sank gegen die Rückenlehne seines Stuhls. »Sie sind im Wald«, fuhr Maitland fort, »überall hört man laute Explosionen, Schreie und Rufe. Was sehen Sie, Mr. Burgess? Sagen Sie es mir. Was sehen Sie?«

»Jack!«, stieß Burgess hervor, und seine Augen schienen aus den Höhlen zu treten. Er hob die Hand und deutete entsetzt auf einen Punkt vor sich. »Ich kann Jack sehen. Er steht hier, genau hier, und ich kann durch seinen Kopf schauen.«

»Wie ist das möglich, Mr. Burgess?«

»Da ist ein Loch, ein großes Loch, groß genug, dass man einen Arm hindurchstecken könnte – und ein roter Nebel, der nach Eisen schmeckt –, und seine Hirnmasse klebt auf meinem Gesicht.« Burgess begann zu hyperventilieren, Schweiß trat ihm auf die Stirn. »Harry wirbelt herum, und er hat kein Kinn mehr, aber er macht noch Geräusche, schreckliche Geräusche. Er will, dass ich vorrücke. Ich kann nicht – meine Beine bewegen sich nicht. Blut spritzt auf mich, und als ich aufsehe, sind da Soldaten, die sich im Gebüsch verstecken. Aber sie verstecken sich eigentlich gar nicht, und es sind auch keine richtigen Soldaten. Ich sehe die Körperteile von Soldaten – Arme, Beine, Rümpfe –, und ich denke in diesem Moment, das alles geschieht gar nicht. Das kann nicht geschehen.«

»Und trotzdem geschieht es«, unterbrach Maitland.

»Nein. Das ist nicht die Wirklichkeit.«

»Oh doch, das ist die Wirklichkeit«, betonte Maitland mit strenger Autorität. »Und es besteht keine Möglichkeit zur Flucht.«

Burgess schlug wild um sich und kippte auf dem Stuhl nach vorn. Sofort sprang ich auf und wollte ihn festhalten, aber Maitland stellte sich mir in den Weg, sah mich ernst an und schüttelte den Kopf. Burgess hatte sich zu einer Kugel zusammengerollt, Tränen strömten ihm über die Wangen. Er gab ein kindliches, wimmerndes Geräusch von sich.

»Bomben explodieren«, intonierte Maitland, der nun theatralisch und durchdringend in die tieferen Tonlagen seiner Stimme wechselte, »und der Boden unter Ihren Füßen zittert und bebt.« Burgess stöhnte und warf sich von einer Seite zur anderen, boxte und trat unkoordiniert um sich. Maitland lenkte meine Aufmerksamkeit auf sich und bedeutete mir mit Gesten, unseren Patienten festzuhalten. Burgess war durch die Kombination aus Äther und Erschöpfung geschwächt, und es war relativ leicht, ihn in seiner Bewegungsfreiheit einzuschränken. »Es lässt nicht nach«, fuhr Maitland fort. »Die Erde erbebt, und Staub und Dreck prasseln auf Sie herunter. Sie riechen verbranntes Fleisch und Schießpulver. Überall um Sie herum liegen tote oder sterbende Männer.«

»Aufhören«, keuchte Burgess. Er befreite eine seiner Hände aus unserem Griff und zerrte erneut an der Maske. »Bitte. Aufhören.«

»Es gibt keine Möglichkeit zur Flucht«, wiederholte Maitland.

Ich fing Burgess' schlagenden Arm ein und drückte ihn über Kreuz auf den anderen, den ich schon gegen seine Brust presste. Er wollte mich abwehren, aber das schien seine letzten Energiereserven aufzubrauchen; plötzlich erschlaffte er und schloss die Augen. Wir hoben ihn vom Boden auf, betteten ihn auf eine Liege und versuchten, es ihm mit ein paar Kissen unter dem Kopf so bequem wie möglich zu machen. Maitland nahm ihm die Maske ab und wischte ein paar Speichelfäden unter Burgess' Nase weg.

»Normalerweise liegen die Patienten ein oder zwei Minuten still da, und wenn sie dann zu sich kommen, gibt es keine Anzeichen für anhaltende Erregung oder einen rauschhaften Zustand. Falls die Behandlung erfolgreich war, wird Mr. Burgess uns das sofort mitteilen können.« Maitland schlug nun einen vertraulicheren Ton an: »James, würde es Ihnen viel ausmachen, uns Tee aus der Küche zu holen?« Als ich zurückkam, war Burgess wieder bei Bewusstsein. Er sah sehr müde aus, aber er gab sich seltsam ruhig und gelassen.

»Wie fühlen Sie sich?«, fragte Maitland.

»Besser. Mehr wie ich selbst.« Burgess sah verwirrt und perplex aus. »Alles fühlt sich anders an.«

»Erinnern Sie sich, was an der Front geschehen ist?«

»Ja, natürlich. Jack ... das Loch in seinem Kopf ... und Harry ... die Arme und Beine in den Bäumen. Trotzdem ...« Er stieß einen langen Seufzer aus. »Es hat sich ein wenig gelöst. Es ist leichter. Als ob ich meine Bürde abgeworfen hätte.«

»Gut«, sagte Maitland, »sehr gut.« Er lächelte, aber sein Lächeln war ein wenig zu selbstzufrieden, um echte Wärme auszustrahlen. »Ich möchte, dass Sie sich ein paar Stunden ausruhen. Falls Dr. Richardson dann keine Einwände hat, können Sie nach Hause fahren.«

Als ich nach dem Mittagessen wieder zu Burgess ging, stand er am Fenster. Er hatte seinen Schlips und seine Jacke angezogen und sah zum Himmel empor, über den weiße Wölkchen zogen. Er warf einen Blick auf seine Armbanduhr. »Schon halb zwei. Ich habe mich hierher chauffieren lassen. Mein Fahrer wartet draußen auf mich.«

»Sie sollten vielleicht in vierzehn Tagen noch einmal zu uns kommen.«

»Danke«, sagte Burgess, betrachtete sein Spiegelbild und zog seinen Schlipsknoten zurecht.

Noch am gleichen Tag traf ich in der Eingangshalle wieder auf Maitland. Er trug eine Aktentasche, und wegen seiner tintenfleckigen Finger vermutete ich, dass er etwas geschrieben hatte. Wir wechselten ein paar Bemerkungen über Mr. Burgess, dann begleitete ich Maitland nach draußen. Auf der Heide war es ungewöhnlich ruhig. Die Dämmerung goss dunkle Tümpel in die Niederungen, und selbst das Meer war still. Maitland öffnete die Beifahrertür seines Wagens und warf die Aktentasche auf den Sitz. Dann sah er mich über das Autodach hinweg an und sagte: »James, ich hätte einen Vorschlag. Sie müssen mir nicht gleich eine Antwort geben. Natürlich werden Sie es sich erst überlegen müssen. Die zweite Auflage meines Lehrbuchs ist im Frühjahr erschienen, aber der Churchill-Livingstone-Verlag hat mich bereits gefragt, wann mit der dritten gerechnet werden kann. Es ist sehr zeitintensiv, sich einen umfassenden Überblick über die Sekundärliteratur zu verschaffen – viel zu viel Arbeit für einen Einzelnen. Deswegen habe ich mich gefragt, ob Sie Interesse hätten, mich bei diesem Buch zu unterstützen? Sie würden natürlich namentlich genannt werden. Sie würden Ko-Autor sein.«

Es war ein außergewöhnliches Angebot.

»Ja, natürlich hätte ich Interesse.«

»Es ist eine sehr umfangreiche Arbeit.«

»Selbstverständlich, aber ich kann Ihnen jetzt schon versichern: Auch wenn ich darüber nachgedacht habe, wird meine Antwort Ja lauten.«

Maitland ging vorn um die Kühlerhaube herum und sagte: »Hervorragend.« Bevor ich meine Dankbarkeit zum Ausdruck bringen konnte, saß er schon hinter dem Steuer, und der Motor sprang schnurrend an. Ich sah ihm nach, als er davonfuhr, und wie es seine Gewohnheit war, drückte er auf die Hupe, bevor die Straße in die Senke hinunterführte und der Bentley aus dem Blickfeld verschwand.

Ich hätte eigentlich im Schlafraum vorbeischauen sollen, aber stattdessen ging ich die Treppe zu meiner Wohnung hinauf und holte Maitlands Lehrbuch aus dem Arbeitszimmer. Dann setzte ich mich, balancierte es auf den Knien und strich darüber. Vor meinem geistigen Auge malte ich mir aus, wie der nächste Schutzumschlag aussehen würde, mit der schlichten schwarzen Schrift auf dem blassblauen Hintergrund: *Medizinische Behandlungsweisen in der Psychiatrie, eine Einführung, 3. Auflage, von Hugh Maitland und James Richardson.* Eine Art elektrisiertes Kribbeln schien mein Rückgrat hinauf- und hinunterzugleiten. Noch ein paar Jahre, dann könnte ich wahrscheinlich Stellenangebote von prestigeträchtigen Institutionen erwarten, eine frühe Beförderung und ein viel besseres Gehalt. Mein Leben würde in völlig anderen Bahnen verlaufen.

Wie sehr sich meine Gefühle für Jane inzwischen vertieft hatten, ließ sich daran ablesen, dass ich sofort an sie dachte. Ich verfiel in eine Art Tagtraum und stellte mir vor, wie wir zusammen in London wohnten, in irgendeinem noblen Viertel, vielleicht in Hampstead. Dort kuschelten wir uns aneinander, in einer großzügigen Villenwohnung mit hohen Fenstern, die über die Baumspitzen hinweg einen Ausblick auf die Silhouette der Stadt boten. Wir fuhren in die Innenstadt, um uns Filme anzuschauen, besuchten Jazzclubs und nahmen den letzten Bus nach Hause. Dabei war mir die ganze Zeit über bewusst, dass in dieser Phantasie alle üblichen gesellschaftlichen Konventionen wie Antrag, Verlobung und Heirat schon lange hinter uns lagen.

Ich erzählte Jane von Maitlands Vorschlag, und sie freute sich sehr für mich. »Wunderbar«, sagte sie und drückte meine Hand. Ich erklärte ihr, dass es meine Berufsaussichten enorm verbessern würde, wenn ich Ko-Autor wäre, und es enttäuschte mich, als sie sich nicht gleich überlegte, wie sich das vielleicht auch auf ihr Leben auswirken könnte. Es war eine bedauerlich kleingeistige Reaktion meinerseits; eigentlich hätte ich über ihre mangelnde Ichbezogenheit froh sein sollen.

Etwa zu dieser Zeit kam in unseren Gesprächen ein anderes Thema auf: die Frage, ob wir unseren Kollegen sagen sollten, dass wir zusammen waren. Abgesehen von Lillian wusste es bisher niemand, obwohl sicher zumindest zwei Schwestern den Verdacht hegten, dass da etwas zwischen uns lief. Glücklicherweise hatten sie beschlossen, diskret darüber hinwegzusehen. Mir ging die Geheimniskrämerei allmählich auf die Nerven, und ich war der Meinung, dass es unser Leben entscheidend vereinfachen würde, wenn wir ganz offen wären. Jane dagegen machte sich Sorgen über die Reaktion von Schwester Jenkins und den anderen Pflegerinnen. Ich sah da zwar keine Probleme, wollte sie aber nicht unter Druck setzen. Etwas verspätet kam mir der Gedanke, dass Jane vielleicht einen anderen, recht offensichtlichen Grund haben mochte, so vorsichtig zu sein. Männer und Frauen werden, wenn es um Moral geht, nach sehr verschiedenen Maßstäben beurteilt, und vielleicht war ich ein fach ein wenig naiv. Hätten wir bekanntgemacht, dass wir ein Paar waren, dann hätte es bestimmt jemanden gegeben, der gefragt hätte, wie es uns unter so wenig romantischen Umständen möglich gewesen war, uns nahezukommen. Der Gedanke an verstohlene Treffen in der Klinik hätte sicher einige kritische Stimmen laut werden lassen. Althergebrachte Vorstellungen über das angemessene Verhalten von Frauen kamen ja doch immer wieder zum Vorschein.

Unser gemeinsames Leben in London wurde zu einer Phantasie, der ich mich mit schöner Regelmäßigkeit hingab. Ich hatte mir sogar schon genau ausgerechnet, wie lange es dauern würde, bis mein Traum Wirklichkeit wurde: Maitland und ich würden ein oder zwei Jahre für die dritte Auflage des Lehrbuchs brauchen, dann würde es veröffentlicht, und ein halbes Jahr später konnte ich mit einer Anstellung in einem Krankenhaus rechnen, das einer Universität angeschlossen war.

Wenn ich Jane im Arm hielt und sie sich an meine Brust schmiegte, fühlte ich mich versucht, meine Gedanken mit ihr zu teilen und diese Vision zu schildern. Ich hatte mir sogar schon die Inneneinrichtung unserer Wohnung in Hampstead genauestens ausgemalt – Art-Nouveau-Stehlampen, ein Teppich vorm Kamin, ein Chintzsofa. Aber ich sagte nichts. Ich wollte sie nicht verschrecken.

Zu viel, zu schnell, warnte ich mich selbst. *Noch nicht. Nicht jetzt.*

Es ist schwer, diesen Mangel an Vertrauen zu begründen. Jane war ein Mensch, der seine Liebe sehr offen zeigte. Sie krallte sich in mein Fleisch und wiederholte die Worte »ich liebe dich« immer wieder, bis die Wellen der Lust so hoch schlugen, dass ihre atemlosen Worte unverständlich wurden.

Irgendwann würde ich den Mut aufbringen, um ihr von meinen Zukunftsträumen zu erzählen – dachte ich jedenfalls. Wie sich herausstellte, sollte sie nie von der Villa, der schönen Aussicht oder dem Chintzsofa erfahren.

Mrs. Matilda Mason
Lordship Road 88
Stoke Newington
London N16

2. Juni 1955

Dr. H. Maitland
BBC
Broadcasting House
Portland Place
London W1

Sehr geehrter Herr Dr. Maitland,
ich hoffe, es ist in Ordnung, wenn ich einfach so an Sie schreibe, und ich tue nichts Verkehrtes. Ich weiß, dass Sie ein sehr beschäftigter Mann sind, und wahrscheinlich bekommen Sie ganz viele solcher Briefe. Wenn Sie keine Zeit für eine Antwort haben, dann verstehe ich das auch. Letzte Nacht habe ich Radio gehört, und Sie waren in einer Sendung, die »Was ist Wahnsinn?« hieß. Sie haben eine neue Schlafkur erwähnt, und ich habe mich gefragt, wie ich so eine Behandlung für meine Tochter Elizabeth bekommen könnte. Sie ist seit Jahren krank, und unser Hausarzt, Dr. Stott, hat gesagt, dass sie einen Nervenzusammenbruch hatte. Es fing alles damit an, dass ihr etwas Schlimmes passiert ist. Sie wurde an ihrem Hochzeitstag versetzt: Der Mann, der sie eigentlich heiraten sollte, ist abgehauen und bisher nicht wieder aufgetaucht. Lizzie hat ihn sehr geliebt, und es ist so traurig, weil es ihr größter

Wunsch war, zu heiraten und eine Familie zu gründen. Sie hat immer nur davon geredet, Kinder zu bekommen. Lizzie wollte ihr Hochzeitskleid nicht ausziehen, hat es monatelang anbehalten. Sie war wie diese alte Dame in dem Film mit John Mills und Jean Simmons. Das Kleid war irgendwann so schmutzig, dass wir es ihr vom Leib schneiden mussten, während sie schlief. Als sie dann aufwachte, ist sie durchgedreht und hat alle Möbel in ihrem Zimmer kaputtgeschlagen. Der Vermieter hat gedroht, uns auf die Straße zu setzen, und ich musste die silberne Brosche von meiner Großmutter verkaufen, um für die Reparaturen aufzukommen. Ich weiß nicht, wieso Mick – das ist der Mann, den Elizabeth heiraten wollte – sie versetzt hat. Sein Onkel hat gesagt, weil er im Krieg ein paar schreckliche Sachen gesehen hat. Aber das haben wir doch alle. Ich verstehe nicht, was das damit zu tun hat. Wahrscheinlich war es die übliche Geschichte, und er hatte einfach eine andere. Meine Freundin Doreen meint, er hätte wohl irgendwen geschwängert.

Elizabeth geht gar nicht mehr nach draußen. Sie hat Angst. Ich habe versucht, sie zum Markt an der Ridley Road mitzunehmen, aber sie fängt an zu zittern und zu weinen und läuft wieder ins Haus zurück. Man kann nicht vernünftig mit ihr reden. Sie scheint gar nicht richtig zu verstehen, was man ihr sagt. Manchmal tut sie so, als ob alles noch genau so wäre wie vorher. Dann fängt sie an, ihre Hochzeit zu planen, und überlegt, was sie für ein Kleid haben möchte. Das bricht mir das Herz, und ich kann dann kaum mit dem Weinen aufhören.

Ich weiß, dass Dr. Stott ein kluger Mann ist, doch wirklich geholfen hat er Lizzie bisher nicht. Er redet mit ihr und gibt ihr Spritzen, aber es geht nicht aufwärts mit ihr. Es war auch mal ein Spezialist vom Krankenhaus in Hackney da und hat ihr ein paar Tabletten gegeben – ohne ein Resultat. Lizzie scheint es aber immer ein bisschen besser zu gehen, wenn sie lange geschlafen hat. Deswegen habe ich gedacht, vielleicht könnte Ihre Schlaftherapie für sie gut sein?

Ich hoffe, dass Sie dieser Brief erreicht. Bei Ihrer Vorstellung im Radio wurde ja gesagt, dass Sie in vielen Krankenhäusern arbeiten, aber ich habe nicht richtig zugehört und kann mich daher nicht an die Namen erinnern. Wenn Sie meinen, Lizzie sei zu helfen, dann schreiben Sie doch bitte, und sagen Sie uns, wie sie zu Ihnen kommen kann. Mein Mann, der arme Jack, ist in der Normandie gefallen, und mir geht es in letzter Zeit selbst nicht gut. Ich habe stark abgenommen und einen schlimmen Husten. Der Doktor sagt, ich rauche zu viel, aber das ist eines der wenigen Vergnügen, die mir noch geblieben sind. Wenn mir etwas zustoßen sollte, was Gott verhüten möge, dann weiß ich nicht, was aus Lizzie werden soll.

Vielen Dank, dass Sie meinen Brief gelesen haben.
Gott schütze Sie.

Mrs. Matilda Mason

12

In den Wochen vor Weihnachten ging es in der Klinik insgesamt lebhafter zu. Es lag unverkennbar eine gewisse Stimmung in der Luft, die man nicht unbedingt als Aufregung bezeichnen konnte, aber doch zumindest als eine gewisse freudige Erwartung. Einige der Schwestern, darunter auch Jane, wollten die Feiertage zuhause verbringen, und ihre Vertretungen trafen ein, um sich in die Abläufe einzuarbeiten. Es kam zu unvorhergesehenen Problemen mit der Personalabordnung aus dem St. Thomas Hospital, und Schwester Jenkins machte sich ständig Sorgen wegen ihrer Dienstpläne. Schließlich hatten wir dann doch zu akzeptieren, dass wir an den beiden Weihnachtsfeiertagen mit einer reduzierten Mannschaft würden auskommen müssen.

Maitland traf am Donnerstag vor Weihnachten bereits sehr früh in Wyldehope ein. Den Vormittag verbrachte er auf den Stationen, wo er mit jeder der Schwestern persönlich sprach. Er äußerte die üblichen guten Wünsche zum Fest und verteilte Geschenkpackungen mit Pralinen von Fortnum & Mason. Es war eine nette Geste, wenn auch nicht ganz selbstlos, da es offensichtlich war, wie sehr er seine Rolle als Oberhaupt einer großen Familie genoss. Um zwei Uhr wurde ich in sein Büro bestellt, wo wir reichlich Brandy tranken und einige von Mrs. Hartleys Zimtkeksen probierten. Mailand erzählte, dass er und seine Frau die Weihnachtstage mit Freunden in Norfolk verbringen würden. Er schrieb mir Namen und Telefonnummer auf einen Zettel und beschwor mich, ich solle mich auf jeden Fall melden, wenn es ein Problem gäbe. Wir stießen miteinander auf Wyldehope an.

Als ich im Begriff stand, das Büro zu verlassen, deutete Maitland auf einen großen Pappkarton und sagte, ich solle ihn mitnehmen.

»Was ist denn das?«, fragte ich.

»Eine Art Geschenk«, erwiderte er. Wie ich beim Hineingucken feststellte, lag ein dicker Stapel Druckfahnen darin. »Sie können ja schon einmal darüber nachdenken, in welcher Hinsicht wir das erste Kapitel überarbeiten sollten. Frohe Weihnachten, James.«

Von Jane bekam ich ein eher traditionelles Geschenk. Sie überreichte mir ein mit einer Schleife verziertes Päckchen und bestand darauf, dass ich es sofort öffnete. Unter dem Papier kam der neueste Roman von Agatha Christie zum Vorschein, *Die Kleptomanin.*

»Damit du dich nicht langweilst, während ich weg bin.«

Sie erwartete nicht, dass ich auch etwas für sie hatte. Aber ich gab ihr einen Umschlag aus rotem Krepppapier, in dem sich ein Paar zart geschmiedeter Silberohrringe verbarg, die ich bei einem Versandhändler bestellt hatte. Jane war begeistert und hielt sie sich sofort an die Ohrläppchen, um daraufhin ihr Spiegelbild im Fenster zu betrachten.

»Rufst du mich Weihnachten an?«, fragte sie, schob das Haar zurück und legte den Kopf in den Nacken.

»Ja, natürlich«, sagte ich.

»Wie sehen sie aus?«

»Wunderschön«, antwortete ich und dachte schon daran, dass sie mir sehr fehlen würde.

An Heiligabend wurde nichts unversucht gelassen, die Klinik von innen etwas fröhlicher erscheinen zu lassen. Wir hängten Papiergirlanden rund um die Fenster, und Mr. Hartley stellte einen Tannenbaum in der Eingangshalle auf. Zufällig kam ich gerade vorbei, als er seine Leiter und das Werkzeug wieder zusammenpackte. Der Schmuck, den er verwendet hatte, wirkte ausgesprochen alt, beinahe so, als ob er noch aus viktorianischer Zeit stammte: winzige Püppchen, Zinnsterne, Tiere aus Holz und Porzellanfigürchen. Ich machte eine Bemerkung über den altertümlichen Charme dieser Sachen, und Hartley sagte, er habe sie bei der Reparatur des Daches in der Bodenkammer des Türmchens gefunden. Als ich mir eine der kleinen Puppenfiguren genauer ansah, irritierte mich allerdings ihr finsterer, leerer Blick.

Während wir uns unterhielten, fiel mir auf, dass Hartley ziemlich blass aussah. Ein Schweißfilm zog sich über seine Stirn, und er zitterte. Er wirkte käsig, und seine Augen schimmerten wässrig und glasig.

»Ist mit Ihnen alles in Ordnung, Hartley?«, fragte ich.

»Ich glaube, ich habe mir was weggeholt, Sir«, antwortete er.

»Dann sollten Sie sich heute Nachmittag besser hinlegen.«

»Oh, das wird nicht nötig sein, Sir«, gab er mit markiger Höflichkeit zurück. »Das vergeht schon wieder.«

Leider erwies sich seine Konstitution als weniger robust. Einige Zeit später sprach mich Mrs. Hartley an. »Dr. Richardson, ich weiß ja, dass Sie viel zu tun haben, aber könnten Sie vielleicht einmal kurz nach meinem Mann sehen? Ihm geht es jetzt richtig schlecht. Wirklich richtig schlecht.«

Der Geruch von Krankheit umfing mich, sobald ich das Cottage des Hausmeisters betrat, und als ich an Hartleys Bett stand, stellte ich fest, dass er hohes Fieber hatte. Ganz offensichtlich hatte ihn eine schlimme Grippe erwischt. Ich gab ihm etwas Aspirin und sagte bedauernd: »Was für ein Pech, an Heiligabend. Das tut mir leid.«

Zurück auf der Männerstation, sah ich dann, wie Schwester Jenkins mit schmerzverzerrtem Gesicht ihre Schläfen massierte.

»Was ist denn?«, fragte ich.

»Ich habe Kopfschmerzen«, antwortete sie.

»Vielleicht sollten Sie ein Aspirin nehmen?«, schlug ich vor.

Sie deutete auf ein Tablettenröhrchen. »Habe ich schon.«

Eine Stunde später hatte sich ihr Zustand stark verschlechtert. Sie konnte kaum noch den Kopf hochhalten, und ihr war übel.

»Es hat keinen Zweck, dass Sie sich hier quälen«, sagte ich. »Sie sind zu krank, um zu arbeiten.«

»Aber ich habe nur vier Schwestern! Da kann ich mir doch nicht freinehmen!«

Ich überhörte ihren Protest und sah mir den Dienstplan an. »Dann muss Schwester Fraser eben eine Doppelschicht machen.«

Drei der männlichen Patienten sahen ebenfalls unwohl aus und hatten leicht erhöhte Temperatur. Eine der Frauen musste sich übergeben; ihr ging es offensichtlich auch nicht gut. Glücklicherweise waren die sechs Schläferinnen bisher noch nicht betroffen.

Im Laufe des Abends verlor ich eine weitere Schwester an die rasch um sich greifende Grippe, und mehrere Patientinnen klagten über Schmerzen und Unwohlsein. Ich versuchte, Maitland in London zu erreichen, aber er war schon auf dem Weg nach Norfolk, und als ich es dort versuchte, ging niemand an den Apparat. Daraufhin rief ich in Saxmundham an und erfuhr, dass man dort wegen einer Grippewelle ohnehin schon zu wenige Arbeitskräfte hatte. Sie konnten keine Schwestern abordnen – ebenso wenig wie das Krankenhaus in Ipswich.

Schwester Jenkins und ich hatten eine kleine Weihnachtsfeier für die Patienten geplant. Wir wollten die Musiktruhe in die Eingangshalle bringen, ein paar weihnachtliche Schallplatten hören und mit den Kranken von beiden Stationen, Männer wie Frauen, zusammen feiern. Ich hatte mir ein paar Gesellschaftsspiele vorgestellt, Weihnachtslieder und Berge von Fleischpastetchen; als ich jedoch in den Schlafraum hinunterging und feststellte, dass Schwester Brewer dort gerade ihr eigenes Erbrochenes aufwischte, war mir klar, dass daraus nichts werden würde.

Gegen vier Uhr morgens war ich der Letzte, der in Wyldehope die Fahne hochhielt. Die Nacht hatte ich damit zugebracht, zwischen den Stationen und dem Schlafraum hin und her zu eilen. Die meiste Zeit war ich damit beschäftigt, Bettzeug zu wechseln und den Boden mit Desinfektionsmittel zu wischen. In der Luft hing der Gestank verschiedenster Körperausscheidungen, und der ekelhafte Geruch setzte sich in meiner Kleidung und meinen Haaren fest. Ganz allein konnte ich die Essensvergabe und die Darmentleerungen bei den Schlafraum-Patientinnen nicht bewältigen. Mrs. Hartley war zwar noch da, aber sie hatte keine medizinische Ausbildung, und ich hielt es für nicht richtig, sie um ihre

Mithilfe zu bitten. Daher beschloss ich, die Schläferinnen für die nächsten vierundzwanzig Stunden weiter zu sedieren. Anschließend würden einige der Schwestern vielleicht noch nicht völlig genesen, aber doch wieder einigermaßen auf den Beinen sein und mir helfen können. Ich legte die Patientinnen an den Tropf, um sicherzustellen, dass sie genug Flüssigkeit bekamen, und fixierte sie mit den Segeltuchvorrichtungen, die wir sonst für die EKT benutzten.

Das Aussetzen der üblichen Routine konnte durchaus zu Problemen führen – Verstopfung, Hämorrhoiden und so weiter. Das war mir durchaus klar. Umgekehrt konnte es lebensrettend sein: Falls eine der Schlafraum-Patientinnen eine Grippeinfektion bekam, wäre es möglich, dass sie an ihrem eigenen Erbrochenen erstickte. Das würde aber nicht geschehen, wenn sie zuvor gar nichts gegessen hatte. Nur eine Bedingung war erforderlich, damit unter meiner alleinigen Leitung alles reibungslos ablaufen würde: Ich durfte mir die Grippe auf keinen Fall selbst einfangen.

Die Morgendämmerung zog über die überfrorene Heide, als ich mich über den glitschigen Pfad zur Unterkunft der Schwestern durchschlug. Schwester Jenkins öffnete, war aber sehr schwach und konnte sich nur auf den Beinen halten, indem sie sich gegen den Türpfosten lehnte. Die Schwestern hatten allesamt eine schlechte Nacht gehabt, wie ich erfuhr. Nach einem äußerst kurzen Gespräch unterbrach sie meine besorgten Nachfragen und erklärte mit rauem Nachdruck: »Gehen Sie zurück in die Klinik. Wenn Sie hier gebraucht werden, rufe ich Sie an.« So entließ sie mich. Erst, als ich wieder im Haupthaus war, fiel mir auf, dass sich keiner von uns beiden mit dem Austausch der Höflichkeiten aufgehalten hatte, die eigentlich an diesem Tag üblich waren.

Um sieben kam Mrs. Hartley. Ihre runden Wangen waren vor Kälte gerötet, und sie wirkte stark wie ein Pferd.

»Frohe Weihnachten, Dr. Richardson«, sagte sie und nahm eine kämpferische Haltung ein. Ganz offensichtlich war sie fest entschlossen, den Umständen zu trotzen.

»Auch Ihnen frohe Weihnachten, Mrs. Hartley. Wie geht es Ihrem Mann?«

»Ein bisschen besser. Er muss sich nicht mehr übergeben, aber ihm wird noch immer schwindlig, wenn er aufzustehen versucht.«

»Vergessen Sie nicht, ihm viel zu trinken zu geben.«

»Keine Sorge, Herr Doktor. Kann ich Ihnen ein Frühstück bringen?«

»Ja, vielen Dank, Mrs. Hartley. Das wäre großartig.«

Ich rief Maitland in Norfolk an und erklärte ihm, was geschehen war. Er war mit den Maßnahmen, die ich bezüglich der Schlafraum-Patientinnen ergriffen hatte, durch und durch einverstanden und lobte meine Eigeninitiative.

»Meinen Sie, Sie kommen zurecht?«, fragte er.

Ich nahm die Frage viel zu persönlich. In meinen Ohren klang sie wie eine Herausforderung, und ich antwortete ziemlich dumm: »Ja. Immer vorausgesetzt, dass ich nicht selbst krank werde.«

»Sehr gut. Falls Sie irgendwelche Symptome bei sich feststellen, fahre ich sofort nach Wyldehope.«

Als der Hörer wieder auf der Gabel lag, fragte ich mich, warum es mir stets so wichtig war, ihn zu beeindrucken.

Den ersten Weihnachtstag verbrachte ich damit, Essen auszuteilen, nach den Schlafenden zu sehen und Erbrochenes aufzuwischen. Nachdem Mrs. Hartley am Abend gegangen war, gönnte ich mir eine kurze Auszeit auf der Veranda.

Die frische Luft war belebend, und der klare Winterhimmel über dem Haus hing voller Sterne. Ich war erschöpft.

Im Schlafraum träumten die Patientinnen. Als ich zwischen ihren Betten herumging, fielen mir bei ihnen allen die typischen Anzeichen für den REM-Schlaf auf, Marian Powells Lippen öffneten und schlossen sich. Ich blieb an ihrem Bett stehen und betrachtete ihr Gesicht – die feldsteinscharf geschnittene Nase und die rötlich blonden Wimpern. Sie versuchte etwas zu sagen, und ich beugte mich zu ihr hinunter und wandte mein Ohr zu ihrem Mund. Zuerst hörte ich nur eine Art variierter Atmung, aber allmählich schälten sich Konsonanten heraus, und verständliche Wörter zeichneten sich ab. »Wach auf… wach auf.« Es war, als ob ihr Gehirn registriert hatte, dass eine Veränderung der täglichen Routine eingetreten war, und nun ein Alarmsignal gab. Zwar kommt es recht häufig vor, dass jemand im Schlaf spricht, aber während der Traumphase ist das relativ selten. Ich fragte mich, ob die Betäubung nachgelassen hatte, und sprach sie an: »Marian? Können Sie mich hören?«

»Wach auf!«, wiederholte sie. »Wach auf!« Es klang wie ein Befehl, und ich bekam das seltsame Gefühl, dass sie sich ganz direkt an mich wandte. Es machte mich ausgesprochen nervös.

Gleich danach begannen Sarah Blakes Lippen zu zittern, und sie atmete lang und hörbar aus – nicht in einem ununterbrochenen Atemzug, sondern moduliert. Als ich zu ihrem Bett trat, nahm ich ein leises Flüstern wahr: »Wach auf… wach auf.« Wieder lag eine leichte Gereiztheit, etwas Drängendes in dieser Ermahnung.

Hatte Sarah Blake tatsächlich Marian Powell reden hören und äffte sie nun nach? Das war zwar möglich, wie ich vermutete, aber das hatte ich noch nie zuvor beobachtet, nicht einmal in einem Schlaflabor. Es ließ mich die Effektivität der Schlafmittel anzweifeln. Vielleicht wurden die Schlafraum-Patientinnen allmählich immun dagegen? Vielleicht schliefen sie gar nicht so tief, wie ich beabsichtigt hatte. Ich konnte nicht riskieren, dass sie in meiner Abwesenheit zu sich kamen, und daher gab ich ihnen allen zusätzlich 15 Milliliter intramuskuläres Paraldehyd.

Als ich die Krankenblätter vervollständigte, merkte ich, dass ich zwischendurch immer wieder in Sekundenschlaf driftete. Ich war einfach sehr müde. Es würde hart werden, noch eine Nacht wach zu bleiben, und ich musste mich unbedingt rasieren und frischmachen. Ein kurzes Bad und ein wenig Zeit zum Umziehen, so sagte ich mir, waren absolut gerechtfertigt.

Ich stieg die Treppe hinauf, und als ich die Eingangshalle erreichte, drang ein seltsames, zartes Klingeln in mein Bewusstsein. Zunächst konnte mir nicht darüber klar werden, woher das Geräusch kam, das allmählich wieder verebbte. Dann sah ich den Weihnachtsbaum. Die Kugeln und Figuren bewegten sich und schaukelten leicht von einer Seite zur anderen. Zwar war mir sofort bewusst, dass an diesem Anblick irgendetwas seltsam war, aber es vergingen ein oder zwei Sekunden, bis mir klar wurde, worum es sich dabei handelte: Die Bewegungen betrafen nur einen Teil des Schmucks. Es war, als ob einzelne Kugeln berührt oder angestupst worden waren, andere wiederum nicht. Wäre ein Windzug die Ursache gewesen, hätte er alle gleichermaßen erfasst. Zwei kleine Figuren waren zu Boden gefallen: zwei von den Püppchen. Unter anderen Umständen hätte ich mich wahrscheinlich genauer umgesehen, aber ich war einfach zu müde. Ich wollte in die Badewanne. Nicht noch eine Begegnung mit dem Übersinnlichen.

Nachdem ich gebadet und mich rasiert hatte, zog ich mir frische Sachen an und fühlte mich gleich besser. Als ich mir das saubere, gestärkte Hemd zuknöpfte, fiel mir ein, dass ich es versäumt hatte, Jane wie versprochen anzurufen, und ein Blick auf meine Armbanduhr sagte mir, dass es jetzt dazu viel zu spät war.

Und dann tat ich etwas sehr Dummes.

Ich ging ins Schlafzimmer, streckte mich auf dem Bett aus und zündete mir eine Zigarette an. Ob ich sie aufrauchte oder nicht, weiß ich nicht mehr, denn ich schlief ein.

13

Als ich eine Stunde später wieder aufwachte, war alles schwarz. In meinem Hinterkopf lauerte das dumpfe Gefühl, dass ich jetzt eigentlich etwas tun sollte, ohne dass mir wirklich klar war, worum es sich dabei handelte. Schließlich löste sich meine Erstarrung, und die plötzliche Erinnerung an die Situation in der Klinik ließ mich mit einem Ruck aus dem Bett springen und nach dem Lichtschalter fassen. Das war eine Instinkthandlung, und erst, als der Schalter klickte und nichts passierte, erinnerte ich mich an etwas anderes: Bevor ich eingeschlafen war, hatte ich bei Licht auf dem Bett gelegen und geraucht. Ich drückte mehrfach auf den Schalter, aber das Zimmer blieb stur in Dunkelheit gehüllt. Laut fluchend tastete ich mich durch den Flur und glitt mit einer Hand über die Tapete, bis ich den dicken, auf Putz montierten Bakelitschalter fand. Doch als ich ihn betätigte, tat sich ebenfalls nichts – es gab kein Licht, aber auch keinen Knall, der darauf hingedeutet hätte, dass die Birne durchgebrannt war. Ein Stromausfall – das war die einzige Erklärung. Ungläubig schüttelte ich den Kopf und stöhnte: »Das auch noch! Was für ein Pech!« In einem der Nebengebäude befand sich ein Notstromaggregat, aber ich konnte es nicht bedienen, und das bedeutete, dass ich den armen Mr. Hartley wecken und von seinem Krankenlager hochscheuchen musste.

Schließlich stieß ich auf meine Streichhölzer. Ein kleiner

Rauchfaden ringelte sich in die Luft, und ich hustete, als mir der Phosphorgeruch in die Nase stieg. Vorsichtig schützte ich das Flämmchen mit der Hand und ging in die Küche, wo sich, wie ich wusste, in einer der Schubladen eine Kerze befand. Der Docht war schnell entzündet, und ich trat wieder in den Flur. Ein Geräusch ließ mich innehalten. Die Tür zu einem der leeren Zimmer schwang leise vor und zurück und quetschte dabei eine langsame, knarrende Tonfolge aus den rostigen Angeln: Je nachdem, wie die Tür sich bewegte, stieg sie an oder fiel ab, und das Tempo und die Länge der einzelnen Noten vermittelten den Eindruck einer kontrollierten Musikalität. Es war, als ob jemand diese Geräusche zu seinem Vergnügen hervorrief, und ich musste an die Spiele von Kindern denken, die dabei gerade solche Wiederholungen unendlich amüsant finden. Es war keine Zugluft zu spüren. Es gab keinen offensichtlichen, natürlichen Grund für dieses Phänomen. Mit kleinen, vorsichtigen Schritten näherte ich mich der hin und her schwingenden Tür, und als ich nahe genug gekommen war, packte ich den Griff und drückte sie zu. Die Bewegung war viel zu heftig und zu nervös, und beinahe hätte ich meine Kerze dabei ausgelöscht. Die Flamme tanzte, Schatten hüpften über die Decke. Einen Augenblick stand ich ganz still und erwartete beinahe zu sehen, wie der Griff sich bewegte und die Tür wieder aufsprang.

Im Treppenhaus erwies sich das Licht der Kerze als zu schwach im Kampf gegen die Dunkelheit, die vom Rand des lächerlich kleinen beleuchteten Kreises zu mir herandrängte. Es war eine Dunkelheit, in der ich mich völlig allein fühlte. Ich konnte ihre enorme Größe erahnen, die endlose Ausdehnung hinter den Mauern, über die Heide und die Marsch und das Meer. Die Finsternis des tiefsten Winters. Sie weckte Urängste, und ich verfiel in einen primitiven Zustand zitternder Unwissenheit, saß in der Höhle eines Steinzeitvorfahren und spähte von dort aus in eine Nacht hinaus, die unvorstellbare Schrecken barg. Ich wollte unbedingt, dass dieses schreckliche Gefühl des Alleinseins aufhörte, weil seine Endlosigkeit eine durchaus reale Bedrohung für meine geistige Gesundheit war. Dennoch dachte ich Sekunden später genau das Gegenteil, denn zu meiner Überraschung stellte sich heraus, dass ich gar nicht allein war. Ich hatte Gesellschaft.

Die Stille wurde von einem gedämpften, wiederkehrenden Geräusch unterbrochen. Jemand stieg die Treppe hinauf. Die Schritte waren klar erkennbar und jeweils von einem Echo begleitet. Es gab eine Pause, ein Seufzen, dann ging es weiter. Als erster Gedanke schoss mir durch den Kopf, dass es Hartley sein mochte, aber nein, das war äußerst unwahrscheinlich. Hartley schlief sicher tief und fest. Und wenn er doch aufgewacht war und gemerkt hatte, dass der Strom ausgefallen war, dann wäre er gleich zu den Nebengebäuden gegangen und hätte den Generator gestartet. So oder so, er würde nicht im Hauptgebäude herumlaufen, ohne eine Taschenlampe mitgenommen zu haben.

Etwas weiter unten protestierte ein streitsüchtiges Dielenbrett. Ich starrte in die Leere, und das brüllend laute Rauschen meines eigenen Blutes verstärkte sich noch. Nichts war zu erkennen. Ich hielt die Kerze in die Höhe und schwenkte sie über der Leere, aber das sorgte nur für eine hektische Umverteilung der Schatten. Die vergrößerten Silhouetten der Waldgeschöpfe umringten mich wie Raubtiere. Meine Augen starrten angestrengt in die Dunkelheit, und schließlich nahm ich die Andeutung von Formen und Bewegungen wahr. Ich sah eine Gestalt, die in einem langsamen, anstrengenden Aufstieg begriffen war. Eine bleiche Hand glitt mit einem leise zischenden Geräusch über das Geländer, und das lose Gewand ließ mich an eine Mönchskutte denken. Beinahe wäre ich vor Angst in Ohnmacht gefallen, und ein erstickter Schrei drang aus meinem offenen Mund.

»Dr. Richardson? Sind Sie das?«

Die flackernde Flamme setzte Michael Chapmans Gesicht im Treppenhaus zusammen. Was einer Mönchskutte ähnelte, war sein ausgebeulter Bademantel.

»Michael!« Die Erleichterung wurde schnell von neuer Anspannung verdrängt. »Was um alles in der Welt machen Sie denn hier?«

»Mein Bett«, erklärte Chapman. »Es hat sich so stark bewegt, das habe ich nicht mehr ausgehalten.«

»Aber Michael, wie sind Sie aus der Station herausgekommen? Die Tür war doch verschlossen.«

»Nein, sie war offen.«

»Das ist unmöglich.« Ein solcher Fehler konnte mir nicht unterlaufen sein. »Haben Sie den Schlüssel im Schreibtisch der Schwester gefunden?«

»Nein.« Er befeuchtete seine Oberlippe mit der Zungenspitze. »Das Licht geht nicht. Ich konnte gar nichts sehen. Wieso geht das Licht nicht, Dr. Richardson?«

»Wir haben einen Stromausfall.«

»Oben stand jemand mit einer Kerze. Ich hatte gehofft, dass Sie das sind. Das Bett hat gezittert und ist von einer Seite des Zimmers zur anderen gerollt. Mir ist schlecht geworden. Mr. Morley war vorhin auch schlecht, vielleicht hat sich sein Bett auch bewegt.«

»Er hat die Grippe. Kommen Sie, Michael, gehen wir wieder hinunter.«

»Diese neuen Tabletten, die Sie mir jetzt geben, die tun mir nicht gut. Ich fühle mich anders. Gar nicht mehr wie ich selbst.«

»Michael. Hören Sie zu. Sie müssen zurück in Ihr Zimmer.«

»Ich würde lieber hierbleiben, wenn es Ihnen nichts ausmacht.«

Ich ignorierte seinen Widerspruch. »Ich werde Mr. Hartley holen, damit er den Generator startet, und dann komme ich zu Ihnen. Gehen wir, Michael.«

»Nein«, wiederholte Chapman. So viel Sturheit sah ihm gar nicht ähnlich.

Er schob sich die letzten Stufen hinauf und blieb neben mir auf dem obersten Treppenabsatz stehen. In seiner Hand schimmerte etwas. Es war ein Fleischmesser. Offenbar sah er, dass ich unwillkürlich zurückwich, denn er versuchte vergebens, es in seiner Bademanteltasche zu verbergen.

»Michael?« Ich bemühte mich, ruhig zu bleiben. »Was haben Sie da?«

»Nichts.«

»Für mich sieht es nach einem Messer aus. Woher haben Sie das?« Er schüttelte den Kopf. Vermutlich war er durch den Speiseraum gestreift und hatte in Mrs. Hartleys Küche herumgestöbert. »Michael«, ich streckte die Hand aus, »das könnte sehr gefährlich sein. Bitte geben Sie es mir.«

»Nein.«

»Wozu wollen Sie denn ein Messer, Michael?«

»Um mich zu schützen.«

»Wovor? Hier müssen Sie sich vor nichts schützen.«

»Da bin ich anderer Meinung, Dr. Richardson.«

»Michael, geben Sie mir das Messer. Bitte.«

»Ist sie es? Ist sie zurückgekommen, um mich zu quälen?«

»Wer?«

»Die Schwimmerin. Das Mädchen.«

»Was meinen Sie damit, dass sie zurückgekommen ist? Zurück woher?«

»Sie war so ...« Seine Finger verkrampften sich und vollführten ein seltsames, leises Zudrücken, als träfen sie auf eine Art schwachen Widerstand. »Weich.«

»Wir sprechen weiter über das Mädchen, wenn wir unten sind«, sagte ich und wurde nun bestimmter. »Jetzt geben Sie mir das Messer.«

Er war nicht besonders kräftig, und ich traute es mir durchaus zu, ihn zu entwaffnen. Gerade überlegte ich mir, wie ich das am besten anstellen würde, und ging im Kopf bereits ein paar Bewegungen durch, als Chapman sich plötzlich versteifte. Sein ganzer Körper verkrampfte sich. Offensichtlich starrte er etwas an, das sich hinter mir befand. Seine Augen waren weit aufgerissen und traten leicht aus ihren Höhlen, so dass die Iris komplett zu sehen war und das Weiß drum herum schimmerte. Alles an ihm wurde starr, angespannt und wachsam. Ich fuhr herum und folgte seinem Blick. Er sah durch den hölzernen Türrahmen und fixierte einen Punkt ganz am anderen Ende des Flurs.

»Es kommt«, sagte Chapman.

Etwas an seiner Wortwahl, an der Unbestimmtheit des Pronomens ging mir durch Mark und Bein. Nichts ist Furcht erregender als das, was man nicht erklären kann, und nichts löst mehr Angst aus als das Unbekannte. Wenn ich gefasster gewesen wäre (und weniger in berufsbedingten Vorurteilen verhaftet), dann hätte ich vielleicht bemerkt, dass es sich bei Chapmans Pronomen nicht um eine Redewendung handelte, sondern um den Schlüssel. Leider war ich ausgerechnet in diesem Augenblick nicht in der Lage, die entscheidende Bedeutung zu erkennen.

»Bitte, Michael. Gehen wir nach unten.«

»Es kommt«, wiederholte er.

Ich zeigte in die Düsternis des Flurs und sagte wenig überzeugend: »Da ist nichts. Kommen Sie, Michael. Bitte. Geben Sie mir das Messer, und wir gehen …«

Mein Satz wurde von einem donnernden Krachen unterbrochen. Chapman und ich, wir duckten uns und zuckten zusammen, als wären wir unter Beschuss geraten. Jede Tür im Flur wurde wiederholt und mit übermenschlicher Schnelligkeit und Gewalt aufgerissen und wieder zugeschlagen. Das Krachen und Schlagen hielt etwa zehn Sekunden an und war dann ebenso unmittelbar vorbei, wie es angefangen hatte. Wir waren beide so entsetzt, dass wir erstarrt stehen blieben.

Ein kleiner Schauer »Konfetti« rieselte ins Treppenhaus; Flöckchen wirbelten durch die Luft, bevor sie zu meinen Füßen niederfielen. Ich bückte mich und hob eines der Stückchen auf. Als ich es näher an die Kerze hielt, stellte ich fest, dass es eng mit Druckschrift bedeckt war. Ich erkannte den Namen eines amerikanischen Pharmakonzerns, und mir wurde klar, dass ich einen Fetzen von Maitlands Druckfahnen vor mir hatte.

»Dr. Richardson.«

Chapmans Stimme klang vorsichtig und unsicher. Ich ließ den Papierschnipsel zu Boden fallen und sah auf. Eine Flammenzunge war erschienen. Ihre genaue Position war nur schwer zu bestimmen, aber meiner Schätzung nach schwebte sie irgendwo vor dem Badezimmer. Gerne hätte ich geglaubt, dass es sich um ein Trugbild handelte, dass sich vielleicht meine eigene Kerze auf dem Blatt einer offenen Tür spiegelte. Aber etwas passte nicht zu dieser Theorie. Die andere Flamme war viel zu niedrig.

Während ich sie genauer betrachtete, schien sie heller zu werden. Dann wurde mir klar, dass dies ein Irrtum war. Sie wurde nicht heller, sie kam auf uns zu.

Chapman zog das Fleischmesser aus seiner Tasche und hielt es vor sich ausgestreckt wie ein Schwert.

»Legen Sie das weg!«, bellte ich.

»Nein«, gab Chapman zurück. »Das mache ich nicht.«

Als die Flamme näher kam, machten Chapman und ich unwillkürlich ein paar Schritte rückwärts. Vielleicht trogen mich meine Augen, aber ich glaubte, eine Gestalt hinter dem hellen Schein ausmachen zu können, einen Umriss, der das Gehirn dazu einlud, fehlende Informationen zu ergänzen. Ich bin mir immer noch nicht sicher, was ich tatsächlich sah, aber die Dunkelheit schien Struktur zu bekommen. Sie legte sich rund um ein Gesicht, um ein kleines rundes Gesicht mit leeren, puppenhaften Zügen. Aus Verwirrung wurde Entsetzen, ich verlor die Beherrschung, und gerade wollte ich die Treppe hinunterflüchten, als die Zwischentür zum Flur zuschlug und jede Menge Luft dabei bewegte. Der gewaltige Schlag ließ das ganze Gebäude erbeben, meine Kerze ging aus, und völlige Dunkelheit umschloss uns.

Chapman drehte durch: »Bleib weg von mir, bleib weg!«

Ich hörte, wie die Klinge ganz in meiner Nähe durch die Luft pfiff.

»Nein, Michael«, rief ich, »bleiben Sie ruhig!«

Ich zog die Streichholzschachtel aus der Tasche, aber bevor ich ein Hölzchen anreißen konnte, fuhr Chapmans Messer in das Fleisch unterhalb meines Daumens. Die Schachtel fiel zu Boden, und ich brachte mich mit einem Sprung aus der Reichweite seiner Arme.

Das Pfeifen der Klinge verstummte, und er begann zu wimmern.

»So ist es besser«, versuchte ich ihn zu beruhigen. »Es wird alles wieder gut. Legen Sie das Messer weg. Hören Sie mich, Michael?«

Auf Knien tastete ich den Boden nach der Streichholzschachtel ab. Auf dem Treppenabsatz konnte ich sie nicht entdecken, und so arbeitete ich mich langsam auch die Treppenstufen hinunter, die ich systematisch von links nach rechts absuchte. Der Schnitt schmerzte inzwischen heftig, und meine Finger waren nass vor Blut.

Wieder ging die Zwischentür mit einem lauten Krachen auf. Michael schrie, und ich hörte, dass er wieder mit dem Messer herumfuchtelte.

»Bleiben Sie ruhig, Michael«, beschwor ich ihn. »Sonst fallen Sie noch die Treppe hinunter.«

Fieberhaft fuhren meine Hände über die Stufen.

»Oh du lieber Gott«, schluchzte Michael. »Was habe ich getan? Was habe ich getan?«

Unter meinem Knie gab etwas mit leisem Knacken nach. Hastig hob ich die platt gedrückte Schachtel auf, schob den Deckel zurück und nahm ein Streichholz hervor. Als ich es gerade anreißen wollte, fühlte ich einen Hauch kalter Luft an meinem Nacken. Eine spinnenwebhafte Liebkosung erkundete die Konturen meines Gesichts, und dann zog etwas mit heftigem Ruck an einem Büschel Haar. Es war ein hartes, gemeines Ziehen. Ich riss das Streichholz an und drehte mich um, und dabei erwartete ich, in die leeren Augen der Gestalt zu blicken, die ich halb gesehen, halb erahnt hatte, wie sie den Flur herunterkam. Aber da war nichts. Nur die Treppe, die sich in der Dunkelheit verlor. Das Streichholz brannte nieder, und ich zündete noch eines an. Meine Hände zitterten. Glücklicherweise hatte ich die Kerze nicht verloren und konnte nun den Docht wieder anbrennen.

Chapman hatte den Rücken gegen die Wand des Treppenhauses gepresst und den Kopf so weit zur Seite gedreht, dass seine Wange sich an die Tapete schmiegte. Er hatte die Augen geschlossen und hielt das Messer auf Armeslänge von sich gestreckt. Es war keine aggressive Haltung, sondern eine defensive, ein beinahe symbolisches Abwehren.

Ich stieg die Treppe empor und sagte: »Ich bin es nur, Michael.«

Vorsichtig löste ich seine Finger vom Griff der Klinge, einen nach dem anderen. Dann nahm ich ihm das Messer ab und steckte es in meine Jackentasche. Es war zu groß, um ganz darin zu verschwinden; der Griff ragte in schiefem Winkel ein wenig heraus. Nun betrachtete ich den Schnitt unter meinem Daumen. Er blutete noch immer stark und musste dringend verbunden werden. Mit gutem Zureden gelang es mir, Chapman von der Wand wegzulocken und ihn die Treppe hinabzuführen. Er schien unter Schock zu stehen, daher nahm ich seinen Arm und stützte ihn sanft. Als wir an dem ausgestopften Hirschkopf vorbeigingen, drückte er sich gegen mich, als wollte er dem Tier möglichst weit ausweichen. Etwas Wachs rann brennend heiß auf meine Finger.

Im Erdgeschoss sah ich, dass die Tür zur Männerstation sperrangelweit offen stand. Sofort überprüfte ich die Tür zur Frauenstation und die Eingangstür. Beide waren ordentlich abgeschlossen.

Wir betraten die Station, und im gleichen Augenblick begann die Lampe auf dem Schreibtisch im Schwesternzimmer zu flackern und brannte wieder. Ich probierte den nächsten Lichtschalter aus und stellte fest, dass auch das Deckenlicht funktionierte. Dass der Stromausfall und die Poltergeistaktivitäten zur gleichen Zeit stattgefunden hatten, ließ mich allerdings vermuten, dass beides zusammenhing. Ich blies die Kerze aus, goss das flüssige Wachs in einen Papierkorb und legte den Stummel auf die Tischplatte.

»Kommen Sie, Michael«, sagte ich. »Ich bringe Sie ins Bett.«

Als wir vor Chapmans Zimmer standen, wollte es mir jedoch nicht gelingen, die Tür zu öffnen. Zuerst dachte ich, sie sei auf unerklärliche Weise verschlossen worden – so wie die Stationstür auf ebenso unerklärliche Weise *aufgeschlossen* gewesen war. Trotzdem versuchte ich, sie aufzustemmen, und merkte, dass sie nun ein kleines bisschen nachgab. Auf der anderen Seite befand sich irgendetwas Schweres. Mit einer neuerlichen Kraftanstrengung schaffte ich es, die Tür zumindest so weit aufzudrücken, dass ich mich durch den Spalt hindurchquetschen konnte, und sofort sah ich, dass es Chapmans Bett war, das die Tür blockierte. Es war natürlich unmöglich, dass er es selbst dorthin geschoben hatte. Ich packte den Metallrahmen und bugsierte es wieder an seinen gewohnten Platz.

Chapman wartete draußen und starrte mit leerem Blick auf seine Pantoffeln. Ich brachte ihn ins Bett und gab ihm eine Spritze Sodium-Amobarbital.

»Es tut mir leid, Dr. Richardson«, sagte er und atmete hörbar aus, während ihm schon die Augen zufielen. »Das mit dem Messer. Ich wollte nicht …« Er sah auf meine Hand.

»Ich weiß, Michael. Das war ein Unfall. Ruhen Sie sich jetzt aus.«

»Ist sie das? Was glauben Sie? Die junge Frau. Kommt sie zurück, um mich zu bestrafen?«

»Ich weiß nicht, Michael.«

Er schloss die Augen, und zwei Minuten später schnarchte er.

Nun machte ich die Runde bei den anderen Patienten, die glücklicherweise alle schliefen. Dann verband ich meine Wunde und sah nach den Frauen. Eine von ihnen hatte sich übergeben, und ich musste sie frischmachen und das Bett neu beziehen. Im Keller war alles still. Keine der Schläferinnen träumte. Nach einem zweiten Rundgang durch die Stationen und den Schlafraum, den ich bereits etwas entspannter hinter mich brachte, hatte ich mich überzeugt, dass während meiner Abwesenheit nichts Ungehöriges geschehen war.

Erneut fand ich mich in der Eingangshalle wieder, und ich setzte mich auf die unteren Stufen der Treppe und versuchte, meine Gedanken zu sammeln. Ein Kreis aus dunkelgrünen Nadeln lag rund um den Fuß des Weihnachtsbaums, und Tannenduft hing in der Luft. Mein Kopf war seltsam leer, und ich fühlte mich innerlich taub. Die ganze Aufregung und die Angst schienen alle Emotionen aus mir herausgesaugt zu haben. Ich ließ den Kopf gegen eine Geländerstrebe sinken, und sofort verschwamm die Welt vor meinem Blick. Ich wollte nur noch die Augen schließen und schlafen.

Zuerst konnte ich das Geräusch nicht einordnen. Es begann als ganz kleine Unterbrechung, als etwas, das sich zwischen die aufgetürmten Stilleschichten schob. Aber es genügte, damit ich mich aufsetzte und lauschte. Das Geräusch wurde lauter und entwickelte eine mechanische, brummende Tiefe. Es war ein Auto. Die Frequenz änderte sich, der Fahrer steuerte nun über unwegsames Gelände. Ich stand auf, ging zur Eingangstür und schloss sie auf.

Die Sterne am Himmel waren nicht mehr zu sehen, und es fiel leichter Schnee. Zwei kräftige Scheinwerfer beleuchteten die niedrigen Büsche und die Heide, als das Fahrzeug sich über die schräge Kurve der Auffahrt näherte. Vielleicht, dachte ich, war Maitland aus Norfolk gekommen, um selbst auszuhelfen. Da ich wusste, wie viel Wert er auf makellose Kleidung legte, rückte ich meinen Schlips zurecht und knöpfte mir die Jacke zu. Die hellen Lichtkegel blendeten mich, und ich konnte das Auto an sich nicht richtig sehen, den Fahrer schon gar nicht. Zwar kniff ich die Augen zusammen und versuchte, sie mit der Hand zu beschatten, aber das half nicht viel.

Der Wagen kam direkt vor mir zum Stehen. Selbst noch an der Tür fühlte ich die Wärme, die von ihm ausstrahlte, und nahm den stechenden Geruch der Abgase wahr. Der Motor heulte noch einmal auf, dann war er still; die Scheinwerfer wurden dunkler und gingen dann ganz aus. Die Fahrertür schwang auf, und ich sah, wie ein Mann ausstieg, der einen Mantel trug.

»Hallo, Richardson.« Es war Osborne. Er machte einen ungelenken Schritt auf mich zu und schwankte dabei nicht wenig. Ein weißer Seidenschal hing um seinen Hals, und in einer Hand hielt er eine Flasche. »Frohes Fest!«

»Verdammt noch eins, Osborne, was machen Sie denn hier?«

»Na, immer mit der Ruhe. Nicht, dass mich Ihre Dankbarkeit noch von den Socken haut.«

»Tut mir leid, ich wollte nicht den Eindruck erwecken …« Beschämt ließ ich den Satz ins Leere laufen. »Ich hatte Sie nicht erwartet, das ist alles. Ich hatte niemanden erwartet.«

Er stolperte mir entgegen. »Hab gehört, dass Sie ziemlich in der *merde* stecken. Dachte mir, ich komm mal rum und guck nach, wie es bei Ihnen aussieht.«

»Wie haben Sie davon erfahren? Man hatte mir gesagt …«

Er tat meine Frage mit einer weit ausholenden Geste ab und grätschte in meinen unvollendeten Satz: »Richardson, ich will jetzt nicht pingelig sein oder so, aber können wir vielleicht ins Haus gehen? Es wird allmählich doch ziemlich frisch hier draußen.«

»Ja. Ja, natürlich.«

Ich hätte nie gedacht, dass ich mich einmal freuen würde, Osborne zu sehen, doch das tat ich wirklich, und zwar nicht zu knapp.

Wir traten in die Eingangshalle, und ich schloss die Haustür ab. Osborne betrachtete den Weihnachtsbaum und fing an zu lachen. »Ach du meine Güte. Ist Mr. Dickens zu Hause?« Dann wandte er sich wieder mir zu. Seine Haltung änderte sich ein wenig, als er wachsam den Kopf leicht zur Seite neigte. »Was ist denn mit Ihnen passiert?«

Ich hob die Hand. Der Verband war blutgetränkt. »Der Strom ist ausgefallen. Und ich hatte einen Unfall.«

»Der Strom ist ausgefallen?«

»Ja, für ein paar Minuten ging überall das Licht aus.«

»Was haben Sie denn gemacht? Gemüse geschnippelt?«

»Tatsächlich musste ich vorhin in der Küche aushelfen.« Osborne verzog den Mund zu einem überlegenen Grinsen und ging zum Fuß der Treppe. Mir fiel auf, dass er unter seinem Mantel einen Abendanzug trug. Er lehnte sich gegen das Geländer und sagte: »Ich bin direkt aus dem Golfclub hierhergefahren. Von der Weihnachtsfeier.«

»Ach?«

»Ja.« Die Silbe zog er in die Länge. Dann beugte er sich leicht nach vorn und bedeutete mir, näher zu kommen. »Was für ein Abend.«

»Wie meinen Sie?«

»Mit Frauen ist das so eine Sache …« Mein verblüfftes Gesicht ermunterte ihn, weiterzureden. »Die Frau vom Vorsitzenden. Wir waren uns schon richtig hübsch nahegekommen – so ganz gemütlich in der Garderobe –, da hat sie es sich plötzlich wohl anders überlegt. Also wirklich, die Frauen wissen nicht, was sie wollen! Erst konnte sie gar nicht von mir lassen, und dann …« Osborne schüttelte den Kopf und rülpste hinter vorgehaltener Faust. »Entschuldigung. Die Leberpastete war ein bisschen schwer.« Kurz schien er dunkleren Gedanken nachzuhängen. »Jedenfalls«, fuhr er fort, »wurde ich gestern gefragt – oder war das schon vorgestern? –, ob ich hierherkommen und Sie unterstützen könnte, weil es bei Ihnen so und so aussähe. Ich muss ehrlich zugeben, mein erster Gedanke war, das ist doch nicht mein Problem. Ich habe dann gar nicht mehr weiter dran gedacht. Aber kurz nach meinem doch recht unbefriedigenden Scharmützel mit der Frau vom Vorsitzenden saß ich in meinem Auto, rauchte eine Zigarre und versuchte, mir über die ganze Lage klar zu werden, und plötzlich fielen Sie mir wieder ein und die … Klemme, in der Sie stecken.«

Er tastete seine Taschen ab und zog schließlich ein Schnapsglas hervor, das er mit Whisky füllte. Dann reichte er mir das Glas, sagte »Prost« und nahm selbst einen Schluck aus seiner Flasche. Ich legte den Kopf in den Nacken und kippte mir den Single Malt hinter die Binde. Er schmeckte bemerkenswert gut: warmes Karamell und Holzrauch.

»Den haben Sie wohl gebraucht, was?«, sagte Osborne. »Hier, nehmen Sie noch einen.« Er füllte nach, und ich stürzte das zweite Glas ebenso schnell herunter wie das erste. »Also, Richardson, ich muss sagen, *entre nous*, Sie sehen nicht gerade taufrisch aus. Und ist das da ein Fleischmesser in Ihrer Tasche?«

»Ich habe seit ein paar Tagen nicht geschlafen. Das war nicht gerade leicht.«

»Das ganze Gemüse, ich verstehe schon.« Er schraubte seine Whiskyflasche wieder zu und hielt sie mir hin. »Sie sind ja total erledigt. Warum gehen Sie nicht ins Bett?«

»Sie sind ziemlich betrunken, Osborne.«

»Ach, ich komme schon zurecht.« Er bemerkte meinen zweifelnden Gesichtsausdruck. »Ganz bestimmt.«

»Sind Sie sicher?«

»Klar.«

Ich sah auf die Uhr. Es war halb fünf. »Es ist sonst niemand hier. Die Schwestern haben die Grippe.«

»Das ist schlimm zurzeit, nicht wahr? Wir haben in Saxmundham auch jede Menge Ausfälle.«

»Ein paar der Patienten sind ebenfalls krank. Achten Sie darauf, dass Sie *alle* im Auge behalten. Sie sind sehr stark sediert.«

»Ja, ja. Keine Sorge, Richardson. Ich habe den Job im Griff.«

»Ich hoffe, dass sich bis morgen einige der Schwestern erholt haben. Ich konnte die Versorgungsroutine im Schlafraum allein nicht durchführen, daher habe ich die EKT-Decken benutzt, um die Patientinnen zu fixieren, und sie alle an den Tropf gehängt.«

»Das klingt vernünftig.« Osborne zog sich den Mantel aus und sagte: »Dann gehe ich zuerst mal nach unten. Haben Sie die Schlüssel?«

Ich löste ein klapperndes Bund von meinem Gürtel und warf es Osborne zu. Er fing es mitten im Flug mit einem schnellen Griff, und ein selbstzufriedenes Lächeln zog über sein Gesicht: *Sie haben wohl gedacht, ich würde danebengreifen, was?* Den Mantel hatte er sich nun locker über die Schulter gehängt.

»Osborne?«

»Ja.«

»Das war sehr anständig von Ihnen, einfach hier vorbeizukommen.« Er grinste und wandte sich zum Gehen. »Nein, wirklich, Osborne. Das werde ich Ihnen nicht vergessen.«

»Immer mit der Ruhe, Richardson. Sie haben wohl am Sherry genippt?«

»Wissen Sie, Osborne, manchmal können Sie einem wirklich richtig auf die Nerven gehen.«

»So ist es besser! Ich fing schon an, mir Sorgen um Sie zu machen.«

Als ich die Treppe emporstieg, hörte ich, wie er die Melodie zu »I'll See You In My Dreams« pfiff.

Oben angekommen, stellte ich fest, dass die Tür zu meiner Wohnung noch immer offen stand, und ein Keil gelben Lichts unterteilte den Flur. Er kam aus dem Schlafzimmer. Als ich vorhin die Lampe ausprobiert hatte, hatte ich sie offensichtlich angeschaltet gelassen. Ich zog mich aus, trank den Rest des Whiskys und trat ans Bett. Als ich die Decke zurückschlug, machte ich entsetzt einen Schritt rückwärts.

Auf dem Laken lag etwas. Es war eine Puppe. Eine der Puppen vom Weihnachtsbaum.

Ich schlief nur fünf Stunden. Vielleicht war es die Kälte, die mich weckte. Obwohl die Heizkörper alle aufgedreht waren, zog sich von innen eine Eisschicht über die Fensterscheiben. Ich machte mich frisch, zog mich an und kochte mir eine Tasse Tee. Der Blick aus den Fenstern war herrlich. Unter einem wolkenlosen Himmel lag die Heide schneeüberzogen da, und ein violetter Dunst hing noch über dem Horizont. Osbornes Sportwagen hatte sich in eine Skulptur mit sanften Konturen und geglätteten, abgerundeten Rändern verwandelt. In regelmäßigen Abständen fegte der Wind lange Schleier aus pulverisiertem Eis in südliche Richtung. Diese unbefleckte Aussicht stand allem entgegen, was sich letzte Nacht ereignet hatte – den wandernden Schatten, den zuschlagenden Türen und den Geistererscheinungen. Es schien zu einer anderen Welt zu gehören, einer Welt aus Fieberträumen und Wahnsinn. Als ich jedoch meine Hand aufs Fensterbrett legte und der blutige Verband in mein Blickfeld geriet, wurde ich an ihre unbestreitbare und schreckliche Wirklichkeit erinnert.

Was sollte ich nur tun?

Ich *musste* nicht hierbleiben. Natürlich konnte ich jederzeit kündigen. Aber dann würde mir die Chance entgehen, als Ko-Autor an Maitlands Lehrbuch mitzuarbeiten. Ich dachte an die Villenwohnung in Hampstead, von der ich geträumt hatte, wie Jane vor einem offenen Kamin saß, die Beine unter sich geschlagen, an ein angemessen elegantes Beförderungsmittel, das vor der Tür parkte, und an Urlaube in Südfrankreich. Das alles wollte ich wegen eines Poltergeists nicht einfach aufgeben.

Diese Überlegungen brachten mich zu dem Entschluss, dass ich Jane alles erzählen wollte, wenn sie wieder zurückkam. Wir kannten uns jetzt gut genug. Allein die Vorstellung, mit jemandem reden zu können, reichte aus, um das Geschehene ins rechte Licht zu rücken. Mary Williams hatte aufgrund ihrer psychischen Labilität den Tod gefunden. Sie war eine junge Frau, deren Familie einer Sekte angehörte, und wahrscheinlich war ihr Gehirn seit ihrer Geburt mit allem möglichen Blödsinn über Teufel und Dämonen überfrachtet worden. Ihre *Angst* hatte Mary Williams getötet. Auch wenn es recht beunruhigend war, in einem Spukhaus zu leben – gefährlich war es nicht. Wenn Mary Williams nicht so viel Angst gehabt hätte, wäre sie noch am Leben. Ich trank meinen Tee aus, stellte die Tasse in die Spüle und ging nach unten.

Auf der Männerstation stieß ich auf Osborne, der sich halb über den Schreibtisch ausgestreckt hatte, den Kopf in die Armbeuge gebettet, und schlief. Ich legte ihm die Hand auf die Schulter und schüttelte ihn leicht, bis er mit einem Ruck erwachte.

»Ach, Sie sind's«, sagte er und wischte sich ein wenig Speichel aus dem Mundwinkel. »Ich bin wohl eingenickt.« Dann sah er sich nervös um. »Schwester Jenkins ist nicht hier, oder?«

»Nein.«

»Sie ist schon wieder auf den Beinen, müssen Sie wissen. Zwar noch ein wenig unsicher, aber so energisch wie eh und je.« Er rieb sich die Stirn und stöhnte. »Ich glaube, ich habe es letzte Nacht ein wenig übertrieben.«

»Kleinen Augenblick.« Ich holte ihm ein Glas Wasser und zwei Aspirin.

»Oh, besten Dank, Richardson. Das ist genau das Richtige.«

Wie ich erfuhr, hatte Osborne am Morgen schon viel zu tun gehabt – vielleicht ein bisschen zu viel für einen Mann mit einem üblen Kater. Unterstützt von Mrs. Hartley, hatte er zusammen mit Schwester Jenkins allen Patienten ihr Frühstück gebracht, sogar den Frauen im Schlafraum. Die intravenöse Flüssigkeitsversorgung hatte er daher entfernt, und offenbar war Schwester Jenkins fest entschlossen, überall wieder Normalität einkehren zu lassen. »Ich musste zwei Einläufe verabreichen«, sagte Osborne kopfschüttelnd. »Ich bete zu Gott, dass die Schwestern bald wieder gesund sind, sonst streiche ich die Segel.« Sein Gesichtsausdruck war ungewöhnlich ernst. Ich überließ ihn seinen Fluchtphantasien und ging in den Schlafraum hinunter, wo Schwester Jenkins die Rollwagen mit Medikamenten auffüllte. Sie sah blass und hager aus. Doch sie war eine Frau mit viel Entschlossenheit, und ich wusste, dass es sie beleidigt hätte, wenn ich ihre Einsatzfähigkeit infrage gestellt hätte. »Ich habe mit Schwester Fraser gesprochen«, sagte Schwester Jenkins. »Sie wird in ein paar Stunden wieder zur Arbeit kommen, und ich gehe davon aus, dass Schwester Hunt um zwei Uhr zu uns stößt.« Sie hielt sich die Hand vor den Mund und hustete. »Wenn Mrs. Hartley weiterhin bei guter Gesundheit bleibt, werden wir diese Krise vielleicht überstehen.«

Zusammen mit Osborne nahm ich einen Mittagsimbiss ein, und danach setzten wir uns zum Rauchen in den leeren Speiseraum. Durch die bis zum Boden reichenden Fenster sah ich, wie sich draußen dicke Wolkenberge auftürmten. Osborne war ein wenig geistesabwesend. Erst führte ich das auf seinen Kater zurück, aber im Laufe unserer Unterhaltung merkte ich, dass ihn etwas anderes beschäftigte. Er grübelte über seinen gescheiterten Annäherungsversuch nach. »Ich meine, sie hatte mich doch ermutigt. Sie war es, von der die Initiative ausging. Wahrscheinlich habe ich mir ein paar Freiheiten erlaubt, aber was soll ein Mann in einer solchen Situation denn sonst tun?« Ganz offensichtlich machte er sich Sorgen wegen seines Verhaltens und der möglichen Folgen, was ihn jedoch nicht davon abhielt, von zukünftigen amourösen Abenteuern zu träumen. Schon bald hatte er die Schwestern beim Wickel. »Schwester Brewer ist ja ganz hübsch, aber sie kann überhaupt keinen Spaß vertragen. Und Schwester McAllister auch nicht. Dabei ist sie eine so beeindruckend ausgestattete Frau.« Er zeigte ein lüstern amüsiertes Grinsen. Normalerweise hätte ich sein dummes Geplapper ignoriert oder ihn unterbrochen, aber unter den gegebenen Umständen fühlte ich mich genötigt, ihn gewähren zu lassen, nachdem er mir mitten in der Nacht zu Hilfe geeilt war – selbst, wenn er das bloß aus einer Bierlaune heraus getan hatte. Wie zu erwarten, kam er irgendwann zu einem wenig überraschenden Schluss: »Wenn ich mich nicht sehr irre, dann gibt es nur zwei Schwestern, auf die es sich anzulegen lohnt: Gray und Turner. Und wissen Sie, es ist so, Richardson, ich will nicht, dass wir uns deswegen zoffen. Ich habe Ihnen genug Zeit gelassen, um Ihrerseits Interesse zu bekunden, und Sie haben nun mal beschlossen, ein ganz Harter zu bleiben.« Zufrieden mit seiner kleinen Zweideutigkeit, zündete er sich noch eine Zigarette an und hob die Augenbrauen.

»Tun Sie, was Sie nicht lassen können, Osborne.«

»Gray und Turner.« Er deutete mit den Händen zwei Waagschalen an. »Turner und Gray. Eine schwierige Entscheidung, meinen Sie nicht auch?«

»Sie sind beide sehr attraktiv.«

»Aber letzten Endes denke ich doch, es läuft auf die hübsche Jane hinaus.« Er hielt inne und wartete meine Reaktion ab. Als keine kam, fuhr er fort: »Ja, ich denke, ich werde mal sehen, ob ich bei Schwester Turner Chancen habe.«

Es lag etwas Lächerliches, ja beinahe Trauriges in der Tatsache, dass er so gar nichts erfasste. Inzwischen erschien er mir nicht mehr eingebildet und arrogant, sondern völlig verblendet. Ein Hanswurst, ein Besenkammer-Schürzenjäger, der gerade jene Frauen völlig falsch einschätzte, die er verführen wollte, und denen er dann Wankelmütigkeit vorwarf, wenn er sich durch seine unangemessenen Übergriffe eine schallende Ohrfeige eingefangen hatte.

»Was macht Sie da so zuversichtlich?«, fragte ich mit gelangweiltem Desinteresse.

»Oh, sie ist bestimmt für jede Menge Spaß zu haben.« Er tippte sich mit wissendem Gesichtsausdruck seitlich an die Nase.

»Woher wollen Sie das wissen?« Leichte Verachtung hatte sich in meine Stimme geschlichen.

Er beugte sich zu mir herüber. »Kurz nachdem diese Klinik den Betrieb aufnahm«, begann er und sah verschwörerisch über seine Schulter, »hatten wir hier eine Patientin, eine Frau mit Depressionen, die auch an Asthma litt. Oft bekam sie nachts schlimme Anfälle. Eines Nachts schlief ich schon, als mich die diensthabende Schwester rief, weil die Patientin keuchte und angeblich schon blau anlief. Ich stand auf, eilte auf die Station und klärte die Lage. Es war nicht halb so schlimm, wie die Schwester gedacht hatte, aber zur Sicherheit ging ich nach oben, um etwas Cortison zu holen. Damals wurden alle Medikamente noch in einem Schrank im ersten Stock aufbewahrt, wo jetzt die Ambulanzräume eingerichtet sind. Es war wohl ungefähr halb drei. Ich hatte gerade das Licht ausgeschaltet und wollte wieder nach unten gehen, als sich die Tür von Maitlands Büro öffnete. Natürlich erwartete ich, der Chef würde rauskommen. Tat er aber nicht. Dafür erschien jemand anderes.« Wieder tippte er sich an die Nase.

Ein Finger aus Eis schien über meinen Nacken zu streichen.

»Woher wollen Sie wissen, dass Maitland im Zimmer war?«, fragte ich.

»Sein Auto stand draußen.«

»Damals war sicher viel zu organisieren, um Personal und Ausrüstung von der Londoner Klinik hierher zu verlegen. Vielleicht hatten sie nur eine dringende Lagebesprechung und so spät noch zu tun. Vielleicht war Schwester Jenkins auch noch mit bei Maitland.«

»Lassen Sie mal gut sein, Richardson. Unter der Tür war kein Licht zu sehen. Irgendwelchen Verwaltungskram hätten sie wohl kaum im Dunkeln geklärt.«

»Hat Schwester Turner Sie gesehen?«

»Ja. Wahrscheinlich habe ich sie ganz schön erschreckt.«

»Was hat sie gesagt?«

»Nichts. Sie hat mich nur angestarrt und ist einfach an mir vorübergegangen. Ganz ehrlich, ich war ziemlich beeindruckt. Andere Frauen hätten sich in so einer Situation völlig aufgelöst. Sie wusste Bescheid, dass ich Bescheid wusste, und das war alles. Sie hat die Sache nicht noch dadurch verschlimmert, dass sie versucht hätte, mir irgendeine Erklärung aufzutischen.« Er schnippte Asche in seine Teetasse und ergänzte: »Ich denke mir nun, wenn sie sich für den alten Maitland erwärmen kann – einen verheirateten Mann über fünfzig –, dann bestimmt auch für mich.« Mir wurde plötzlich übel. »Verdammt, Richardson! Jetzt hat Sie diese Grippe doch wohl nicht auch noch erwischt? Sie sehen ja schrecklich aus.«

»Vielleicht ist es tatsächlich so. Tut mir leid. Entschuldigen Sie mich.« Ich stand so schnell auf, dass ich beinahe den Stuhl umwarf. Osborne musste ihn festhalten. Ich ließ ihn im Speiseraum zurück und riss schnell die Tür zur Männerstation auf. Kaum dass ich die Toilette erreicht hatte, fiel ich auf die Knie und erbrach mich in die Kloschüssel.

14

In den nächsten Tagen funktionierte ich wie ein Roboter. Nach außen erschien ich ganz normal: Ich gab Medikamente aus, ordnete EKT-Behandlungen an und schrieb Berichte. Aber innerlich kochte ich vor Wut und musste immer wieder an Jane und Maitland denken. Ein endloser Strom von Fragen ging mir durch den Kopf. Wie hatte ihre Affäre begonnen? Hatte sie lange gedauert? War Maitland, der mehr als doppelt so alt war wie sie, Jane wirklich attraktiv erschienen? Ich rekonstruierte in meinem Kopf die Phasen ihrer Beziehung und merkte, dass meine glühende Phantasie eine zusammenhängende Geschichte erschaffen wollte. Blicke, Berührungen, Lächeln und kleine Gefälligkeiten. Treffen in Maitlands Büro. Vielleicht auch einmal ein Abendessen, diskret irgendwo in der Nähe des Braxton Clubs. Es war, als hätte mir ein Privatdetektiv einen Stapel Fotos überlassen. Jedes Bild zeigte die beiden in zunehmend kompromittierenden Posen und lief stets auf dieselbe Schlusseinstellung hinaus: Jane, die sich nackt auf Maitlands Chesterfield-Sofa räkelte, die nackte Haut vom Mondlicht silbern angestrahlt. Zwischendurch versuchte sich manchmal eine kleine, kritische Stimme Gehör zu verschaffen, die mich drängte, Jane nicht schon vorab zu verurteilen, aber es fiel mir schwer, unter diesen Umständen nicht alle Hoffnung aufzugeben. Was Osborne gesehen hatte, schien nur eine einzige, ziemlich schmutzige Interpretation zuzulassen.

Allmählich kehrte in Wyldehope Normalität ein. Osborne fuhr nach Saxmundham zurück, und die Schwestern, die über Weihnachten ausgefallen waren, meldeten sich nach und nach wieder zum Dienst. Auf der Männerstation erkrankten zwei weitere Patienten an der Grippe, aber glücklicherweise blieben sie die einzigen neuen Fälle. In dieser Zeit rief Maitland jeden Tag in der Klinik an. Persönlich erschien er dann am 2. Januar, und sofort suchte er das Gespräch. »Gut gemacht, James«, sagte er und klopfte mir auf die Schulter. »Ich stehe in Ihrer Schuld.« Wir gingen in sein Büro, und er dankte mir noch einmal dafür, dass ich die »Krise« gut gemeistert hatte. Zwar bekam ich mit, dass er einige Klischees bemühte und von der »schwersten Stunde« und dem »Ruf der Verantwortung« sprach, aber ich war nicht in der Lage, mich wirklich auf sein Lob zu konzentrieren. Das Sofa und die unsachgemäße Verwendung, die es zweifelsohne erfahren hatte, lenkten mich immer wieder ab. Trotzdem hielt ich meine Gefühle im Zaum und gab Maitland keinen Anlass zu der Vermutung, dass etwas nicht stimmte.

Jetzt wurde mir sein Alter plötzlich bewusst, die faltige Haut am Hals, die Pigmentflecken auf der Haut, der Spitzbauch, den auch die teuren Maßanzüge nicht ganz verbergen konnten, die grauen Strähnen im Haar sowie die Gesichtsfarbe, die auf Maßlosigkeit hindeutete und seine große Nase betonte. Mein Blick blieb an seinen groben Händen hängen – Hände, mit denen er die intimsten Körperstellen einer Frau berührt hatte, die ich bis vor einer Woche hatte heiraten wollen. Schließlich wurde das alles zu viel für mich. Unter einem dünnen Vorwand entschuldigte ich mich und eilte zur Tür.

Bevor ich ging, fragte er: »Haben Sie die Druckfahnen schon gelesen?«

»Nein«, sagte ich. »Dazu war keine Zeit.«

»Ach, natürlich.« Er lächelte. »Wie dumm von mir.«

Jane kehrte am Tag darauf ebenfalls zurück. Mit einem Gefühl der Beklommenheit betrat ich die Frauenstation, weil ich schließlich wusste, dass sie dort sein würde. Sie stand im Flur und ließ sich gerade von Schwester Jenkins einige Anweisungen geben. Es ist fast unmöglich zu beschreiben, was ich in diesem Augenblick fühlte, aber vermutlich passt der Ausdruck »verwirrt« am ehesten. Wut und Verlangen rangen miteinander, und die Wut siegte. Jane wandte sich um, nahm meine Anwesenheit mit gespielter Gleichgültigkeit zur Kenntnis und nickte weiter zu Schwester Jenkins' Ausführungen. Ich beschäftigte mich mit den Patientinnen, bis die Oberschwester gegangen war.

Jane lächelte breit, als ich mich dem Schwesternschreibtisch näherte.

»Frohes neues Jahr.«

Meine Gesichtsmuskeln fühlten sich verkrampft an, aber es gelang mir zu antworten: »Frohes neues Jahr.«

»Was hast du denn mit deiner Hand gemacht?«

»Das ist nur ein Kratzer. Ich habe in der Küche nicht aufgepasst.«

Sie stand auf, ließ ihren Blick über den Flur schweifen und küsste mich schnell auf den Mund. »Du hast mir gefehlt.« Sie zog schmollend eine Schnute und fuhr fort: »Du hast nicht angerufen.«

»Ich hatte ziemlich viel um die Ohren.«

Der Schmollmund verwandelte sich wieder in ein Lächeln: »Ich weiß. Schwester Jenkins hat mir alles erzählt. Sie hat gesagt, du warst der Retter des Tages.«

»Osborne hatte auch seinen Anteil daran.«

»Tja, wer hätte das gedacht.«

Wir erzählten uns von unseren jeweiligen Weihnachtserlebnissen, aber ich merkte, dass meine Stimme dabei immer flacher klang und schließlich einen gestelzten Ton annahm. Ein- oder zweimal sah Jane mich verwundert an und fragte: »Geht es dir gut?« Ich tat ihre Besorgnis als unbegründet ab und erklärte, ich sei eben noch immer müde, nachdem ich in der Woche zuvor mit so wenig Schlaf hatte auskommen müssen und so viel gearbeitet hatte. Dann hörten wir beide das Rasseln eines Schlüsselbunds und fuhren auseinander.

»Morgen Nacht?« Janes Augen leuchteten begierig.

»Ja. Natürlich.«

Als Schwester Jenkins erschien, waren wir beide schon in entgegengesetzte Richtungen unterwegs.

Nachts lag ich auf dem Bett, rauchte und dachte nach. Meine kurze Begegnung mit Jane hatte mir wieder in Erinnerung gerufen, wie sehr ich sie begehrte. Ich versuchte, mit Vernunft an die Sache heranzugehen. *Nehmen wir also an,* sagte ich mir, *dass sie eine Affäre mit Maitland hatte. Ist das so schlimm? Sie hat mich damit an sich ja nicht betrogen. Und sie hatte davon abgesehen doch bestimmt auch schon andere Beziehungen?* Schließlich hatte es mir immer gefallen, dass sie nichts von den konventionellen Moralvorstellungen hielt, von diesen überkommenen Begriffen wie »gutem Betragen«, wie sie ihre Elterngeneration weiterhin hochhielt. Genau genommen war es gerade das, was Jane so aufregend erscheinen ließ und es außerdem überhaupt erst möglich machte, dass wir eine Beziehung hatten. Eine engstirnige, prüde Jungfer wäre für mich nicht attraktiv gewesen. Janes moderne Einstellung einerseits auszunutzen und andererseits moralisch zu verdammen war reine Heuchelei.

Warum konnte ich nicht einfach akzeptieren, dass sie früher einmal etwas mit Maitland gehabt hatte, ebenso, wie ich die anderen, namenlosen Männer hingenommen hatte, die es in ihrer Vergangenheit gegeben haben mochte?

Zum einen war es wohl ein Problem für mich, dass Jane ein Geheimnis aus dieser Affäre gemacht hatte. Sicher, ich war nicht betrogen worden, trotzdem kam es mir so vor. Liebende müssen einander nicht ihre gesamte Lebensgeschichte offenbaren, aber unter den gegebenen Umständen hatte ich doch das Gefühl, dass ich ein Recht darauf gehabt hatte, gerade von diesem Punkt zu erfahren. Zum anderen war da etwas an den mindestens dreißig Jahren Altersunterschied, das mir schwer zusetzte. Eine junge Frau, die sich einem beträchtlich älteren Mann hingibt – das legt stets eine gewisse Berechnung nahe. Was brachte ihr eine solche Verbindung? Ganz plötzlich erschien Jane gar nicht mehr so sehr wie eine moderne Frau, sondern eher wie ein gewöhnliches Flittchen. Sie hatte sich unauslöschlich billig gemacht.

Ich drückte meine Zigarette in dem vollen Aschenbecher aus. Dann schwang ich die Beine über die Bettkante, hustete und kochte mir eine Tasse Tee. Im dunklen Rechteck der Fensterscheibe sah ich mein Spiegelbild: ein durchsichtiger Mann, schwerelos schwebend. Er sah ausgezehrt und erschöpft aus. Bevor ich mir die Milch einschenkte, hielt ich sie mir unter die Nase. Sie war sauer geworden, und ich musste den Tee schwarz trinken. Als ich die Küche verließ, fiel mir eine Markierung an der Tür auf: eine kreisrunde Stelle, an der sich die Farbe verändert hatte. Bei näherer Betrachtung stellte ich fest, dass der Anstrich Blasen geworfen hatte. Ich strich mit den Fingern über die unebene Fläche, und die bröseligen Erhebungen platzten ab. Flöckchen rieselten zu Boden. Es war, als ob die Tür großer Hitze ausgesetzt gewesen war, aber es gab keine Brandspuren, keinen Ruß. Ich erinnerte mich an die Flamme in der Dunkelheit, die Chapman und mir über den Flur entgegengekommen war. Wäre ich in einer anderen Verfassung gewesen, dann hätte ich diesem Phänomen wohl die Aufmerksamkeit geschenkt, die es verdiente. Aber das war ich nicht. Mir gingen zu viele andere Dinge im Kopf herum.

In der Nacht darauf klopfte Jane an die Flurtür. Sie war kaum durch die Lücke geschlüpft, nachdem ich geöffnet hatte, als sie mich auch schon an sich zog und ihre Lippen auf meinen Mund presste. In diesem ersten, berauschenden Augenblick vergaß ich beinahe all meine quälenden Überlegungen. Dennoch war die Lust, die ihr gieriger Kuss in mir weckte, nicht von Dauer. Die Leidenschaft wich schnell wieder der Objektivität, und ich spürte Distanz. Ich löste mich von ihr und sagte: »Gehen wir ins Schlafzimmer.« Die Worte waren schlecht gewählt, weil Jane natürlich dachte, dass ich es gar nicht erwarten konnte, mit ihr zu schlafen, und mir dementsprechend einen lasziven Blick zuwarf.

Im Schlafzimmer nahm sie ihre Mütze ab und fuhr sich mit den Fingern durchs Haar. Aber bevor sie noch mehr Kleidungsstücke ablegen konnte, bot ich ihr eine Zigarette an. Es war ein durchsichtiges Manöver, aber es funktionierte. Sie setzte sich auf die Bettkante, schlug die Beine übereinander und erzählte gut gelaunt von ihrer Mutter, von Weihnachten und von London. Ich weiß nicht, wie lange das so ging. Ich erinnere mich nur noch daran, dass ich immer rastloser und angespannter wurde. Schließlich konnte ich mich nicht mehr bremsen.

»Jane«, sagte ich, »ich möchte dich etwas fragen.« Ihr Gesichtsausdruck war so kindlich, so vertrauensvoll, dass mein Entschluss beinahe ins Wanken kam. »Es ist sehr schwer«, seufzte ich.

»James? Was ist denn los?«

»Als Osborne hier war, hat er etwas gesagt, was mir zu schaffen macht. Es betraf dich«, ich machte eine Pause, »und Maitland.«

»Mich und Maitland? Wovon redest du da?«

»Er sagte, kurz nach der Eröffnung der Klinik hätte er gesehen, wie du frühmorgens aus Maitlands Büro gekommen bist. Ihm zufolge war ziemlich offensichtlich, was da gelaufen war.«

»Gelaufen war?«

»Zwing mich nicht, es auszusprechen, Jane, bitte. Das ist für mich so schon schwierig genug.«

Eine Palette von Gefühlen spiegelte sich in rascher Folge auf ihrem Gesicht, bevor sie sich auf vorsichtige Neutralität zurückzog.

»Ich war tatsächlich damals in Maitlands Büro. Aber das bedeutet nicht …« Ihre Hände bewegten sich auf und ab wie beim Jonglieren. »Das bedeutet nicht das, was Osborne glaubt.«

Sie konnte meinem Blick nicht standhalten und wandte den Kopf ab.

»Was hast du dann in Maitlands Büro gemacht, zu dieser Tageszeit?«

»Wir haben …« Sie unterbrach sich, und ich erkannte die äußeren Anzeichen für kalkuliertes Nachdenken. »Wir haben über die Dienste der Schwestern gesprochen.«

»Morgens um halb drei?«

»Ich hatte Nachtdienst. Er bestellte mich ins Büro und fragte mich nach meiner Meinung zu einer Lernschwester. Sie ist heute nicht mehr da. Sie war nicht besonders fähig.«

»Wieso hat er nicht Schwester Jenkins gefragt?«

»Das hat er sicher auch getan. Er steckte in einer Zwickmühle, weißt du, das Mädchen war die Tochter eines Kollegen.«

Jane schnappte sich das Zigarettenpäckchen und riss ein Streichholz an.

»Osborne sagte, unter der Tür war kein Licht zu sehen.«

»Was?«

»Er sagte, du seist da mit Maitland im Dunkeln gewesen.«

Sie zog an der Zigarette und stieß eine große Rauchwolke aus. Ihre Augen füllten sich mit Tränen. Ich stellte ihr noch ein paar Fragen, aber sie sah einfach nur zu Boden und schüttelte den Kopf.

»Dann stimmt es also«, hakte ich nach, »das mit dir und Maitland?«

Eine Pause folgte. Ich konnte das Meeresrauschen hören, das unendliche Heranrollen der Wellen. Jane schluchzte nicht, aber Spuren von Wimperntusche rannen über ihr Gesicht. Schließlich antwortete sie: »Und was, wenn es stimmt?«

Ich hatte längst gewusst, dass meine Fragen zu einem Geständnis führen würden. Und trotzdem war ich, als es kam, mental nicht darauf vorbereitet. Mir stockte der Atem, und ich stieß einen albernen kleinen Seufzer aus.

Jane sah auf. Ihre Augen lagen tief in verschwollenen Höhlen. »Was willst du damit also sagen?«, rief sie aus. »Dass alles vorbei ist? Weil ich mit einem anderen Mann geschlafen habe?«

Aber es war nicht irgendein anderer. Es war Maitland. Und das war das Entscheidende.

»Du hast es mir nicht erzählt«, sagte ich mit leicht zitternder Stimme.

»Dazu bestand überhaupt kein Anlass, oder? Ich wusste, dass es dir etwas ausmachen würde. Ich wollte dich nicht verletzen.« Sie verzog gequält das Gesicht. »Ist das ein Verbrechen?«

»Und Ehrlichkeit? Spielt die gar keine Rolle?«

»Ich wollte dich nicht verletzen«, wiederholte sie in flehendem Ton. Sie zog noch ein paar Mal an der Zigarette und drückte den Filter im Aschenbecher aus. »Es war eine dumme Geschichte. Das weiß ich heute. Es hat nichts bedeutet, und wir beide haben es bereut.«

»War das eine einmalige Sache?« Gern hätte ich gehört, dass es nur einen einzigen Fehltritt gegeben hatte. Irgendwie schien es dann leichter zu entschuldigen, leichter zu ertragen zu sein.

Jane errötete und sagte: »Also … nein.«

»Wie lange wart ihr …« Ich hielt inne, um meine Ausdrucksweise zu zügeln. »… zusammen?«

»Es war ein kurzes Abenteuer. Das war alles. Keine Ahnung, warum ich es getan habe, und ich glaube, er wusste es von sich auch nicht. Er ist seit Jahren verheiratet und trägt seine Frau auf Händen.«

»Das sieht man ja.«

»Oh, sei nicht so, James. Jeder macht einmal Fehler. Wir können das überwinden, das weiß ich. Es tut mir leid, dass ich dir nicht davon erzählt habe.«

Sie zog mich in eine ungeschickte Umarmung. Ich fühlte ihren Atem auf meinem Hals, ihre Küsse, ihre Hand auf meinem Schenkel. Viele Liebespaare glauben, dass man einen Streit im Bett beilegen kann. Aber dieser Meinung war ich nie. Ein bisschen Auf-und-Nieder-Wippen mit den Lenden bringt keine Erlösung. Es erteilt keine Absolution und löscht auch keine Erinnerungen.

Jane merkte, dass ihre Bemühungen kaum Wirkung zeigten, und zog sich zurück. Wir saßen nebeneinander da, starrten die Wand an, lauschten dem Meer und unseren eigenen, unregelmäßigen Atemzügen. Schließlich stand sie auf und sagte: »Ich glaube, ich sollte besser gehen.« Ich hielt sie nicht auf. Das Klackern ihrer Absätze hallte langsam und zögernd durch den Flur, und als sich die Tür zum Treppenhaus schloss, erklang das laute Geräusch sonor durch die ganze Klinik. Erst dann ließ ich zu, dass das Elend und die tiefe Traurigkeit, die sich in meiner Brust aufgestaut hatten, ihren Ausdruck fanden. Es gab einen Knacks in meinem Inneren, und ich weinte.

Als ich nach etwa einer Stunde ins Bett ging, schlief ich unruhig und träumte schlecht.

Der schlimmste Traum weckte mich gegen vier Uhr. Ich befand mich in einer unterirdischen Höhle, die ich als einen der Heilungstempel aus dem alten Griechenland erkannte. Vor mir lagen die Schlafraum-Patientinnen in ihren Betten, so wie sie es in Wirklichkeit auch taten, jeweils drei nebeneinander in zwei Reihen. Jane, die außer ihrem Schwesternschiffchen nackt war, ging zwischen ihnen dahin. Ihr Körper sah beinahe statuenhaft aus, und die stolze Rundung ihrer Brüste schob sich wie der Bug eines Schiffes durch dichten blauen Rauch. Sie ging auf eine erhöhte felsige Plattform zu, auf der ein Hohepriester stand. Er trug ein langes Gewand, das mit goldenen Symbolen bestickt war, aber sein Gesicht wurde von dem riesigen Kopf eines Schafbocks verdeckt. Dicke Hörner traten aus dem Schädel hervor und wanden sich spiralförmig nach hinten. Ich spürte, dass es sich bei dem Hohepriester in Wahrheit um Maitland handelte, oder zumindest um eine Maitland-Version, wie sie mein Unterbewusstsein erschuf. Jane fiel auf die Knie und verneigte sich. Flackernde Fackeln beleuchteten ihren bleichen Körper, und eklig süßer Weihrauch hing in der Luft. Ich konnte die zweigeteilte Perfektion ihrer Pobacken erkennen, ihre Fußsohlen, die unversehrte, glatte Haut ihres Rückens. Es gab keinen Zweifel daran, dass ich das Vorspiel eines Initiationsrituals erlebte. Der Priester stieg vom Podest, öffnete sein Gewand, und als er das tat, erwachte ich unvermittelt. Ich schaltete die Nachttischlampe an. Der Traum war mir so real erschienen, dass mir mein Schlafzimmer im Vergleich unwirklich vorkam. Beinahe erwartete ich, dass die dünnen Wände jeden Augenblick wie eine schlecht konstruierte Kulisse umfallen würden.

In den folgenden Tagen fühlte ich mich gelähmt, unfähig, etwas zu empfinden oder Entscheidungen zu fällen. Kopfschmerzen machten mich für alle äußeren Einflüsse unempfänglich. Stundenlang saß ich allein in meinem Zimmer. Ich hätte über meine Lage nachdenken sollen, aber mein Denkapparat schien sich festgefahren zu haben. Die staubige Umgebung reizte meine Nasenschleimhäute, und ich hatte oft Schwierigkeiten beim Atmen. Schließlich überlegte ich, dass es mir guttun würde, an die frische Luft zu gehen und eine gewisse Distanz zwischen mich und das niederdrückende Innere von Wyldehope zu bringen. Wie der Zufall es wollte, fasste ich diesen Entschluss, kurz bevor Kenneth Price ohnehin aus Saxmundham kam, um mich fürs Wochenende abzulösen. Ich machte mich sofort zu Hartleys Cottage auf und fragte den Hausmeister, ob ich eines der Fahrräder leihen konnte. Es standen alle drei zur Verfügung.

Ich nahm die Straße nach Dunwich, fuhr aber nicht bis ganz zum Dorf hinunter. Stattdessen bog ich nach Nordwesten ab, radelte durch einen kleinen Wald, kreuzte einen Bach und kam dann in eine triste Landschaft, geprägt von leicht gewellten, schlammigen Feldern.

Auf einer kleinen Anhöhe sah ich eine Ansammlung windschiefer Pferche, gezimmert aus Bauholz und verrosteten Blechen. Schweine waren zwischen diesen Einfriedungen unterwegs, die Rüssel dicht am Boden. Ein paar hatten sich zu Gruppen zusammengefunden, andere suhlten sich in dreckigen Pfützen. Die Art und Weise, wie sie die Nähe der anderen suchten oder sich wieder zerstreuten, ließ mich an menschliche Gesellschaftsformen denken, eine Überlegung, die schnell düstere Untertöne bekam: Wachtürme, Stacheldraht und rauchende Schornsteine. Der Krieg hatte alles verändert. Selbst Schweinefarmen waren eine emotional komplexe Angelegenheit geworden.

Zwar hatte ich mir vor meiner Abfahrt aus Wyldehope eine Karte angesehen, aber ich hatte keine Route festgelegt und keinen Zeitplan, sondern nur die vage Vorstellung, dass ich einem Rundweg folgen wollte, der mich schließlich wieder nach Dunwich zurückführen würde. Es war mehr oder weniger Zufall, dass ich nach Wenhaston kam, eine Ortschaft, die zwar ganz hübsch, aber auch sehr klein und verschlafen war. Während ich die Hauptstraße entlangradelte, begegnete ich keinem einzigen Menschen. Eigentlich wollte ich nur durchfahren, aber dann bemerkte ich dunkle Kleckse auf der Fahrbahn. Ein Blick zum Himmel zeigte mir, dass eine dicke schwarze Wolke über mir schwebte, und ich hielt es für vernünftiger, den Schauer abzuwarten, bevor ich meine Tour fortsetzte. Also begab ich mich zur Kirche, um mich dort eine Weile unterzustellen.

Es handelte sich um das typische Beispiel einer englischen Dorfkirche, deren auffälligstes Merkmal ein hoher viereckiger Turm war. Der Regen fiel bereits heftig, als ich das Tor zum Kirchhof erreichte, und ich fühlte kalte Tropfen auf meiner Haut. Ich beschleunigte meinen Schritt und betrat kurz darauf durch ein geweißeltes Portal das Kirchenschiff. Zu meiner Linken hing ein Samtvorhang, der teilweise eine Reihe von herabhängenden Glockenseilen verdeckte, rechter Hand führte ein Mittelgang zum erhöhten Altar. Eine große Zahl von Devotionalien sorgte für einen unaufgeräumten Gesamteindruck.

Direkt vor mir befand sich etwas, das ich zuerst für ein sehr altes Wandgemälde hielt. Aber als ich näher kam, erkannte ich, dass die Bilder nicht auf die Wand, sondern auf einen bogenförmigen Schirm aus horizontal zusammengefügten Holzplanken gemalt worden waren. Der Künstler hatte eine hierarchische Anordnung seiner Figuren gewählt, so dass der Himmelsfürst oben unter dem Scheitel des Bogens erschien, während sich die Ausgeburten der Hölle weiter unten tummelten. Den unteren Rand bedeckten Textzeilen in gotischer Schrift. Ein getipptes Informationsblatt in einem Bilderrahmen informierte mich darüber, dass ich vor dem *Wenhaston Doom* stand, einer Darstellung des Jüngsten Gerichts aus dem 15. Jahrhundert.

Mein Blick fiel auf eine Horde Dämonen, die nackte Sünder in das Maul eines riesigen Fisches trieben, dessen Zähne lang wie die von Elefanten waren. Ein roter Teufel mit gewaltiger Nase und vorspringendem Kinn hatte sich eine nackte Frau auf den Rücken geworfen. Er hielt ihre Knöchel, einen über jeder Schulter, mit scharfen Klauen gepackt. Die Frau hing kopfüber und schlenkerte hilflos hin und her, so dass ihr haarloses Geschlecht zwischen den gespreizten Schenkeln deutlich sichtbar war.

Neben diesem scheußlichen Spektakel war ein Erzengel mit langem Schwert dargestellt. Er wurde vom größten der Dämonen angegriffen, so groß, dass es sich wohl um Satan selbst handeln mochte – ein schwarzer Riese mit brennenden Augen und gebogenen Schwingen. Besonders grotesk an ihm war das bösartige zweite Gesicht, das aus seinem Unterleib hervortrat.

Mein Blick fiel auf die gotische Schrift. Ich konnte einige Wörter entziffern – »Gott«, »Herrscher«, »böse« –, aber der größte Teil war unlesbar.

Während ich diese eigentümliche Welt von Leid und Schmerz betrachtete, staunte ich über die unglaubliche Fähigkeit des menschlichen Gehirns, sich derartige Schreckensszenarien auszudenken. Ich glaubte zwar nicht an die Psychoanalyse, aber in einer Hinsicht hatte Freud vermutlich recht: Im Unterbewusstsein lauern schreckliche Dinge, die in Träumen losgelassen werden oder denen ein chemisches Ungleichgewicht in einem kranken Hirn eine illusorische Substanz verleihen kann. Ich erschauerte und verließ die Kirche.

Den Rest des Vormittags fuhr ich weiter von Dorf zu Dorf. Gegen Mittag hielt ich an einem reetbestandenen Ufer an, aß ein Käse-Tomate-Sandwich und trank Tee aus einer Thermosflasche. Dort nahm ich mir auch endlich Zeit zum Nachdenken und fasste einige wirklich einträgliche Gedanken. Die flache Landschaft war friedlich und bot einen geradezu therapeutischen Ausblick. Danach folgte ich den Wegweisern zurück zur Küste. Die niedrigen Wolken hatten sich zu kohlschwarzen Schichten zusammengeschoben, und als die Klinik endlich in Sicht kam, wurde es schon fast dunkel. Ich schob das Fahrrad in Hartleys Schuppen und ging direkt in meine Wohnung.

Eigentlich hatte ich mich schon fast dazu durchgerungen, Wyldehope zu verlassen, aber mein Ausflug (die frische Luft, die Landschaft und das gesunde Vergnügen, mich ausnahmsweise einmal körperlich anzustrengen) brachte mich wieder zu einer anderen Einstellung. Ich war noch immer wütend auf Jane, aber ich wollte nicht dulden, dass ihr schäbiges Verhalten meine Karriere ruinierte. Das Lehrbuch war zu wichtig. Es musste fertig sein, bevor ich darüber nachdenken würde, woanders hinzugehen. Dann konnte ich immer noch meine Villenwohnung in Hampstead beziehen. Wie zuvor gelang es mir ohne weiteres, mir die Inneneinrichtung auszumalen: hohe Fenster, der Blick auf die Stadt, das Chintzsofa. Eine Frau, die am Kamin stand – natürlich nicht Jane, sondern jemand anderes – attraktiv, gebildet, nicht an profanem Geschwätz interessiert, vielleicht die Tochter eines Professors, belesen und geistreich, die meine Leistungen wertschätzen konnte; ihre Bücher von Jean-Paul Sartre und Simone de Beauvoir pflasterten den Boden. Ich musste nur abwarten. In der Zwischenzeit würde mich die Arbeit ablenken, und vielleicht wäre es doch eine gute Idee, mit dem Golfspielen anzufangen. Wenn man Osborne glauben wollte, dann fand man in der Clubhaus-Bar schließlich schnell weibliche Gesellschaft.

Dr. Ian Todd
Highgate Hospital
Southwood Lane
London N6

1. Juli 1955

Dr. Hugh Maitland
Psychiatrische Abteilung
St. Thomas Hospital
London SE1

Betr.: Miss Sarah Blake (geb. 3.1.1933)
ohne feste Anschrift

Sehr geehrter Herr Dr. Maitland,
vielen Dank für Ihr Schreiben. Wir haben vermutlich drei Patienten in unserer Klinik, die den von Ihnen genannten Kriterien entsprechen. Der problematischste Fall ist wohl der von Sarah Blake. Sie leidet an Hebephrenie, und ihr Zustand hat sich in den letzten acht Monaten stetig verschlechtert (Logorrhoe mit Wortwahl nach Klangbild, inadäquater Affekt, beeinträchtigte Selbstfürsorge, Appetitverlust).

Ihre Geschichte ist recht eigentümlich. Sarahs Mutter, Mrs. Dolores Blake, litt an postnataler Depression, und ihr Vater, Mr. Graham Blake, verließ Frau und Kind, als Sarah eineinhalb Jahre alt war. Daraufhin erhielten beide beträchtliche finanzielle Unterstützung von Mrs. Blakes Schwester, Mrs. Louise Clarke (der Gattin eines erfolgreichen Oldtimer-Händlers).

Mrs. Blake und Sarah zogen aus ihrer Mietskaserne in Holloway in eine komfortable Wohnanlage zwischen Highgate und Dartmouth Park, wo Sarah eine Privatschule besuchte und als sehr gute Schülerin eingestuft wurde. Während des Krieges zogen Sarah und ihre Mutter für zwei Jahre nach Hertfordshire. Mit elf Jahren entwickelte sie eine Faszination für Feuer und geriet ins Visier der Polizei. Sie kippte in öffentlichen Parks die Mülleimer um, goss Paraffinöl über den Abfall und zündete ihn an. Allerdings genügte es, ihr mit dem Verlust all ihrer Privilegien zu drohen, um das Problem in den Griff zu bekommen.

Als Sarah fünfzehn war, ließ sich Mrs. Blake mit einem jüngeren Mann ein, dem sie eine beträchtliche Summe Geld lieh. Die Beziehung ging auseinander, und der undankbare Ex-Geliebte machte keine Anstalten, seine Schulden zu bezahlen. Etwa ein Jahr später verliebte sich Mrs. Blake in den nächsten Taugenichts, woraufhin ihre Schwester ihre Bedenken recht deutlich darlegte. Der Familienstreit führte dazu, dass Mrs. Clarke ihre finanzielle Unterstützung einstellte, und Sarah und ihre Mutter waren gezwungen, wieder nach Holloway zu ziehen. Sarah kam auf eine andere, sehr minderwertige Schule und war dort zutiefst unglücklich. Nachdem die Ersparnisse aufgebraucht waren, zerbrach, wie zu erwarten, auch Mrs. Blakes neue Beziehung, und eine zweite Depression war die Folge.

Sarah verließ die Schule und fand eine Anstellung in einem Schuhgeschäft im Nag's-Head-Viertel; kurz darauf mietete sie dort ein möbliertes Zimmer im Dachgeschoss. Sie begann sich sehr für okkulte Themen zu interessieren (Astrologie, Tarotkarten etc. pp.) und traf sich verstärkt mit Gleichgesinnten. Offenbar gibt es in der Nähe des Britischen Museums einen Buchladen, in dem diese Leute zusammenkommen, und nachdem Sarah von diesem Treffpunkt erfahren hatte, besuchte sie dort Vorträge und Gesprächsrunden.

Mit zwanzig begann Sarah, Stimmen zu hören, die sie körperlosen Wesen zuschrieb, eine Meinung, die ihre neuen Bekannten teilten. Sie verhielt sich zunehmend unkonventionell, begann sich exzentrisch zu kleiden (ihre Mutter sprach von »Karnevalskostümen«) und verlor ihre Stelle; ihre Miete bezahlte sie jedoch weiterhin. Wie sie sagte, wurde sie von einem wohlhabenden Herrn unterstützt, den sie in dem okkulten Buchladen kennen gelernt hatte. Ich konnte bisher nicht genau ergründen, welcher Natur diese Beziehung war, aber ich denke, dass er für seine Großzügigkeit gewisse Gegenleistungen erwartete. Sarah erwähnte akute »Bauchschmerzen« und starke Regelblutungen, bei denen es sich, wie ich vermute, vielmehr um Fehlgeburten handelte. Einen Arzt konsultierte sie jedoch nicht.

Sarah lebte so weiter, bis sie im letzten Jahr am 15. September beinahe das Haus abbrannte, in dem sie wohnte. Ein anderer Mieter hatte beobachtet, wie sie Paraffinöl auf die Treppenstufen träufelte, und er schlug sofort Alarm. Die Feuerwache ist ganz in der Nähe, und der Brand wurde schnell gelöscht. Niemand wurde verletzt. Als man sie fragte, warum sie das getan hatte, antwortete sie: »Ich sehe es gern, wenn etwas brennt. Die Flammen sind so aufregend.«

Als ich Sarah zum ersten Mal sah, war sie sehr krank, aber noch in der Lage, von sich selbst zu erzählen. Mrs. Blake (die inzwischen schwer an Depressionen erkrankt ist und sich im Royal Northern in stationärer Behandlung befindet) bestätigte in einem Gespräch kurz nach Sarahs Einweisung ins Highgate die Aussagen ihrer Tochter. Sarahs Geisteszustand verschlechterte sich rapide. Inzwischen ist sie kaum noch bei klarem Bewusstsein, gibt unverständlichen Unsinn von sich und verbringt den größten Teil der Zeit damit, konzentrische Kreise zu zeichnen, die sie »Horoskope« nennt. Letzten Monat schnitt sie sich die Pulsadern auf und schmierte mit ihrem eigenen Blut obskure Symbole an die Wand. Die Schwestern nahm dieser Vorfall schrecklich mit.

Ich denke, dass wir für Sarah alles getan haben, was in unserer Macht steht, und dass sie in eine Einrichtung überwiesen werden sollte, die eine radikalere Herangehensweise anbietet. Wenn Sie eine Untersuchung vereinbaren möchten, bitte kontaktieren Sie mich über meine Sekretärin Mrs. Hampden (Telefon: Highgate 3562).

Ich bedaure sehr, dass ein Kind, das einst so vielversprechende Anlagen zeigte, krankheitsbedingt in einen so schlimmen Zustand geraten ist. Wenn Sie auch nur bescheidene Therapieerfolge erreichen könnten, wäre das sicher eine beeindruckende Leistung.

Hochachtungsvoll
Dr. med. Ian Todd

15

Michael Chapman und ich hatten nicht über die ungewöhnlichen Geschehnisse in der Weihnachtsnacht gesprochen. Seit Osborne mit seiner Enthüllung herausgeplatzt war, hatte mich die Affäre zwischen Jane und Maitland so sehr beschäftigt, dass ich kaum noch an etwas anderes hatte denken können. Nachdem ich Jane allerdings zur Rede gestellt und mich außerdem dazu entschlossen hatte, in Wyldehope zu bleiben, merkte ich, dass ich mehr und mehr über diese seltsamen Ereignisse nachdachte – den Stromausfall, die zuschlagenden Türen und das halb erahnte Gesicht hinter der sich nähernden Flamme. Zu gern hätte ich mich mit Chapman zusammengesetzt und meine eigenen Erinnerungen mit seinen verglichen, aber er wurde zusehends paranoider, und ich wollte seinen Zustand nicht noch dadurch verschlimmern, dass ich ihn mit Fragen bedrängte. Wenn es ihm besonders schlecht ging, versteckte er sich hinter einem Sessel im Tagesraum, oder ich konnte ihn dabei beobachten, wie er versuchte, die Kratzer auf der Tischplatte zu entziffern. In besserer Stimmung war er noch immer zu einer Partie Schach bereit, obwohl er insgesamt wenig Antrieb zeigte und oft über Kopfschmerzen klagte. Die neue, seltsame Besessenheit, die er in den folgenden Tagen entwickelte, war in dieser Hinsicht auch nicht besonders förderlich.

Eines Tages fand ich Chapman auf seinem Bett sitzend, wie er fieberhaft in einem kleinen Notizbuch schrieb. Um ihn herum lag zerknülltes Papier. Er war so von seinem Tun gefangen, dass er mich nicht einmal kommen hörte. Als ich ihm über die Schulter guckte, stellte ich fest, dass er sich offenbar mit einer komplexen Algebra-Aufgabe herumschlug, aber bei genauerer Betrachtung entdeckte ich, dass er immer nur dieselbe Hypothese wiederholte:

$$\text{Wenn } R := \{\, x \mid x \notin x \,\}, \text{ dann } R \in R \Longleftrightarrow R \notin R$$

»Was ist das?«, fragte ich.

Chapman verdeckte die Seite mit der Hand. »Nichts«, gab er zurück. Ich hatte nicht das Gefühl, dass ich etwas aus ihm herausholen würde, wenn ich weiter nachhakte, und ließ ihn allein.

Ein paar Stunden später war er zugänglicher. Er schien nicht mehr so angespannt zu sein und schrieb in ruhigerem Tempo. Ich setzte mich neben ihn, fuhr mit dem Finger über eine der vielen gleichlautenden Zeilen und fragte in einem Ton, der lediglich beiläufiges Interesse anzeigte: »Das ist ein Logik-Problem, oder?«

Chapman sah nicht auf. »Die Russell'sche Antinomie«, antwortete er.

»Sie meinen Bertrand Russell?«

Er nickte.

Der berühmte Philosoph war genau wie Maitland oft im Radio zu hören. Nur wenige Monate zuvor waren sie beide in derselben Sendung zu Gast gewesen.

»Sind Sie ihm während Ihrer Zeit im Trinity College jemals begegnet?«, fragte ich.

»Seine Stimme ging mir auf die Nerven«, sagte Chapman.

Wieder deutete ich auf die Zeichen. »Die Russell'sche Antinomie. Könnten Sie mir die erklären?«

»Sie beweist, dass Cantors naive Mengenlehre einen Widerspruch enthält.«

»Tut mir leid, Michael, das sagt mir gar nichts.«

»Sie haben doch sicher schon vom Barbier-Paradoxon gehört?«

»Nein, leider nicht.«

Chapman kaute an seinem Bleistift und sagte: »Ein Barbier hat die Aufgabe, alle Männer eines Dorfes zu rasieren, die das nicht selbst tun. Aber das bedeutet, dass er sich nicht selbst rasieren kann, weil er ausschließlich Männer rasiert, die sich nicht selbst rasieren. Verstehen Sie?« Ich dachte kurz darüber nach und schüttelte den Kopf. »Gut«, fuhr Chapman fort, »es ist ein bisschen, wie wenn man sagt: ›Dieser Satz ist falsch.‹ Wenn der Satz wahr ist, dann ist der Satz falsch – was bedeutet, dass seine Aussage wahr ist. Nur kann ein Satz nicht gleichzeitig falsch und richtig sein. Aber in diesem Fall …« Seine Miene veränderte sich plötzlich, und er sah besorgt drein.

»Wieso zerbrechen Sie sich über all diese Dinge den Kopf, Michael? Es tut Ihnen doch offenbar nicht gut.«

»Es ist wichtig zu wissen, was wahr ist. Worauf man vertrauen kann.«

»Wie wäre es, wenn Sie darauf vertrauten, was Ihnen Ihre Sinne vermitteln?«

»Ein gerader Stock sieht unter Wasser krumm aus.« Er schnalzte mit der Zunge gegen seinen Gaumen. »*Cogito ergo sum.*«

»Ich denke, also bin ich?«

»Das ist die einzige Gewissheit. Was den Rest betrifft …«

Er tippte mit dem Bleistift gegen das Papier. »Voller Widersprüche. Paradoxa sind wie Bruchlinien: Sie zeigen, wo die Schwachpunkte liegen, wo schlecht gearbeitet wurde, wo die dünnen Verbindungen sind, die leicht brechen können.«

Mir fiel keine Antwort ein.

Wie sich später herausstellte, war es eine der letzten Unterhaltungen, die ich je mit Chapman haben sollte. Schon bald darauf wurde er so unruhig, dass kein Gespräch mehr mit ihm zu führen war. »Was habe ich getan?« und »Wird man mich bestrafen?« waren die einzigen Sätze, die er noch herausbrachte, und er stand stundenlang am Fenster, umklammerte die Gitterstäbe und wimmerte.

Dass sich Chapmans Gesundheit so verschlechterte, mochte zumindest teilweise auf die neuen Medikamente zurückzuführen sein. Ich sprach Maitland darauf an, aber er wollte, dass Chapman weiterhin mit ihnen behandelt wurde; er schlug sogar vor, die Dosis zu erhöhen. »Bei diesen Inhaltsstoffen«, sagte er, »kann es durchaus sein, dass eine Phase scheinbarer Verschlechterung einer vollständigen Genesung vorausgeht. Das haben Tests in Boston bewiesen. Mr. Chapman muss bei seinem Behandlungsplan bleiben. Das ist in seinem eigenen Interesse.«

Maitlands Vertrauen in die Studien, auf die er sich berief, konnte ich nicht teilen. Soweit ich mich an die Ergebnisse erinnerte, waren sie nicht so eindeutig. Ich fragte mich, wie schlecht es Chapman würde gehen müssen, bevor Maitland meine Zweifel ernst nahm. Sehr schlecht vermutlich.

Sosehr ich auch versuchte, vernünftig zu bleiben und an meine langfristigen Karriereziele zu denken, war ich in Maitlands Gesellschaft doch befangen, vor allem, wenn wir Besprechungen in seinem Büro abhielten. Das Chesterfield-

Sofa war eine ständige Provokation für mich. Immer wieder gingen mir ungewollt sexuell aufgeladene Bilder durch den Kopf, ohne dass ich mich dagegen wehren konnte. Seltsamerweise fiel mir der Umgang mit Jane viel leichter. Wenn wir einander begegneten, sprachen wir nüchtern und sachlich auf professioneller Ebene miteinander; überhaupt taten wir das nur dann, wenn es sich nicht vermeiden ließ. Einoder zweimal warf Jane mir einen verletzten, aufgebrachten Blick zu, aber sie fing sich immer wieder schnell. Offensichtlich hatte sie Lillian Gray ins Vertrauen gezogen. Ihre treue Freundin gab sich seitdem in meiner Gegenwart distanziert und zeigte mir ihre Verachtung auf subtile Weise. Ich ging dazu über, öfter als früher allein in meiner Wohnung zu essen und mehr zu schreiben. Zwar hatte ich mit der Idee gespielt, mich tatsächlich von Osborne in seinen Golfclub einführen zu lassen, aber tief in meinem Inneren wusste ich, dass das nichts für mich war. Ich stellte mir eine geschmacklose, provinzielle Bar vor, gelangweilte, angetrunkene Hausfrauen und die zweifelhafte Aussicht auf kurze Begegnungen in anonymen Hotels. Ich hatte es ohnehin nur deshalb kurzfristig erwogen, weil ich es Jane heimzahlen wollte.

Es gelang mir endlich, den Artikel über meine dritte Edinburgher Versuchsreihe fertigzuschreiben, den ich anschließend sofort an den Herausgeber des *British Medical Journals* schickte. Die beiden ersten Abhandlungen, die ich im Sommer dort eingereicht hatte, waren schon zur Veröffentlichung zugelassen worden, und ich war optimistisch, dass auch die dritte seine Zustimmung finden würde. Auch war ich fest entschlossen, meine eigene Forschung nicht über der Mitarbeit an Maitlands Lehrbuch zu vernachlässigen, obwohl mich das sicher viel Zeit kosten würde, denn die regelmäßige Veröffentlichung eigener wissenschaftlicher Arbeiten war für meine Karriere ebenfalls von entscheidender Bedeutung. Inzwischen hatte ich registriert, dass die Schlafraum-Patientinnen dazu neigten, zur gleichen Zeit zu träumen, und mir war der Gedanke gekommen, dass dieses Phänomen vielleicht auch eine systematische Untersuchung wert war.

Als ich das Thema bei Maitland zur Sprache brachte, war er wie erwartet skeptisch. »Sind Sie sicher, das beobachtet zu haben?«

»Absolut. Und es geschieht inzwischen immer öfter. Eine von ihnen beginnt, und die anderen schließen sich an. Dann hört eine wieder auf, und kurz darauf ist es bei allen vorbei.«

»Das ist mir noch nie aufgefallen.«

»Hugh, ich verbringe eben sehr viel Zeit im Schlafraum.«

Maitland dachte kurz darüber nach und kam offenbar zu dem Schluss, dass ich damit nicht unrecht hatte. »Haben Sie so etwas vorher schon einmal erlebt?«

»Nein. Aber ich habe auch noch nie in einem Umfeld gearbeitet, wo die Patienten in einem so langen Dauerschlaf gehalten wurden.«

»Walter Rosenbergs Team ist uns hier einen kleinen Schritt voraus. Aber er hat so etwas bisher nicht erwähnt.«

»Vielleicht ist es seinen Leuten einfach nie aufgefallen. Oder vielleicht tritt dieses Phänomen nur bei unserer Gruppe auf.«

Maitland schüttelte den Kopf. »Ich weiß nicht, James. Es gibt keinen Mechanismus, der ein solches Phänomen auslösen könnte.« Seine Miene wurde grimmiger. »Was wollen Sie damit andeuten? Dass hier so etwas wie Telepathie stattfindet?« Er hob die Augenbrauen.

»Rund um das Gehirn besteht ein elektrisches Feld, sonst würde ein EEG gar nichts aufzeichnen. Elektroden werden schließlich außen am Kopf angebracht, nicht innen im Schädel. Also werden die Gehirnwellen von dem Gerät doch auch in einem gewissen Abstand wahrgenommen.«

»James, das ist ein fadenscheiniges Argument.«

»Es gibt ähnliche Beispiele«, beharrte ich.

»Und die wären?«

»Synchrone Menstruation. Wenn Frauen in Gruppen zusammenleben, tendieren sie dazu, zur gleichen Zeit ihre Periode zu bekommen.«

»Das wurde nie bewiesen.«

»Es gibt aber zahlreiche Berichte darüber.«

»Wie ich schon sagte«, Maitland zeigte ein kaltes Lächeln, »das wurde nie bewiesen.«

Statt weiter zu argumentieren, beschloss ich, lieber einen schlichten, direkten Vorschlag zu machen. »Würde es denn etwas schaden, wenn man dic Schwestern bäte, regelmäßige Beobachtungen zu sammeln und zu notieren?«

Maitland massierte seine Unterlippe und sagte nach einer langen, nachdenklichen Pause: »Nein. Wohl nicht. Vorausgesetzt, dass Schwester Jenkins nichts dagegen hat. Und wenn hier tatsächlich etwas passiert, etwas, das Sie beweisen könnten, nun ... das wäre *wirklich* interessant.«

Anschließend sprachen wir über das Lehrbuch, und nach etwa einer halben Stunde waren wir in eine sehr intensive Diskussion verstrickt. Maitland war richtig in Schwung, da klingelte das Telefon. Er sah den Apparat zornig an, als ob er dem Anrufer unterstellen wollte, dass der mit Absicht versuchte, seinen Gedankengang zu unterbrechen. Maitland sprach zunächst noch weiter, aber dann ergab er sich in sein Schicksal und hob den Hörer ab. Nach einem ersten, gereizten Wortwechsel wurde er still, und sein Gesichtsausdruck verriet eine immer größere Anspannung. Dann begann er Fragen zu stellen: »Wo ist das passiert? Um wieviel Uhr? Geht es ihr gut? Wie ernst ist es? Kann ich mit ihr sprechen?« Seine Augen waren starr auf eines der gerahmten Fotos auf seinem Schreibtisch gerichtet. »Ja, natürlich. Ich komme. Ich danke Ihnen.« Er legte wieder auf.

»Was ist passiert?«, fragte ich.

»Meine Frau«, antwortete er. »Sie hatte einen Unfall. Es tut mir leid, aber ich muss sofort los.«

Er stand auf und ging zur Tür, ohne sich auch nur damit aufzuhalten, Hut und Mantel von der Garderobe zu nehmen. Auf der Treppe holte ich ihn ein. »Hugh? Was ist geschehen?«

»Sie ist in die Stadt gefahren…« Er sprach abgehackt, atemlos. »Leicester Square – ein Zusammenstoß. Sie scheint schwer verletzt zu sein.«

»Das tut mir leid. Wenn ich etwas tun kann…«

Er hörte mir gar nicht zu. Er war so durcheinander, dass er sich, als wir unten an der Treppe angekommen waren, nicht einmal von mir verabschiedete. Ich sah ihm nach und wartete, bis der starke Motor des Bentleys die Stille zerriss. Die Reifen drehten durch, Kiesel spritzten gegen die Vortreppe. Meine Papiere lagen noch in Maitlands Büro, daher ging ich dorthin zurück, um sie zu holen. Aber als ich die Treppe wieder hinaufstieg, kam mir ein Gedanke: *Er hat vergessen, die Tür abzuschließen.* Das war noch nie zuvor geschehen, und ich spürte ein vages Kribbeln angesichts der Möglichkeiten, die sich mir jetzt boten. Das Herz schlug schneller in meiner Brust.

Als ich vor Maitlands Schreibtisch stand, hörte ich noch das Brummen des Bentleys in der Ferne, bis es auf dem Weg über die Heide leiser wurde und verstummte. Ich ließ den Blick durch den Raum schweifen, betrachtete vertraute Objekte, die durch das neue Gefühl des Alleinseins plötzlich unvertraut wirkten: die Glaskuppel mit den ausgestopften Vögeln, der Globus, das Barschränkchen … das Chesterfield-Sofa. Es hing noch immer dicker Zigarettenrauch in der Luft, aber auch ein schwacher Duft von Maitlands Rasierwasser. Mein Blick fiel auf das Foto, das er während des Telefonats angeschaut hatte. Maitland hatte mir nie erzählt, dass dieses altmodische Porträt seine Frau zeigte, doch ich wusste, dass sie es sein musste. Ihre Haut erschien unnatürlich glatt, und ihre dünnen Lippen gewannen durch die gute Ausleuchtung eines professionellen Studios deutlich an Kontur. Sie sah schön aus, aber künstlich. Dennoch war da etwas in ihren Augen, ein Fünkchen Menschlichkeit, das den brüchigen Glamour ihrer Pose überlebt hatte. Seltsam, dachte ich, dass sie und ich auf eigentümliche Weise durch denselben Betrug miteinander verbunden waren. Sie hatte die Hände ineinander verschlungen, aber ihr Ehering war dennoch deutlich sichtbar.

Ich hielt mich nicht weiter damit auf. Stattdessen ging ich geradewegs zu Maitlands grauem Aktenschrank und zog probeweise am untersten Fach. Es war abgeschlossen. Mit dem Blick auf die Tür begann ich fieberhaft zu suchen. Kostbare Minuten verstrichen, bevor ein silbernes Schimmern in einem leeren gläsernen Aschenbecher meine Aufmerksamkeit erregte. Ich schnappte mir den Schlüssel, lief wieder zum Aktenschrank und schob den schmalen Bart ins Schloss.

Der Auszug rollte mir entgegen und offenbarte sechs Akten. Jede war auf dem Rücken mit dem Namen einer Schlafraum-Patientin versehen. Ich zog die erste heraus und blätterte zum Überweisungsschreiben, das ganz hinten abgeheftet war. Es war auf den 26. Februar 1955 datiert und an Maitlands Adresse im St. Thomas gerichtet. Der Verfasser war ein Psychiater, der im Krankenhaus von Maida Vale praktizierte, ein gewisser Angus McWhirter. *Lieber Hugh, ich wäre Ihnen sehr dankbar, wenn Sie Miss Webb untersuchen würden, eine junge Frau, die an Schizophrenie und schweren Stimmungsschwankungen leidet.*

Ich las weiter.

Kathy Webbs Leben war geprägt von unglücklichen Geschehnissen und Nervenzusammenbrüchen. Man hatte ihr zu einer Abtreibung geraten, und nach dem Eingriff hatte sie immer wieder ihr »Baby« zu sehen verlangt. Nach gewisser Zeit entwickelte sie Selbstmordgedanken und fühlte sich von »Teufeln« verfolgt. Isobelle Stevens' Geschichte war ihrer nicht unähnlich. Ihre Überweisung, die Dr. Joseph Grayson vom London Hospital ausgestellt hatte, beschrieb eine vergleichbare Entwicklung – geistiger Verfall, ungünstige äußere Einflüsse und eine Schwangerschaft, wobei das Kind in Isobelles Fall tatsächlich zur Welt gekommen, aber in eine Pflegefamilie vermittelt worden war. Die dritte Überweisung stammte von Dr. Peter Bevington, dessen Namen ich kannte; er war jener Kollege, den Maitland über Weihnachten besucht hatte. Ich war überrascht, vielleicht sogar schockiert, als ich dem Brief entnahm, dass die Patientin, die wir als Celia Jones führten, gar nicht die *echte* Celia Jones war, sondern eine Person unbekannter Identität, die seit über zehn Jahren in einem depressiven Stupor gefangen war.

Aus dem Augenwinkel registrierte ich eine Bewegung. Die Vorhänge auf der gegenüberliegenden Seite des Zimmers bauschten sich leicht. Dennoch hing der Zigarettenrauch immer noch völlig unbeweglich in der Luft.

»Nicht jetzt«, flüsterte ich. So lange hatte ich auf eine Gelegenheit gewartet, um mehr über die Schlafraum-Patientinnen zu erfahren, und eine zweite würde sich mir höchstwahrscheinlich nie wieder bieten.

Ich nahm die vierte Akte zur Hand: Marian Powell hatte seit dem Tod ihrer Vormunde, einer Tante und deren Ehemann, in einer Reihe von Kinderheimen gelebt. Bei einer dieser Einrichtungen handelte es sich um das berüchtigte Nazareth House, in dem sie höchstwahrscheinlich Missbrauch und schreckliche Entbehrungen hatte erleiden müssen. Bei ihr wurde mit dreizehn Jahren Schizophrenie diagnostiziert. Eine eigentümliche Randbemerkung wies darauf hin, dass einer ihrer Lehrer der Auffassung gewesen war, sie besitze übersinnliche Kräfte, und daraufhin die Mitglieder einer Gelehrtengesellschaft gebeten hatte, das Mädchen zu untersuchen.

Vielleicht genügte die Erwähnung des Übersinnlichen, um meine Nerven bis zum Zerreißen zu spannen. Ich sah wieder zu den Vorhängen, aber glücklicherweise bewegten sie sich nicht mehr.

Der fünfte Brief stammte nicht von professioneller Stelle. Er war Maitland über die BBC zugesandt worden. Elizabeth Masons Mutter Matilda hatte eine Radiosendung gehört, bei der Maitland über Wahnsinn sprach. Offensichtlich war die arme Frau sehr verzweifelt und von den Umständen überfordert. Elizabeth war an ihrem Hochzeitstag von ihrem Bräutigam im Stich gelassen worden, eine (zumindest für sie) so traumatische Situation, dass sie daraufhin Wahnvorstellungen entwickelt hatte. Sie weigerte sich, ihr Hochzeitskleid abzulegen, ähnlich wie Miss Havisham in Charles Dickens' *Große Erwartungen*. Die klinische Diagnose verkomplizierte sich später durch Agoraphobie. Sarah Blake, die letzte der sechs Frauen, war am 1. Juli von Dr. Ian Todd aus dem Highgate Hospital an Maitland überwiesen worden. Man hatte sie dabei erwischt, wie sie das Mietshaus anzustecken versuchte, in dem sie lebte. Ihrer Pyromanie war schon in ihrer Kindheit eine morbide Faszination für Feuer vorausgegangen, die dann im Kontext einer breiteren Psychopathologie wieder aufbrach: ungewöhnliche Interessen, das Hören von Stimmen und unsittliches Verhalten – genauer gesagt, die Annahme finanzieller Vergünstigungen im Austausch gegen sexuelle Gefälligkeiten.

Abgesehen von dem Ordner von Celia Jones, in dem sich nur wenige Unterlagen befanden, waren die anderen recht dick und umfangreich. Beim Durchblättern entdeckte ich Arztbriefe aus anderen Krankenhäusern, Berichte über Beschäftigungstherapien, getippte Schreiben und ausführliche Behandlungsbögen. Sarah Blakes Akte enthielt zudem ein Horoskop, das sie gezeichnet hatte, und ein recht gutes Selbstporträt. Am liebsten hätte ich die Akten mitgenommen, aber das traute ich mich nicht.

Alle Schlafraum-Patientinnen glichen sich in ihrem Typ – verwaist, entrechtet, verlassen, verloren. Während ich die Seiten umblätterte, fragte ich mich, warum Maitland sich so dagegen gesperrt hatte, über diese traurigen Geschichten zu sprechen. Mir fiel mein Treffen mit Palmer wieder ein, bei dem ich dieses Thema auch zur Sprache gebracht hatte, und ich erinnerte mich daran, wie er das damals mit der Bemerkung abgetan hatte, er habe aufgehört, Maitlands Beweggründe verstehen zu wollen. Nachdem ich die Überweisungsschreiben gelesen und die Akten durchgesehen hatte, war ich versucht, mich Palmers Einstellung anzuschließen, aber noch während dieser Gedanken entdeckte ich eine überraschende Notiz in Marian Powells Unterlagen. Sie trug eine Reihe von Stempelabdrücken und war mit zahlreichen Anmerkungen versehen worden. Ganz oben auf dem Blatt waren in schwarzer Schrift die Worte »Central Intelligence Agency, Washington, D.C.« zu lesen. Gerade wollte ich mich eingehend damit beschäftigen, als mich ein Geräusch im Flur aufschreckte: ein schwerer, gemächlicher Schritt, begleitet von einem metallischen Rasseln. Hastig legte ich die Akten zurück, schob die unterste Schublade zu, verschloss den Aktenschrank und warf die Schlüssel wieder in den Aschenbecher. Meine Papiere lagen gestapelt auf Maitlands Schreibtisch, und ich nahm sie und drückte sie mir gegen die Brust. Die Tür, die ich nur leicht angelehnt hatte, schwang knarrend auf, und Hartley kam herein. Er sagte nichts, aber sein Schweigen und die zusammengekniffenen Augen verlangten nach einer Erklärung.

»Dr. Maitlands Frau hat einen Unfall gehabt«, sagte ich ohne lange Vorrede. »Er ist in großer Eile aufgebrochen. Ich habe nur noch meine Unterlagen geholt.«

»Ein schwerer Unfall?«, fragte Hartley.

»Ja. Ich glaube schon.«

Der Hausmeister nickte. »Hat Dr. Maitland gesagt, wann er wiederkommt?«

»Nein, hat er nicht.«

Ich trat in den Flur, und Hartley zog einen Schlüsselbund hervor, suchte kurz nach dem passenden und verschloss die

Tür. Dann nahm er seinen Werkzeugkasten und deutete auf das Zimmer gegenüber. »Da ist ein Fenster kaputt.«

»Verstehe«, sagte ich. Er vollführte eine lockere, halb ernste Verbeugung und ließ mich stehen, die Unterlagen noch immer fest umklammert im Arm.

16

Gern wäre ich allein gewesen, um über all das nachzudenken, was ich über die Schlafraum-Patientinnen erfahren hatte. Aber als ich ins Treppenhaus trat, kam Schwester Fraser die Stufen hinaufgeeilt. Sie blieb stehen und rief: »Ach, da sind Sie ja, Dr. Richardson. Ich habe Sie schon gesucht.«

»Was ist los?«

»Es geht um Mr. Chapman. Er hat sich sehr aufgeregt und …« Nach kurzem Zögern fügte sie hinzu: »An seinem Schlafanzug ist Blut.«

»Blut?«

»Er muss sich irgendwie verletzt haben. Aber er lässt nicht zu, dass ich mir das ansehe.«

Ich deponierte meine Unterlagen auf dem Schreibtisch der Schwestern und ging sofort in Chapmans Zimmer. Er tigerte unruhig hin und her und murmelte vor sich hin.

»Michael«, sagte ich, »könnten Sie einmal stehen bleiben?«

Er beachtete mich nicht, also stellte ich mich direkt vor ihn und packte ihn an den Schultern. Es dauerte ein paar Sekunden, bevor ich an seinem gefurchten, angespannten Gesicht abzulesen glaubte, dass er mich erkannt hatte. »Dr. Richardson?« Seine Stimme klang zitternd und unsicher.

»Ja. Ich bin es, Michael.«

»Sie müssen mich hier rauslassen.«

»Das kann ich leider nicht. Das wissen Sie doch.« Ich ließ

seine Schultern los und deutete auf den linken Pyjamaärmel. »Was haben Sie sich angetan?«

»Nichts.«

Ich streckte die Hand aus, um seinen Arm zu untersuchen, aber er machte einen Schritt zurück.

»Kommen Sie, Michael, lassen Sie mich das ansehen.«

»Nein!«, fauchte er. Dann begann seine Unterlippe zu zittern, und er verzog den Mund. »Ich wollte ihr nichts tun. Ich wollte nur zugucken. Ich wollte nur gucken.« Er stieß einen tiefen Seufzer aus, und auf den schweren Tränensäcken unter seinen Augen glitzerte es feucht.

»Denken Sie nicht mehr daran«, sagte ich und nahm seine Hand. »Machen Sie sich keine Sorgen um die Vergangenheit.« Ich führte ihn wieder zu seinem Bett und gab ihm einen sanften Schubs, so dass er rückwärts taumelte und keine andere Wahl hatte, als sich auf die Matratze zu setzen. Dann rollte ich ihm den fleckigen Ärmel hoch. Mir bot sich ein hässlicher Anblick, und ich musste mich zusammenreißen, um nicht zurückzuzucken. Am Unterarm war die Haut blau angelaufen und an mehreren Stellen aufgebrochen. Vielleicht litt er an einer seltenen Krankheit, die Geschwüre verursachte. Wie mir auffiel, war unter dem Daumennagel seiner rechten Hand schwarz verkrustetes Blut. »Michael, haben Sie sich wieder gekniffen?«

Er gab keine Antwort.

Ich rief Schwester Fraser, und gemeinsam verbanden wir Chapmans Arm. Anschließend zogen wir ihm eine frische, saubere Schlafanzugjacke an, und ich verabreichte ihm ein Beruhigungsmittel.

Es wirkte kaum.

Etwa eine Stunde später war er wieder auf den Beinen

und lief im Zimmer hin und her. Vor allem aber hatte er sich den Verband heruntergerissen, um sich weiter kneifen zu können. Ich gab ihm erneut ein Sedativum, das nicht länger als zwanzig Minuten wirkte, und danach brüllte Chapman über den Flur nach Schwester Fraser und verlangte, dass man ihn nach Hause gehen ließ.

Ich war mir nicht sicher, ob ich ihm gefahrlos noch mehr Beruhigungsmittel geben konnte, zumal Chapman schließlich ein neuartiges Medikament erhielt, mit dem ich kaum Erfahrung hatte. Möglicherweise hebelten die Substanzen ihre Wirkung gegenseitig aus und sorgten für eine Verschlechterung seines Zustands. Ich versuchte, Maitland zu erreichen, aber seine Sekretärin im St. Thomas hatte keine Ahnung, wo er steckte. Sie wusste nicht einmal, dass seine Frau einen Autounfall gehabt hatte.

Chapmans Verhalten wurde immer unberechenbarer, und als er anfing, den Kopf gegen die Eisenstäbe zu schlagen, mussten wir nun zu drastischen Maßnahmen greifen. Ich rief Hartley, und gemeinsam steckten wir Chapman in eine Zwangsjacke. Dann brachten wir ihn in die Gummizelle, die sich im Türmchen des Anwesens befand und, soweit ich wusste, noch nie zum Einsatz gekommen war. Es war ein schreckliches Gefühl, Chapman wie einen Gefangenen die Treppe hinaufzuschleifen, und ich musste mir immer wieder bewusst machen, dass es zu seinem eigenen Besten geschah. Hartley schloss die Tür auf, und wir zerrten Chapman hinein. Es war ein klaustrophobischer Raum, nur zweieinhalb Meter im Quadrat. Die Wände und die Innenseite der Tür waren mit ausgestopften Lederbeuteln gepolstert, um jegliche Selbstverletzung unmöglich zu machen. Von der hohen Decke hing eine nackte Glühbirne, und es gab hoch oben, außerhalb der Reichweite, ein kleines Fenster, das kaum Licht in die Zelle ließ. Chapman war inzwischen erschöpft und sackte zusammen. »Ruhen Sie sich aus, Michael«, sagte ich und versuchte, einen lockeren Ton anzuschlagen. »Wenn Sie sich nicht mehr wehtun, dann können Sie wieder in Ihr Zimmer, das verspreche ich.« Schleim blubberte aus seiner Nase, und ich wischte ihn mit meinem Taschentuch weg. Es ist schwer zu erklären, aber ich kam mir vor wie ein Verräter. Hartley schloss die Tür ab und reichte mir den Schlüssel. »Ich gebe Schwester Jenkins einen zweiten«, sagte er ernst.

Nachdem Hartley gegangen war, blickte ich durch das Guckloch in der Tür und sah Chapman so, wie wir ihn zurückgelassen hatten, zusammengekauert und gebrochen in einer Ecke sitzen. Der Anblick seiner Isolation war fast nicht zu ertragen. Ich sprach mit Schwester Jenkins über seinen Fall, und wir beschlossen, ihn sorgsam im Auge zu behalten. Jede halbe Stunde sollte eine Schwester die Treppe hinaufsteigen und nachsehen, ob bei ihm alles in Ordnung war.

Um zehn Uhr abends klopfte es an meine Tür, und als ich öffnete, stand Jane im Treppenhaus. Ausgerechnet ihr hatte Schwester Jenkins die Aufgabe übertragen, Chapman zu überwachen. Wie sie so spät noch bei mir erschien, erinnerte mich an die vielen anderen nächtlichen Besuche – wie sie mir in die Arme gefallen war, wie sie mich leidenschaftlich geküsst hatte und wie ich ihre Unterwäsche durch ihre Uniform hindurch hatte fühlen können. Irritiert stellte ich fest, dass sich Verlangen in mir regte.

»Mr. Chapman hat sich in die Hosen gemacht.« Janes Lippen bewegten sich kaum, als sie sprach. »Was soll ich tun?«

»Er könnte plötzlich wieder gewalttätig werden. Ich denke, ich komme besser mit und helfe dir.«

Sie äußerte kein Wort des Dankes. Wir gingen zur Gummizelle hinauf, schweigend, und machten Chapman frisch. Nachdem wir ihm einen neuen Schlafanzug angezogen hatten, wischte Jane den Boden mit Karbol. Ich sprach Chapman an, aber er hatte sich so sehr in sich selbst zurückgezogen, dass er meine Anwesenheit gar nicht zu bemerken schien.

Jane und ich traten steif wieder auseinander.

Ich weiß nicht, warum ich nun, zu einem so späten Zeitpunkt versuchte, ein Gespräch zu beginnen, oder warum ich dazu noch ein Thema wählte, das so stark emotional aufgeladen war. »Hast du gehört, dass Maitlands Frau bei einem Verkehrsunfall schwer verletzt worden ist?«

Jane wirbelte herum, und auf ihrem Gesicht mischten sich Wut und Erbitterung. Sie hob die Handflächen und antwortete: »Ich weiß wirklich nicht, was für eine Antwort du jetzt von mir erwartest.« Dann schnappte sie sich den Mopp und den Eimer und schritt aufgebracht davon.

Ich ging wieder ins Bett und schlief unruhig. In den frühen Morgenstunden wurde ich wach und hörte zu meinem großen Schreck laute Schreie. Schnell wurde mir bewusst, dass es Chapman war, der da tobte. Ich sprang aus dem Bett, zog meinen Bademantel an und eilte zum Turm hinauf. Als ich durch das Guckloch blickte, konnte ich nichts erkennen. Jane hatte wohl das Licht gelöscht, nachdem sie festgestellt hatte, dass Chapman schlief. Nachdem ich das Licht wieder angeschaltet hatte, sah ich, wie Chapman in seiner Zelle hin und her lief. Es war so wenig Platz, dass er ständig gegen die Wände stieß und immer wieder umfiel. Dabei machte er nicht den Eindruck, als ob er sich verletzen wollte, sondern vielmehr, als ob er verzweifelt vor etwas floh, das ihn verfolgte. »Geh weg!«, schrie er. »Geh weg! Lass mich in Ruhe!«

»Michael«, sagte ich bestimmt. »Setzen Sie sich hin, um Himmels willen. Sie werden sich noch den Fuß verstauchen, wenn Sie so weitermachen.«

Er blieb wie angewurzelt stehen und kam zur Tür. »Lassen Sie mich raus, Dr. Richardson. Bitte lassen Sie mich raus. Ich werde mich nicht kneifen, ich verspreche es. Ich werde ganz brav sein. Ich gebe Ihnen mein Wort. Bitte, bitte lassen Sie mich raus.«

»Setzen Sie sich, Michael. Ich will Ihnen nach den Armen nicht auch noch die Beine fesseln müssen.«

Ich versuchte, ihn zu beruhigen und sagte, dass ich wiederkommen würde, wenn er mich rief. Allmählich ließ seine Erregung nach, und er zog sich in eine Ecke zurück, hockte sich hin und schlang die Arme um die Knie. Ich fragte ihn, wen er zum Weggehen aufgefordert hatte, aber er zuckte nur und schüttelte den Kopf. Seine Augen vollführten langsame, misstrauische Kreisbewegungen, und er presste die Lippen in stummem, kindischem Trotz zusammen.

Als ich überzeugt war, dass die Krise einstweilen vorüber war, sagte ich: »Michael, ich gehe jetzt. Versuchen Sie, sich zu entspannen.«

»Bitte«, jammerte er. »Bitte lassen Sie das Licht an.«

»Dann können Sie doch nicht schlafen«, widersprach ich.

»Um Gottes willen, bitte, Dr. Richardson.« Seine Stimme brach, als er mich anflehte. »Bitte. Lassen Sie das Licht an.«

Ich tat das und ging wieder ins Bett.

Am nächsten Morgen versuchte ich zuerst, Maitland zu erreichen. Er war weder zuhause noch im Club, aber er hatte inzwischen seine Sekretärin im St. Thomas benachrichtigt. Sie konnte mir daher mitteilen, dass Mrs. Maitland erfolgreich an den Nackenwirbeln operiert worden war und dass Maitland sich bei ihr im Krankenhaus aufhielt. Er hatte versprochen, sofort wieder anzurufen, sobald der Zustand seiner Frau stabil sei.

Als ich nach meinem Patienten sah, war Chapman immer noch unruhig, aber nicht mehr so im Wahn wie am Vortag. Gemeinsam mit Schwester Brewer gab ich ihm zu essen, und er schluckte auch seine Tabletten ohne Widerstand.

»Es scheint Ihnen ein bisschen besser zu gehen, Michael«, überlegte ich. Er machte eine kleine, billigende Kopfbewegung. »Ich würde Sie gern möglichst bald wieder auf die Männerstation bringen lassen, aber Sie müssen aufhören, mit dem Kopf gegen die Wand zu schlagen und sich zu kneifen. Haben Sie das verstanden?« Er nickte und zeigte nun mehr Interesse an dem, was ich sagte. »Schauen wir mal, wie es Ihnen heute Nachmittag geht. Dann entscheiden wir darüber.« Ich hatte neben ihm auf dem Boden gesessen und stützte mich nun auf die Korkfliesen, um wieder hochzukommen. An der Tür wandte ich mich noch einmal zu Chapman um, und unsere Blicke trafen sich.

»Leben Sie wohl, Dr. Richardson.« Seine raue Verabschiedung war berührend.

»Bis später, Michael«, erwiderte ich.

»Leben Sie wohl«, wiederholte er und legte etwas ahnungsvoll Endgültiges in diesen Ausdruck, das mich beunruhigte. Es gibt insgesamt viele Dinge, die ich bedaure – ich vermute, mehr als andere Menschen –, aber ich wünsche mir wirklich sehnlich, dass ich damals der hartnäckigen inneren Stimme und ihrer geheimnisvollen Warnung mehr

Aufmerksamkeit geschenkt hätte. Hätte ich das getan, dann wäre vielleicht alles ganz anders gekommen.

Um halb zwölf war ich im Schlafraum. Alle Patientinnen träumten, und das bereits seit etwa einer Stunde. Ich ging von Bett zu Bett, blieb an den Fußenden stehen und studierte die Gesichter der Schlafenden, wobei ich über ihre Lebensläufe nachdachte, von denen ich zuvor gar nichts gewusst hatte. Sie alle waren so tragische Fälle: verwaist, entrechtet, vergessen, verloren. Ich schob eine Haarsträhne aus Marian Powells Stirn und bedauerte das Kind, das so viel Missbrauch erlitten hatte. Dann legte ich meine Hand auf die von Elizabeth Mason und stellte mir vor, wie sie sich gebrochenen Herzens weigerte, ihr Hochzeitskleid auszuziehen. Diese Frauen waren durch sämtliche Sicherheitsnetze gerutscht, die eine Gesellschaft bieten konnte – Familie, Wohltätigkeitsorganisationen, Irrenhäuser –, um schließlich in Wyldehope zu landen, ihrer letzten Zufluchtsstätte. Wenn Maitland ihnen nicht helfen konnte, dann würden sie lebenslang von einer Institution in die andere gereicht werden. Aber besserte sich ihr Zustand tatsächlich? Ich konnte das nicht sagen. Maitland schien mehr an der Frage interessiert, wie lange man sie im Dauerschlaf halten konnte, als dass er überprüfte, ob sich ihre Symptome tatsächlich besserten. Palmer hatte die Wirksamkeit der Schlafkur bezweifelt. Ich dachte an Rosenberg, an den athletischen Stratton, an die CIA-Notiz in Marian Powells Akte, an den amerikanischen Oberst, den Jane im Schlafraum des St. Thomas gesehen hatte, und an die Gerüchte, laut denen Maitland Kontakte zum britischen Geheimdienst hatte.

Diese Gedanken gingen mir durch den Kopf, als die Tür aufschwang und Schwester McAllister geradezu in den Schlafraum hineinstürzte, nachdem sie offenbar die Treppe hinuntergerannt war. Sie hatte ihr Schiffchen verloren und sah völlig entgeistert aus.

»Schnell!«, rief sie. Das Entsetzen nahm ihr fast den Atem, und sie stieß abgehackt hervor: »Mr. Chapman. Etwas Schreckliches.«

Zwei Stufen auf einmal nehmend, lief ich den Turm hinauf, und als ich die Gummizelle erreichte, sah ich Lillian Gray, die durch die offene Tür blickte und sich die Hand vor den Mund geschlagen hatte. Unwillkürlich verlangsamte ich meinen Aufstieg, als ob ich mich dem grenzenlosen Schrecken nicht stellen wollte, den die verkrampfte Haltung der Schwester erwarten ließ. Ich zwang mich zu den letzten Schritten, und nach und nach rückte das Innere der Zelle in mein Blickfeld. Was ich sah, ließ mich auf der Schwelle stehen bleiben und nach beiden Seiten greifen, um mich am hölzernen Türrahmen festzuhalten.

Chapman saß auf dem Boden, den Rücken gegen die Wand gelehnt und die Beine vor sich ausgestreckt. Seine Zwangsjacke lag in einem Knäuel aus Lederriemen und Segeltuch verdreht auf der anderen Seite des Zimmers. Blut rann ihm die Wangen hinab und kam aus den zwei dunklen, leeren Höhlen, in denen zuvor seine Augen gesessen hatten. Ein Augapfel lag kurz vor meinem rechten Fuß. Er war offenbar mit heftigem Schwung weggeschleudert worden, denn die äußere Augenhaut war geplatzt, so dass nun eine transparente, gelatineartige Masse austrat. Das andere Auge konnte ich nirgendwo entdecken.

»Um Gottes willen«, brachte ich heraus. »Michael, was haben Sie sich nur angetan?«

Er hob den Kopf und drehte die leeren schwarzen Augenhöhlen in meine Richtung. Etwas an der Form seines Gesichts war seltsam. Als ob es irgendwie verlängert worden wäre. Eine eigentümliche Vorahnung brachte mich dazu, Lillian zuzurufen: »Sehen Sie nicht hin. Wenden Sie den Kopf.«

Chapman öffnete den Mund und ließ den zweiten Augapfel seine Brust hinunterrollen, bis er auf die Korkfliesen kullerte. Ein kleiner Fetzen Nervengewebe streifte bei jeder Drehung den Boden.

Dann begann er zu singen: »Wir gleiten übers Wasser, so leicht, so leicht, man glaubt es kaum. Wir gleiten übers Wasser, das Leben ist nur ein Traum.«

»Gehen Sie nach unten, rufen Sie einen Krankenwagen.« Während ich sprach, sah ich Lillian Gray nicht an. »Und sagen Sie Schwester McAllister, sie soll mir Morphium, ein Antiseptikum und Verbände bringen.«

Als Lillians Schritte sich entfernten, begann Chapman wieder zu singen: »Wir gleiten übers Wasser, so leicht, so leicht, man glaubt es kaum …« Er wiederholte die Zeilen, bis das Morphium zu wirken begann und ihn einschlafen ließ.

Ich sah Chapman zum letzten Mal. Er wurde nach Ipswich gebracht. Am Tag darauf erhielt ich einen Anruf von dem behandelnden Chirurgen, der mir mittelte, dass Chapman sich nicht nur selbst die Augen ausgerissen, sondern sich noch eine Reihe weiterer Verletzungen zugefügt hatte. Er hatte sich ein Bein gebrochen, und überall an seinem Körper waren winzige Frakturen festzustellen. »Der arme Mann muss sich wirklich hin und her geworfen haben«, sagte der Chirurg. Mir drängte sich ein anderes Bild auf: Bücher mit gebrochenen Rücken.

17

Am folgenden Tag rief Maitland an. Ich fragte ihn nach dem Zustand seiner Frau, und er sagte, es gehe ihr schon viel besser. Als sie ins University College Hospital gebracht worden war, hatte man noch gedacht, dass sie eine Gehirnblutung erlitten haben könnte, aber das erschien nun fraglich. Allerdings hatte man ihr eine verletzte Bandscheibe entfernen müssen, um den Druck auf das Rückenmark zu verringern. Maitland war noch sehr besorgt, was ihre Gesundheit betraf, aber er klang nicht mehr so völlig geistesabwesend wie bei seiner Abreise. Ich holte tief Luft und sagte: »Hugh, es ist etwas passiert.«

»Ach?«, fragte er, offenbar ohne die Beklemmung zu bemerken, die meine Stimme brüchig machte. »Was denn?«

»Einer der Patienten musste nach Ipswich verlegt werden.«

»Keine der Schläferinnen, hoffe ich.«

»Nein. Keine der Schläferinnen«, wiederholte ich.

Maitland hörte sich meinen Bericht von Chapmans geistigem Verfall an, ohne mich zu unterbrechen. Als ich geendet hatte, bereitete ich mich auf eine Breitseite aus Flüchen und Vorwürfen vor. Stattdessen folgte nur eine nachdenkliche Pause. »Ich habe versucht, Sie zu erreichen«, setzte ich noch einmal an und versuchte, mir nervös eine Verteidigung aufzubauen. »Ich bekam Sie aber nicht an den Apparat.« Vielleicht führte ich auch weitere nutzlose Ausflüchte an, bis mir nichts mehr einfiel.

»Warum haben Sie Mr. Chapman keine stärkere Dosis Beruhigungsmittel verabreicht?«, fragte Maitland.

»Ich war mir nicht sicher, wie viel mehr ich riskieren konnte, da er doch diese neuen Medikamente bekam. Ich hatte ihm schon über vierhundert Milligramm Sodium-Amobarbital gespritzt, und es schlug einfach nicht an.«

Mit taktvoller Zurückhaltung erinnerte ich Maitland an meine früheren Bedenken. Ich hatte stets ein wenig an den neuen Antidepressiva aus den USA gezweifelt. Maitland ließ normalerweise keine Widersprüche gelten, und daher erwartete ich eine zornige Zurückweisung; vielleicht war er aber noch so beschäftigt mit seiner Frau, dass er sich nicht streiten wollte. Doch er stimmte mir zögernd zu, eine »schlimme Reaktion« könne in diesem Stadium nicht völlig ausgeschlossen werden. Dann stellte er jedoch die Frage, die ich natürlich schon befürchtet hatte: »Sagen Sie mir, James, wie ist Chapman aus der Zwangsjacke herausgekommen?«

»Ich weiß es beim besten Willen nicht.«

»Wer hatte sie ihm angelegt?«

»Ich.«

»Sind Sie sich ganz sicher, dass Sie die Jacke richtig verzurrt haben?«

»Ja. Absolut sicher.«

»Wie soll er das geschafft …?« Aus Verständnislosigkeit ließ er den Satz unvollendet.

Was konnte ich da sagen? Dass ich einen Poltergeist für verantwortlich hielt? »Es muss an den Verschlüssen gelegen haben«, sagte ich mit fester Stimme.

»Haben Sie die Schnallen überprüft?«

»Ja. Ehrlich gesagt, ich konnte nichts Ungewöhnliches daran feststellen, aber das ist die einzige Erklärung …«

»Es sei denn ...« Es war seine Aufforderung, die weniger angenehme Alternative in Betracht zu ziehen.

»Es sei denn, dass ich mich irre. Dass ich nicht gut genug aufgepasst habe, als ich die Riemen festzurrte.«

»Das kommt vor, wissen Sie. Ich vermute, Mr. Chapman hat sich gewehrt?«

»Ja, das hat er.«

Maitlands nächster Bemerkung ging ein zweideutiger Augenblick des Schweigens voraus. »Ich bin sicher, Sie haben Ihr Bestes getan.«

Anschließend fragte er, ob jemand von den Pflegerinnen ernsthaft in Mitleidenschaft gezogen worden war.

»Schwester McAllister und Schwester Gray haben das Schlimmste mit ansehen müssen. Aber ich denke, sie werden es überstehen.«

»Gut«, erwiderte er. Es überraschte mich jedes Mal aufs Neue, wie besorgt Maitland um *seine* Pflegerinnen war. »Bitte sagen Sie ihnen in meinem Namen großen Dank für ihre Einsatzbereitschaft und ihren Mut.«

Wir sprachen noch ein paar Minuten, und Maitland ließ mich wissen, dass er in einigen Tagen nach Wyldehope kommen wollte. Seine abgehackte, verständnisvolle Verabschiedung hatte ich nicht erwartet: »Hören Sie, James, was ich Ihnen sagen wollte ... die letzte Zeit war sicher nicht leicht für Sie. Das ist mir bewusst. Erst die Probleme zu Weihnachten ... und jetzt diese Sache mit Chapman. Sie mussten wirklich eine Menge aushalten. Wollen wir mal hoffen, dass es jetzt ein bisschen ruhiger wird, nicht wahr?«

Diese Hoffnung teilte ich von ganzem Herzen. Aber es wurde nicht ruhiger. Das Schlimmste stand uns erst noch bevor.

Wieder einmal träumte ich von dem Leuchtturm. Ich sah seinen dunklen Umriss vor dem bewölkten Nachthimmel, sah den gelben Lichtstrahl über die langsam rollenden Wellen schweifen und hörte das harte Geräusch, das jede Drehung des Scheinwerfers mit sich brachte. Etwas an diesem Bild erfüllte mich jetzt mit einem schrecklichen, unaussprechlichen Entsetzen. Die Angst war gestaltlos, überwältigend und fand ihren Ausdruck in einem Panikschrei, der mich weckte. Die düstere Meereskulisse hatte noch kurz Bestand und zerbrach dann, als sei sie auf splitterndes Glas gemalt worden.

Dunkelheit und unnatürliche Kälte: Daran erinnere ich mich. Die Vorhänge waren zugezogen und überlappten sich vermutlich, weil ich absolut nichts sehen konnte. Es gab keinen Streifen Himmel, der von einem versteckten Mond oder ein paar verstreuten Sternen leicht erhellt worden wäre. Die Angst, die den Leuchtturmtraum begleitet hatte, wurde sogar noch intensiver. Ich bewegte mich nicht, weil mich eine so starke Vorahnung gepackt hatte, dass ich den Atem anhielt und angestrengt lauschte. Wenn ich blinzelte, hörte ich meine Wimpern über das Kissen schaben. Worauf ich wartete, wusste ich nicht, aber die beklemmende Erwartung war so heftig, dass ich beinahe gelähmt war. Meine Erstarrung rief Kindheitserinnerungen wach, an die unbestreitbare Realität von Ungeheuern unter dem Bett, die in ihrem Schattenreich aus Staub und Schweigen lebten und jederzeit bereit waren zuzuschlagen. Ich lag auf der Seite, die Knie leicht angewinkelt und den Rücken gekrümmt. Wie ich es vielleicht auch als kleiner Junge getan hätte, nahm ich nun die Bettdecke und versuchte, sie mir über den Kopf zu ziehen, aber das wollte mir nicht gelingen. Wahrscheinlich, so dachte ich, war das Ende des Lakens sehr fest unter die Matratze gesteckt worden, also zog ich mit noch mehr Kraft. Zu meiner völligen Verblüffung fühlte ich eine Reaktion. Es war, als hätte ein Rivale das andere Ende des Stoffes gepackt und zöge nun in die andere Richtung.

Das Entsetzen, das mich überkam, war durch und durch körperlich und bestätigte die klischeehafte Beschreibung, dass einem »alle Haare zu Berge stehen«. Ein Kribbeln erfasste meinen ganzen Körper, und dann spürte ich, wie meine Kopfhaut prickelte, als sich jedes Härchen einzeln aufrichtete.

Ich umklammerte fest die Decke, aber sie rutschte mir allmählich aus den Fingern. Es gab einen plötzlichen Ruck: Mir wurde mein Schutz weggerissen. Das obere Laken, die Wolldecke und das Dauneninlett flogen durchs Zimmer und landeten schwer vor dem Fenster. Ich war nackt, und die unvermittelte Entblößung rief mir in Erinnerung, wie kalt es war. Die Angst aus dem Leuchtturmtraum hinderte mich daran, irgendetwas zu tun, und ich blieb wie versteinert liegen. Wenn Menschenwesen wirklich über einen sechsten Sinn verfügen, dann war wohl das der Kanal, über den ich nun eine Bewegung wahrnahm: Ich wusste, dass etwas von der gegenüberliegenden Seite des Zimmers kam, am Fußende des Bettes vorbeiging und schließlich neben mir verharrte.

Es wird oft geschrieben, dass die größte Bedrohung, die vom Übernatürlichen ausgeht, dem Verstand gilt. Angeblich muss man nichts fürchten außer der Furcht selbst. Aber ich hatte hier eine Macht vor mir, die in der Lage war, einen Mann hochzuheben und wieder zu Boden zu schleudern, eine Macht, die Beine brechen und Knochen zerschmettern konnte, eine Macht, die vielleicht mein Bett hochheben und aus dem Fenster segeln lassen konnte.

Ich stellte mir vor, wie ich hilflos durch die kühl an mir vorüberpfeifende Luft meinem Tode entgegenflog. Was würde man über mich sagen? Er war ein bisschen komisch, so wie sein Vorgänger Palmer. Nach dem unglücklichen Ende einer Liebesbeziehung ist er durchgedreht. Er hat viel zu viel Zeit allein in seiner Wohnung verbracht.

Meine Augen waren weit geöffnet, ich sah nichts, aber ich wusste, dass es näher kam. Diese Wahrnehmung bestätigte sich, als ich ein Seufzen nahe meinem Ohr hörte. Da war ein leises Zischen, zwei Silben von gleicher Länge, ohne Artikulation. Diese Worte, wenn es denn welche waren, blieben unverständlich. Ich begann zu zittern und schloss völlig irrational die Augen. Die Lider fest zusammengepresst, verharrte ich in dem Versuch, zumindest irgendetwas zwischen mein bewusstes Ich und den Poltergeist zu bringen. Die Zeit war nicht länger in Minuten oder Sekunden unterteilt, sondern in Äonen und Ewigkeiten. Ich fühlte, wie die Matratze nachgab, als ob sich jemand auf die Bettkante gesetzt hätte, die Federn knarrten, das Laken senkte sich. Ich wollte schreien. Ich wollte den Mund öffnen und so laut schreien, dass Hartley oder sonst irgendjemand zu meiner Rettung herbeieilte, ganz egal, wer; aber als ich das versuchte, fühlte ich jenen Bruch zwischen Absicht und Handlung, der für Albträume so typisch ist. Ich brachte ein bebendes, asthmatisches Keuchen zustande, und mein Mund war so trocken, dass ich beim Schlucken das Gefühl bekam, ersticken zu müssen.

Falls der Poltergeist mir etwas Böses wollte, gab es kein Entrinnen. Mary Williams oder Michael Chapman hatten ihm nicht entfliehen können, und auch mir würde das nicht gelingen. Ich drückte die Augen noch fester zusammen und bereitete mich auf einen gewalttätigen Angriff vor, auf den plötzlichen Ausbruch unmöglicher Kräfte. Was stattdessen geschah, schockierte mich mehr als alles, was ich erwartet hatte.

Spinnenartige Finger schoben mein Haar mit ausgesuchter Sanftheit zurück. Die Berührung war so leicht und substanzlos wie ein Lufthauch. Dann legte sich eine Hand auf meine. Sie blieb dort kurz liegen, und die fleischige Fläche drückte sich gegen meine Knöchel, aber kurz darauf war der Kontakt schon vorbei. Die Matratzenfedern gaben ein Knarren in aufsteigender Tonfolge von sich, und das Laken neben mir war wieder eben. Noch immer nahm ich die Bewegungen des Poltergeistes wahr, der nun zur Tür ging, dort verharrte und schließlich die Klinke drückte. Die Angeln kreischten, und ein Windzug liebkoste meine Wange. Ich hörte einen seltsamen metallischen Schlag, dem ein hohes Klingeln folgte, das schnell verhallte. Danach war da nichts mehr außer dem sanft verschwörerischen Rauschen von Meer, Wind und Kieseln. Ich weiß nicht, wie lange ich so dalag. Als ich schließlich die Augen öffnete, stand ich noch immer derselben unnachgiebigen Dunkelheit gegenüber, aber die Atmosphäre im Zimmer hatte sich verändert. Da war keine Bedrohung, keine Vorahnung schrecklicher Dinge.

Selbst nach einem solchen Erlebnis brachte mich mein gewohnheitsmäßiger Realismus dazu, noch einmal über die müden Erklärungsversuche nachzudenken, die ich doch schon vor Monaten ausgeschlossen hatte: Hypnagogie und alles, was dazugehörte. Aber es war eine fruchtlose Übung, leerer Intellektualismus. In Wirklichkeit wusste ich nun, dass etwas sehr Bemerkenswertes geschehen war, vor allem was die »Berührung« anging, die einer Imitation meiner kleinen Zuwendungen im Schlafraum gleichkam.

Ich schaltete die Lampe an. Als meine Augen sich an das Licht gewöhnt hatten, sah ich mich im Zimmer um. Abgesehen von dem auffälligen, unordentlichen Knäuel aus Decken und Laken vor dem Fenster sah es genauso aus wie immer. Mein Wecker zeigte vier Uhr dreißig. Es war nicht zu erwarten, dass ich wieder einschlief, also zog ich meinen Morgenmantel an, nahm die schmutzige Teetasse vom Vorabend und ging über den Flur in die Küche. Ich ließ Wasser in den Kessel laufen, stellte ihn auf den Herd und zündete mir eine Zigarette an.

Meine Glieder waren schwer. Ich war erschöpft. Nicht etwa normal erschöpft, sondern so tiefgreifend wie aufgrund eines gesteigerten, fortlaufenden Prozesses, der zu meinem geistigen und körperlichen Zusammenbruch führen würde.

Ich konnte unmöglich so weitermachen. Das war mir jetzt klar. Palmer hatte die Situation erfasst, und ich hätte viel eher auf seinen Rat hören sollen. Ein geistig gesunder Mensch vermag es nicht, unter solchen Bedingungen zu leben – jedenfalls nicht, ohne seinem Herzen hin und wieder Luft zu verschaffen. Und genau das war der springende Punkt. Ein Psychiater kann nicht zugeben, dass er Dinge sieht, für die es keine Erklärung gibt. Sobald er das tut, überschreitet er die Grenze, die zwischen ihm und seinen Patienten besteht.

Meine Kündigung war unvermeidlich. Maitland würde furchtbar wütend sein, und möglicherweise würde es sich negativ auf meine Karriere auswirken, aber es gab einfach keine andere Möglichkeit.

Das Wasser kochte, Dampf drang aus der Tülle. Das Fenster beschlug, und ich stellte das Gas ab. Dann nahm ich meine benutzte Teetasse und wollte sie gerade unter dem Wasserhahn ausspülen, als ich etwas darin entdeckte, halb verdeckt von braunen Rückständen und Teesatz. Es war ein Ehering.

Vorsichtig holte ich den schlichten Reif heraus und trocknete ihn an meinem Morgenmantel ab. Er war dunkler und größer als der, den ich zuvor gefunden und der Palmers junger Frau gehört hatte. Ich drehte das Gold im Schein der Glühbirne hin und her und nahm einen umlaufenden gelben Funken wahr. Aus irgendeinem Grund spürte ich den starken Drang, den Ring aufzusetzen. Ich hielt ihn schon an meinen Ringfinger, konnte mich dann aber nicht dazu bringen, das einladende Rund zu durchstoßen. Mich überkam ein schreckliches Gefühl der Hoffnungslosigkeit. Ein Anfall von Verzweiflung ließ mir den Atem stocken. Ich hatte kurz davor gestanden, Jane einen Antrag zu machen, und der Ring repräsentierte einen Verlust, den ich in Wahrheit kaum überwunden hatte. Als ich nun dastand und den Ring ansah, fand ich endlich den Mut, ehrlich zu mir selbst zu sein. Ich hatte die emotionale Wucht des Ganzen unterschätzt – zum einen die Belastung durch den Poltergeist (oder worum auch immer es sich bei dem launenhaften Geisterwesen handeln mochte), zum anderen die kräftezehrende Intensität meiner Beziehung zu Maitland gepaart mit Janes Verrat, Mary Williams, Chapman und dem Schlafraum. Ich hatte mir vormachen wollen, dass es mir mit einer Kombination aus harter Arbeit und Sturheit gelingen würde, das alles durchzustehen, aber ich war offenbar weniger robust, als ich geglaubt hatte.

Um halb sieben ging ich zu den Stationen hinunter, wo ich Schwester Jenkins fand und ihr den Ring gab.

»Wo haben Sie ihn gefunden?«, fragte sie und drehte ihre Hand unter der Schreibtischlampe hin und her. Der Ring passte genau.

»In meinem Schlafzimmer.« Inzwischen war mir egal, was sie dachte.

»Aber wie kann er denn dort oben hingekommen sein?« Ihre Züge nahmen eine misstrauische Starrheit an.

»Ich habe keine Ahnung«, sagte ich und wandte mich schon wieder zum Gehen.

In meinem Terminkalender entdeckte ich, dass heute Edward Burgess' letzte Untersuchung anstand. Seit Maitland die stimulierende Abreaktion bei ihm durchgeführt hatte, war er noch ein paar Mal bei mir zur Untersuchung gewesen, und sein Zustand hatte sich stetig verbessert. Er war weniger angespannt, seine Albträume hatten aufgehört, und er litt nicht mehr an Lähmungserscheinungen. Zwar sah er noch immer recht unverändert aus – fliehende Stirn und tiefliegende Augen –, aber seine Züge waren nicht mehr so hart, und die eng sitzende Jacke legte nahe, dass sein Appetit zurückgekehrt war.

»Nun denn«, sagte ich am Ende unseres Gesprächs. »Ich glaube, Sie brauchen nicht mehr hierherzukommen. Was meinen Sie?«

»Nein«, stimmte er mir zu. »Ich fühle mich wirklich sehr gut. Vielen Dank.«

Dann sah er mich ein wenig zu genau an. »Geht es Ihnen gut, Herr Doktor?«

»Was meinen Sie damit?«, fragte ich.

»Sie sehen müde aus.«

»Das bin ich auch. Letzte Nacht hatte ich nicht viel Schlaf, und ich habe Kopfschmerzen.« Wir gingen den Flur hinunter und traten ins Treppenhaus. »Wartet Ihr Fahrer draußen?«, fragte ich.

»Ja. Bleiben Sie ruhig hier, Dr. Richardson, Sie müssen mich nicht zur Tür bringen. Ich finde schon allein raus.« Burgess hielt inne und ließ den Blick über das Treppenhaus und die Eingangshalle streifen. Das, was er sah, schien ihm nicht besonders zu gefallen. »Weiß nicht, ob ich hier arbeiten könnte. Ein seltsames altes Haus, oder?« Unsere Blicke trafen sich, und er schien noch etwas anderes sagen zu wollen, aber dann schüttelte er den Kopf und lächelte.

»Auf Wiedersehen«, sagte ich. »Alles Gute.« Er nickte, knöpfte seinen Mantel zu und schritt die Treppe hinunter. Als er an der Tür stand, wandte er sich noch einmal um und rief zu mir hinauf: »Wenn Sie mal einen Tapetenwechsel brauchen, kommen Sie doch nach Lowestoft. Da hat gerade ein schickes Restaurant eröffnet. Ich lade Sie gern zum Essen ein.«

Ich lehnte mich über das Treppengeländer und rief hinunter: »Das ist sehr nett von Ihnen.«

Er hob die Hand. »Ich hoffe, Ihre Kopfschmerzen gehen bald vorbei.« Dann trat er ins Freie. Sonnenlicht flutete durch die Fenster, und ein schwerer Geruch hing in der Luft, wie von Teer oder Paraffin. Mir fiel auf, dass eines der geschnitzten Tiere am Geländer ein geschwärztes Gesicht hatte. Ich bückte mich und sah mir die Figur genauer an. Sie war versengt worden. Der Lack hatte Blasen geschlagen, und als ich mit dem Finger über die schadhafte Stelle fuhr, blieben rußige Rückstände an meinen Fingern haften. Ich säuberte mir die Hände mit meinem Taschentuch und kehrte in die Ambulanz zurück, um Mr. Burgess' Abschlussbericht zu schreiben.

Es war wohl gegen Viertel nach eins, dass ich eine der Schwestern hinaufkommen hörte. Erwartungsvoll hatte ich bereits den Kopf gehoben, als Schwester Fraser eintrat. Sie blieb in der Tür stehen und machte einen verwirrten Eindruck.

»Ja?« Ich sah sie fragend an.

»Dr. Richardson«, begann sie nun. »Wir haben ein Problem. Die Patientinnen im Schlafraum …«

»Was ist mit ihnen?«

»Wir bekommen sie nicht wach.«

»Wie bitte?«

Sie hob die Arme und ließ sie dann wieder sinken. »Wir bekommen sie nicht wach.« Die Wiederholung dieses Satzes machte die Sache nicht glaubwürdiger.

Ich legte meinen Füllfederhalter hin. »Welche Patientin?«, fragte ich. »Wen bekommen Sie nicht wach?«

»Keine von ihnen«, erwiderte Schwester Fraser.

18

Im Schlafraum ging Schwester Jenkins angespannt zwischen den Betten hin und her. Schwester Page stand neben einem Rollwagen, auf dem sich sechs zugedeckte Mahlzeiten stapelten.

»Dr. Richardson.« Schwester Jenkins rief mich zu sich. »Das ist völlig seltsam.«

»Sie können sie nicht aufwecken?«

»Nein.« Schwester Jenkins packte Sarah Blake an den Schultern und schüttelte sie. Dann brachte sie ihren Mund ganz nahe an das Ohr der schlafenden Patientin und sagte laut: »Sarah, wach auf, Zeit fürs Mittagessen.« Nichts geschah, auch nicht bei nochmaligem Schütteln. Sarah Blakes Kopf schlenkerte von einer Seite zur anderen, aber ihre Augen blieben geschlossen. Schwester Jenkins wandte sich wieder an mich. »Es ist bei ihnen allen so. Sie reagieren überhaupt nicht. Ich verstehe das nicht.«

»Könnte eine der Schwestern einen Fehler bei der Medikamentenvergabe gemacht haben? Vielleicht haben sie zu viel Chlorpromazin bekommen?«

»Das bezweifle ich sehr«, antwortete Schwester Jenkins. »Heute Morgen war Schwester Fraser im Dienst. Nun sind meine Pflegerinnen alle sehr umsichtig, aber sie ist stets überaus genau. Ihr wäre nie ein derartig gravierender Irrtum bei der Dosierung unterlaufen.«

Trotz des Vertrauens, das Schwester Jenkins in ihr Personal hatte, beschloss ich, die Krankenakten zu überprüfen. Ich stellte fest, dass alle Einträge in Ordnung waren. Es gab nichts, was auf ein Versehen oder einen Fehler hindeutete. Die Patientinnen hatten eine jeweils unterschiedlich hohe Dosis ihrer Medikamente bekommen, je nachdem, wie tief sie in der Zeit davor geschlafen hatten. Wenn überhaupt, dann war die Dosis allgemein eher niedriger ausgefallen als sonst.

Schwester Jenkins senkte ihre Stimme. »Liegen sie in einer Art …« Sie zögerte, bevor sie flüsternd fortfuhr. »… Koma?«

»Ich glaube nicht«, erwiderte ich. »Sehen Sie sich ihre Augen an, wie schnell sie sich hin und her bewegen. Sie träumen. Soweit ich weiß, gibt es das bei Komapatienten selten.«

»Was sollen wir tun, Dr. Richardson? Sie müssen doch essen, gewaschen werden und ihre Darmentleerung bekommen.«

»Nun, das geht jetzt alles nicht, so viel ist offensichtlich.«

»Soll ich Dr. Maitland anrufen?«

»Nein. Das werde ich übernehmen, nachdem ich ein paar Tests durchgeführt habe.«

Ich zog Kathy Webb ein Augenlid hoch und studierte die zitternde graue Iris. Ihre Pupillenreflexe waren normal. »Kathy? Können Sie mich hören?« Ich klatschte laut in die Hände. »Kathy?« Keine Reaktion, nicht einmal ein Zucken. Ich gab ihr einen Klaps auf die linke, dann auf die rechte Wange, zunächst ganz sanft. Am Schluss waren meine Schläge so hart, dass sich die Haut dunkel färbte. Die junge Frau blieb dabei völlig ruhig, und ihr Gesichtsausdruck veränderte sich kein bisschen, nur ihre Augen bewegten sich weiter. Schließlich befestigte ich Elektroden auf ihrer Kopfhaut und führte ein EEG durch. Es war keine generelle Verlangsamung der Deltawellen zu beobachten. Auch gab es keinerlei Hinweise auf einen epileptischen Anfall. Was ich sah, entsprach dem niedrigen Wellenausschlag der normalen Traumphase.

Bei den anderen Schläferinnen zeigte sich dasselbe Bild. Sie ließen sich weder durch Schütteln, leichte Schläge auf die Wangen noch durch Anschreien wecken, und sie alle produzierten übereinstimmende EEGs.

Als ich mir sicher war, dass ich nicht mehr tun konnte, rief ich Maitlands Sekretärin an und sagte ihr, er möge mich zurückrufen. Das tat er etwa zwanzig Minuten später. Ich gab mein Bestes, ihm die Situation so ruhig und klar wie möglich zu schildern, aber ein leichter Hauch panischer Aufgeregtheit drohte, sich durch meine Gelassenheit zu bohren. Nachdem ich geendet hatte, herrschte eine lange Pause. Ich dachte schon, die Leitung sei tot. »Hugh?«, rief ich in den Hörer. »Sind Sie noch dran?«

»Ja«, erwiderte er. »Ich bin noch da. Das muss ich mit eigenen Augen sehen. Ich fahre noch heute zu Ihnen raus.«

»Was ist mit Ihrer Frau?«, fragte ich.

»Sie ist gut versorgt«, antwortete er. »Das wird schon alles wieder.«

Kurz nach fünf kümmerte ich mich gerade um einen Patienten auf der Männerstation, als ich vom Fenster her zwei Scheinwerfer draußen über die Heide näher kommen sah. Schnell beendete ich meine Untersuchung und ging hinaus in die Eingangshalle. Als Maitland eintrat, hielt er sich nicht mit Konventionen auf, sondern fragte übergangslos: »Hat sich etwas geändert?«

»Nein«, sagte ich. »Sie liegen noch immer in tiefem Schlaf.«

Wir gingen direkt in den Schlafraum hinunter, wo ich ihm demonstrierte, dass die Patientinnen sich nicht wecken ließen. Danach zeigte ich Maitland die EEG-Blätter. Er sagte sehr wenig, und sein Gesichtsausdruck war so finster, dass ich ganz nervös wurde. Ich fand es zwar irrational, aber ich fürchtete trotzdem, dass er für das, was jetzt geschehen war, mich verantwortlich machen würde. Nachdem ich ihm alles berichtet hatte, versuchte er, die Schläferinnen selbst zu wecken. Dann wies er Schwester Page an, ein paar Spritzen vorzubereiten. »Benzedrin«, sagte er an mich gewandt. »Das sollte klappen. Eine doppelte Dosis Benzedrin. Der Effekt ist ähnlich wie bei Adrenalin. Wir werden feststellen, dass sich die Herzfrequenz erhöht und der Blutdruck steil ansteigt, mit Fluktuationen von zehn bis dreißig Millimetern. Unruhezustände, Tremor, vielleicht auch Herzrasen. Es wird für ein Maß an körperlicher Erregung sorgen, das dem Schlaf völlig entgegenläuft.«

Wir spritzten das Mittel allen Patientinnen. Dann hörte ich Marian Powells Herz mit einem Stethoskop ab und stellte fest, dass der Herzschlag tatsächlich schneller wurde, aber sie verharrte stur in ihrer Bewusstlosigkeit. Celia Jones und Elizabeth Mason wollten sich ebenfalls nicht rühren. Ich beobachtete, wie Maitland den Puls von Sarah Blake überprüfte, wie er sich über das Bett beugte und ihr das Augenlid mit Daumen und Zeigefinger hochzog. Er wirkte nicht bloß verblüfft, sondern frustriert. Nur zehn Minuten später sah ich, wie er die nächsten Spritzen vorbereitete. Nachdem alle Patientinnen noch eine Dosis Benzedrin erhalten hatten, nahm Maitland mich beiseite: »James, ich muss mich bei Ihnen entschuldigen. Ich war ziemlich skeptisch, als Sie sagten, dass die Schlafraum-Patientinnen alle zur gleichen

Zeit träumten. Man muss wohl davon ausgehen, dass Ihre Beobachtungen bereits auf einen fortlaufenden, an Intensität zunehmenden Prozess hindeuteten, der jetzt diese recht dramatischen Auswirkungen zeigt.«

»Was meinen Sie, was geht hier vor sich?«

»Das kann man unmöglich sagen. Aber wenn Sie meine Überlegungen hören wollen …« Ich bedeutete ihm mit einer Geste fortzufahren. »Die hier im Schlafraum herrschenden Bedingungen müssen irgendetwas mit sich bringen, das gewissermaßen Kanäle für die gegenseitige Beeinflussung öffnet: verlängerter Schlaf, Nähe, eine veränderte chemische Zusammensetzung im Gehirn oder eine Kombination aller drei Faktoren. Was die Ursache dieses Phänomens betrifft, so wäre ein Zusammenwirken elektromagnetischer Felder wohl eine vernünftige erste Hypothese. Das ist es doch, was Sie glauben, oder? Jedenfalls haben Sie das damals gesagt.«

»Zumindest gibt es, soweit mir bekannt ist, keine andere *wissenschaftliche* Alternative.«

Maitland stimmte mir brummend zu. »Sie scheinen in einen kollektiven Traumzustand geraten zu sein, aus dem sie nicht mehr zu wecken sind. Wieso ist es dazu gekommen? Wieso sind sie in einer REM-Schlafphase steckengeblieben?«

»Vielleicht«, erwiderte ich, »sind Gehirne beim Träumen gewissermaßen eher porös und können sich daher leichter gegenseitig beeinflussen. Irgendwann überschreitet diese Verflechtung dann eine kritische Schwelle, und der Prozess wird unumkehrbar.«

»Wenn wir noch ein weiteres EEG-Gerät hätten, wäre es doch sicher interessant, die Spuren direkt zu vergleichen, oder?«

»Man könnte Übereinstimmungen und ähnliche Muster finden ...«

»Und das wäre ein wirklich erstaunliches Ergebnis.«

»Ich frage mich«, überlegte ich laut und war mir durchaus bewusst, dass die These, die ich nun vorbringen wollte, mehr als kontrovers war, »wenn wir diese Patientinnen fragen würden, wovon sie geträumt haben, und sie uns antworten könnten, ob sie wohl Träume mit ähnlichen Elementen schildern würden?«

Maitland dachte kurz über meine provokative Idee nach. »Wir wollen mal nicht übertreiben, James. Hier geschieht etwas sehr Interessantes, das steht fest. Aber wir müssen uns unsere Skepsis bewahren. Denken Sie an die Mediziner in der Vergangenheit, deren berufliche Laufbahn durch Patienten schwer beschädigt wurde, denen sie besondere Kräfte zugeschrieben hatten: Triumph der reinen Willenskraft, zweites Gesicht, Telepathie. Sie wurden dazu verleitet, an allen möglichen Blödsinn zu glauben.«

»Wir leben doch nicht mehr im 19. Jahrhundert, Hugh.«

»Umso weniger werden unsere Zeitgenossen uns vergeben, wenn wir dieselben Fehler machen.«

»Glauben Sie wirklich, dass *dies*«, ich machte eine weit ausholende Handbewegung zu den Betten, »eine ganz einfache Erklärung hat?«

»Wahrscheinlich nicht. Aber wir müssen alle Alternativen ausschließen können, bevor wir irgendwelche ausgefallenen Behauptungen aufstellen.«

»Wie beispielsweise?«

»Hysterie. Was wäre, wenn diese Patientinnen eine bisher undokumentierte Form von Gruppenhysterie entwickelt hätten?«

»Das erscheint wenig plausibel. Sie schlafen doch.«

»Wir müssen vorsichtig vorgehen«, seufzte Maitland mit der Miene eines lebensüberdrüssigen Granden. »Glauben Sie mir, James, ich habe auf meinen Reisen alle möglichen seltsamen Phänomene erlebt – von evangelikalen Christen in Tennessee, die mit Giftschlangen spielten, bis zu Fällen in Bali, bei denen Menschen glaubten, von Affengeistern besessen zu sein. Sekten, Stämme – alle Arten von Gruppen oder Zusammenkünften sind ausgesprochen anfällig für die Macht der Suggestion.«

»Ich glaube nicht, dass diese Frauen sich in einem Zustand der Selbsthypnose befinden.«

»Ich auch nicht. Jedenfalls nicht direkt. Aber wenn wir der Wissenschaft nahelegen wollen, dass sich menschliche Gehirne während des Schlafes gegenseitig beeinflussen können, dann sollten wir von unseren Erkenntnissen besser voll und ganz überzeugt sein.«

Wir hatten bisher vor allem auf klinischer Ebene diskutiert, und Maitland hatte auch zuvor schon oft klargestellt, wie wichtig es ihm war, dass sein akademischer Ruf keinen Schaden nahm. Dann fiel mein Blick wieder auf die schlafenden Patientinnen und brachte mir in Erinnerung, dass unser Problem nicht nur eine intellektuelle, sondern auch eine menschliche Dimension hatte.

»Was tun wir, wenn sie nicht aufwachen?«, fragte ich.

»*Darüber* müssen wir uns keine Gedanken machen«, gab Maitland zurück und klang dabei ein wenig gereizt. »Also, jedenfalls nicht jetzt. Wir werden alle Beruhigungsmittel absetzen, einstweilen auch mit der EKT aufhören und regelmäßig intravenös Stimulanzien zuführen. Kann ja sein, dass das doch noch hilft.« Er hielt inne und schien einzelne Punkte auf einer inneren Checkliste abzustreichen. »Wir werden sie an den Tropf hängen, um sicherzustellen, dass sie genug Flüssigkeit bekommen, aber wenn sie weiterschlafen, dann werden wir sie auch über Schläuche zwangsernähren. Die Darmentleerung wird dann per Einlauf angeregt, und falls es zu einer Verhärtung des Stuhls kommt, wird er manuell entfernt.«

»Es wird nicht leicht sein, diese Situation im Griff zu behalten.«

»Keine Sorge. Ich erwarte nicht, dass Sie das alles allein bewältigen, James. Das ist ein Notfall. Ich bleibe.« Er schenkte mir ein hartes Lächeln. Ich spürte, dass er von mir im Gegenzug einen Ausdruck von Dankbarkeit erwartete, aber ich brachte nicht mehr zustande als ein knappes Nicken. Er bemerkte meine Reserviertheit und zeigte sich nun großherzig. »Sie sehen müde aus, James. Machen Sie eine Pause. Wir sehen uns nach dem Abendessen.«

Draußen war die Luft frisch und kühl. Ich rauchte eine Zigarette und sah einer dünnen Mondsichel zu, wie sie erst kurz dunkler und dann wieder heller wurde, als ein paar kleine Wolken durchzogen. Das Meer war ruhig. Eine Fledermaus flog vorbei, mehr erahnt denn gesehen.

Nach einer leichten Mahlzeit im Speiseraum kehrte ich zu den Schläferinnen zurück. Maitland hatte alle Lampen angeschaltet: neun Pendelleuchten mit konischen Schirmen, die ineinandergreifende Lichtkreise auf die Fliesen malten. Zum ersten Mal konnte ich die Decke richtig sehen. Sie bestand aus unlackierten Brettern, die von massiven Querbalken getragen wurden. Ohne die dunklen Nischen und Schattenbereiche sah der Schlafraum kleiner aus als sonst. Die Anordnung der sechs Betten lud nicht mehr zu Vergleichen mit unterirdischen Tempeln oder Steinkreisen ein. Die magische Atmosphäre war zerstört und durch etwas Profaneres ersetzt worden.

Maitland war allein; ich vermutete, dass er die Schwestern weggeschickt hatte. Er schritt von Bett zu Bett, maß Blutdruck, Puls und Temperatur und vermerkte die Werte auf den Krankenblättern. Celia Jones war an das EEG-Gerät angeschlossen, und Maitland ging immer wieder zu ihrem Bett, um die Linien zu betrachten, die auf der Papierrolle entstanden.

Dann sah er mich an der Tür stehen. »Ah, James. Kommen Sie einmal her. Celia Jones produziert ein paar hochinteressante Wellen. Ich vermute, dass sie mit der Blockade zusammenhängen, die für den Dauerschlaf verantwortlich ist.« Ich betrachtete die in der Tat sehr ungewöhnlichen Muster. Maitland war die ganze Zeit über beschäftigt. Er wirkte gar nicht angespannt, und in seinen Augen schimmerte eine fiebrige Begeisterung. Seine Arbeit hielt ihn ganz gefangen, und ich bezweifelte, dass er seit seiner Ankunft auch nur ein einziges Mal an seine Frau gedacht hatte.

Wenige Stunden zuvor war ich noch bereit gewesen, meine Kündigung einzureichen, aber diese Entscheidung hatte nun viel von ihrer emotionalen Dringlichkeit verloren. Ohnehin konnte ich dieses schwierige Thema nicht während einer solchen Krise zur Sprache bringen. Maitland wäre äußerst wütend geworden – berechtigterweise. Dabei hatte ich meine Meinung nicht geändert. Ich hielt meinen Abschied weiterhin für unausweichlich und wollte gehen, sobald das realistisch machbar war, aber jetzt passte es gar nicht. Außerdem muss ich (mit beträchtlicher Scham) gestehen, dass ich neugierig darauf war, was nun geschehen würde.

Als ich mich am Abend zurückzog, war Maitland noch immer voller Energie, äußerte die verschiedensten Theorien und machte sich Notizen. »Das ist doch faszinierend, oder nicht?«, fragte er und wiederholte dann, ein wenig leiser: »Sehr faszinierend.«

Ich ging die Treppen hinauf und kam an Hartley vorbei, der das Treppengeländer mit einer öligen Substanz polierte. Es war eine Tätigkeit, bei der ich ihn schon oft beobachtet hatte. Er sah von seiner Arbeit auf und nickte mir zu. Beinahe wäre ich stehen geblieben und hätte ihn gefragt, ob er die geschwärzte Figur bemerkt hatte. Was dachte er sich wohl dabei, überlegte ich. Aber mir gingen zu viele Dinge im Kopf herum, und Hartley war nie besonders gesprächig gewesen.

Als ich meine Wohnung betrat, ging ich sofort in mein Arbeitszimmer. Ich setzte mich ans Schreibpult, spielte mit einem Füllfederhalter und dachte über die Schlafraum-Patientinnen nach. Mir fielen ihre traurigen Lebensgeschichten voller Missbrauch und Verlassenwerden ein. Sie waren nicht nur Gehirne, Zellverbände, die man in gemeinschaftliche Vergessenheit geraten ließ, sondern Menschen.

Was, wenn sie nicht wieder aufwachten, fragte ich mich. Morgen nicht. Oder übermorgen auch nicht. Oder überübermorgen. Was, wenn man sie selbst nach Wochen, Monaten oder Jahren nicht mehr würde wecken können? Was würde mit ihnen geschehen? Herzinfarkt? Infektionen? Schlaganfälle? Es wäre vernünftig gewesen, sie alle ins Krankenhaus von Ipswich zu überführen, wo man auf lebensbedrohliche Notfälle eingerichtet war. Aber von diesem Vorschlag würde Maitland nichts hören wollen. Er wollte Ergebnisse beobachten, Testläufe machen und dokumentieren. Er führte jetzt ein Experiment durch. Tatsächlich hatte er das immer schon getan. Das hätte mir in dem Augenblick klar sein sollen, da ich die Buchstaben »CIA« auf der Notiz in Marian Powells Akte gelesen hatte.

Ich wollte meine Gedanken schriftlich fixieren und suchte in der untersten Schublade des Schreibtisches nach einem Block. Diese war inzwischen ziemlich voll, und ich musste erst verschiedene Sachen auspacken, darunter auch Palmers Reserpin. Als ich die Schachtel in die Hand nahm, wusste ich sofort, dass sich etwas verändert hatte. Sie klapperte nicht. Ich hob den Deckel und sah hinein. Es war nichts drin. Die drei weißen Tabletten mit ihrer auffälligen Bruchkerbe waren verschwunden.

19

Am folgenden Vormittag wurde ich in Maitlands Büro gerufen. Er saß hinter seinem Schreibtisch, der über und über mit EEG-Ausdrucken, Statistiken und Blättern bedeckt war, auf denen ich seine typische Handschrift erkannte. Die Akten, die ich heimlich gelesen hatte – die aus dem grauen Metallschrank, mit den Überweisungsschreiben und Dokumentationen der Schlafraum-Patientinnen – waren neben dem Telefon gestapelt.

»Haben Sie die ganze Nacht gearbeitet?«, fragte ich.

»Mehr oder weniger. Gegen drei habe ich wohl ein bisschen geschlafen, eine halbe Stunde vielleicht.« Er deutete auf das Chesterfield-Sofa und schob dann ein paar Papiere zusammen. Ich hätte erwartet, dass er mehr Zeichen von Erschöpfung zeigen würde, aber er war gut gekleidet und gekämmt und wirkte strahlend gut gelaunt. Offenbar hatte er sich gerade erst rasiert – er roch noch stark nach Rasierwasser –, und sein Haar glänzte vor frischer Pomade. »Bitte«, dröhnte er entgegenkommend, »setzen Sie sich doch.«

»Wie geht es den Frauen?«, fragte ich.

»Unverändert«, antwortete er.

»Außergewöhnlich.«

»Aber wirklich.« Maitland zeigte mir die EEG-Ausdrucke und machte mich auf ungewöhnliche Wellenformen aufmerksam, die er mit schwarzer Tinte eingekreist hatte. Er bat mich um meine Meinung dazu, und dann erklärte er, er habe veranlasst, dass ein weiteres EEG-Gerät von London zu uns gebracht werden würde. »Es trifft wohl am Nachmittag hier ein. Ich habe den Verdacht«, fuhr er fort und tippte mit dem Finger auf die roten Linien, »dass wir eine epochale Entdeckung machen werden. Wenn tatsächlich identische Wellen von verschiedenen Patienten produziert werden, zu genau der gleichen Zeit, dann haben wir den ersten Schritt getan, um die physiologische Basis für dieses seltsame Phänomen festzuhalten.«

Er gab sich weiter einigen Spekulationen hin und bremste sich nur gelegentlich, um zu prüfen, ob ich seiner Argumentation noch folgte. Einmal äußerte er die (wie ich fand, abenteuerliche) Theorie, Synchronträumen könne sich als therapeutisch erweisen. »Was wäre, wenn sie aufwachten und alle geheilt wären?« Selbst mitten in einer solchen Krise sah Maitland die Möglichkeit, dass eine bevorstehende Katastrophe einen medizinischen Durchbruch in sich bergen mochte.

Nachdem ich seinen Ausführungen ungefähr eine Stunde lang gelauscht hatte, fand ich endlich den Mut, ihn an die Frage zu erinnern, die er so tunlichst umgangen hatte. »Und was wäre, wenn sie nicht aufwachen?«

Maitland schob seinen teuren Füllfederhalter über den Schreibtisch, bis er parallel zum Rand meines Stuhls lag. Dieses Manöver erschien mir seltsam defensiv, als ob er eine physische Trennlinie schaffen wollte, die unsere jeweiligen Positionen auf gegenüberliegenden Seiten einer Territorialgrenze festschrieb.

»Wir stehen noch ganz am Anfang. Und sie sind nicht in unmittelbarer Gefahr.«

»Nicht?«

Er lächelte. Es war ein Lächeln, in dem Ungläubigkeit und leichte Enttäuschung mitschwangen. »Was meinen Sie denn damit?«

»Nun …« Ich hielt inne, mir sank der Mut, und beinahe hätte ich mich dazu entschieden, etwas weniger Kontroverses zu sagen. Aber dann sah ich die Akten, erinnerte mich an die traurigen Geschichten von Missbrauch und Verlust und beschloss, dass es hier wirklich um eine Prinzipienfrage ging. »Sind wir denn ausreichend gewappnet, um diesem Notfall zu begegnen? Ich meine … haben wir die nötige Ausrüstung?«

»Ausrüstung?«

»Der *Zustand*, in dem die Patientinnen jetzt sind. Wir wissen doch gar nicht, was sich eigentlich dahinter verbirgt oder welche Risiken damit einhergehen können, wenn er anhält.«

»Die Patientinnen träumen. Das ist alles. Mit Träumen sind keine Risiken verbunden.«

»Bei allem Respekt, Hugh, sie träumen doch nicht nur. Sie befinden sich in einem Zustand, der selbst unter Berücksichtigung des anomalen EEGs ziemlich stark an ein Koma erinnert.«

Maitland schüttelte den Kopf. »Ich glaube nicht, dass diese Patientinnen in Gefahr sind.«

Die Stille, die sich um uns legte, war angespannt und von Unbehaglichkeit durchdrungen.

»Wenn man sie nach Ipswich verlegen würde …«

»Das kommt nicht infrage«, unterbrach Maitland. »In Ipswich hat man gar nicht die Erfahrung, um einen Schlafraum zu betreiben. Was ist das überhaupt für ein Einfall? Wir haben hier Schwester Jenkins und die Pflegerinnen.

Wie könnte so eine Überführung auch nur im Geringsten im Interesse *meiner* Patientinnen sein?« Die Art und Weise, wie er das Possessivpronomen betonte, war deutlich.

»Ich weiß nicht, Hugh. Wenn etwas Unvorhergesehenes passiert, dann könnten die Schläferinnen in einem Allgemeinkrankenhaus eine gute Notfallversorgung bekommen.«

Maitlands Gesicht war alabasterweiß. »Es wird nichts Unvorhergesehenes passieren«, sagte er leise.

Ich wollte mich nicht einschüchtern lassen. »Welche Ziele verfolgen wir, Hugh?«

»Die Patientinnen am Leben zu erhalten und es ihnen so angenehm wie möglich zu machen, bis sie von selbst aufwachen oder durch chemische Stimulanzien dazu gebracht werden.«

»Diese Ziele könnten wir in Ipswich genauso erreichen.«

»Natürlich, aber wir genießen hier in Wyldehope bestimmte Privilegien, die ich uns gern erhalten würde.« Er hob die Augenbrauen, als wollte er mich ermutigen, über den Reiz absoluter Macht nachzudenken. Dann setzte er mit unaufrichtiger Herzlichkeit hinzu: »Man hat mich nie davon überzeugen können, dass eine Aufteilung medizinischer Verantwortung in der Praxis funktioniert. Die Vertreter verschiedener medizinischer Richtungen haben widerstreitende Prioritäten. Wir wollen doch keine Situation, in der wir jedes Mal, bloß um die Dosis eines Medikaments zu verändern, stundenlang mit einem Kardiologen darüber diskutieren müssen.«

»Es tut mir leid, Hugh, aber ich bin da anderer Meinung. Ich denke, die Patientinnen sollten verlegt werden, und wenn wir keine sofortigen Anstalten dazu treffen und etwas schiefgeht …« Ich hielt abrupt inne.

»Was? Was meinen Sie denn, was passieren wird?«

Ich holte tief Luft und sagte: »Ich stelle Ihr Urteil nicht infrage.«

»Nein?«

»Ich mache mir nur Sorgen, das ist alles.«

»Um die Patienten?«, fragte er kühl. »Oder um die Medizinische Aufsichtsbehörde?« Er sah, dass ich zusammenzuckte, und fuhr fort: »Tja, da war diese Sache mit Hilda Wright. Die mögliche Arsenvergiftung, die Sie nicht gemeldet haben.«

»Was?«

»Wir haben über diese Angelegenheit gesprochen, wenn ich mich recht erinnere.«

»Ja, und Sie haben mir gesagt, dass es sich nicht lohnen würde, diese Angelegenheit weiterzuverfolgen.«

»Mein guter Mann, ich habe nichts dergleichen gesagt. Ich habe Sie lediglich dazu gedrängt, das große Ganze im Blick zu behalten. Die Entscheidung, ob Sie den Gerichtsmediziner informieren oder nicht, lag bei Ihnen. Das war doch wohl auch anders gar nicht möglich, denn ich habe die Patientin schließlich nie gesehen.« Ich war fassungslos, und das steigerte sich noch, als er fortfuhr: »Und dann noch Chapman. Glücklicherweise hat man ja nie Fragen wegen der Zwangsjacke gestellt.«

Ich fühlte Zorn in mir aufflammen, und Maitlands Füller rollte mir entgegen. Er griff hastig danach, aber der Füller bewegte sich schnell aus seiner Reichweite. Ich sah zu, wie er zu Boden fiel. Dann starrte ich ihn einige Sekunden an, bevor ich den Oberkörper neigte, ihn aufhob und wieder in seine alte Position schob.

»Danke«, sagte Maitland. Er sah mir direkt in die Augen.

Unter anderen Umständen hätte einer von uns beiden diesen seltsamen Vorfall vielleicht kommentiert. Aber Maitland hatte gerade eine Drohung ausgesprochen, und mein Kopf war ganz und gar damit beschäftigt, eine angemessene Antwort zu formulieren. Dieser konzentrierte Aufwand erwies sich jedoch als unnötig, denn nun seufzte Maitland, machte eine beschwichtigende Geste und sagte: »Hören Sie, James, Sie haben eine sehr viel versprechende Karriere vor sich. Ich denke, wir haben eine gute Arbeitsbeziehung aufgebaut, und ich würde sie gern fortsetzen. Seien Sie nicht stur. Ich möchte nicht, dass wir einander so gegenüberstehen.« Er modulierte seine Stimme, um ihre angenehmeren Tonlagen voll auszunutzen, so wie er es auch bei seinen Radioauftritten tat. Dabei erzeugte er einen melodiösen, überzeugenden Klang. »Ich würde mich freuen, wenn Sie etwas für mich tun würden. Gehen Sie nach oben, oder gehen Sie spazieren – egal, was, suchen Sie sich einen ruhigen Ort, an dem Sie nicht gestört werden können, und lassen Sie sich das durch den Kopf gehen, worüber wir diskutiert haben. Versuchen Sie, die Angelegenheit vor allem langfristig zu sehen. Ich verstehe, dass Sie Bedenken haben. Das haben Sie ja deutlich gemacht. Aber trotzdem hoffe ich, dass Sie sich meiner Sichtweise anschließen werden.«

Er stand auf und bot mir seine Hand. Ich nahm sie vorsichtig und achtete darauf, seinen kräftigen Händedruck mit Entschlossenheit zu erwidern. Es war eine Kommunikation, die des ungehobelten Mediums Sprache nicht bedurfte. Als ich Maitlands Büro verließ, war mir völlig klar, dass die Vertragsbedingungen, von denen meine Zukunft als Arzt abhing, gerade neu ausgehandelt worden waren. So, wie ich die Sache sah, stellte sich mir allerdings nicht die Frage, ob ich bereit war, sie anzunehmen, sondern ob ich den Mut besaß, sie zurückzuweisen.

Ich erinnerte mich, was Palmer über seine Beziehung zu Maitland gesagt hatte, dass Maitland ihn auf beinahe »väterliche« Weise gefördert hätte, und wie sehr es seine Gefühlslage verkompliziert hatte, als er eine Kündigung erwog. Vielleicht hatte ich in Maitland schließlich auch eine Vaterfigur gesehen. Denn obwohl er versucht hatte, mich zu manipulieren, und mir gegenüber nicht immer ehrlich gewesen war, hatte der Gedanke, ihm zu widersprechen, auch in mir eine Vielzahl widerstreitender ödipaler Emotionen ausgelöst: vor allem Angst und Schuld. Ich hatte das Gefühl, dass der Plan, der in meinem Kopf Gestalt annahm, gegen die natürliche Ordnung verstieß. Maitland hatte sich stets über die »Seelenklempner« lustig gemacht, und ich war ihm darin ein williger Verbündeter gewesen. Doch als ich jetzt die Treppe zu meiner Wohnung hinaufging, erschienen mir die schwer verdaulichen Grundsätze der Psychoanalyse wie unanfechtbare Wahrheiten.

In meinem Arbeitszimmer rauchte ich eine Zigarette und nahm dann das Telefon zur Hand. Es dauerte eine Weile, bis ich den richtigen Ansprechpartner erreichte. Der Angestellte war höflich, aber ein wenig reserviert. Nachdem er meinen Namen und meine Nummer notiert hatte, bat er mich, mein Anliegen vorzutragen. Als er Maitlands Namen hörte, unterbrach er mich: »Entschuldigung, wie war das bitte?«

»Dr. Hugh Maitland.«

»Der Psychiater?«

»Ja.«

»Der berühmte Psychiater.«

»Ja.«

Anschließend beschrieb ich die Situation und teilte meine Bedenken mit. »Die Patientinnen müssen verlegt werden«, schloss ich, »ihr Leben ist in Gefahr.«

»Es ist Ihnen aber klar«, sagte der Mann, »dass Sie eine sehr ernste Anschuldigung aussprechen?«

»Ja«, erwiderte ich, »das weiß ich.«

Die Welt der Medizin ist bekanntermaßen hierarchisch und konservativ. Als ich auflegte, tat ich das in dem Bewusstsein, höchstwahrscheinlich etwas sehr Dummes getan zu haben. Was hatte ich zu erreichen gehofft? Aller Wahrscheinlichkeit nach würden die Schläferinnen in Wyldehope bleiben, Maitland würde nicht weiter überprüft, und ich würde nie wieder Arbeit finden.

Den übrigen Vormittag verbrachte ich auf den Stationen. Es war eine Menge zu tun, weil Maitland sich in den Schlafraum zurückgezogen hatte, ohne dass ihn das Wohlergehen der anderen Patienten auch nur im Geringsten zu kümmern schien. Als ich hinunterging, um ihn wegen Alan Foster etwas zu fragen, sah Maitland mich kaum richtig an. Er stand neben dem EEG-Gerät, strich sich übers Kinn und war völlig gefangen von der Bewegung der Tintenstifte. »Tun Sie, was Sie für richtig halten«, bemerkte er abwesend. Nachdem er mich zuvor weggeschickt hatte, damit ich über unsere Auseinandersetzung nachdachte, hatte ich angenommen, er würde zumindest ein gewisses Interesse daran haben, zu welchem Schluss ich gekommen war, doch er war schlicht zu sehr mit anderen Dingen beschäftigt.

Die Schläferinnen hatten noch keine Nahrung bekommen, aber man hatte ihnen bereits Zugänge in den Armen gelegt und den Tropf angeschlossen. Vielleicht wirkten wegen der angeschalteten Deckenleuchten die kraftlos auf dem Rücken liegenden Körper so ausgemergelt. Ihr Inneres war viel zu sichtbar: Knochen und die Schatten der Blutgefäße zeichneten sich unter der durchscheinenden Haut ab. Als ich den Schlafraum wieder verließ, wandte ich mich noch einmal um und fühlte eine übernatürliche Kälte. Sie schien in meinen Brustkorb zu greifen und mein Herz zu vereisen. Das Gefühl war ebenso unangenehm wie durchdringend und hielt eine Weile an, auch wenn es ein wenig an Intensität verlor.

Die Arbeit fiel mir schwer, weil ich ständig darüber nachdachte, ob jemand vom Gesundheitsamt oder von der medizinischen Aufsichtsbehörde eintreffen würde, um sich umzusehen, obwohl ich natürlich wusste, dass so eine schnelle Reaktion höchst unwahrscheinlich war. Man würde Maitland höflich telefonisch vorwarnen, und dann würde ich in sein Büro zitiert werden und mich erklären müssen. Ich malte mir aus, wie ich vor ihm stand, während er mich angesichts meines enormen Verrats ungläubig ansah. Bei dieser Vorstellung wurde mir ein wenig übel. Mir kam sogar der Gedanke, ich sollte vielleicht besser meine Sachen packen und Hartley bitten, mich zum Bahnhof zu fahren. Aber das erschien mir dann zu feige. Ich musste an Männer wie Burgess denken: Männer einer Generation, gar nicht so weit von meiner entfernt, die gezwungen gewesen waren, zu kämpfen und einen Krieg zu gewinnen. Da konnte ich doch wohl noch Maitland gegenübertreten? Die Schlafraum-Patientinnen waren in Gefahr, und ich war der Einzige, der ihnen helfen konnte. Ein Zitat kam mir in den Kopf, das mein Geschichtslehrer in der Schule oft wiederholt hatte: »Für den Triumph des Bösen braucht es nichts weiter als die Untätigkeit der Guten.« Dieser Gedanke belebte mich und stärkte meine Entschlusskraft.

Als ich auf die Männerstation zurückkehrte, ging ich gleich zu Alan Foster, der noch immer sehr erregt war. »Sie tun mir Gedanken in den Kopf«, sagte er. »Ich weiß nicht mehr, welche wirklich von mir sind.« Ich gab ihm ein Beruhigungsmittel, versuchte dafür zu sorgen, dass er einigermaßen Ruhe fand, und machte dann meine Runde bei einigen der anderen Patienten: Mr. Cook, Mr. Murray und Mr. Drake. Und ich merkte, wie ich unwillkürlich an Michael Chapman dachte, an unsere vielen Schachpartien und Gespräche. Erfüllt von derart trübsinnigen Gedanken, wanderte ich ziellos über den Flur und betrat schließlich den Tagesraum. Jane saß in einem der abgewetzten Sessel, ein zerknülltes Taschentuch in der Hand.

»Oh, das tut mir leid«, sagte ich peinlich berührt. »Ich wusste nicht …«

Ich hatte mich schon wieder zum Gehen gewandt, als sie sich zu mir umdrehte. Ganz offensichtlich hatte sie geweint. Unentschlossen verharrte ich auf der Schwelle, aber etwas in ihrem Gesichtsausdruck ließ mich in meinen ratlosen Bewegungen innehalten. Ihre Augen sahen mich so flehentlich an, dass sich ein Gefühl in meiner Brust verfing.

»Müssen wir uns denn gegenseitig so behandeln?«, fragte sie.

»Was meinst du damit?«, gab ich etwas unaufrichtig zurück. Dann war mir das peinlich, und ich drehte mich um und sah wieder in den Flur zum Schwesternschreibtisch.

»Schon in Ordnung«, sagte Jane, »außer mir ist niemand hier. Hast du eine Zigarette?« Ich trat zu ihr und hielt ihr mein Päckchen hin, und Jane zog eine Zigarette heraus und zündete sie sich an. »Danke.« Nach ein paar Zügen fragte sie: »Was geht da im Schlafraum vor sich?«

»Ich weiß es nicht. Aber es ist bestimmt nichts Gutes.«

»Glaubst du, dass es Maitland gelingen wird, sie zu wecken?«

»Sie sollten nach Ipswich verlegt werden. Wir sind hier in Wyldehope nicht dafür ausgerüstet, um mit so etwas zurechtzukommen, worum auch immer es sich handeln mag.«

»Hast du Maitland gesagt, was du darüber denkst?«

»Ja.«

»Und was hat er gesagt?«

»Er war anderer Meinung.«

Sie erschauerte und legte die Knie aneinander. »Ich habe nachgedacht.« Sie hielt inne, und ich musste lange warten, bis sie weitersprach. »Darüber, was ich getan habe. Ich verstehe, wieso du so wütend bist. Wirklich. Und es tut mir leid, dass ich dir nicht schon alles erzählt habe, bevor … bevor wir uns näherkamen. Aber die Gelegenheit ergab sich nicht. Und ich war glücklich – mit dir – und wollte das nicht verderben.«

Der Saum ihrer Uniform war ein wenig hochgerutscht, und ich musste den Blick abwenden. Eine taktile Erinnerung an durch Seide dringende Körperwärme schickte ein pulsierendes Gefühl der Erregung durch meine Lenden.

»Ich bin mir nicht sicher, ob wir das hier besprechen sollten«, sagte ich.

»Wieso nicht? Es wird uns niemand stören. Ich habe auf den Dienstplan geschaut.«

»Gut, ich weiß nicht, ob wir dieses Gespräch überhaupt führen sollten.« Es war eine unnötige Zurückweisung.

Jane drehte den Kopf, und die Bewegung betonte ihren langen Hals und die klassische Ebenmäßigkeit ihres Profils. Ihre Augen schimmerten noch heller, als sich das Licht in einem frischen Tränenfilm brach. »Ich wollte nur sagen, dass ich verstehe, warum du dich so aufgeregt hast«, sagte sie mit leicht erstickter Stimme. »Das ist alles. Ich hatte gehofft …« Sie führte die Zigarette wieder zum Mund, bevor sie fortfuhr: »Ich hatte gehofft, wir könnten die ganze Sache wie Erwachsene betrachten.«

Ich ging zum Fenster hinüber. Draußen stand Maitlands Bentley, und aufgrund einer unglücklichen Verkettung von Assoziationen musste ich an das Chesterfield-Sofa denken, an das rhythmische Knarren von Leder, begleitet von befriedigtem Stöhnen. Maitland, der sich keuchend gegen Janes Rücken presste und mit seinen großen Händen nach dem vollen, reifen Gewicht ihrer Brüste griff. Mein Kopf begann zu schmerzen.

»Was hat das für einen Sinn?«

»Wir waren doch glücklich miteinander.«

»Ja, das waren wir.«

»Na also.«

»Ich fürchte, ich verstehe nicht, worauf du hinauswillst.«

Ich hörte, dass sie aufstand, und sah ihr Spiegelbild im Fenster, wie es sich vergrößerte, während sie näher kam, bis sie hinter mir stehen blieb. Durch ihre geisterhafte Spiegelung hindurch sah ich die Heide, den entfernten Wald und den Himmel. Ein Gefühl der Erwartung beschlich mich, das mich erstarren ließ. Sie wollte die Hand nach mir ausstrecken, ich konnte spüren, dass ihr Wunsch, mich zu berühren, sich immer weiter steigerte.

»Man macht manchmal Fehler«, sagte sie. »Ich habe einen Fehler gemacht – und es tut mir leid. Wirklich.«

Ich fühlte ihre Hand auf meiner Schulter und bemerkte gleichzeitig, wie sie auch auf der Glasscheibe erschien. Ich nahm ein goldenes Schimmern wahr. Sie trug einen Ehering. Oder jedenfalls glaubte ich das. Denn als ich genauer hinsah, schien er zu verblassen. War es bedeutsam, dass ich einem kleinen Lichtreflex spontan eine solche Interpretation gegeben hatte? Hieß das, mein Traum von einem idyllischen Leben mit Jane hatte allem zum Trotz überlebt und suchte nun Zuflucht im düsteren Unterholz verbotener Wünsche, fand seinen Ausdruck nur noch in Freud'schen Fehlleistungen wie getrübter Wahrnehmung und Versprechern? Ich fühlte, wie ihre Hand sich kräftiger um meine Schulter schloss, und sie trat einen Schritt vor. Ihr Atem wärmte meinen Nacken.

»Nein«, sagte ich. »Es ist vorbei. Wir können nicht noch einmal von vorn anfangen. Es ist zu spät.«

Sie konnte nicht mehr darauf reagieren. Denn in diesem Augenblick ertönten die ersten Schreie.

20

Die Tür auf der anderen Seite der Station ging auf, und Schwester Page rannte über den Flur. »Jane?«, schrie sie. »Wo bist du?« Und als sie uns am Eingang zum Tagesraum stehen sah, rief sie: »Es brennt! Bring die Patienten raus!« Ich blickte am Schwesternschreibtisch vorbei in die Eingangshalle und entdeckte dort ebenfalls Anzeichen hektischer Betriebsamkeit. Schwester Jenkins führte eine Prozession von Frauen in Krankenhaus-Bademänteln nach draußen und trieb sie mit entschlossenen Handzeichen zur Eile. Die Szene war in düster flackerndes Licht getaucht, und ich hörte ein unablässiges Heulen. Schwester Page wirbelte auf dem Absatz herum und rannte wieder hinaus.

Ein paar lange Sekunden waren Jane und ich so perplex, dass wir in Entsetzen und Überraschung erstarrten. »Komm«, sagte ich dann. »Wir sollten uns beeilen.«

Einige der Patienten kamen schon aus ihren Zimmern, mit müden Augen und blinzelnd. »Schwester?«, fragte Mr. Murray. »Was ist das für ein Geschrei?«

»Es brennt«, antwortete Jane. »Wir evakuieren das Gebäude. Gehen Sie jetzt. Hier entlang.«

Ich packte Janes Arm und deutete auf die Türen zu beiden Seiten des Flurs. »Du nimmst diese Seite, ich die andere.«

Wir holten die Patienten aus den Betten und führten sie in die Eingangshalle. Obwohl die meisten unter starken Beruhigungsmitteln standen, gerieten einige trotzdem in Panik.

»Werden wir sterben?«, jammerte Alan Foster.

»Nicht, wenn Sie sich beeilen«, erwiderte ich und schob ihn, die Handfläche gegen den Rücken gedrückt, leicht voran.

Allmählich drang Rauch in die Station, und einige Patienten begannen zu husten. Als wir in die Eingangshalle kamen, stieß mir ein Schwall Hitze entgegen. Das hölzerne Treppenhaus brannte, und das Knistern und Knacken, das dabei ertönte, klang nach einem riesigen Feuerstoß. Über das stetig lauter werdende Brüllen im Hintergrund war immer noch zu hören, scharf und klar, wie Lageberichte ausgetauscht wurden. Schwester Jenkins hielt gezwungenermaßen die Eingangstür auf, aber dadurch bekam der Brand ständig frischen Sauerstoff, und die Flammen züngelten nur noch wilder empor. Der Rauch brannte in ihren Augen, und ihre Wangen waren tränennass.

Ich schob mich an ihre Seite. »Schwester Jenkins, wo ist Dr. Maitland?«

Sie hustete in die vorgehaltene Hand und antwortete krächzend: »Im Schlafraum.«

»Warum um Himmels willen kommt er nicht heraus?«

»Schwester Page sagte, dass die Tür irgendwie klemmt. Vielleicht könnten Sie …« Die nächsten Silben ihres Satzes gingen in weiterem Husten unter. Sie winkte mich beiseite und folgte den letzten flüchtenden Patienten ins Freie.

Ich schirmte mein Gesicht mit dem Unterarm ab und versuchte, durch den aufwallenden Rauch zu sehen. Das Atmen tat weh, es brannte auf meinen Lippen und hinterließ einen ekligen Geschmack im Mund. »Hugh?«, rief ich die Treppe hinunter. »Hugh? Kommen Sie da raus!« Bevor ich ihm zu Hilfe eilte, zögerte ich, denn ich fürchtete, dass das Treppenhaus jeden Augenblick zusammenbrechen konnte. Der Eingang zum Schlafraum lag direkt darunter. Maitland antwortete nicht, also stolperte ich hastig die Stufen hinab und packte die Türklinke. Sie ließ sich leicht herunterdrücken, aber als ich dann die Tür öffnen wollte, passierte nichts. Ich schlug mit der Faust dagegen und brüllte: »Hugh? Hugh? Ist bei Ihnen alles in Ordnung?«

In diesem Moment gab es eine Explosion, gefolgt vom Knall brechenden Glases. Eines der Fenster war geborsten. Etwas Großes krachte hinter mir auf die Stufen, und Funken und Asche regneten auf mich herab. Als ich mich umsah, lag ein dickes Stück verkohltes Holz eingeklemmt zwischen den Wänden der Treppe. Ich ließ mich davon nicht abschrecken und warf mich mit meinem ganzen Gewicht gegen die Tür, die jedoch nicht nachgab.

»Dr. Richardson?«

Hartley stand oben an der Treppe. Er blickte nach oben und betrachtete offenbar etwas, was nur er aus seinem Blickwinkel sehen konnte, und sein Gesicht nahm einen sehr besorgten Ausdruck an. Dennoch bahnte er sich den Weg nach unten und blieb erst stehen, als er vor dem verkohlten Balken stand.

»Die Tür ist verschlossen«, rief ich. »Haben Sie den Schlüssel?«

»Da gibt es keinen. Ich habe nie einen bekommen.«

Das war im Grunde nicht überraschend. Die üblichen Sicherheitsmaßnahmen spielten für den Schlafraum keine Rolle. »Dann klemmt die Tür. Dr. Maitland und die Patientinnen sind noch drin. Ich brauche Ihre Hilfe.« Ich schlug gegen eine der Türfacetten. »Zu zweit können wir sie vielleicht aufbrechen.«

Hartley sah wieder nach oben, aber trotz der Gefahr, die offenbar dort lauerte, sprang er über den Balken und kam zu mir. »Auf drei«, sagte ich und zählte. Wir warfen uns mit den Schultern gegen die Tür, aber es tat sich nichts. »Noch einmal«, sagte ich. »Eins, zwei, drei.« Die Wucht des Aufpralls warf uns zurück, und Hartley fiel hin. »Das wird nichts«, sagte er kopfschüttelnd.

»Was sollen wir nur tun?«, fragte ich. »Wir können sie doch nicht dort drin lassen!«

Brennende Holzstücke prasselten auf uns herunter, und ich musste mir zum Schutz meine Jacke über den Kopf ziehen. Zu meinen Füßen entdeckte ich ein Stück geschwärztes Geländer. Eine zart geschnitzte Eule war noch zu erkennen, die ihre Klauen um einen Zweig gekrallt hatte.

»Wir müssen hier weg«, sagte Hartley und rückte sich die Brille zurecht. »Das verdammte Treppenhaus bricht gleich zusammen.«

»Aber wir können sie doch nicht zurücklassen. Die Patienten. Maitland.«

»Seien Sie kein Narr. Wenn Sie länger hierbleiben, dann sind Sie tot.« Er packte meinen Ärmel und wollte mich mit sich ziehen.

»Nein«, protestierte ich und befreite mich mit einem Ruck.

Hartley warf mir einen prüfenden Blick zu. Ich sah seine Augen hinter den Flammenreflektionen, die auf seinen Brillengläsern tanzten. Unvermittelt stieß er einen Fluch aus, wandte mir den Rücken zu und kletterte die Treppe wieder hinauf.

Noch einmal versuchte ich die Tür aufzubrechen, aber die sture Unnachgiebigkeit des Holzes machte mir klar, dass es zwecklos war. Es gab keine Anzeichen, die auf einen kommenden Erfolg hindeuteten, keine Sprünge oder Risse oder abgesplitterte Stellen. Die Tür vermittelte den Anschein, als sei sie mit Eisen verstärkt, unnatürlich fest und sicher.

»Hugh!«, rief ich verzweifelt und schlug nun mit beiden Fäusten gleichzeitig gegen die Tür. »Hören Sie mich?«

Dann ging ich einen Schritt zurück, und mein Blick fiel auf das Schlüsselloch. Ich kniete mich hin, bis ich hindurchschauen konnte. Das Licht war noch angeschaltet, und was ich sah, war so seltsam, dass ich erst dachte, ich hätte zu viel Rauch eingeatmet und litte an einer halluzinogenen Rauchvergiftung. Die sechs Patientinnen saßen kerzengerade aufgerichtet in ihren Betten. Ob ihre Augen offen oder geschlossen waren, ließ sich nicht erkennen, aber ihre Köpfe waren in eine Richtung gewandt, als würden sie alle dasselbe betrachten. Das Objekt ihres gemeinschaftlichen Interesses war Maitland, der in der Mitte zwischen den Betten stand und offenbar tief in Gedanken versunken war. Er sah ähnlich aus wie am Mittag, hielt die Hand erhoben, als wollte er sich übers Kinn streichen, aber irgendetwas an seiner Haltung legte nahe, dass er mitten in dieser Bewegung erstarrt war. Ich trommelte wieder gegen die Tür, aber Maitland reagierte nicht. Er stand ganz still da, wie eine Wachsfigur.

Mich überkam ein Gefühl, als ob ich mich innerlich öffnete und ausdehnte, als ob sich mein Verstand bog und streckte, um die Bedeutung dessen zu erfassen, was ich sah. Das Menschenwesen denkt in Bahnen der Gewohnheit, und ich hatte genau nach diesem Muster reagiert, indem ich alle übernatürlichen Phänomene, deren Zeuge ich geworden war, auf etwas Spirituelles zurückgeführt hatte. Aber in diesem Augenblick wurde mir klar, dass hier etwas viel Subtileres und Furcht einflößenderes am Werk war, und dass dieses Ding aus den tiefsten Geistesregionen der schlummernden Frauen erstanden war.

Maitland hatte ihre Gehirne mit Medikamenten und Elektroschocks gequält, und nun quälten sie das seine.

»Lieber Gott«, stöhnte ich.

Wie musste es sich anfühlen, wenn das gesamte Gewebe des eigenen Ichs, die Identität, die Seele, in Stücke gerissen wird? Und an welchem Ort, vor welcher unmöglichen Phantasiekulisse fand dieses schreckliche Geschehen statt? Ich erinnerte mich an etwas, das Maitland kurz nach meiner Ankunft in Wyldehope gesagt hatte. Er habe beobachtet, dass körperlicher Schmerz, egal, wie stark, nie dem mentalen Schmerz gleichkäme. Und dann erinnerte ich mich daran, als ich vor dem Wandgemälde des *Wenhaston Doom* darüber staunte, dass das menschliche Genie derartige Welten aus Leid und grotesker Folter ersinnen konnte. Wo war Maitland jetzt? Und was machten sie mit ihm? Sein Körper stand im Schlafraum, aber ich zweifelte nicht daran, dass sein Bewusstsein in eine andere Realität transportiert worden war.

Ein dicker Balken krachte wie ein Fallbeil von der Decke und zermalmte den Schwesternschreibtisch. Bruchstücke von Mauerwerk kullerten über den Boden, das Licht ging aus, und dann war da nur noch Dunkelheit.

Die Hitze wurde unerträglich, und ich fühlte mich, als müsste ich ersticken.

Jetzt konnte ich meine Flucht nicht länger hinauszögern. Ich sprang die Treppe hinauf und musste dabei immer wieder brennenden Trümmern ausweichen. Die Luft war so voller Rauch, dass ich kaum etwas sah. Ich stolperte über die Rüstung, die umgefallen und auseinandergebrochen war. Hoch über mir zerbarst ein weiteres Fenster, und dem zarten Klimpern folgte ein schmerzhafter Schauer aus Glassplittern. Hastig rappelte ich mich auf und rannte zur Eingangstür, die noch immer offen stand und dämmriges Licht in die düstere Eingangshalle fallen ließ.

Ruckartig bremste mich ein altvertrautes Gefühl. Ich verband es mit zwei speziellen Situationen, die beide schon lange zurücklagen und die auf den Schulhof und aufs Rugbyfeld gehörten. Es fühlte sich an, als ob jemand mich an meiner Kleidung festhielt. Ich wandte mich nicht um. Stattdessen zog ich die Schultern hoch und senkte die Arme. Meine Jacke glitt von meinem Rücken, und mit zwei energischen Sprüngen schaffte ich es bis zur Tür.

Auf der Vortreppe sah ich mich um, als gerade das hölzerne Treppenhaus in sich zusammenfiel wie eine Ziehharmonika und mir einen Schwall heißer Luft entgegenschickte. Meine Haare und Augenbrauen brutzelten unangenehm, und ein neuer, beißender Gestank durchdrang den schon bestehenden Brandhauch. Ich stolperte zur Auffahrt und holte tief Luft, fühlte mich fast benebelt von dieser wunderbaren Erfahrung. Dann beugte ich mich vor, stützte die Hände auf die Oberschenkel und hustete so sehr, dass ich glaubte, mich gleich übergeben zu müssen. Meine Knöchel waren blutig, und meine Hose qualmte.

Schwester Jenkins führte die Patienten zusammen mit einigen Pflegerinnen die Auffahrt hinunter in Sicherheit. Eine weitere größere Schwesterngruppe hatte offenbar gerade erst ihre Unterkunft verlassen, lief quer über die Heide und nahm eine Abkürzung, um möglichst schnell auf ihre Kolleginnen zu treffen. Mr. und Mrs. Hartley und das Küchenmädchen standen vor dem Cottage der Hartleys, sahen der Zerstörung Wyldehopes aus dieser sicheren Entfernung zu und genossen offenbar das Allheilmittel Mrs. Hartleys, eine Tasse Tee.

Ich humpelte an Maitlands Bentley vorbei und registrierte in der halbtransparenten Tiefe der Windschutzscheibe das Bild eines gequälten Mannes. Sein Gesicht war verdreckt, und ihm standen die Haare zu Berge. Wolken mit ausgefransten Rändern rasten über den Turm hinweg, und wieder explodierte ein Fenster.

21

Am folgenden Tag rief mich ein Journalist an, der über meinen gescheiterten Versuch, Maitland zu retten, berichten wollte.

»Ich habe mit Schwester Jenkins gesprochen.«

»Ja.«

»Sie hat in höchsten Tönen von Ihnen geschwärmt, Dr. Richardson. Sie sagte sogar, Sie seien so etwas wie ein Held.«

»Das würde ich nicht so sehen.«

»Waren Sie nicht als Letzter noch im Gebäude? Sie haben doch versucht, Dr. Maitland und seine Patientinnen zu retten?«

»Die Tür zum Schlafraum hatte sich verkeilt. Vielleicht war das Holz durch die Hitze verzogen. Ich habe ein paar Mal versucht, sie einzuschlagen, aber ohne Erfolg, und schließlich bin ich um mein Leben gelaufen. Nein, ich würde nicht sagen, dass ich ein Held bin.«

Als dem Journalisten klar wurde, dass ich zu keiner Kooperation bereit war, beendete er das Gespräch abrupt.

Die Untersuchung der Brandursache brachte keine eindeutigen Ergebnisse. Alle Beteiligten kamen nach und nach überein, dass es sich wahrscheinlich um einen Kurzschluss gehandelt hatte – eine plausible Hypothese und auf beruhigende Weise vorhersehbar. Mr. Hartley hatte das Treppenhaus zudem regelmäßig mit einem selbst zusammengerührten Holzschutzmittel gepflegt, und diese zweifelhafte

Flüssigkeit hatte vermutlich höchst brennbare Substanzen enthalten.

Ich blieb nicht in East Anglia. Dazu hatte ich keine Veranlassung. Als die Polizei keine weiteren Fragen mehr an mich hatte, reiste ich nach Bournemouth und blieb bei meinen Eltern, um von dort aus meine Rückkehr nach London vorzubereiten.

Es wurde ausführlich über die Tragödie berichtet, und in mehreren Zeitschriften erschienen Nachrufe auf Maitland. Die Meinungen waren einhellig: »ein talentierter Ideenvermittler«, »ein moderner Visionär« und »der bedeutendste britische Psychiater seit Henry Maudsley«. Sir Paul Mallinson, mit dem ich am St. George zusammengearbeitet hatte, schrieb, Maitland sei »ein angenehmer Kollege« gewesen und »ein Mann, der sich einem einzigen Ziel verschrieben hatte«. Er war »der Feind aller Unvernunft, ein formidabler Kritiker der Psychoanalyse und ein leuchtendes Beispiel für nachfolgende Generationen«.

Maitland war sogar das Thema einer Radiosendung, die erst spätabends ausgestrahlt wurde und in der eine Runde renommierter Gäste über sein Leben und sein Werk diskutierte. Alle Redner äußerten sich sehr positiv, außer einem Philosophen, der Maitlands »kruden« Reduktionismus anprangerte. »Das menschliche Wesen«, sagte er mit einer nörglerischen Stimme, die ein recht hohes Alter vermuten ließ, »besteht aus mehr als chemischen Elementen.« Über Wyldehope fiel kein Wort, obwohl gelegentlich und dann stets lobend erwähnt wurde, dass Maitland sich sehr für den Einsatz der Schlafkur starkgemacht hatte.

Meine Verbindung zu Maitland erwies sich als äußerst vorteilhaft für meine Karriere. Mir wurde eine Art stellvertretender Berühmtheit zuteil. Die Nachrufe waren den meisten Leuten noch gut im Gedächtnis, und bei meinen Bewerbungsgesprächen brachte man mir ein beinahe übertriebenes Maß an Respekt entgegen. Binnen wenigen Tagen wurde mir eine Stelle als Vertretungsarzt am Royal Free Hospital angeboten, die ich annahm. Anschließend fand ich in Dartmouth Park ein möbliertes Zimmer. Glücklicherweise war meine neue Vermieterin ganz anders als die alte in Kentish Town. Sie hatte Kontakt zur örtlichen Künstlerszene und schlenderte zigarrenrauchend in einem seidenen Kimono durchs Haus. Vor allem aber gefiel mir, dass sie sich überhaupt nicht darum kümmerte, wann ich kam oder ging.

Kurz nach Ostern erhielt ich einen Brief von Jane. Sie hatte sich offenbar umgehört und schließlich meine neue Adresse herausbekommen. Es war eine recht kurze Nachricht: Sie schrieb, sie habe öfter an mich gedacht und wollte noch einmal reden. »Vielleicht gehen wir etwas trinken? Ich arbeite jetzt am University College Hospital. Da könnten wir uns in der Stadt doch einmal treffen?« Ich antwortete nicht darauf, sondern zerknüllte den Brief zu einer festen Papierkugel und warf ihn in den Müll.

Ich hatte mich selbst davon überzeugt, dass unsere Beziehung ganz und gar vorbei war und sie mich nicht mehr berührte. Aber wenn ich an Sonntagnachmittagen durch Hampstead spazieren ging, sah ich oft zu den hohen Fenstern der Villenwohnungen empor und erinnerte mich an die Träume, die ich von unserem zukünftigen, gemeinsamen Leben gehabt hatte. Ich dachte oft daran, was vielleicht hätte sein können.

Eines war klar: Für mich gab es noch eine Menge Dinge, über die ich nachdenken musste – nicht nur, was Jane betraf.

In jener schrecklichen Weihnachtsnacht, als Chapman

und ich im zweiten Stock im Treppenhaus von Wyldehope standen, war er erstarrt, hatte in die Dunkelheit am anderen Ende des Flurs geblickt und gesagt: »Es kommt.«

Ich erinnere mich, wie mir bei seiner Verwendung des Wortes »es« ein kalter Schauer über den Rücken lief, weil dies nahelegte, dass sich etwas Unmenschliches und Unbekanntes näherte.

In der Psychoanalyse wird der Begriff »Es« für das Unbewusste verwendet. Freud beschrieb das Es als ein unzugängliches Chaos, einen Kessel voll brodelnder Erregungszustände, einen primitiven Bereich des Inneren, der ständig bestrebt ist, seine angeborenen Triebe zu befriedigen. Als Chapman also sagte, »Es kommt«, hatten seine Worte eine doppelte Bedeutung, und das muss ich wohl auf irgendeiner Ebene gespürt haben.

Ich hatte die Überweisungsschreiben der Schlafraum-Patientinnen nur ein einziges Mal gelesen, aber ich konnte mich genau an die Einzelheiten ihrer Fälle erinnern. Um Zusammenhänge zwischen den Geschichten dieser Frauen und den Aktivitäten des Poltergeistes zu erkennen, war kein besonderer Scharfsinn vonnöten. Da waren beispielsweise der Diebstahl des Eherings und die Brandstiftung. Vor allem eines war den Frauen im Schlafraum gemeinsam: Sie litten darunter, dass sie den weiblichen Grundinstinkt nicht hatten ausleben dürfen, ein Kind zu bekommen und es zu versorgen. Die meisten von ihnen hatten ein Baby verloren, auf die eine oder andere Art, durch Wegnahme, Schwangerschaftsabbruch oder Fehlgeburt, und die anderen hatten zumindest sehr starke mütterliche Gefühle gezeigt. Marian Powell hatte ihre Lumpenpuppe mit sich herumgetragen, »Klein-Marian«, und für Elizabeth Mason hatte es nichts Wichtigeres gegeben als die Aussicht auf eine Heirat und die anschließende Gründung einer Familie.

Ihr Innerstes hatte sich in ihrem langen gemeinsamen Schlaf miteinander verbunden, und das »Ganze«, das aus diesem Zusammenschluss entstand, war etwas viel Größeres geworden als die bloße Summe seiner Teile. Der Poltergeist bildete ein Vehikel für die Erfüllung ihrer Wünsche, ein Traum, der aus den Grenzen ihres kollektiven Unterbewusstseins ausgebrochen war.

Hatten sie zusammen mit Maitland sterben wollen? Wahrscheinlich nicht. Keine ihrer Handlungen war von einer klar definierten Absicht motiviert. Das Unterbewusste ist völlig irrational. Es plant nicht im Voraus oder denkt nicht über mögliche Folgen nach.

Und was war mit den übersinnlichen Kräften Marian Powells? Als Kind war sie von der Gesellschaft für die Erforschung paranormaler Phänomene untersucht worden. Waren ihre Fähigkeiten neu erwacht, um dann dadurch verstärkt zu werden, dass sie sich als Teil dieses einzigartigen Seelenverbands wiederfand? Hatte sie Energien freigesetzt, die Bücher bewegen, Türen zuschlagen, die Verschlüsse einer Zwangsjacke lösen konnten und die schließlich sogar verhinderten, dass ich in den Schlafraum eindrang? Es waren natürlich reine Spekulationen, aber mir fielen keine besseren Erklärungen für diese Geschehnisse ein.

Vor allem eine Frage ging mir immer und immer wieder im Kopf herum, sobald ich Ruhe zum Nachdenken hatte: Was hatte Maitland *wirklich* in Wyldehope getan? Schon lange war ich von der naiven Vorstellung abgerückt, dass er lediglich neue Behandlungsmethoden hatte testen wollen. Stattdessen entwickelte ich andere Ideen und Vermutungen, aber keine davon besaß wirklich Substanz oder hätte bewiesen werden können. Vielleicht hätte sich an dieser unbefriedigenden Situation niemals etwas geändert, wenn ich nicht in einem verräucherten Pub in Soho buchstäblich auf meine Exfreundin Sheila gestoßen wäre.

»James?«, fragte sie und wischte sich ihre nasse Hand an ihrem Rock ab. Wir hatten bei unserem Zusammenprall beide unsere Getränke verschüttet.

»Sheila?«

»Du meine Güte, du bist es tatsächlich.« Sie stellte sich auf Zehenspitzen und küsste mich auf den Mund. Eine Gruppe laut feiernder Gäste in einer Ecke applaudierte. »Kümmere dich nicht um die«, sagte sie, bevor sie mich fragte, was ich in London tat. Ich erzählte ihr in stark verkürzter Form von meinen Erlebnissen in Wyldehope (wobei ich allerdings den Poltergeist mit keinem Wort erwähnte) und schloss damit, dass ich aufgrund des Feuers wieder nach London hatte zurückkehren müssen.

Ein Ausdruck des Wiedererkennens zog über Sheilas Gesicht. »Ich glaube, davon habe ich in der Zeitung gelesen. Du warst *dabei.* Du lieber Himmel. Es sind Leute umgekommen, oder?«

»Sechs Patienten und der leitende Arzt.«

»Wodurch entstand das Feuer?«

»Durch einen Kurzschluss.« Ich wollte nicht weiter über Wyldehope sprechen und bemühte mich, das Thema zu wechseln. »Aber wie ist es dir ergangen? Was hast du so gemacht?«

Sie streckte mir die Hand entgegen und zeigte mir einen Diamantring, der funkelte, als sie ihn ins Licht hielt. »Ich bin verlobt.«

»Das ging ja schnell. Wer ist denn der Glückliche?«

»Er heißt Nigel. Nigel Reeves. Er produziert Comedy-Programme fürs Radio. Letztes Jahr hat er einige sehr renommierte Sendungen betreut, sogar ein paar Folgen von der *Goon Show*.« Nach einem kurzen, etwas verschämten Zögern setzte sie hinzu: »Er hat mich Dienstag auf eine Party mitgenommen, auf der auch Peter Sellers war.«

»War es lustig?«

»Und wie.«

»Hast du Nigel bei der BBC kennen gelernt?«

»Nein. In einem Jazzclub, was eigentlich total verrückt ist, wenn man bedenkt, dass unsere Büros auf demselben Gang liegen. Er ist immer auf der Suche nach neuen Talenten.«

Unser Leben hätte nicht unterschiedlicher verlaufen können, seit wir getrennte Wege eingeschlagen hatten. Ich erinnerte mich, wie Sheila in den Bus gestiegen war und mir aus dem Fenster zugewinkt hatte. Wenn ich daran zurückdachte, wie ich mich von ihr an der Charing Cross Road verabschiedet hatte, dann schien mir das ebenso weit zurückzuliegen wie meine Kindheit.

»Du bist sicher glücklich«, sagte ich.

»Das bin ich.« Sie lächelte und sah mich dann mit leicht geneigtem Kopf an. »Gibt es auch jemanden in deinem Leben?«

»Nein. Eigentlich nicht. In Wyldehope war eine Schwester, die ich sehr mochte, aber es hat sich nichts daraus entwickelt. Du weißt ja, manchmal läuft es eben so.«

Dieses Eingeständnis löste in Sheila eine enorme Welle von Mitgefühl aus. Sie bestand darauf, dass ich »unbedingt« eine Freundin von ihr kennen lernte, die ebenfalls allein lebte und die ich, wie Sheila sagte, ganz sicher mögen würde.

Schließlich ließ ich mich überreden, zu einem Abendessen zu kommen. Wir würden zu viert sein: Sheila und Nigel, die besagte Freundin und ich.

»Bist du sicher, dass das eine gute Idee ist?«, fragte ich Sheila. »Ich meine, willst du wirklich, dass dein Verlobter und ich uns an einem Tisch gegenübersitzen?«

Sheila lachte: »Oh, kein Problem. Ich werde ihm sagen, wer du bist, und ihm wird es ganz sicher nichts ausmachen. Er ist kein eifersüchtiger Mensch.« Sie passten augenscheinlich wirklich gut zusammen.

Eine Woche später ging ich zu diesem Abendessen, das in Nigels Stadthaus in Kensington stattfand. Er war gut zehn Jahre älter als Sheila und verfügte offenbar noch über einige private Geldquellen. Er trug lockere, legere Kleidung, hatte die gelben Finger eines Kettenrauchers und trank jede Menge Wein, ohne auch nur ein bisschen angeheitert zu wirken. Die schlanke rothaarige junge Frau, die bei meiner Ankunft aufstand, um mich zu begrüßen, war Sheilas Freundin, Tosca Summerfield. Ihr exotischer Name sorgte gleich für das erste Gesprächsthema. Offenbar war sie in Mailand gezeugt worden, nachdem ihre frisch verheirateten Eltern dort die Oper besucht hatten.

Es wurde ein sehr angenehmer Abend. Nigel Reeves war ein wunderbarer Gastgeber, und Tosca und ich verstanden uns bestens. Sie war sympathisch, wenn auch vielleicht ein wenig überdreht, arbeitete bei einem Verlag und hatte schriftstellerische Ambitionen. Wir tauschten unsere Telefonnummern und gingen schon bald darauf miteinander aus. Dementsprechend kam ich öfter mit Sheila und Nigel zusammen, und eine Zeitlang begleitete ich Tosca zu Partys, bei denen der größte Teil der anderen Gäste entweder Sendungen für die BBC zu entwickeln schien oder für eine Zeitung schrieb.

Bei einer dieser Gelegenheiten lernte ich einen Journalisten namens Leonard Grimwood kennen. Er war Marxist und schrieb ein äußerst kritisches Buch über die USA. Als er erfuhr, dass ich Psychiater war, kam er auf die CIA zu sprechen. »Es heißt, dass man dort nach Möglichkeiten sucht, mit denen man die Erinnerungen eines Menschen löschen kann. Ich habe Grund zu der Annahme, dass ein paar ranghohe Mediziner an diesen Projekten mitwirken. Das soll natürlich niemand wissen, aber die CIA ist im Wahren von Geheimnissen überraschenderweise nicht besonders gut.« Er bemerkte, dass seine Pfeife ausgegangen war, und hielt kurz inne, um sie sich wieder anzuzünden. »Waren Sie schon einmal in den USA?«

»Nein«, antwortete ich.

»Die amerikanische Kultur ist besessen von Bewusstseinskontrolle und Gehirnwäsche. Wenn man mich fragt, sind die Werbefritzen daran schuld. Die haben dafür gesorgt, dass die ganze Welt paranoid ist.«

Maitland war davon überzeugt gewesen, dass Dauernarkose und EKT dazu beitragen konnten, unliebsame Erinnerungen auszulöschen. Ich erinnerte mich, wie ich durch Marian Powells Akte geblättert und die CIA-Notiz gefunden hatte, voller Eingangsstempel und an den Rand gekritzelter Bemerkungen.

»Ist Ihnen irgendwann der Name Dr. Walter Rosenberg untergekommen?«, fragte ich.

Grimwood hob überrascht den Kopf. »Ja, tatsächlich. Er lebt in New York. Kennen Sie ihn?«

»Wir sind uns einmal begegnet.«

»Ein aalglatter Typ. Schon seit Jahren kommen Patienten aus seiner Klinik, denen er das gesamte Gedächtnis ausradiert hat. Und er ist viel wohlhabender, als mit rechten Dingen zugehen kann. Ich kenne ein paar Anwälte in Queens, nassforsche, junge Kerle, die ein bisschen Staub aufwirbeln wollen. Sie haben sich auf Bürgerrechte spezialisiert und in letzter Zeit zunehmend Fragen rund um die geistige Gesundheit untersucht. Sie bereiten einen Prozess gegen Rosenberg vor – es geht da wohl um Vernachlässigung. Aber sie sind noch nicht sehr weit, jedenfalls bisher nicht.« Grimwood kniff die Augen zusammen, als wollte er andeuten, dass dieses langsame Vorwärtskommen in düsteren Machenschaften begründet sein mochte. Er stieß einen Schwall Pfeifenrauch aus und starrte mich durch diese dicke bräunliche Qualmwolke an.

»Was ist mit Maitland«, fragte ich, »mit Dr. Hugh Maitland?«

»Natürlich habe ich von ihm gehört. Er ist vor kurzem ums Leben gekommen, nicht wahr?«

»Ja. Ich habe mit ihm zusammengearbeitet.«

»Das tut mir leid.«

»Wir standen uns nicht besonders nahe. Maitland kannte Rosenberg sehr gut. Tatsächlich habe ich Rosenberg kennen gelernt, als er Maitland besuchte.«

»Maitland war Brite.«

»Spielt das eine Rolle?«

»Für mich schon. Mein Buch handelt von den USA.«

22

Im Herbst erhielt Tosca ein Stellenangebot in Paris und nahm es an. Ich war nie davon ausgegangen, dass unsere Affäre lange dauern würde. Dennoch machte mich ihre Abreise traurig. Sie war gut für mich gewesen, eine willkommene Ablenkung. Natürlich zeigte sich schon allein an dieser Bewertung unserer Beziehung, dass wir nie über den Status einer oberflächlichen Bekanntschaft hinausgekommen waren. Wenn wir uns liebten, dann eher effizient als leidenschaftlich. Versunkene Umarmungen oder bebendes Ausatmen, die ein Eingeständnis der Liebe hätten vermitteln können, hatte es bei uns nie gegeben.

Als mein Vertrag am Royal Free Hospital auslief, bewarb ich mich bei Professor Aubrey Lewis am Institut für Psychiatrie. Er wählte die Bewerber selbst aus und war ein Mann von beträchtlichem Einfluss. Maitland hatte einen löwenhaften, verführerischen Charme besessen, Lewis dagegen war kahlköpfig und pedantisch. Ein unvorteilhafter Schnurrbart verlieh ihm das Aussehen eines Feldwebels im Ruhestand. Das Bewerbungsgespräch war anstrengend, aber es gelang mir, bei Lewis einen Eindruck zu hinterlassen und mich gegen einige sehr qualifizierte Mitbewerber zu behaupten. Wieder einmal erwies sich meine Verbindung zu Maitland als nützlich.

Oberflächlich betrachtet, verlief daraufhin ein Tag wie der andere. Ich untersuchte Patienten, kümmerte mich um ein paar Forschungsprojekte und hielt gelegentlich Vorträge. Dennoch bot das Institut einen sehr interessanten Arbeitsplatz. Man hatte das Gefühl, im Herzen des Geschehens zu sein.

Zu Lewis hatte ich eine gute Beziehung, wenn auch keine besonders herzliche, da er nicht dazu neigte, seine Gefühle zu zeigen. Vermutlich war er emotionsloser als jeder andere Mensch, den ich je kennen gelernt habe. Manche meiner Kollegen kamen damit schlecht zurecht, aber ich persönlich fand Lewis' reservierte Art erfrischend, sie bot einen willkommenen Kontrast zu Maitlands Intensität. Es wurde mir bald zu lästig, jeden Tag von Dartmouth Park nach Süd-London zu pendeln, und daher kündigte ich bei meiner exzentrischen Vermieterin, packte meine Sachen und zog nach Herne Hill.

Eines Samstags ging ich am Hof eines Autohauses in Camberwell vorbei, und mir fiel ein äußerst ansprechender, gebrauchter Wolseley auf. Er war üppig schwarz lackiert und mit silbern glänzenden Seitenleisten verziert, die das Morgenlicht wie schimmernde Speerspitzen reflektierten. Ich öffnete die Tür auf der Beifahrerseite und schaute mir die Ledersitze, den Florteppich und das Walnussholz des Armaturenbretts genauer an. *Warum nicht?*, dachte ich. *Ich kann ihn mir leisten.*

Als das Frühjahr kam, unternahm ich an den Wochenenden bald regelmäßig lange Ausfahrten. Meist fuhr ich in Richtung Küste und verbrachte ein paar Stunden in Brighton, Margate oder Southend, aber manchmal verschlug es mich auch nach Norden, nach Hertfordshire oder noch weiter. Bei einem dieser Ausflüge fuhr ich sogar bis Cambridge. Nachdem ich dort viel früher eingetroffen war als erwartet, überlegte ich während eines Bummels über die Silver Street, dass ich wahrscheinlich nur knapp zwei Stunden für die Fahrt nach Wyldehope brauchen würde, wenn ich über Ipswich fuhr. Der Gedanke setzte sich in mir fest und bekam etwas Drängendes. Es war ein Gefühl, das ich vielleicht am besten als »starkes Verlangen« beschreiben kann – ein Verlangen danach, Dunwich Heath wiederzusehen, die Wellen auf den Kieseln rauschen zu hören, vor der Ruine der Klinik zu stehen und mich zu erinnern. Vielleicht lag diesem Impuls die unbestätigte Hypothese zugrunde, dass es therapeutisch sein würde, nach Wyldehope zurückzukehren. Seit über einem Jahr fühlte sich mein Leben ein wenig irreal an, als ob es ihm an Substanz fehlte, während meine Erinnerungen an den Schlafraum, Maitland, Schwester Jenkins, Chapman und Jane äußerst lebendig waren. Eine symbolische letzte Begegnung mit der Vergangenheit schien eine Erlösung zu versprechen. Vielleicht konnte ich eine obskure Geste der Aussöhnung herbeiführen, auch wenn sie allein in meiner Einbildung stattfand, und dann nach vorn blicken. Das flache Schwarzweißbild meiner Welt würde sich wieder ins Dreidimensionale ausdehnen, und von den Rändern würde allmählich wieder Farbe hineinsickern.

Es ist schwer zu beschreiben, was in mir vorging, als ich zwischen den beiden alten Torpfosten hindurchfuhr. Zwei Empfindungen, die sich eigentlich gegenseitig ausschlossen, Erregtheit und eine gewisse innere Erstarrung, stritten miteinander. Links von mir sah ich ein weites Feld violetten Heidekrauts. Die Sonne trieb wie eine blasse Scheibe über den Himmel, fand jedoch kleine Lücken in der Wolkendecke und schickte dann dünnes kupferfarbenes Licht hinunter.

Ich hielt an, und der Motor verstummte. Durch die Windschutzscheibe betrachtete ich das, was von der Klinik übrig geblieben war. Der Turm in der Mitte war eingestürzt, das Dach ebenfalls, und die oberen Fenster zeigten viereckige Ausschnitte des östlichen Himmels. Das Mauerwerk war stellenweise geschwärzt, vor der Fassade lagen Trümmerteile verstreut, und auf den Fensterbrettern wuchs bereits struppiges Moos. Ich stieß die Autotür auf und kämpfte dabei gegen eine plötzliche Windböe. Nach dem Aussteigen zündete ich mir im Schutz meiner hohlen Hand eine Zigarette an. Die Reetfelder schimmerten, und wieder hörte ich das unverkennbare Geräusch, das von ihnen ausging, wenn der Wind durch sie strich. Kleine Wellen bildeten sich auf silbernen Wasserflächen, und etwas weiter entfernt stieg eine Vogelschar steil in die Luft.

Die Nebengebäude waren offensichtlich unbewohnt. Die Fenster von Mr. und Mrs. Hartleys Cottage waren zugenagelt, und die Farbe blätterte überall ab. Der Platz vor dem Fahrradschuppen war von Unkraut überwuchert. Als ich meine Zigarette aufgeraucht hatte, ließ ich den Filter fallen und trat ihn mit der Schuhsohle aus.

Dann schritt ich die Auffahrt entlang, wobei ich die Klinik stets im Blick behielt. Ich gab mich einer seltsamen Phantasievorstellung hin. Mir schien, dass ich auf der Stelle ging und nicht weiterkam, und dass sich die Entfernung zwischen mir und Wyldehope deshalb verkleinerte, weil die Klinik mir entgegenglitt. Schneller, als ich erwartet hatte, stand ich an der Vortreppe und überlegte, ob ich hineingehen sollte oder nicht. Ich bezweifelte stark, dass die Bausubstanz noch sicher war, aber die Neugier siegte schließlich doch, und ich trat ein. Es gab keinen Fußboden mehr, nur die nackten Balken, bedeckt von Schutt und zerbrochenen Schieferplatten. Die Eingangshalle mit ihren verblichenen Tapeten, der Freitreppe und der Rüstung war völlig verschwunden und einem Bombenkrater gewichen, den vier hohe Wände einfassten. Ein paar Möwen wurden durch mein Eintreten aufgescheucht und suchten sich in einiger Entfernung einen neuen, höheren Sitzplatz.

Die Treppe, die zum Schlafraum hinabgeführt hatte, war zerstört, und dass es einst einen Keller gegeben hatte, war nur an einer Mulde im Schutt zu erkennen. Ich trat vorsichtig über die Trümmer, und allmählich kam der Boden dieser Senke ins Blickfeld. Zwischen den Mauerbrocken und Schieferplatten sah ich ein Stück von einem zermalmten, verrosteten Bettgestell aufragen. Dann entdeckte ich etwas zwischen den versengten Steinen und dem übrigen Schutt, und fast blieb mir das Herz stehen. Das Rauschen in meinen Ohren war laut und wild. Ich sah ein Püppchen: ein Stück von dem Christbaumschmuck, den Hartley auf dem Dachboden des Turms gefunden hatte. Von dort, wo ich stand, sah das kleine Ding völlig unbeschädigt aus. *Wie war das möglich?*, fragte ich mich. *Es hätte doch durch das Feuer zu Asche verglühen müssen.* Die Möwen schlugen mit den Flügeln und stießen raue Schreie aus. Hoch über uns zog ein anderer Vogel seine Kreise. Ich versuchte, den Krater hinabzusteigen, aber der Schutt unter meinen Füßen begann wegzurutschen, und ich kletterte zurück an den Rand. Dabei löste ich eine kleine Trümmerlawine aus, und als ich wieder hinuntersah, war das Püppchen völlig begraben worden. Obwohl ich genau wusste, was ich gesehen hatte, wollte mir die unermüdliche Stimme der Vernunft sofort suggerieren, dass da vielleicht doch gar nichts gewesen war.

Ich stand ganz still und lauschte meinem eigenen Atem.

Trotz dieses bewussten Wahrnehmens meiner Körperlichkeit, der Arbeit meiner Lunge, die sich wie ein Blasebalg in meiner Brust dehnte, fühlte ich mich wie ein Geist, ein zerbrechliches Gebilde aus Staubpartikeln, das durch die Luft schwebte und von einem Hauch zerstreut werden konnte. Das Nahen einer Motte war eine Bedrohung meiner Unversehrtheit. Ich verließ Wyldehope und ging den Pfad zum Meer hinunter. Lange Zeit saß ich in den Dünen und sah zu, wie die graubraunen Wellen gegen den Strand schlugen. Eine Träne rann über meine Wange, sie kam ohne ein Wort der Erklärung für den Grund ihrer Existenz. Weinte ich um Chapman? Um Mary Williams? Um die Schlafraum-Patientinnen? Um Maitland? Weinte ich, weil ich Jane verloren hatte, oder weinte ich, weil ich irgendwann im Laufe der Ereignisse mich selbst verloren hatte? Ich wischte mir die Träne ab und betrachtete meine Fingerspitze. Feuchtigkeit auf Haut. Beides schien nicht zu mir zu gehören. Ich hatte eine Träne vergossen, aber mir war, als stammte sie von einem Fremden.

Nach einer Weile ging ich zum Wagen zurück. Zum letzten Mal sah ich zur Klinik hinüber, wohl wissend, dass ich niemals wiederkehren würde. Wolken schoben sich vor die Sonne und tauchten die Front des Hauses in ein Muster aus Licht und Schatten. In diesem Moment bemerkte ich die Gestalt, die von einem der oberen Fenster eingerahmt wurde. Eine kleine Gestalt, nicht größer als ein Kind, die über die Heide in meine Richtung blickte. Das Licht veränderte sich, und danach war sie verschwunden.

In jener Nacht träumte ich von dem Leuchtturm: eine ölschwarze See, ein sternenloser Himmel und ein gelber Lichtstrahl, der über die trägen Wellen glitt. Wie immer war jede Umdrehung des Scheinwerfers von einem Geräusch begleitet, das an Schwerindustrie denken ließ: das Brüllen eines Hochofens, das Knirschen von Metall auf Metall. Aber dann verblasste die Szene, bis nur noch der suchende Lichtstrahl übrig war, der kleiner und kleiner wurde, bis er sich in ein blinkendes Licht verwandelt hatte, das in einer grauen Metallkiste verankert war. Gleichzeitig schwächte sich das mechanische Geräusch ab und wurde zu einem elektronischen Puls, der ein und dieselbe Frequenz wiederholte: *Piep. Piep. Piep.*

Ich lag in einem Bett, und als ich den Kopf auf dem Kissen drehte, um in die andere Richtung zu sehen, stellte ich fest, dass neben dem meinen noch weitere Betten standen und sich hinter ihnen ein Schreibtisch befand, an dem eine Schwester saß. Alle anderen Patienten schliefen. Mir am nächsten lag Celia Jones. Mein Mund war trocken, und mir war sehr heiß. Obwohl ich träumte, schien ich das Bewusstsein zu verlieren, und ich erwachte erst wieder, als mich jemand schüttelte. Ich öffnete die Augen und sah Maitland und Jane, die auf mich hinunterblickten. Zwar erkannte ich Jane, aber sie sah ganz anders aus. Ihr Haar war viel länger und in der Mitte gescheitelt. Sie trug eine kurze orangefarbene Jacke, eine Rüschenbluse und eine Kette, die offenbar aus Holzperlen bestand. Auch Maitland sah anders aus. Seine Haut war gebräunt, und er hatte sich einen komischen, buschigen Schnauzbart wachsen lassen.

Jane legte unterhalb ihres Kinns ihre Handflächen aneinander, als ob sie beten wollte, und mir fiel auf, dass sie einen Ehering trug. Ich roch ihr Parfüm. Es war Chanel No. 5.

»James«, sagte Maitland. »Wachen Sie auf. Ihre Frau ist

zu Besuch.« Aber ich konnte nicht antworten. Meine Zunge klebte an meinem Gaumen fest.

»Was ist mit seiner Hand passiert?«, fragte Jane.

»Er hatte leider einen Unfall«, antwortete Maitland. »Eine der Schwesternschülerinnen hat nicht aufgepasst, und er ist ausgerutscht. Der Schnitt war ziemlich tief. Ich werde eine der Pflegerinnen bitten, heute Nachmittag noch einmal den Verband zu wechseln.«

Ihre Blicke trafen sich. Maitland runzelte die Stirn und vermittelte den Eindruck großer Sorge. Aber je länger sie einander ansahen, desto mehr nahm ich andere Gefühlsnuancen wahr: Zärtlichkeit, Selbstsüchtigkeit, Schuld und Verlangen.

»James?«, sagte Jane und schüttelte mich wieder sanft. »Ich bin es.«

Maitland trat ans Fußende des Bettes und studierte das Krankenblatt. »Es tut mir leid. Er hat gerade erst seine Medikamente erhalten.«

»Ich hätte Bescheid sagen können, dass ich komme.« Sie ging in die Knie, bis unsere Gesichter auf einer Höhe waren. »James? Kannst du mich hören?« Ich wollte antworten, aber meine Lider wurden schwer und schlossen sich über meinen Pupillen.

»Er wird eine Weile in diesem Zustand sein.«

»Ich hätte anrufen sollen«, sagte Jane noch einmal.

»Es ist in Ordnung. Ich wollte ohnehin mit dir sprechen.« Dann folgte eine lange Pause. »Hast du dich entschieden?« Es lag eine gewisse Erwartung in Maitlands Stimme. Hoffnung?

»Du hast natürlich recht«, sagte Jane undurchschaubar.

Maitland gab ein Geräusch von sich, atmete aus, und ich

war mir sicher – hätte ich doch nur sein Gesicht sehen können! –, dass er dabei zufrieden lächelte. »Es ist das Beste. Du kannst nicht …« Er zögerte, und Jane vollendete den Satz für ihn: »So weitermachen. Das begreife ich jetzt.«

»Wollen wir in mein Büro gehen? Ich habe dort ein paar Dokumente zum Unterschreiben.« Als Maitland weitersprach, klang er weniger zuversichtlich. »Obwohl du dich nicht *sofort* mit dem ganzen Papierkram beschäftigen musst. Wenn du noch ein wenig Zeit mit ihm verbringen möchtest, allein, meine ich …«

»Nein«, unterbrach Jane ihn. Dann fügte sie mit festerer Stimme hinzu: »Nein, das ist nicht nötig. Ich habe viele Fehler, aber Heuchelei gehört nicht dazu.«

Maitland senkte seine Stimme zu einem Flüstern. »Jane. Nicht hier. Gehen wir in mein Büro.«

Ich konnte Janes Holzperlen klackern hören, als sie sich entfernte. Mit beträchtlicher Anstrengung gelang es mir, die Augenlider zu heben. Jane trug Hosen, die unten am Saum sehr weit wurden. Maitland hielt den Arm hinter ihr ausgestreckt. Es wäre eine unschuldige Geste gewesen – noch dazu eine, wie sie von väterlichen Ärzten gern gebraucht wurde –, hätten seine Finger nicht ihre Taille berührt. Jane protestierte nicht dagegen, und das Letzte, was ich sah, war der verborgene, missbilligende Blick der diensthabenden Schwester.

Als ich aus dem Traum erwachte, war mir, als sei ich ertrunken. Ich kam zu mir, schnappte nach Luft und trat wild um mich. Es dauerte eine ganze Weile, bis ich mich wieder beruhigte.

Ich setzte mich im Bett auf und zündete mir eine Zigarette an. Durch die Netzgardine sah ich das schwefelgelbe

Schimmern einer Straßenlaterne. Ich erinnerte mich an Chapmans chinesische Rätselfrage: »Ein Mann träumt, er sei ein Schmetterling, und in diesem Traum weiß er nichts von seinem Leben als Mensch. Er wacht auf und stellt sich zwei Fragen: Bin ich ein Mensch, der gerade träumte, er sei ein Schmetterling, oder bin ich wirklich ein Schmetterling, der gerade träumt, er sei ein Mensch?« Ich kniff mich. Und dann kniff ich mich gleich noch einmal.

Dr. Hugh Maitland
Psychiatrische Abteilung
St. Thomas Hospital
London SE1

12. Dezember 1972

Dr. Peter Bevington
Oak Lodge
bei Biggleswade
Bedfordshire

Lieber Peter,
ich hoffe, Du wirst mir verzeihen, wenn ich in diesem Brief hin und wieder ungewohnt förmlich klinge, weil er letztlich eben doch ein Überweisungsschreiben ist. Aber es geht um jemanden, mit dem ich zwei Jahre lang eng zusammengearbeitet habe, um meinen leitenden Arzt James Richardson. Wenn ich mich recht erinnere, hast Du ihn zweimal getroffen, einmal im Club und dann noch einmal, als Du Dir unsere Abteilung angesehen hast. Er war, wie Du sicherlich noch weißt, mit Hingabe bei der Sache und ein fähiger Kopf. Leider ist er inzwischen sehr krank. Ich habe stets enge, beinahe familiäre Beziehungen zu meinen jüngeren Kollegen gepflegt, und das war bei Richardson nicht anders. Daher fällt es mir unglaublich schwer, mit genug Abstand über einen viel versprechenden jungen Arzt zu schreiben, dem bis vor kurzem noch alle Türen im Leben offen standen und der nun in eine unsichere und sehr bedenkliche

Zukunft blickt. Aber ich werde trotzdem einmal versuchen, so gut wie möglich die entscheidenden Fakten zu schildern.

Richardson entstammt einer Medizinerfamilie. Sein Vater war Stationsarzt in Wyldehope, einer Nervenheilanstalt an der Küste von Suffolk. Soweit ich weiß, gibt es diese Klinik heute nicht mehr, da das Gebäude bei einem Feuer völlig zerstört wurde. Richardson Senior starb, als James noch ein Kind war, und ein Onkel, der ein Transportunternehmen in Lowestoft besaß, war so freundlich, der Witwe und ihrem Sohn finanzielle Unterstützung zu gewähren. Richardson zeigte großartige Leistungen in Cambridge, erst in der Rugbymannschaft, dann auch als überragender Schachspieler für sein Collegeteam. Nach seinem Studium führte er einige sehr interessante Forschungsreihen in einem Schlaflabor in Edinburgh durch, und vor Antritt seiner Stelle hier im St. Thomas arbeitete er im St. George und im Royal Free Hospital.

Vor etwa zehn Monaten entwickelte James erstmals dysphorische Manien. Diese Phasen wurden zunehmend häufiger und verkomplizierten sich durch Anfälle extremer Eifersucht (die möglicherweise am ehesten als eine atypische Paranoia verstanden werden kann, denke ich). Abgesehen davon, dass er weniger gesprächig war als sonst, fiel mir zunächst einmal gar nichts an ihm auf. Er verstand es recht gut, seine Erregungszustände zu verbergen, und was seine Eifersucht betraf, gab es wohl auch keinen Grund, sie am Arbeitsplatz auszubreiten. Ich erfuhr erst, dass es gesundheitlich mit ihm bergab ging, als seine Ehefrau

Jane (die als Krankenschwester am Royal Free arbeitet) mir einen vertraulichen Brief schrieb. Sie ist ein sehr gewissenhafter Mensch und war besorgt um das Wohlergehen seiner Patienten. Es muss ihr schwergefallen sein, sich an mich zu wenden – besonders für Frauen ist es nicht leicht, entgegen dem zu handeln, wozu sie die eheliche Loyalität verpflichtet –, und ich stehe tief in ihrer Schuld. Wir machten einen Termin für die folgende Woche aus, und sie berichtete mir bei unserem Treffen, dass Richardsons Verhalten zuhause immer unberechenbarer wurde. Er war ruhelos, reizbar und neigte zu Zornesausbrüchen. Er nahm sie stundenlang ins Kreuzverhör (vor allem, wenn sie spät heimkehrte) und durchsuchte ihre Sachen. Sie erwischte ihn sogar dabei, wie er ihre Unterwäsche und die Bettlaken darauf überprüfte, ob es Beweise für ihre angebliche Untreue gab. Sie tat mir leid. Offensichtlich hatte sie schon sehr lange versucht, mit der ausgesprochen schwierigen Situation zurechtzukommen, und hatte wenig Möglichkeiten, sich diese Dinge einmal von der Seele zu reden. Ich versicherte ihr, dass sie richtig gehandelt hatte, und suchte sofort das offene Gespräch mit Richardson. Ich bestand darauf, dass er sich eine Zeitlang freinahm, und er ging zögernd darauf ein. Er widersetzte sich auch nicht, als ich ihm anbot, ihm hinsichtlich einer medikamentösen Behandlung mit Rat und Tat zur Seite zu stehen.

Ich verordnete ihm die üblichen Phenothiazin-Derivate, aber es stellten sich zahlreiche Nebenwirkungen ein: niedriger Blutdruck, Sehstörungen, Verstopfung und Fieber, um nur einige zu nennen (die

Einzelheiten sind den medizinischen Berichten zu entnehmen). Tatsächlich hatte ich große Schwierigkeiten, etwas zu finden, das er vertrug, und musste schließlich auf Reserpin zurückgreifen (3 mg oral, 5 mg intramuskulär). Selbst dabei klagte er noch über ständige Kopfschmerzen und eine verstopfte Nase.

Ich besprach mich weiterhin regelmäßig mit Jane Richardson. Zwar hatte das Reserpin zunächst eine positive Wirkung, aber die dysphorischen Manien und die extreme Eifersucht kehrten nach nur drei Wochen zurück. Die arme Mrs. Richardson war inzwischen völlig verzweifelt, und ich machte mir schließlich große Sorgen um ihre geistige Gesundheit. Die beiden Eheleute hatten sich kurz zuvor eine Wohnung in einem Stadthaus in Hampstead gekauft und dafür eine hohe Hypothek aufgenommen. Jane musste zusätzliche Schichten übernehmen, um mehr Geld zu verdienen, und ihre zusätzliche Abwesenheit führte bei Richardson zu noch mehr Misstrauen.

Im September spitzte sich die Lage zu. Richardson entwickelte die fixe Idee, dass er mit seiner Frau ein Kind zeugen müsste, um seine Ehe zu retten. Wie sich denken lässt, war Mrs. Richardson anderer Meinung. Sie widersetzte sich den Annäherungsversuchen ihres Mannes, was seine Entschlossenheit jedoch nur steigerte, und als Jane eines Morgens von der Schicht kam, versuchte er, ihr Gewalt anzutun. Es war alles sehr unglücklich. Einige Tage später wies ich Richardson auf Station 5 des Royal Waterloo Hospitals ein. Als Behandlungsoption bot sich eine Dauernarkose an, weil ich ihm so die nötigen Medikamente geben konnte, ohne Nebenwirkungen berücksichtigen zu müssen, und außerdem die Möglichkeit zur Anwendung der Elektrokrampftherapie bestand. Bisher, muss ich bedauerlicherweise sagen, hat sich sein Zustand jedoch nicht verändert und bleibt bedenklich. Wenn er wach ist, spricht er manchmal über das Kind, das er und seine Frau nie hatten, als sei es real.

Mrs. Richardson und ich haben ausführlich die Lage besprochen, und sie stimmt mir zu, dass es für James besser wäre, wenn er nach Oak Lodge überwiesen werden könnte. Eure schönen Gärten und der Ausblick auf die weiten Hügel von Bedfordshire bieten ein ideales Umfeld zur Genesung. Und wenn sich James nicht erholen sollte, dann wirst Du Dich mit Deinem exzellenten Pflegeteam ganz bestimmt hervorragend um ihn kümmern.

Ich bin sicher, dass die Verlegung Richardsons nach Oak Lodge auch für Mrs. Richardson ein Segen wäre. Solange ihr Ehemann in ihrer Nähe in London bleibt, ist er eine ständige Erinnerung an eine traumatische Zeit in ihrem Leben. Sie fühlt sich aus falsch verstandenem Pflichtgefühl ständig genötigt, auf Station 5 vorbeizuschauen, obwohl sie diese Besuche sehr aufregen. Ich glaube nicht, dass die Ehe eine Zukunft hat, und wenn James erst einmal in Oak Lodge ist, dann wird Mrs. Richardson vielleicht die Ruhe finden, klaren Geistes über einen Neuanfang nachzudenken. Was mit Richardson passiert ist, ist schon schlimm genug. Es wäre unverantwortlich, tatenlos dabei zuzusehen, wie seine Frau ein ähnliches Schicksal erleidet. Das wäre in der Tat eine Tragödie.

Ich habe mir die Freiheit genommen, vorab schon einmal ein paar Formulare auszufüllen, die ich Dir mit diesem Schreiben übersende. Wenn Du Fragen hast, kannst Du mich jederzeit anrufen.

Mit herzlichen Grüßen
Hugh
Dr. med. Hugh Maitland
Leitender Psychiater der psychiatrischen Abteilung,
St. Thomas Hospital
und Dozent an der medizinischen Fakultät

Quellen und Danksagung

Mein Dank gilt Wayne Brookes, Catherine Richards, Clare Alexander, Dr. David Veale, Steve Matthews und Nicola Fox für ihre Anmerkungen zu der ersten und allen folgenden Versionen von *Das Haus der bösen Träume* sowie Lorraine Green für ihren beeindruckenden Einsatz beim Korrekturlesen. Außerdem danke ich: Philip Loring (Science Museum) für die Antworten auf meine vielen Fragen hinsichtlich der Elektrokrampftherapie, vor allem für die Vorführung des EKT-Geräts R1135, das zwischen 1945 und 1960 in einer Nervenheilanstalt in Suffolk eingesetzt wurde, Francis Maunze (Royal College Of Psychiatrists) und Professor Malcolm Lader für ihre Informationen bezüglich der Qualifikationen, die in den 1950er-Jahren für die Zulassung als Psychiater erforderlich waren, den Archivaren des Royal College Of General Practitioners (und einem anonymen, nicht mehr praktizierenden Arzt) für Hinweise zu Aufbau und Stil von Überweisungsschreiben in den 1950ern, Dr. Diana Dixon (Southwold Museum) für Informationen zum Zustand der Seebrücke von Southwold im Jahr 1955, Peter Homan (Royal Pharmaceutical Society) für Informationen zu Reserpin und seiner Verwendung in den späten 1960ern und frühen 1970ern, Wendy Fox für Informationen zur allgemeinen Praxis der Rezeptvergabe und zu den Zulassungsverfahren für Arzneimittel in Großbritannien in den 1950ern und 1960ern sowie Dr. Naomi Fersht für die Zusendung einer äußerst nützlichen wissenschaftlichen Arbeit über die typischen Schlafmerkmale bei Bewusstseinsstörungen.

Hinsichtlich der Frage, ob ein Psychiater einen ihm unterstehenden Arzt als Patient betreuen würde, und ob das erlaubt wäre oder nicht, kann ich nur sagen: Ich habe das tatsächlich erlebt. Damals wurde ein derartiges eigenwilliges Vorgehen mit keinem Wort kritisiert.

Die Figur des Hugh Maitland basiert auf dem Psychiater William Sargant (1907–1988). Den echten William Sargant wollte ich nicht in meiner Geschichte auftauchen lassen, aber er diente mir als ein beinahe perfektes Modell für Maitland. Dementsprechend habe ich ausgiebig auf Sargants Autobiografie *The Unquiet Mind* zurückgegriffen wie auch auf sein an medizinische Laien gerichtetes Buch über Gehirnwäsche und Indoktrinierung, *Battle For The Mind/Der Kampf um die Seele*. Die Schlafraumroutine und die Medikamentenvergabe sind authentisch, so wie sie in *An Introduction To Physical Methods Of Treatment In Psychiatry (5. Auflage)* von William Sargant und Eliot Slater beschrieben wurden.

Sargant war eine bedeutende Größe in der britischen Psychiatrie und trat für »somatische« Behandlungen »psychologischer« Probleme ein. Dazu gehörten Beruhigung und Stimulation durch Psychopharmaka, stimulierende Abreaktion, Gehirnchirurgie, Elektrokrampftherapie (EKT) und Dauernarkose (Schlafkur). Sargant führte sein umstrittenstes Behandlungsprojekt auf Station 5 des Royal Waterloo Hospitals durch, die auch als »der Schlafraum« bekannt war. Überraschenderweise blieb diese Station noch bis in die frühen 1970er-Jahre in Betrieb, allen Reformbewegungen zum Trotz, die damals die Psychiatrie veränderten.

Einige Quellen legen nahe, dass Sargants Aktivitäten im Royal Waterloo Hospital mit einem umfassenderen Forschungsprogramm in Verbindung standen, das sich mit Gehirnwäsche beschäftigte und letztlich von der CIA gesponsert wurde (siehe auch *Brainwash: The Secret History Of Mind Control* von Dominic Streatfeild für eine genauere Beleuchtung diesbezüglicher Hinweise). Ob Sargant tatsächlich Verbindungen zur CIA hatte, ist fraglich, allerdings arbeitete er mit Sicherheit für den MI5. Ein Geheimdienst-Historiker bezeichnete Sargant als den »Haus-Psychiater« des britischen Geheimdienstes. Interessanterweise existieren keine Patientenakten von Station 5. Sargant nahm alle entscheidenden Unterlagen an sich und vernichtete sie, bevor er in den Ruhestand ging.

Der Vortrag, den Maitland James Richardson über körperliche und geistige Erkrankungen und Selbstmord hält, basiert auf Lord Owens Erinnerungen aus der Zeit, da er unter seinem bürgerlichen Namen Dr. David Owen mit Sargant in den 1960ern zusammenarbeitete. Sargants Originalzitat kann in *Brainwash* nachgelesen werden.

Sargant war eine überlebensgroße Figur, und es ist leicht, ihn zu dämonisieren. Professor Malcolm Lader, ein sehr respektierter und anerkannter Vertreter der britischen Medizin, sagte angeblich einmal: »Es hing ein Hauch Schwefeldunst an ihm.« Es heißt auch, Sargants Buch *Der Kampf um die Seele* sei ein Standardwerk in den Trainingslagern von Al-Kaida. Tatsächlich aber gehörte Sargant zu den vielen Psychiatern, die fest davon überzeugt waren, dass psychische Erkrankungen eine biologische Ursache haben und entsprechend durch direkte Eingriffe am Gehirn geheilt werden könnten. Heute erscheinen seine Methoden krude und barbarisch; allerdings ist die Psychiatrie eine notorisch wankelmütige Wissenschaft. In zyklischen Abständen kommen die verschiedensten Methoden in Mode und verschwinden dann wieder in der Versenkung. Erst kürzlich mehrten sich Stimmen, die eine breitere Anwendung der EKT befürworteten, nachdem diese Behandlungsmethode jahrzehntelang stark kritisiert worden war (siehe *Shock Therapy: A History Of Electroconvulsive Treatment in Mental Illness* von Edward Shorter und David Healy). Möglicherweise wird man Sargant in den kommenden Jahren irgendwann einmal als »brillanten« Arzt und visionären Wissenschaftler betrachten. Gegenwärtig ist jedoch nicht mit einer positiven Einschätzung seines Beitrags zur Medizin zu rechnen.

Letztlich waren es die »Seelenklempner« (oder zumindest jene, die sich dem psychoanalytischen Ansatz verschrieben haben, die Heilung im Gespräch zu suchen), die den »Kampf um die Seele« gewannen. Schlafräume gibt es heute nicht mehr.

F. R. TALLIS

London, 2012

Ein Gespräch mit F. R. Tallis

Was hat Sie dazu inspiriert, Das Haus der bösen Träume *zu schreiben?*

Mir wurde das fiktionale Potential der Narkose bewusst, nachdem ich im Radio auf BBC 4 die Sendung »Revealing The Mind Bender General« gehört hatte, eine Dokumentation von James Maw aus dem Jahr 2009. Es war eine faszinierende Sendung über den umstrittenen Psychiater Dr. William Sargant (1907–1988), einem Befürworter der Schlafkur. Das Bild eines dunklen Raums, in dem Patienten für lange Zeit (Wochen, manchmal sogar Monate) in Schlaf versetzt wurden, fand ich gleichzeitig eindringlich und gruselig. William Sargant war mir schon vor James Maws Sendung ein Begriff, nachdem ich in einem Antiquariat auf eine zerfledderte Taschenbuchausgabe seines Hauptwerks *Der Kampf um die Seele* gestoßen war. Vor allem die schwärmerischen Kritiken auf der Umschlagrückseite weckten meine Neugier, zumal sie von großen Namen wie Aldous Huxley und Bertrand Russell stammten. Außerdem faszinierte mich der geheimnisvolle und düstere Untertitel der englischen Ausgabe, »Eine Physiologie von Bekehrung und Gehirnwäsche«.

Das Haus der bösen Träume spielt in einer psychiatrischen Klinik in den 1950er-Jahren. Wie viel Recherche war nötig, um sich auf diesen Roman vorzubereiten?*

Ich habe mich schon zuvor intensiv mit der Geschichte der Psychiatrie beschäftigt, daher brauchte ich nicht so viele allgemeine Dinge nachzulesen. Allerdings war es mir wichtig, dass alle Einzelheiten rund um die Schlafkur stimmten. Dafür musste ich ein altes, von William Sargant autorisiertes Lehrbuch aufspüren, in dem sich genaue Anweisungen für die Behandlung fanden. Ich habe das entsprechende Kapitel so gründlich studiert, dass ich vermutlich einen Schlafraum betreiben könnte, wenn ich das müsste. Ein anderer Aspekt des Romans, der viel Recherche erforderte, war die Umgebung der Klinik. Ich lege Wert darauf, beim Schreiben ein genaues Gespür für die Örtlichkeiten zu haben. Ich bin in Suffolk durch die Gegend gefahren und habe nach genau der richtigen Stelle gesucht, wo Meer, Reetfelder und Heide aufeinandertreffen. Dunwich Heath war ideal. Im Hinterkopf hatte ich dabei sicherlich auch die Idee, *Das Haus der bösen Träume* auf diese Weise mit einigen großen literarischen Werken der Vergangenheit zu verknüpfen. Die Küste von Suffolk ist stark mit den klassischen Geisterromanen von M. R. James verbunden, und der Name Dunwich birgt seine eigenen, sehr schönen Lovecraft-Assoziationen.

Bevor Sie Ihre Karriere als Schriftsteller begannen, waren Sie klinischer Psychologe. Wie sehr hat das Ihre schriftstellerische Arbeit beeinflusst?

Alles an der Art, wie ich schreibe, ist von der Psychologie beeinflusst. Erstens neige ich dazu, auf Schauplätze und

Themen zurückzugreifen, die damit verbunden sind. Beispielsweise habe ich eine sechsteilige Krimi-Serie rund um einen Psychoanalytiker geschrieben, die im Wien zu Zeiten Sigmund Freuds spielt. Ohne einen Bezug zu Freuds Theorien und den Erfahrungen aus meiner Praxis wäre mir das nicht möglich gewesen. Zweitens vermischen sich in meiner Arbeit vielfach die Grenzen zwischen Vorstellungskraft und Realität. Manchmal mache ich für den Leser deutlich, was da geschieht, aber nicht immer. So kann man meinen Roman *Die Schwelle* als phantastisches Abenteuer wahrnehmen oder aber als die überbordenden Phantasien eines französischen Nervenarztes im 19. Jahrhundert interpretieren. Diese zweite Lesart sorgt dafür, dass das Buch nicht in die Horrorschublade passt, sondern zu einer Art literarischer Fallstudie wird. Im Text gibt es keine klaren Hinweise auf diese zweite Interpretationsmöglichkeit. Stanley Kubrick (mein Lieblingsregisseur) hat mit *Eyes Wide Shut* etwas Ähnliches abgeliefert. In diesem Film wird eine Ehekrise durch das verschwommene Medium des Unbewussten untersucht, aber Kubrick benutzt kein einziges cineastisches Mittel, das eindeutig eine Abkehr von der Realität nahelegt. In vieler Hinsicht sehe ich mich nicht als ehemaligen klinischen Psychologen, sondern vielmehr als einen klinischen Psychologen, der heute in einem anderen Kontext arbeitet.

Früher haben Sie unter dem Namen Frank Tallis Kriminalromane verfasst. Wieso haben Sie sich jetzt dem Horror-Genre zugewandt?

Diese Krimis haben mir sehr viel Spaß gemacht, aber tief in meinem Herzen wollte ich schon immer Romane schreiben, die sich mit dem Übersinnlichen und mit Horror beschäftigen. Ich würde sogar sagen, dieser Wunsch war so stark, dass auch in meinen Kriminalromanen dauernd Figuren oder Themen auftauchten, die eigentlich eher mit dem Phantastischen in Verbindung gebracht werden. In der Serie über meinen ermittelnden Psychoanalytiker kommen Séancen vor, okkulte Geheimbünde, die Legende vom Golem, ein geheimes Alchemistenlabor und Erscheinungen des Todesengels – Dinge, die in klassischen Krimis eher selten eine Rolle spielen. Es war wohl unvermeidlich, dass mein Interesse am Phantastischen mich irgendwann in ein anderes Genre führen würde.

Was fällt Ihnen meist als Erstes ein – die Handlung oder die Figuren?

Keins von beiden. Am Anfang steht bei mir meist eine Idee, ein Thema, ein einzelnes Bild. *Das Haus der bösen Träume* entwickelte sich zum Beispiel aus dem Bild eines dunklen Raums voller schlafender Patienten. Dann erfuhr ich mehr über die Schlafkur und dachte ausgiebig darüber nach, wo die Handlung des Romans spielen könnte. Die Geschichte an sich konstruierte ich eigentlich erst zu einem recht späten Zeitpunkt. Natürlich wusste ich, dass ich eine »Geistergeschichte« schreiben wollte, aber ich war mir noch gar nicht sicher, wie sich das Übersinnliche manifestieren würde. Was die Figuren angeht, so ist es mir immer am liebsten, wenn sie sich im Laufe des Romans entwickeln. Sie sollten mich gelegentlich verblüffen. Wenn das nicht möglich ist, dann ist ihr Verhalten durch zu viele vorgefasste Meinungen eingeschränkt.

Was ist für Sie das Schwerste daran, eine überzeugende Horrorstory zu schreiben?

Am schwersten ist es wohl, den Zweifel auszuschalten. Romane sind vor allem dann besonders fesselnd, wenn sich der Leser ganz und gar in der Geschichte verliert. Wenn etwas absurd oder albern wirkt, kehrt er sofort wieder in die Realität zurück, wird sich seiner selbst bewusst und distanziert sich von dem Buch. Das Problem mit phantastischen Romanen liegt darin, dass ihre *dramatis personae* (Geister, Vampire, Ungeheuer) von Natur aus nicht glaubhaft sind. Daher steht ein Horror-Autor stets vor der einzigartigen und beträchtlichen Herausforderung, den Zweifel auszuschalten, während er mit »Material« arbeitet, das die Glaubwürdigkeit an ihre Grenzen bringt. Im Grunde geht es darum, das Unglaubliche glaubwürdig zu machen.

Ihr letztes Buch, Die Schwelle, *spielte im Paris des 19. Jahrhunderts. War es schwer, aus dieser Zeit ins England der Fünfziger zu wechseln?*

Für mich war dieser Übergang nicht schwierig. Es war sogar sehr leicht, denn *Das Haus der bösen Träume* warf viel weniger Probleme auf, was die Wahl der Sprache anging. Ich habe es einfach im Englisch der Fünfzigerjahre geschrieben, mit dem ich dank vieler Nachkriegsfilme gut vertraut bin. *Die Schwelle* war technisch gesehen eine größere Herausforderung. Ich wollte gern den Eindruck vermitteln, es sei im Stil eines französischen Romans des 19. Jahrhunderts geschrieben worden, es aber gleichzeitig sprachlich zugänglich gestalten. Oder, anders ausgedrückt, ich musste eine literarische Illusion erschaffen.

Welche Autoren haben den größten Einfluss auf Ihren Stil ausgeübt?

Im Rahmen dieses Interviews will ich nur jene nennen, die für meine phantastischen Romane eine Rolle gespielt haben. Wie sich denken lässt, bin ich allen Genregrößen des 19. und 20. Jahrhunderts zu großem Dank verpflichtet: Edgar Allan Poe, Charles Dickens, Henry James, Charlotte Perkins Gilman, Bram Stoker, M. R. James, William Hope Hodgson, H. P. Lovecraft und Shirley Jackson. Dazu kommen noch zwei weitere Autoren, zu denen ich eine persönlichere Verbindung habe: Dennis Wheatley und J. Meade Falkner. Die schwarzmagischen Romane von Dennis Wheatley habe ich entdeckt, als ich noch zur Schule ging, und sie unglaublich gern gelesen. Zwar ist Wheatley heute nicht mehr in Mode (er pfeift auf jegliche political correctness), und stilistisch hat er seine Schwächen, aber er war trotzdem ein prägender Einfluss. *The Devil Rides Out* ist ein überwältigendes phantastisches Abenteuer. Als Heranwachsender las ich dann *The Lost Stradivarius* von J. Meade Falkner, und diese eigentümliche Erzählung von einem englischen Adligen, der wie besessen die eigene Vision vom absoluten Bösen verfolgt, nahm mich sofort gefangen. Manche sagen, es sei ein Buch, das auch von M. R. James hätte stammen können. Es ist bis heute mein Lieblings-Gruselroman. Ich würde mich sogar zu der Gotteslästerung hinreißen lassen, dass es mit M. R. James' besten Werken nicht nur zu vergleichen ist, sondern sie übertrifft.

Welchen Rat würden Sie einem aufstrebenden Horror-Autor geben?

Kürzlich wurde ich gebeten, etwas für einen Ratgeber zu schreiben, der sich an junge Schriftsteller richtet, und mein Rat lautete: Vorsicht vor Ratschlägen! Mein Rat wurde als so unorthodox eingestuft, dass er einen besonderen Platz hinten auf dem Buchdeckel bekam. Vielleicht sollte ich das weiter ausführen. Einmal konnte ich zwei Autoren belauschen, wie sie über Recherche diskutierten. »Was zählt, ist die Geschichte«, sagte der eine. »Ich kümmere mich erst einmal darum, dass ich eine gute Story habe, und dann recherchiere ich. Sonst häuft sich zu viel Hintergrundwissen an, das ich dann gar nicht mehr brauche.« Der andere Autor antwortete: »Das ist ein wirklich guter Tipp, und so professionell!« Damit hatte er recht. Es ist ein guter Tipp, aber *ich arbeite überhaupt nicht so.* Bei mir verhält es sich genau andersherum. Ich entwickle eine Idee, ziehe los und lese jede Menge Bücher zu verwandten Themen, und dann kristallisiert sich allmählich eine Geschichte heraus. Ich bin nicht gegen Tipps und Ratschläge, aber ich glaube, dass die Gefahr besteht, unterschwellig zu suggerieren, dass die eine Arbeitsweise einer anderen von Natur aus überlegen ist und bessere Ergebnisse bringt (und das stimmt ganz einfach nicht). Jeder Autor hat seine eigene Methode, die für ihn funktioniert.

Was macht Ihnen Angst?

Ich habe bisher nur ein einziges übersinnliches Erlebnis gehabt. Es ereignete sich in einem Urlaub an der Loire, wo ich ein altes Bauernhaus gemietet hatte. Ich weiß eine Menge über die Umstände, unter denen man gewöhnlich Geister sieht. Ich weiß auch eine Menge über die psychologischen und wissenschaftlichen Erklärungen, die es für übersinnliche Phänomene gibt. Dennoch wollte es mir nicht gelingen, eine plausible andere Hypothese für die Ereignisse jener Nacht zu entwickeln. Ich war nicht allein. Meine Frau (eine Anwältin mit wissenschaftlicher Ausbildung) war dabei. Sie will noch immer nicht akzeptieren, dass das, was wir erlebten, übernatürlich war (obwohl ich denke, dass das für sie eine Frage des Prinzips ist). Ich hingegen habe meine Zweifel. Eine unsichtbare Präsenz, die in den frühen Morgenstunden in unserem Schlafzimmer Geräusche macht und dann auf dem Flur auf und ab läuft, ist für mich einfach nicht leicht zu erklären. Ebenso wenig wie Lichter, die keine erkennbare Quelle haben. Die einzige andere Hypothese, die noch einigermaßen durchginge, wäre so etwas wie eine gemeinsame Halluzination. Aber das ist fast (wenn auch nicht ganz) genauso unwahrscheinlich wie eine übersinnliche Erscheinung. Spontane, komplexe, gemeinsame Halluzinationen sind ausgesprochen selten, vor allem bei Menschen, bei denen so etwas zuvor noch nicht beobachtet wurde, die keine psychischen Krankheiten haben oder Drogen konsumieren. Davon abgesehen fühlte ich mich damals völlig normal, falls das etwas zu sagen hat. Ob ich Angst hatte? Ja. Aber ich war gleichzeitig verwirrt, irritiert und verärgert über das Unmögliche!